El amante polaco

LIBRO 2

Elena Poniatowska

El amante polaco

LIBRO 2

Diseño de portada: Planeta Arte y Diseño
Pintura de portada: Marcello Bacciarelli - Stanisław Poniatowski en trajes de coronación (detalle). Alamy by Latinstock
Fotografía de la autora: © Áurea H. Alanís

Todas las imágenes del interior de esta obra fueron tomadas de Wikimedia Commons (https://commons.wikimedia.org)

Bajo el sello editorial SEIX BARRAL M.R.
Avenida Presidente Masarik núm. 111,
Piso 2, Polanco V Sección, Miguel Hidalgo
C.P. 11560, Ciudad de México
www.planetadelibros.com.mx

Primera edición en formato epub: noviembre de 2021
ISBN Obra completa: 978-607-07-6387-8
ISBN Volumen 2: 978-607-07-8047-9

Primera edición impresa en México: noviembre de 2021
ISBN Obra completa: 978-607-07-6383-0
ISBN Volumen 2: 978-607-07-8046-2

Impreso en los talleres de Litográfica Ingramex, S.A. de C.V.
Centeno núm. 162-1, colonia Granjas Esmeralda, Ciudad de México
Impreso y hecho en México - *Printed and made in Mexico*

A Diego y Marta Lamas.

El rey Stanisław Poniatowski retratado por Bacciarelli, pintor de su corte.

Capítulo 25

Primeros años de reinado

¿Es este mi reino?

En las salas vacías del Palacio Łazienki, el frío congela los huesos. Aunque la primera noche todavía es de éxtasis, el amanecer devuelve al rey a la realidad. Su recorrido por los aposentos es una constatación de desastres. Cada vez que abre una puerta descubre una ruina. Las ventanas cierran mal, los chiflones atraviesan las habitaciones desiertas y varios gatos hicieron el amor en el único canapé. Los sirvientes no se bañan ni sonríen. «Con razón August III escogió vivir en Dresde», se dice el nuevo rey. Nada lo desanima. «Voy a resolver todo», se repite ante una y otra catástrofe.

—¿Cuántos sirvientes son? —pregunta a su intendente.

—Ciento cuarenta y cinco, entre hombres y mujeres.

—¿Tantos? ¿Todos pasaron aquí la noche?

—Sí, en el piso, unos encima de otros.

—Al menos a mí me tocó una *chaise-longue* —bromea el rey.

A diferencia de sus predecesores, Stanisław solo cuenta con mil doscientos soldados de la Guardia Real y una pensión de la emperatriz, quien se muestra muy tacaña; en la cocina del palacio, solo podrá comer si un tabernero le envía una charola dos veces al día.

Stanisław tiene que levantar su reino desde cero, como una recién casada que echa a andar su hogar, escoba y plumero en mano.

Al ver que su castillo carece de muebles, el rey propone: «Vamos a hacerlos nosotros».

—¿Piensas volverte carpintero? —pregunta irónico su primo Adam, al descubrir un taller de ebanistería en un ala del palacio.

—Tenemos que *saber hacer* —responde el rey—. Si todos los polacos sabemos hacer, enfrentaremos cualquier desgracia.

—¿*Hacer* qué? —ironiza de nuevo Adam.

—Todo, desde cultivar la tierra hasta encuadernar libros, desde levantar un puente hasta cocinar una buena sopa, desde amasar pan hasta repartirlo. Un pueblo entero se salva si sabe hacer. Mira a los franceses con sus pensadores, sus perfumeros, viticultores, queseros, sastres y sombrereros.

»Saber hacer —insiste Poniatowski— es la salvación de todo, eso lo predican los Enciclopedistas. ¿No son ellos quienes rigen al mundo? Ahí está también Prusia con sus músicos y sus filósofos. Tenemos que dignificar oficios, recordar a nuestros héroes, ensalzar nuestras batallas, proteger nuestro tesoro, lograr que los polacos se sientan orgullosos de sí mismos».

El esfuerzo educador de Stanisław abarca los oficios que se transmiten de padre a hijo.

Los miembros de la *szlachta*, los poderosos de Polonia, sonríen despectivos ante el afán del rey por *hacer patria*; para ellos, el trabajo manual es cosa de los de abajo. Solo las órdenes religiosas y la disciplina militar son dignas de reconocimiento; bendecir y hacer la guerra lo justifica todo. «¡Esas sí son artes de vida!».

—Nunca voy a sentar a un cochero en mi mesa —advierte su prima Elżbieta— porque tanto él como yo pasaríamos un mal rato.

—Tal vez te enamorarías de él.

—Stasiu, ¿estás loco?

—En las aulas, además de conversar entre sí, los alumnos descubren que pueden quererse. ¿No es la hermandad de los opuestos la esencia de la enseñanza?

—¿Estás seguro de que vas por buen camino? —se inquieta Adam, que interviene de pronto.

—No conozco otro, amable primo. Lo primero que me sale del corazón es acercarme a la gente que nace y muere en Polonia.

Adam, dispuesto a dar la media vuelta, se detiene. Algo en la voz de su primo lo conmueve. La corte se burla del nuevo rey que ofrece su mano a cada súbdito. Su mansedumbre confunde a la *szlachta*, y a Staś le sorprende que hasta sus familiares lo aborden con ojos bajos y que varios recién conocidos aseguren haberle sido presentados, circunstancia de la cual se culpa no recordar. «Es por mi miopía», se excusa, «soy mal fisionomista».

Quienes más lo desconciertan son las mujeres. Se disputan el favor de besar su mano y guardan silencio si él toma la palabra. «No voy a ser el único que hable», ríe el rey, incrédulo.

Nunca ha sido tan digno de ser escuchado.

Los polacos buscan una figura paterna en ese nuevo rey que a su vez se pregunta cómo afianzar su propia autoridad.

«Nada vas a hacer sin el permiso de Catalina», confirma su adorada prima Elżbieta.

A medida que abre puertas, sus súbditos se inclinan a su paso. A pesar de haberse acostumbrado al vasallaje en San Petersburgo, a Staś lo mortifican caravanas, lisonjas y obsequios. Algunos elogios lindan con el servilismo y otros son simplemente lacayunos. No le sorprendería oír letanías como las que se recitan ante el altar: «Torre de marfil, Arca de la alianza, Casa de oro, Estrella de la mañana…».

«El nuevo rey odia la guerra», el rumor se extiende en Varsovia como una acusación.

En Europa, no hay honra mayor que ser soldado; soldado que se distingue en la batalla, soldado de entregar la vida por los demás, soldado de morir por la patria.

Poniatowski es ahora Stanisław August II, rey de Polonia, gran duque de Lituania, y su carácter lo hace incapaz de prever malas intenciones. Nombra al regordete Jacek Ogrodzki su canciller y reúne a un séquito de niños de ocho a doce años: «¿Les gustaría ser mis pajes?». Mientras tanto, corretean en el pasillo y sus risas lo alegran. Un niño que sonríe tiene mucho de pájaro. ¿Cómo darles de comer y vestir a esas golondrinas que aún no saben que Polonia es su nido?

Nunca cesa el movimiento en el palacio y los quejosos esperan con caras largas a que el rey les conceda audiencia. «¿Es este el palacio de un monarca o es una corte de los milagros?», se pregunta Stanisław al ver muletas y rostros descompuestos en los pasillos y en el quicio de la puerta.

¿Por qué a un rey se le acercan todos los olvidados de la tierra, todos los que creen en los milagros, todos los parásitos de este planeta?

¿Y Catalina?

Imposible darse cuenta de que la emperatriz ya no lo ama, imposible aceptar que su castillo de Wawel no alcance la grandeza de Versalles o de Buckingham; el rey todo lo va a resolver, se reunirá con su bienamada, dialogará con pensadores europeos, consultará a Rousseau, a D'Alembert, y para recibirlos en Varsovia, creará una atmósfera de cultura y de dignidad.

Lo primero que anuncia Stanisław en su audiencia vespertina es: «Voy a abolir al *Liberum Veto.* Es perverso para cualquier nación, en cualquier circunstancia».

Los presentes se miran entre sí, pero Stanisław no capta su descontento.

El rey recurre a los conocimientos de sus pares porque, así como se lo enseñó Konstancja, la educación es la base del progreso. No importa que los maestros desconfíen, sean sus rivales políticos o profesen una religión distinta, el rey los convoca. Los jerarcas de la Iglesia se inquietan. Urge formar al último niño de la escuela más distante de Polonia. Si un budista quiere enseñar, que se le abran las puertas; serán bienvenidos todos los credos. Polonia tiene la fuerza de elevarse y llegar a la altura de Francia.

El primer acto de gobierno de Stanisław es formar una élite de profesionistas: «Necesitamos que ninguna población quede aislada. Busquemos ingenieros para unir nuestros ríos y crear nuevos canales. Es urgente darnos prisa, arrancar desde el primer mes de gobierno, todo tenemos que hacerlo hoy». El rey hace suya la máxima de Rousseau: «*Ubi bene, ibi patria*». La patria es el sitio donde los polacos se sienten bien. Ante todo, la nobleza tiene que defender a su familia, a sus herederos, a toda esta juventud capaz de domar al caballo más bronco, jinetes que derrotan a sus competidores y son los futuros adalides de Polonia. También tiene que atender las peticiones de los menos afortunados, de quienes trabajan bajo sus órdenes, porque sin ellos, imposible conservar su riqueza. Finalmente, ¿de quién depende su bienestar si no es de la cantidad de hombres y mujeres que acuden a su llamado, preparan sus vestuarios, se levantan al alba a ordeñar sus vacas?

«Son los deportes, la gimnasia, las caminatas, la equitación los que fortalecerán el espíritu», se regocija el obispo Michał Poniatowski, el que más disfruta de la entronización de su hermano.

Stanisław promueve el respeto a los ejercicios corporales, la joven nobleza se distingue por su audacia, su fervor por destacar en la Haute École, que solo admite a jinetes excepcionales. Los polacos son valientes por naturaleza. Se lanzan al primer desafío. En 1765, el rey funda la Escuela de Caballería, una nueva academia militar Szkoła Rycerska, superior a la existente. «Adam, tú vas a dirigirla, además de tu inteligencia, sabes por experiencia que los jinetes polacos son los mejores del mundo».

El *Emile* de Rousseau está al alcance de su mano sobre la mesa de noche, y el rey lee a pesar de que se le cierran los ojos, y si no termina un capítulo, lo retoma al amanecer.

La majestuosidad también implica un esfuerzo interminable, y vestirse con la ayuda de sastres y peleteros significa permanecer de pie horas enteras prendido con alfileres que a veces lo pican como un diminuto presagio.

«Polonia será tan ilustre como Inglaterra cuando los campesinos sepan leer y escribir», se entusiasma Adam Czartoryski, «visitar nuestra patria será un regalo para los viajeros y no la pesadilla que consignan cronistas ingleses y franceses que retratan una tierra yerma, llena de lodo, insalubre, ignorante, repleta de muertos de hambre e incapaces de responder a pregunta alguna».

Para cambiar esa terrible imagen, Poniatowski llama a Ignacy Potocki, cuyas críticas en contra suya rayaron en lo intolerable. «Aquí termina nuestra rivalidad; he escogido al mejor hombre en cada rama del saber para que juntos forjemos una cultura superior».

Su hermano, el eclesiástico Michał, da un viraje de ciento ochenta grados al ser nombrado presidente de la Comisión de Educación Nacional. Antepone la ciencia a sus casullas bordadas de hilo de oro y conmina a un grupo de médicos para que encuentren la solución a la insalubridad, las pestes y otras enfermedades contagiosas, la peor de todas, la viruela.

—Es indispensable una muy buena escuela de medicina —declara el nuevo rey—, también nos hace falta una de veterinaria. Necesito a investigadores dispuestos a estudiar el cuerpo humano y el cuerpo animal. También desearía que los sabios se inclinaran sobre todas las evoluciones de la Tierra, el gran cuerpo que nos protege.

—La Tierra es un fenómeno físico y químico —interviene su prima Elżbieta—, creo que puedes llegar a conocerla por medio de las mujeres que te amamos. Así lo hacen lo reyes de Francia, quienes consultan a su amante antes que a su esposa…

El rey insiste en que lo primero son los conocimientos e invierte en la niñez y en la adolescencia.

—¿Las niñas llegarán al mismo grado de escolaridad? —pregunta su hermano Kazimierz.

—Por supuesto —afirma el rey.

—Hermano, vas a lograr que pierdan su vocación de servicio —difiere el inconsciente.

—¿Todo el presupuesto a centros de enseñanza? —protestan Radziwi y Branicki, miembros importantes de la nobleza descontentos con el rey—. El mayor esfuerzo de la nación debería ser para quienes nos alimentan, si los elevamos, los campesinos abandonarán la tierra.

—¿Vamos a salvar a Polonia aceptando las iniciativas del nuevo rey? —intervienen Karpiński, Dąbrowski y Starzeński, los otros tres grandes nobles de la *szlachta* que tampoco ven con buenos ojos estas y otras propuestas de Poniatowski.

A Stanisław le avergüenza enterarse de que la mitad de la nobleza no sabe leer. «¿Cómo es posible? Polonia brilló en el siglo XVI por sus científicos, y el genio de Copérnico deslumbró a Europa con *De las revoluciones de las esferas celestes.*

Para el nuevo rey, la universidad pública es la única liberación posible.

—Si hacemos nuestra propia ciencia, si contamos con pensadores y filósofos, si nos bastamos nosotros mismos, los rusos serán nuestros escuderos. Catalina nunca podrá dominar a una masa ignorante y ebria de tanto abandono.

—¿Te das cuenta de cómo Michał ha canjeado su egoísmo por la salud pública y la enseñanza? —se felicita Elżbieta—. Invierte su dinero en preparar a jóvenes a quienes envía a Francia y a Italia a aprender cómo administrar el tesoro del clero. La emperatriz lo ha citado alguna vez en San Petersburgo y, desde Sanssouci, el emperador Federico II lo mandó llamar. Prefiere hablar con él antes que contigo —presume insidiosa.

A pesar de su inexperiencia, el rey Poniatowski cuenta con los *Pacta conventa*, negociados desde 1576, con los que controla la sexta parte de las tierras y a sus habitantes. Dispone de más recursos económicos y militares que varios súbditos inmensamente ricos.

Como jefe político, ofrece a sus seguidores propiedades, minas y hasta ríos. «Te regalo el cielo y las estrellas». A pesar de que la gran familia Radziwiłł tiene entradas superiores a las de la Corona, la voz de Stanisław prevalece.

La doctrina fisiócrata asegura que la riqueza de una nación proviene del cultivo de la tierra y Poniatowski venera esa ley natural en que la buena voluntad y el derecho de cada quien rige el funcionamiento de la economía. La naturaleza es la fuente de las riquezas de Polonia, la que provee el carbón que hay que sacar de sus entrañas. Los terratenientes demandan todo de sus siervos que siembran, aran, cosechan, plantan árboles, abren caminos, bajan a la mina, mueren sin nada y sus hijos cavan su tumba. Si falla la cosecha del año, el amo no tiene por qué preocuparse, si la mina se derrumba, la tierra recibe como una madre los cuerpos de quienes se quedaron adentro.

Por orden de Stanisław, ahora rey de la nación cercada por Prusia, Austria y Rusia, Michał, su hermano, trae de Inglaterra y de Escocia los últimos picos y palas. Sigue las enseñanzas de los países que más han prosperado y alivia los males de Polonia. Así como el campo da de comer, el campesino merece una vida mejor.

La fe en la bondad de la tierra crece cada día, aunque algunos maestros aconsejan no seguir teorías de otros países y entregarse totalmente al cultivo de trigo y betabeles. Stanisław admira a Horace Walpole y a David Hume desde que estuvo en Londres y se aficiona a la idea del libre mercado y del comercio exterior. Antes de él, las fronteras de Polonia estaban cerradas para algunos países, él va a abrirlas a toda Europa.

Con sus dos amigos ingleses, el rey sostiene una correspondencia casi quincenal porque Horace Walpole, gran conocedor de pintura, armó una colección notable en su casa de Strawberry Hill y le habla de la novela de terror que le divierte escribir, *The Castle of Otranto.* David Hume, con su inclinación al *day to day,* le da consejos de finanzas porque considera que Polonia es «un país blanco como un cordero pascual obligado a mantenerse vivo entre tres lobos voraces».

El rey glorifica el pasado y escoge a figuras sobresalientes a quienes honrar con un busto en la galería principal del Palacio Łazienki, su palacio.

¿No hay escultores ni pintores en Polonia? ¡No importa! Stanisław va a traerlos de Francia, de Italia.

—Lo hago para que los jóvenes tengan una figura heroica a quien admirar, hombres de la talla de Leonardo da Vinci.

—Coincido contigo, Staś, a las nuevas generaciones tenemos que darles un *museum polonicum*, una academia de ciencias, una de artes —enfatiza su primo Adam.

«Sí, mi querido amigo, mi divisa es buena: paciencia y valor me han conducido a donde estoy, pero le aseguro que ahora las necesito más que nunca», le escribe a su amigo Charles Yorke. «Necesito valor para emprenderlo *TODO* porque *TODO* está por hacerse en mi patria y pido paciencia y hasta resignación [...] porque es imposible hacer grandes cosas en un país debilitado por la licencia y el desorden de dos siglos y conservar la libertad entre vecinos envidiosos y mezquinos. *¡Haec superanda!*».

Horace Walpole cultiva un odio visceral contra la emperatriz; para él Catalina es una asesina que usó a Pedro Ulrico para llegar al poder. La tilda de «gran usurpadora, cocodrilo, furia del hielo y *ursa mayor* del polo norte.

Stanisław, aficionado a la astronomía, monta un observatorio en su palacio. A lo largo de su vida será tanto su empeño por conocer el cielo que, en 1777, Marcin Poczobutt, director del Observatorio Real en Wilno, descubrirá una rara constelación que nombrará Ciołek, en honor al blasón de los Poniatowski.

«Estudien», pide a los jóvenes. «Lo que nos diferencia de los animales es que sacamos conclusiones. Reflexionen, comuníquense, escriban, encomiéndense a la Virgen de Częstochowa, aprendan a cuidarse unos a otros, enamórense, ámense, abrácense, también yo los voy a abrazar...».

Al subir al trono, Stanisław insistió: «Quiero que mi secretario particular sea suizo».

El primer ministro del rey de Dinamarca le recomienda a Maurice Glayre, huérfano desde los siete años, modesto, formado en teología en la Academia de Lausanne.

«Este es mi hombre», piensa Poniatowski en cuanto lo conoce.

El suizo lo previene:

—Dígnese instruirme, no sé nada de lo que necesitaría saber.

—Yo me encargo. —Se emociona Stanisław porque su instinto le dice que Glayre es un tesoro.

Como teólogo, rechaza a cualquier dios y su influencia en el rey es providencial. También inspira confianza a ministros y embajadores por su pensamiento libre de prejuicios. «Glayre todo lo vuelve inteligible. Es él quien viajará a San Petersburgo a defender la causa de Polonia ante la emperatriz».

—¿Tendré enemigos mortales, Glayre?

—Claro, Majestad, y los peores son su familia.

—Lo sé, Glayre, estoy expuesto a los conflictos más absurdos. Unos recién casados me pidieron que fuera juez de sus disputas maritales. «¡Tengan piedad de mí!», les imploré.

—Majestad, la nobleza obliga. Ser rey es convertirse en padre de la nación.

—Paso de decisiones que ponen en juego mi reino a las reyertas de mis súbditos, mi querido Glayre. Es increíble pensar que quienes me causan los mayores conflictos se digan mis amigos.

El sonido de las botas militares de papá se remonta a una noche de 1940. Mi hermana y yo bajamos corriendo a abrazarlo. Todavía hoy, esos pasos resuenan en mi memoria y resonarán durante el resto de mi vida como si «La Marsellesa» irrumpiera en el Clos Baudoin, en Vouvray, con el vidrio de sus ventanas pintado de azul para que los *spitfires* alemanes no nos bombardeen.

En Vouvray, los Poniatowski cultivaron hileras de viñedos que descendían hasta las márgenes del Loira. De una cava oscura y enmohecida, Rachel, la portera, llevaba a la mesa botellas de un vino blanco que hacía chasquear la lengua de los catadores.

A los cuatro hermanos Poniatowski les tocaba su cosecha. Stanisław, el mayor, era el primero en escoger, luego André, Casimiro y finalmente Johnny (como le decían todos). Los viñedos eran pocos, pero se daban a querer. Quizá mi hermana y yo probamos el vino alguna vez, pero no recuerdo ni a qué sabe.

Mi peor recuerdo en Vouvray no es el de los bombardeos, sino el brazo prensado de mi hermana Sofía en la puerta de hierro de la entrada al Clos Baudoin. Por alguna razón, su accidente me marcó para toda la vida. Más tarde habrían de sucederle cosas mucho peores, pero, durante años, su bracito sucesivamente verde, amarillo y morado fue el primero en la lista de mis ruegos al Niño Jesús.

El mejor recuerdo de Vouvray es la visita que le hicimos a Francis Poulenc, quien se sentó al piano y, después de tocarla, nos regaló la partitura de una «Petite valse pour mes gentilles voisines de Touraine». La memoricé en México, pero no la toco porque ni piano tengo. Mi nieto Andrés la conserva y cuando lo escucho, refrendo mi amor por Poulenc. También quise a Satie, a Georges Auric. Y claro, a Debussy, a quien mi abuelo invitaba a la rue Berton, en París, o a Mallarmé, de quien también fue amigo.

La visita en Touraine a Francis Poulenc me marcó y escucho con emoción su concierto para órgano «La plus que lente». De Debussy conservo una fotografía en sepia. Recargado en una puerta de la sala de la rue Berton, se ve solitario y triste. Años más tarde, al verla, Guillermo Haro comentaría: «Habría yo sido más feliz de saber tocar un instrumento».

Todos los ríos del mundo nos esperaban en la colonia Cuauhtémoc en la Ciudad de México. Las aguas del Sena con las del Guadalquivir, las del Tíber con las del Rin. Haendel nos maravilló. Una tarde, mi hermana Sofía bailó sin música en la pequeña calle de Guadiana y los huéspedes del Hotel María Cristina salieron a aplaudirle.

Tía Carito sabía ver a través de los demás. Ni mamá ni yo tuvimos ese don. Bastaba con que alguien fuera amable con nosotras para creerle. Mi hermana es más lúcida, pero yo caí hasta el fondo del pozo y nunca he dejado de caer.

Cuando regresé del Convento del Sagrado Corazón en Eden Hall, Pensilvania, dos autobuses mexicanos me hicieron feliz: uno rojo, el Colonia del Valle-Coyoacán, y otro verde, el Mariscal Sucre. Su conductor me alentaba: «Suba, güerita». San Juan de Letrán (que creí santo y no avenida) era un río humano, un trajín imparable de viandantes y secretarias, licenciados de saco y corbata y vendedores de lotería: «Cómpremelo, güerita, para que se vaya a Uropa aunque no me lleve».

Caminar por Madero y Bolívar me daba la certeza del amor de los demás; venían hacia mí en sentido contrario con su rostro abierto, sonreían o me cedían el paso. *Güerita*. Creía en su cariño, puesto que yo estaba dispuesta a amarlos hasta la hora de mi muerte. Si me hubieran preguntado quién era Madero o Bolívar habría contestado: «Son calles que me hicieron feliz».

«Pero, ¿de dónde sacan ustedes estos ángeles?», pregunta Fernando Benítez a José Luis Martínez en la Librería Porrúa, en la esquina del paseo de la Reforma y Bucareli. A partir del momento en que se entera de que formo parte del diario *Novedades*, Benítez vocifera: «Angelito, tienes que subir de categoría; para eso está el suplemento *México en la Cultura*». «Angelito, angelito, entrevista a Alfonso Reyes». «Angelito, vete a ver a Luis Barragán».

Su cubículo de *México en la Cultura* en el tercer piso del periódico es una fiesta, los visitantes ríen, sonríen, bailan, se abrazan, todos son genios de la talla de Orozco, de Rivera, de Carlos Obregón Santacilia, quien recogió en el Monumento a la Revolución a Lázaro Cárdenas, Plutarco Elías Calles, Francisco I. Madero, Venustiano Carranza y Pancho Villa. El suplemento cultural es una central de energía, aunque *Novedades* sea una empresa de pocos vuelos. El gerente, Fernando Canales, protege a Benítez contra los dueños del periódico, para quienes la cultura es un sobrante que los papeleros insertan dentro del diario. Benítez aconseja a Canales: «Compra dos paisajes del Dr. Atl, hermanito, compra a Orozco, compra a María Izquierdo… yo te voy diciendo, hermanito».

José Luis Cuevas envía todas las semanas a la redacción de *El Universal*, *Excélsior*, *Novedades*, *The News*, *Zócalo* y algún otro su autorretrato y la bitácora de sus triunfos y gana el Premio Internacional de Dibujo de São Paulo. Benítez y Fuentes se derriten ante este vocero de sí mismo, quien en 1967 trepa a una azotea a colocar un mural efímero con su retrato (casi solo pinta autorretratos) en la Zona Rosa. La Generación de la Ruptura es avalada por Octavio Paz, recién llegado de la embajada de México en París, y los actores y escritores de Poesía en Voz Alta triunfan en el escenario de la Universidad, gracias a Jaime García Terrés.

El Niño, como llama Benítez a Cuevas, escribe con letras negras: «¡Ruptura con el pasado! Los Tres Grandes son panfletarios, su propaganda es de quinta, ya ni en la Unión Soviética; vamos a borrarlos del Palacio Nacional».

«¡Oh, genio inconmensurable!», saluda Benítez a Carlos Fuentes y a *La región más transparente* recién publicada por el Fondo de Cultura Económica. Si el México de los Tres Grandes rugió en la Revolución, Cuevas va a demolerlos de un solo trazo. Fuentes escribirá cómo un émulo de Emiliano Zapata se transformó en banquero.

Gabriel Figueroa filma las nubes de México, también inmortaliza a María Félix cuando parpadea y sus ojos llenan de asombro la pantalla. La voz de un trío de músicos que canta «Malagueña salerosa» convertirá esa secuencia fotográfica en la más bella del cine nacional.

De *superstar* de Hollywood, Dolores del Río llega a Xochimilco: es una indita de trenzas que abraza alcatraces arrodillada en una chalupa. Mi tía Bichette la vio probarse vestidos de Schiaparelli en París y se extasió ante los tres triángulos velludos perfectos de su cuerpo, dos bajo sus axilas y uno entre las piernas.

Divinos.

Ver, en el Festival de Cannes, las nubes de México sobre el Popocatépetl y el Iztaccíhuatl maravilla a los críticos de cine de Europa y a los bañistas en la playa de Cannes.

Años más tarde, leeré consternada en *El Universal* que Pedro Armendáriz, el Lorenzo Rafael de calzón de manta, se suicidó el 18 de junio de 1963 a los 51 años, con una Colt Magnum.357. Más intrigada que triste, preguntaré cómo pudo meter un arma a un hospital de Los Ángeles.

«Porque es mexicano», responde Ricardo del Río, subdirector del periódico *Novedades*, tan aficionado al futbol que su grito «¡Goooool!» retumba en los muros del edificio en la calle Balderas, que antes fue una inmensa alberca: la YMCA.

«¡Doña Sol y doña Elvira, todo el Siglo de Oro me visita!», recibe Benítez a Sol Arguedas y a Elvira Gascón. A veces abre los brazos y corre a su encuentro, otras, se arrodilla frente a ellas. Lola Álvarez Bravo es una de las *blue ladies* y entrega sus negativos más azules que su cabello blanco. Don Lino abre las puertas de su elevador a dos amplios sombreros que salen volando: el de Alma Reed y el de Rosario Sansores.

A quien más querré es a don Lino.

«Angelito, angelito, ¿por qué calzas zapatos de plan quinquenal? ¿Stalin no te permite enseñar tus dedos del pie?», inquiere Benítez. Machila Armida usa sandalias de tiras enjoyadas para ir a comer al Lincoln, en la calle Luis Moya. (También los políticos escogen ese restaurante porque sus gabinetes —llamados «caballerizas»— propician negocios y abrazos del jefe con la taquígrafa).

Sin más, Machila pone sus pies sobre el escritorio D. M. Nacional del director de *México en la Cultura*. «¡Nadie tiene lo que tú tienes, Machila, tus pies son una obra de arte!», se inclina Benítez a besarlos y Vicente Rojo se pone del color de su apellido.

Todo lo que hace el director de *México en la Cultura* se convierte en obra de teatro, cuyo primer acto se renueva cada jueves ante un público admirativo. Cuando le preguntan a Benítez por qué trae paraguas si el sol resplandece, responde desdeñoso: «Es solo para subrayar mi elegancia».

El príncipe Adam Czartoryski.

Capítulo 26

Adam Czartoryski

Los Enciclopedistas y las cortes europeas elogian los primeros meses del reinado de Poniatowski y él se ilusiona con que pronto lo feliciten por mayores progresos: por la futura belleza de su palacio en Łazienki o por la del Palacio Sajón de Varsovia o por la tranquilidad en la calle y en los mercados. Para el rey, la magnificencia es la confirmación de su triunfo. La corte que sabe deslumbrar atraviesa fronteras e impresiona a otros imperios. «¿Conocen el Palacio Azul de los Czartoryski?», pregunta la imperiosa prima Elżbieta. «¿Han entrado a la catedral de Chartres?», presume el príncipe Charles Joseph de Ligne, quien visita Polonia cada año. Para que todos se extasíen ante la belleza de un castillo varsoviano es indispensable compararlo con el Palacio de Versalles.

Aunque Catalina roba la atención de Europa al comprar las bibliotecas de Voltaire y de Diderot, algo queda para Polonia.

Claro que la moda dominante es la francesa, pero Stanisław escoge libreros de ébano y sillones que armonicen con la gravedad de los libros que leyó en la biblioteca de los Yorke, en Inglaterra. ¡Mejor la severidad inglesa y las puertas dobles que apagan los sonidos, porque releer el *Paraíso perdido* de Milton en latín exige el aislamiento! Aspira a releer a Newton y, desde luego, a su bien amado Shakespeare. Dos volúmenes, el Homero, de Pope, y el Virgilio, de Dryden, aguardan en el estante al lado de *Vidas de los poetas ingleses más eminentes* del Dr. Johnson.

Aunque le es más fácil leer en francés, a Stanisław lo deleitaron el *Robinson Crusoe*, de Defoe, las cartas de Chesterfield, *El castillo de Otranto*, de su amigo Horace Walpole, así como el *Tristram Shandy*, de Laurence Sterne. Aunque la Iglesia de Inglaterra critica sus excentricidades, cada libro suyo causa revuelo.

A la hora del crepúsculo, el rey juega billar con quienes pulen pisos, cuelgan espejos y marcos, y barnizan mesas. Stanisław combate sus propios prejuicios. «Majestad, ¿dónde va a guardar su corona?», le pregunta Glayre al ver que la deja al garete. ¡Tanta camaradería con subalternos desata suspicacias! «Stanisław», comenta la adorada prima Elżbieta, «no trates a tus *domestiques* con esa familiaridad».

Frente a los libreros vacíos, los volúmenes se apilan e impiden el paso. Marc Reverdil, también suizo, llega el 23 de noviembre de 1766 y el rey lo nombra gran bibliotecario de la Corona. La distinción no suple la carencia de velas; urgen ochocientas más, sino es que mil, porque en invierno el cielo se oscurece temprano. Otro suizo se ocupa de la numismática: las medallas que

Stanisław reverencia, porque nada lo emociona tanto como prender condecoraciones en el pecho de sus mejores ciudadanos. Marcelo Bacciarelli, responsable de la pinacoteca, frena al rey: «¡Ni un Watteau más, Majestad!».

Stanisław envía a jóvenes talentos a formarse en Francia e Italia. «Son mis becarios». La pintora Anna Rajecka no regresa porque se casa con un parisino y se convierte en la retratista oficial de los polacos que residen en Francia. «Aquí tengo a mi clientela» se disculpa ante el rey.

«No importa que no regresen, el arte es universal», se consuela Poniatowski, quien adquiere a precios desmesurados lienzos de piso a techo, como el *Virgilio leyendo la Eneida a Livia, Octavia y Augusto*, de Angelica Kauffmann, así como obras de Giorgio Vasari, y de François Boucher, Hubert Robert y Canaletto.

Poniatowski restaura y construye nuevas calles, levanta el Palacio Łazienki, manda a traducir al polaco a Rousseau y a Voltaire. Trae de Italia, a punta de elogios y prebendas, a varios pintores y los sienta frente al Vístula para reflejar el fluir de sus aguas en lienzos que él mismo cuelga.

«Poniatowski tiene alma de artista», pontifica Bacciarelli.

Convertir a Varsovia en óleos y acuarelas entretiene más al rey que la *res politica* y acostumbra presentarse sin avisar en el estudio de la pintora Louise Vigée Lebrun. «Tengo gran curiosidad por ver sus progresos».

Apoyar a poetas, a pintores, a filósofos y escucharlos en sus *jeudi du roi* se convierte en una costumbre entrañable, «son mis amigos». Jamás sospecha que la primera regla de todo rey es desconfiar de quienes se declaran sus aliados.

Todo pertenece a la Corona; los volúmenes encuadernados, las vajillas, los delantales de cocina, los vestidos de las mucamas, las escobas, las bacinicas de porcelana de cantos dorados y los enseres útiles al diario trajín del palacio. En las caballerizas, yeguas y sementales se aparean sobre camas de paja traída de Italia.

En la seda o en la batista, en pañuelos, fundas, sábanas y toallas, los nobles de la *szlachta* mandan a bordar sus iniciales y sus armas de familia.

El entusiasmo del nuevo rey es avasallador; pretende ensalzar tanto el oficio del zapatero como el del pintor y el del sacristán como el del obispo. Stanisław ordena hacer el inventario de los bienes eclesiásticos y de los nobles de la *szlachta*, medida que enfurece a quienes ocultan cálices, custodias cubiertas de joyas y alhajeros guardados en sagrarios a los pies de Cristo.

La tardanza de Luis XV en reconocer a Poniatowski humilla no solo a Stanisław, sino a toda su corte. ¡Imposible que lo ignore si lo recibió en Versalles! ¿Dónde están los buenos oficios de Madame Geoffrin para paliar el desdén del francés? Elżbieta pregunta todos los días si hay noticias de Versalles, poniendo de punta los nervios de La Familia.

Luis XVI, futuro rey de Francia, subirá al trono de la mano de la niña María Antonieta, hija de María Teresa de Austria, quien acostumbra dirigirse a Poniatowski con un «muy alto, muy poderoso príncipe, mi querido y muy amado y buen hermano».

«¡Qué felicidad es estar en una situación en que basta el deseo de hacer el bien para que se haga!», escribe

Stanisław a Madame Geoffrin. Para él, ser rey es emprender la salvación de la patria a través de la luz de los filósofos.

—Polonia dará a sus adolescentes una razón de vida y de lo que más importa: su felicidad.

—Majestad, primero que nada, el gobierno tiene que ser racional y moral —advierte Glayre.

—La moral emana de la buena educación y de óptimas condiciones de vida —asevera Stanisław.

Que su presencia sea requerida en mercados, fábricas y talleres, que lo vitoreen cuando lo ven en su carruaje y que en la calle lo llamen *Stasiu* son de sus mayores triunfos y en la noche se sorprende rezando: «Gran Dios, haz que mi pueblo me ame».

En 1766, la Real Sociedad de Londres lo elije como miembro honorario, en la que también figuran sabios franceses y alemanes que se sientan a lado de los creadores ingleses. Aunque su nombramiento tiene que ver con su coronación, Stanisław se emociona porque, así como el Collège de France o la Académie Française reúnen a los mejores cerebros, la Real Sociedad lo reconoce como pensador. En gran parte, se lo debe a sus amigos ingleses. Este honor también entusiasma a la corte, a pesar de que Elżbieta considera que recibir premios y ascensos es una condescendencia.

No cabe duda, ejercer el poder es afrodisiaco porque, según las noticias que llegan de Rusia, el buen humor de la emperatriz es ahora inalterable.

Para los Czartoryski, contrariar a Catalina significa perder sus tierras a la orilla del Báltico, sus castillos, sus caballerizas con varias cuadras de yeguas y caballos de gran alzada y otros, los Przewalski, de talla pequeña, cuya raza está a punto de extinguirse.

Entre sus posesiones y el destino de su patria, La Familia se escoge a sí misma. Adam y Elżbieta, liberales en su juventud, se han vuelto insaciables.

—Deberías darte cuenta —le espetó el tío August— de que para Rusia tú no eres mejor que un jefecillo argelino ante un sultán turco.

—Tío August, recuerde que me dijo que yo, como rey, debería expulsar a quien me contradice. Si lo obedeciera, no sé quién permanecería a mi lado, ni siquiera usted.

Además de elegir al rey, la *szlachta* hace las leyes e influye sobre nobles, sacerdotes y militares.

Los curas son infinitamente más poderosos que los oficiales del ejército y en la Cámara tienen la última palabra. Cuando el diputado en turno no logra imponerse, recurre a la Biblia.

En la pequeña ciudad de Radom, a cien kilómetros de Varsovia, se congregan los enemigos de Stanisław: los Potocki, los Branicki, los Sapieha y los Rzewuski, aliados a los rusos. Ya se habían levantado en su contra en la Cámara Extraordinaria de octubre de 1767, en Varsovia. «Antes eran mis amigos, ahora son mis verdugos», deduce el rey. El príncipe Radziwiłł, precedido por una guardia de cosacos, se negó ostensiblemente a besarle la mano.

Los palatinos opuestos a Stanisław llegan de Cracovia, Slónim, Sandomierz, Lublin, Kiev, Volhynia, Brześć, Wilno, Smoleńsk, Starodub, Oszmiana, Ciechanów y levantan tiendas de campaña en torno a la sede de la Confederación de Radom. Para muchos, las confederaciones polacas son un dolor de cabeza porque se oponen a las causas de Poniatowski e impiden que avance su deseo de abolir el *Liberum Veto*, la peor plaga política de Polonia.

—En ningún país del mundo se aceptaría que un solo voto nulificara el deseo de la mayoría —le dice el rey a Glayre, quien responde:

—Sí, Majestad, pero Polonia no se parece a ningún otro país en el mundo y desde que estoy aquí nunca he visto a un polaco ponerse de acuerdo con otro.

Por vez primera, Stanisław conoce la desmesura del vasallaje. Madame Geoffrin lo adula y a vuelta de correo, el rey pregunta por qué lo llama *Majestad* en cada línea cuando antes lo trataba como a un hijo. «¿Quiere afligirme?».

También los Czartoryski se inclinan a su paso. Aunque resentidos y mezquinos, los tíos August y Michał se sientan a su mesa en el Castillo Real. Los tíos dan órdenes en voz perentoria para que súbditos menos favorecidos reconozcan y difundan su influencia sobre el rey.

«De ti depende que Europa nos acepte», comenta el tío August con el ceño fruncido.

Stanisław recuerda la magnificencia de los castillos del Loira, los *hôtels particuliers* de París y de Londres, nada le gustaría tanto como transformar espacios vacíos en salones versallescos. Si su palacio pudiera brillar como la mina de sal de Wieliczka, diamante de la economía de Polonia, el rey alcanzaría la gloria, pero a *Stanislaus Secundus Augustus Rex* aún le falta ejercer sus dones de monarca y de arquitecto. ¿Los tendrá?

Cuando en 1757, la emperatriz Isabel Petrovna excluyó a la joven Catalina de la vida política de San

Petersburgo, Stanisław corrió todos los riesgos, expuso su vida con tal de mantenerla informada. Sus consejos resultaron tan valiosos como los de Hanbury Williams, y la estrategia ideada por ambos fue clave en la entronización de la joven prusiana. «Poniatowski me es indispensable», reconoció Catalina. Ahora, Hanbury Williams ha muerto, la zarina ya no es ninguna princesita y en la noche, el rey se engaña; repite como letanía que su Figchen lo ama y él la sorprenderá con un reinado ejemplar. Imagina que, en San Petersburgo, la emperatriz también lee en su cama imperial antes de dormir una página de Rousseau.

Reinar sobre una extensión de 17,098,242 kilómetros cuadrados de tierra es un reto, pero lo que menos añora Catalina es la presencia y los consejos de su antiguo amante. Al contrario, Stanisław le estorbaría.

Nikita Panin, el ministro a quien Catalina más escucha, es un admirador de Inglaterra y habla constantemente del poder marítimo que a los rusos les hace falta, ya que no tienen salida al mar.

«Para eso tenemos a Polonia», dice Catalina.

Antes de que le gane el sueño, Stanisław se repite los *te adoro* de su amante. Entonces, ella era la furia del deseo. Releer sus cartas con frecuencia aumenta su fe. «Figchen no va a abandonarme jamás». Fue ella quien le dijo al todopoderoso ministro Bestúzhev: «Estimo y amo a Poniatowski más que a nada y a nadie en el resto del mundo».

La primera vez que los varsovianos se reunieron en la plaza pública para conocer al nuevo rey, Stanisław, desde su trono, vio cabezas de pelo oscuro muy parecidas a la suya, cabezas más intensas que las rubias, a pesar de su número. En la multitud, la mayoría de las mujeres, sobre todo las mayores, se cubrían con una mascada o un enredo, varios hombres también llevaban un gorro metido hasta las orejas; fueron los cabellos claros de niños y niñas los que lo encandilaron. Ese oleaje angelical jamás le haría daño, tenía mucho de aureola y de plumas al viento y, esa noche, el rey puso su cabeza sobre la almohada con agradecimiento. «Los quiero y me van a querer», meditó antes de cerrar los ojos.

El rey adquirió la buena costumbre de repasar, antes de que le ganara el sueño, las decisiones del día siguiente, el discurso de aliento a sus compatriotas indiferentes u hostiles, la toma de la palabra en audiencias públicas y privadas, la cena con los nobles de la *szlachta*. Esa hora consigo lo salvaba y lo sigue salvando. A lo mejor, el camino se lo mostró Konstancja al imponer tareas inapelables. ¡Cuánto vigor en su alma y en su disciplina! ¡Ay, Konstancja! Su precisión es la que ahora le falta a su reino. «Si cedes, te derrotan», solía repetirle.

A Maurice Glayre le alegra verlo regresar de sus visitas a distintos barrios, Mokotów, Żoliborz, Wola, con una sonrisa que lo rejuvenece. «¡Vamos bien, vamos bien!». Tras el ejemplo del obispo Michał Poniatowski, varios educadores se empeñan en la creación de laboratorios y centros de investigación en facultades universitarias y círculos de estudio en los que participan los más esclarecidos.

—Elena, ¿por qué su apellido termina con a: Poniatowska, y el de Jan, su hermano, con i: Poniatowski?

—Porque en polaco y en otros idiomas eslavos, el apellido tiene género. Si eres hombre es *i*, si mujer es *a*. ¿No ha leído a Tolstoi, a Dostoyevski?

—Ellos son rusos.

—Son eslavos.

—¡Qué relajo! ¿Cuándo voy a aprender?

—En México, todos son diminutivos: Elenita, Barbarita, Beatricita, Juanito…

El polaco José Ciołek se enamoró de Sofía Poniatowska, última hija de la familia cuyo apellido desaparecería al casarse. Para evitarlo, nuestro antecesor juntó los dos apellidos y lo convirtió en uno solo: Poniatowski.

En septiembre de 1720, el conde Stanisław Ciołek Poniatowski se casó con Konstancja, princesa Czartoryska. Uno de sus ocho hijos, Stanisław, sería rey de Polonia de 1764 a 1795.

Descendemos (mi padre y sus tres hermanos, así como sus hijos y nosotros, Sofía, Jan y yo) de Stanisław Ciołek Poniatowski, sobrino del rey y segundo príncipe Poniatowski, quien emigró a Toscana a raíz de la Tercera Partición de Polonia y se casó en Roma con Casandra Luci. Dos generaciones nacieron en la Villa Julia, hoy Museo Etrusco en Roma.

De nuevo en París, Stanisław Poniatowski se casó con Luisa, condesa de Lehon, mi bisabuela paterna. André Poniatowski, mi abuelo bienamado, casó con Elizabeth Sperry Crocker, de San Francisco, California. Con ellos vivimos mi hermana Sofía y yo hasta viajar a México en 1942.

Paula Amor, mi madre, nos trajo a México en el *Marqués de Comillas*, que zarpó de Bilbao con setecientos pasajeros, el 1 de junio de 1942. Un año más tarde, mi abuela Beth murió de tristeza por la ausencia de las dos niñas a quienes había criado.

De niña, temí el rigor de André Poniatowski. Tardé en conciliar el sueño porque él se impacientaba si yo no resolvía problemas de aritmética. Todos sus nietos —salvo los dos mejores: Michel, el más inteligente, y Philippe, el más bondadoso— temían su irritación, aunque nunca dependieron de él como mi hermana y yo. En la clase de *composition* me iba bien, aunque dejara cabos sueltos: qué, cómo, cuándo, dónde y por qué, curiosamente los cinco puntos esenciales de cualquier reportaje, pero la de aritmética siempre me provocó escalofríos porque no solo había que sumar, restar, dividir, sino entender un problema cartesiano, como el del propietario de un terreno de 2,400 metros de largo por 1,057 de ancho que tenía la urgencia de saber cuántos postes comprar y a qué distancia ponerlos para levantar una cerca que impidiera la pérdida de uno de sus borregos.

La rama de los Poniatowski en México se extinguió con la muerte de nuestro hermano Jan.

Sofía y yo fuimos educadas con la idea de dos mundos y dos vidas, una en la tierra y otra en el cielo con quienes se nos adelantaron. México es nuestro país bienamado y creemos que nos espera otra vida después de la muerte. A Sofía se le murió su segundo hijo, Alejandro, quien vivió confinado durante 32 años después de un accidente que lo dejó parapléjico.

Mis padres creyeron en el otro mundo y eso los salvó, aunque papá ignoró que moriría a los 70 años. Mi madre sí tuvo el privilegio de vivir su muerte a los 92 años.

No sé en qué creería mi abuelo André Poniatowski, nunca habló de Dios. En Les Bories, en el sur de Francia, donde lo vimos por última vez, presumió su ataúd: «*C'est mon cercueil*», y se sentó en él a modo de despedida. Doscientos setenta años antes, el padre del rey Stanisław Poniatowski ordenó a un carpintero hacerle el suyo. Si cesaba el martilleo, enviaba a un sirviente a apresurarlo. Convertir el ataúd en parte del mobiliario es una tradición familiar. Juan Soriano me advirtió: «Con la vejez, nos hacemos chiquitos; tú vas a caber en una caja de zapatos».

Alguna vez, los granjeros encargados de Les Bories nos invitaron a comer. Acostumbrábamos ir en bicicleta a *L'École Communale* con sus dos hijas, Jacqueline y Nicole Vascongeries, a través de un inmenso campo de lavanda. En ese almuerzo, vi con sorpresa que mi abuelo sorbía ruidosamente su sopa para luego limpiar su plato con un trozo de migajón. Ante mi desconcierto, explicó: «¿Sabes lo que es la cortesía? Hacer lo mismo que tus anfitriones».

A petición suya, también fui infinitamente cortés. Escuché y escucho respuestas, diatribas, discusiones, críticas, planes a futuro. Sepulté secretos y confesiones, olvidé o quise olvidar infundios, ataques y desagradecimientos. Nunca interrumpí a interlocutor alguno. Di a los demás la razón o el beneficio de la duda. Jamás pasaría la noche respondiendo a un crítico que me descalifica y sigo escribiendo porque no tengo otro camino.

Nikolai Repnin.

Capítulo 27

El embajador de Rusia, Nikolai Repnin

Un joven sacerdote de ojos negros y ademanes enérgicos, Hugo Kołłątaj, fanático de Voltaire, se hace indispensable. Con una asombrosa habilidad, una fuerza física a toda prueba y una barba tan cerrada que lo enmascara, proclama ante el rey: «He decidido combatir la ignorancia». Al escucharlo, los viejos se santiguan. «Ese joven es capaz de destruirlo todo antes de forjar algo que lo reemplace», pero el rey cae bajo su encanto. «Ese es el hombre que necesito».

Aunque su obispo y el nuncio papal intentan frenarlo, Kołłątaj convence a cientos de polacos. Gracias a él, el rey transforma el plan de estudios de la Universidad de Cracovia. «¿No se han dado cuenta de que vivimos en otra época?». «¡Qué curación de las almas ni qué curación de las almas! Tenemos que darnos prisa y eliminar la ignorancia y la complacencia».

Kołłątaj confronta a los antiguos doctores en teología.

Cuestiona el retraso, el sentimentalismo de sus sermones, su rolliza autocomplacencia. El sabio Hugo Kołłątaj nunca se aparta del rey y se vuelve indispensable para el futuro de la nación. Como fundador de la Sociedad para Libros Elementales, gracias a él muchos polacos aprenden a leer, y ahora se interpelan, se dicen «*¡Idiota!*» los unos a los otros, dan buenos argumentos para gobernar Polonia y se obsesionan con mejorar los servicios públicos. Desde muy joven, Hugo Kołłątaj adivinó que sería un ídolo de los adolescentes si él, como sacerdote, se comportaba como uno de ellos y les ofrecía diatribas, música, juegos, pero sobre todo diálogo. Alerta, sus movimientos rápidos dan la impresión de que teme el paso del tiempo. Su voz se irrita con facilidad: «Date prisa, no tengo todo el día», interrumpe a su joven interlocutor, aunque de inmediato se retracte y lo invite a jugar ajedrez o a correr tras una pelota.

Su pelota es Polonia.

La posibilidad de hacer crecer a los jóvenes acelera sus sermones; urge cambiar la suerte de hombres, mujeres y niños. «Es indispensable que todo sea para todos», reclama Kołłątaj. «Tú, Piotr, vas a sobresalir, solo necesitas pasar tres horas más frente a tu pupitre». «Tú, Danuta, salvarás a tu familia si la abandonas, tu destino no es cuidar a tus hermanos, tienes que ir a Stuttgart con tu violoncello; si lo haces, también a ellos los salvarás».

Kołłątaj inaugura una nueva forma de ser polaco, alerta, presurosa, creadora. «No te duermas, suceden muchas cosas a tu alrededor, míralas». Impulsa al partido de Los Patriotas en contra de Rusia. «Darles poder a los ciudadanos debilitará la supremacía de la *szlachta*. Los rusos no son nuestros amigos. Son los nobles y los ricos quienes mandan en nuestra nación, aunque estemos perfectamente capacitados para decidir nuestro destino». Desde el púlpito, Kołłątaj actúa como si estuviera espoleando a un rebaño de sonámbulos; sus órdenes son picas en sus ancas: «Avancen, avancen, ¿no tienen sangre en las venas?».

No cabe duda, el triunfo es de los audaces, porque el rey recurre al joven Kołłątaj a todas horas. Como masón y geógrafo, poeta e historiador, escucharlo le da alegría. Además de ejercer una enorme influencia sobre la élite intelectual polaca, Kołłątaj acierta en todo; la educación salvará hasta al polaco más reacio, en cada niño se esconde un músico, un filósofo, un arquitecto: permitir que crezca sin escuela es un crimen. Los niños nacen genios, las circunstancias, y sobre todo los adultos, son quienes asfixian su talento. ¡Imposible transformar a Polonia sin la fuerza de nuevas generaciones! ¡Levanten la vista hacia los adolescentes, denles la mano, llévenlos a la cima!

Cuando Kołłątaj toma la palabra, otras voces se apagan con tal de oírlo. Su discurso enorgullece al rey. «A su lado, me siento más inteligente», confía a su primo Adam, quien admite que Kołłątaj tiene una capacidad de convocatoria inusual que hay que aprovechar. «Es nuestro amigo», le asegura Adam a su hermana Elżbieta, siempre desconfiada, siempre crítica.

—¿Sientes que tu pueblo es parte de tu cuerpo? —ironiza Elżbieta al ver que el rey se extasía ante la inteligencia de varios de sus servidores que se adelantan a sus deseos.

—Prima, siento que escuchar a este apasionado cura formado en Italia es un regalo del que no puedo privarme... También me resultó un privilegio oír a Jan, un campesino en Lódź, decirme que en Polonia todos darían la vida por su tierra y su familia. Hubiera yo querido que los miembros de la *szlachta* lo escucharan. Deseo convertirlo en uno de mis ministros. No importa que no sepa leer ni escribir. Hizo uno de los análisis más inteligentes que he escuchado en años.

—Stasiu, ¿te vas a dedicar ahora a sembrar avena y trigo con tal de estar cerca del campesino de Lódź? Estás loco, no hay peor tontería que pasar de un extremo a otro.

Si algún crítico comenta que Poniatowski se ha vuelto tan liberal que está a punto de descastarse, otro se apresura a incitarlo:

—Todos los que nacimos en tierra polaca, pobres y ricos, amamos sentirla en nuestras manos.

—¿Por qué dices eso? —pregunta Elżbieta, molesta. Yo soy polaca, sé reconocer el talento de los míos, pero un campesino tiene otra formación.

—Vives como en París, prima adorada.

La Forja de Kołłątaj agrupa a los opositores de la nobleza; divulga los ideales de la Ilustración, incendia a jóvenes y a sus maestros: «¡Basta de privilegios!». «¡A repartir tierras!». A su vez, Poniatowski critica el feudalismo y ofrece su mano al primer súbdito que se acerca: «Claro que todos tenemos los mismos derechos», responde. Lo único que no comparte es el vodka, que los polacos beben como agua tanto en su casa como en las tabernas de las que salen tropezándose.

¿Complacer es suficiente para conquistar al pueblo?

—¡Cuidado, es un incendiario! —advierte el capellán Brzozowski ante el entusiasmo que suscita Kołłątaj.

—¡Cualquier país que se respete tiene que publicar un buen periódico! —Kołłątaj golpea la mesa.

También al príncipe Adam le entusiasma ser uno de los fundadores de *El Monitor,* cuyo modelo es *El Espectador* inglés. Aparece dos veces por semana y enciende el ánimo de Glayre:

—No le pide nada al que circula en Londres.

—Ningún periódico va a cambiar mi modo de pensar —predice Elżbieta Czartoryska, pero lee cada página con avidez y la idea de ver su nombre entre las numerosas letritas negras de la página quebradiza la incentiva.

En una entrevista publicada en *El Monitor,* Leibniz, el filósofo, declara desde Berlín: «¿Por qué permitirle a un joven noble gastar su fortuna y su salud en Francia para regresar con una ridícula autosuficiencia y una prevención contra todo lo alemán?».

Lo mismo se aplica a la *szlachta* polaca, que remite su vida entera a París. Claro que hay que eliminar el atraso sármata, pero París no puede ser guía de Europa, aunque, a imitación de los franceses, los articulistas de *El Monitor* se liberan de frases hechas, modernizan su polaco, popularizan el saber de los seguidores de Kołłątaj que brindan por él en la taberna, toman en cuenta el enojo de las mujeres, siguen con pasión a un maestro iluminado y todo el edificio en el que se escribe e imprime *El Monitor* se vuelve creativo y, por lo tanto, moral.

—Vamos a consultar a los lectores, tomaremos en cuenta a los jóvenes y a las mujeres, ¿por qué no hacer una encuesta en la fábrica textil de Lódź? —propone Poniatowski, quien combate en discursos y apariciones públicas el alcoholismo y la afición a la baraja.

—¿Y quién va a leer *El Monitor* si los afrancesados de la *szlachta* solo siguen lo que se publica en París?

—Lo repartiremos en la calle hasta llegar al último de los pueblos, convenceremos a los maestros rurales.

Con el apoyo de Hugo Kołłątaj, Poniatowski introduce laboratorios de biología, química y botánica. Las ciencias naturales suscitan la misma curiosidad que la física, pero el rey también insta a los maestros a que enseñen matemáticas y medicina, aunque la mayoría de los estudiantes escoja las humanidades y sobre todo, la poesía.

Para paliar sus precarias circunstancias, el rey inicia una correspondencia con científicos de toda Europa. Aficionado a la astronomía, compra telescopios y microscopios; sus súbditos más cercanos festejan su curiosidad y mandan traer libros desde Berlín, Londres y París.

«Stanisław quiere mantenerse al día con los progresos de su tiempo», advierte su hermano Michał. *Tratado de los delitos y las penas* de Cesare Bonesana, marqués de Beccaria, resuena en Europa, y si Catalina lo manda a pedir desde Moscú, Poniatowksi hace lo mismo. Según Beccaria, la opresión tiene que terminar, pero Adam Czartoryski alega que es peligroso apresurar la liberación de los siervos.

«Vamos a traducir la obra de nuestros pensadores polacos», ofrece el rey a quienes antes lo criticaron y ahora lo elogian. Los astrónomos también divulgan su pasión por el cielo nocturno y se levantan observatorios en Varsovia, Cracovia y Wilno.

—Es tu santo, mi niño santo.

—Es tu cumpleaños, mi arbolito.

—Es tu fiesta, Manecito.

Es el segundo jueves de junio, el día de los Manueles, *Corpus Christi*, el de mi hijo, el de las mulitas. Magda y yo lo llevamos al Zócalo. Algunos padres de familia montan a su niño vestido de indito en un burro que espera, como el Platero de Juan Ramón Jiménez. Somos muy felices. Frente a la Catedral, varios marchantes tienden su puesto en las piedras calientes del atrio. El Zócalo exhibe mulitas hechas con hojas de palma y cuatro palos que son las patas. Un burrito gris de a de veras sacude su pelambre cada vez que lo monta un Manuelito.

Ni Magda ni yo recordamos vestir a Mane con el sombrero de palma y el jorongo que se acostumbra el día de los Manueles, pero sí le pusimos un pantalón blanco. *Emmanuel* quiso mamá llamarlo porque significa «bienvenido entre nosotros». Cuando de más chico le preguntaban su nombre, lo único inteligible que respondía eran dos sílabas: *ma* y *ne*. Por lo tanto, se le quedó Mane. Más tarde, supe que a Manuela Garín de Álvarez la llamaban *Mane*, cuando ambas visitábamos a su hijo Raúl, líder del movimiento estudiantil de 1968. Una tarde, al salir con ella del Palacio Negro de Lecumberri, me di cuenta de que no tenía un centavo para regresar a casa y de inmediato me tendió un billete. Al otro domingo quise devolvérselo y se ofendió: «¿Acaso no estamos en la misma lucha?».

Al volver del Zócalo a la casa de La Morena, Mane y yo nos sentamos a comer en la mesa y Magda se fue a la cocina. De pronto, una nube veló mi entendimiento.

¿Por qué si estuvimos tan contentos, Magda come en la cocina? ¿Por qué no seguimos juntos los tres? Frente a mi lugar, vi las copas de vino blanco, el tinto y el agua, el plato, la servilleta y a su lado los cubiertos y recorrí mentalmente el trayecto entre la mesa y la cocina. Apenas seis pasos, quizás ocho, pero la distancia se volvió inmensa y guardé silencio.

Pierre Maurice Glayre.

Capítulo 28

La sorpresa de Federico y Catalina

A pesar del apoyo y las felicitaciones que recibe, cada vez que hace una propuesta, al rey se le viene encima un aluvión de críticas, le saltan a la cara acusaciones por delitos que jamás imaginó. «Es su culpa». «Por su culpa». En principio de cuentas, ser rey es ser culpable.

«¿Por qué no aumentar los impuestos?». Aunque es la más impopular de las medidas, el propio Adam coincide con su primo y acepta pagar lo que debe por todas sus propiedades.

Los más ricos son quienes más deben.

Al igual que el rey, Adam sabe que la única forma de salvar a Polonia es fortalecerla ante sus tres vecinos.

—¿Cómo vamos a sobrevivir, querido primo?

Su exaltación sorprende al rey, quien aplaude la frase final del discurso en la Cámara:

—A veces quisiera yo ser un águila para abrazar a Polonia, subirla sobre mis alas y sacarla de este nido que acechan tres bandidos.

A pesar de ser un rico terrateniente, a Adam Czartoryski le conmueve la situación de Stanisław porque, a diferencia suya, no tiene fortuna personal y su inexperiencia lo hace pasar por encima de todo lo malo que se dice de él. Tanto en Varsovia como en Berlín, tanto en Viena como en Moscú, Adam oyó que calificaban a su primo de ambicioso, sumiso e incapaz. A su regreso del viaje, se empeñó en negar en todos los círculos que el nuevo rey hubiera sido premiado por su *ars amatoria* y discurrió con brío en cenas y reuniones sobre el amor de Poniatowski a Polonia; heredero de un extraordinario combatiente, su padre, quien en la batalla de Poltava le salvó la vida al rey de Suecia. Lo elogió con creciente ardor. «Seis veces diputado, Poniatowski destacó en la Cámara por su arrojo. Es un hombre culto, consciente, además de gran lector, conoce a fondo el carácter polaco». El entusiasmo por la oratoria de Czartoryski creció hasta que retumbaron los aplausos en la Cámara.

A Adam lo afligen las críticas a su primo y confronta al primer detractor: «Conozco a Poniatowski desde niño, crecimos juntos, y podría poner mi mano al fuego por él. Solo lo mueven causas nobles». [...] «Quizá sea ingenuo, por eso no sabe mentir [...] es incapaz de una mala acción».

Quienes ocupan los escaños en la Cámara lo escuchan predecir: «Tengo la absoluta certeza de que el rey protegerá a Polonia porque la ama más que a sí mismo».

La inesperada defensa de Adam cae como agua del cielo sobre la cabeza de Stanisław, quien escribe en su diario: «Contaba enormemente con el afecto de mis dos tíos maternos Czartoryski y me es muy doloroso constatar que su forma de ser y el azar trajeron a mis manos las pruebas escritas de lo contrario; ninguno tiene por mí la amistad que siento por ellos, los dos se empeñan en renegar de mis medidas y en atribuirme malas intenciones, pretenden quitarme el corazón de mi pueblo».

Adam es capaz de ver a los campesinos con gran simpatía. Al igual que el rey, no desdeña a sus siervos, pero tampoco los considera sus iguales. Los primos cuentan con seguidores en la Cámara. En cambio, los súbditos le temen al viejo tío August Czartoryski. Este no sospecha que, ante él, cualquier interlocutor diría: «Siento ganas de ahorcarlo».

Nada tan difícil como mantenerse en el poder en medio de descalificaciones e infundios. El nuevo rey se entrena cada madrugada para enfrentar al enemigo.

«Poniatowski pretende abolir el servicio militar. Va a entregarnos al enemigo». «Es un iluso, nada sabe de la defensa del país». «Solo un romántico insistiría en el arte antes que en las armas. Antes de tomar cualquier decisión, abre uno de sus libros, cuando lo que debería hacer es salir al campo y conocer los surcos de su tierra», critica Adam, quien conversa con su administrador en las mañanas.

Los magnates le apuestan a un ejército polaco tan temible como el prusiano. Brindarles a los cadetes un entrenamiento militar superior es esencial para enfrentar a cualquier enemigo. La primera acción es proteger a la patria contra la voracidad de Catalina, de Federico II, de la muy piadosa María Teresa de Austria, de Carlos de Suecia. ¿Acaso los cuatro monarcas han confirmado su beneplácito por la subida al poder de ese polaquito salido del lecho de la emperatriz?

El rey recorre cada una de las comarcas; se esfuerza por visitar la casa del campesino, por sonreírle a la iletrada y apetitosa vendedora de frutas, «es el rey, llegó el rey a visitarnos», se felicitan los obreros de Masovia, los rebeldes de Samogitia, los de Kiev que se codean con tantos rusos, los habitantes de Volhynia, la mayor productora de trigo, Podolia, Podlasie, Livonia, Smoleńsk, Siewierz y Czernichow, así como los pobladores de las urbes confederadas.

—Stanisław, tú eres el rey, no corras prisa, no estás al servicio de cada uno de tus súbditos —insiste Elżbieta.

—Soy yo quien los necesita, prima adorada. Sin pueblo no hay rey.

—Te aseguro que la emperatriz Catalina duerme profundamente mientras tú te desgastas...

—Insisto —también se irrita su hermano Michał— en que al ser tan complaciente lo único que demuestras es tu debilidad...

—¿También las tierras de la Corona pasarán a las manos de quienes las trabajan? —pregunta airada Elżbieta, a quien la generosidad de su primo irrita hasta la exacerbación.

Enamorarse es parte esencial del carácter eslavo y los polacos lo hacen sin medir consecuencias ni anticipar fracasos. El rey declara su enamoramiento de Polonia, aunque pondera en sus audiencias: «Es la ciencia, no la improvisación, la que nos enseñará a entender lo incomprensible, a ir más allá de nosotros mismos, a adquirir capacidades que no sabíamos que teníamos...».

Sapere aude, «atrévete a ser sabio», dos palabras fáciles de pronunciar que los ujieres repiten al abrir la puerta del salón de recepciones.

Ansiosa de placeres, la corte recibe en el castillo de Wawel a las actrices europeas, quienes a menudo confunden el escenario con la cama real. La Catai, la Binetti, la Casacci y el barón de Julius presumen su intimidad con el rey. Los súbditos saben que lo peor que puede proponérsele a Stanisław es *jouer aux cartes* porque detesta la baraja.

—Majestad, no se disperse tanto…

—Glayre, aunque le parezca superficial, mi hermano Michał opina que las relaciones mundanas son el origen de cualquier tratado político…

—Majestad, no tenemos ni la fuerza ni los fondos de Francia ni su *savoir faire* —aconseja el suizo.

Divertirse después de una ardua jornada es un descanso, y entre más sugerente, mejor. Telémaco es el nombre con que Poniatowski firma su correspondencia con Madame Geoffrin, la Penélope que teje de día y desteje de noche la historia de la monarquía polaca, ya que ella condujo al trono a su «hijo bienamado». «Polonia es mi Ítaca», sonríe el rey.

La corte de Poniatowski no alcanza la fuerza ni el lujo de la rusa o de la prusiana, aunque los nobles de Varsovia y Cracovia son buenos bebedores y mejores anfitriones. Las mujeres tienen más carácter que los hombres. Izabela Lubomirska asegura que podría intervenir en la política mejor que cualquier enciclopedista; y su amante ruso, el embajador Nikolai Repnin, le aplaude: «La inteligencia de mi *maitresse* causaría sensación en Versalles», presume.

Las mujeres de la familia Czartoryski, tanto Izabela, esposa de Adam, como la prodigiosa Elżbieta Czartoryska, quien ostenta el título de princesa mariscala, critican a Catalina: «En su lugar, yo haría…», pontifica Elżbieta ante oyentes que la aplauden. Repnin finge no oír; sus dos anfitrionas son patriotas: resulta fácil considerarlas *les grandes dames* de una sociedad pensante.

A nadie sorprende que la hermosa Elżbieta intervenga en una discusión:

—¿Y Silesia? ¡Es indispensable invertir en nuestras minas de carbón!

—No es nuestra única fuente de riqueza —la contradice Izabela—. También lo es la educación. ¡Escuelas! ¡Imprentas! ¡Maestros! ¡Libros! ¡Músicos! ¡Que los niños se adueñen de un instrumento, que canten, que dibujen, que escriban; así se adelantarán a su futuro de pensadores y estrategas!

En las calles de Varsovia pululan los vagabundos, los baches y el agua de las cañerías, pero la riqueza del país está en su minería, solo hay que sacarla del socavón.

Elżbieta es una flama roja que incendia todas las conversaciones. Resulta tan convincente que influye en el rey para fundar un cuerpo de ingenieros y de arquitectos. Desde Varsovia, él recluta en Francia, en Italia y en Inglaterra a agrónomos, fundidores, tejedores y hasta cantantes de ópera. En medio de la efervescencia, se cuelan charlatanes y libertinos. Ingenuo, Stanisław paga de su bolsillo a empresas fantasmas y, por desgracia, el consejo de Maurice Glayre no cala en su espíritu. «Majestad, ¿cómo va a sentar a su mesa a aventureros que lo explotan?».

—No podemos descuidar nuestra máxima riqueza: el hierro —insiste Elżbieta, sorprendiendo a Glayre con su buen sentido.

Por si fuera poco, August Moszyński, un industrial enamorado de la prima adorada, ofrece multiplicar forjas capaces de producir un acero de tanta calidad como el de Inglaterra.

—Si somos buenos en forjar acero, dediquémonos a ello —se entusiasma Stanisław y añade risueño—: ¿No tienes a otros enamorados dispuestos a invertir en nuestra ciencia?

«El tiempo, ganarle tiempo al tiempo, todo lo tenemos que hacer aprisa, levantar nuestro proyecto desde el primer instante», insiste, aunque Glayre aconseje prudencia.

En cada encuentro, el soberano repite a sus seguidores: «Polonia tiene mucho que ofrecerle al mundo y con nuestra preparación, mantendremos a raya a nuestros tres vecinos que se creen invencibles…».

Fortalecer la extracción de cobre y zinc en Miedziana Góra, la sal en Wieliczka, el plomo y la plata en Orkusz, la mina de calamina, propiedad de Adam Czartoryski, y la del carbón de Silesia, son tres de sus grandes proyectos. Su prima Elżbieta lo conmina:

—No te distraigas, Stasiu, tu reino debe ser tu único objetivo.

Y el rey alega:

—No sabes la cantidad de gente que pide audiencia, no puedo ofenderlos.

—Ciérrales la puerta, Stasiu, para eso eres rey.

—Está fuera de mi naturaleza, imposible desatender a solicitante alguno.

—Pídele a Glayre que los reciba.

—No quieren ver a Glayre, me quieren ver a mí.

—Yo los voy a recibir y les diré sus cuatro verdades.

—Por favor, prima, no te metas.

Sus súbditos lo critican: «¿Dónde está su fuerza de carácter? Es demasiado complaciente». «Dice *sí* a todo». «Inconsciente, su número de enemigos es cada día mayor». «Es tan iluso que declaró que prefería un libro a cualquier arma». «¿Se imaginan? Ni siquiera se preocupa por la defensa del país», alega Jan Ostrowski.

—Es mal momento para que anuncies tu intención de despojar a los terratenientes. —Pondera el primo Adam—. No quemes etapas, no contraríes a los ricos, no necesitas más enemigos, tu obra tiene que ser de largo aliento. Van a pasar años antes de que logremos cambiar la mentalidad de un propietario y más años aún, para que el campesinado comprenda que quieres beneficiarlo.

—Prefiero a un campesino que al magnate Potocki —responde Stanisław.

—Lo que buscas es que el pueblo te endiose —replica Elżbieta.

El militarismo permea la vida de la mayoría de las familias polacas, que admiran la fuerza de los ejércitos de Prusia cuya preparación es muy superior a la de otros países.

Muchos terratenientes se niegan a acatar las órdenes del nuevo rey. ¿Con qué autoridad les pide sacrificarse si sus familiares, los Czartoryski, son los más ricos de Polonia? El consejero de obras públicas propone pavimentar calles y levantar un puente sobre el Vístula. «No hay dinero», contesta el cínico tío August Czartoryski, quien pretende encargarse de las finanzas.

Los ricos tienen la costumbre ancestral de afirmar que no tienen dinero. El mismo Adam Czartoryski exige un sistema de drenaje que limpie las calles de Varsovia.

«¡La salud es la salud!», insiste. «Es indispensable enseñarles higiene a hombres y mujeres. ¿Cómo es posible que vacíen su bacinica a media calle?». La miseria polaca proviene del egoísmo de los privilegiados, y el rey se dispone a confiscar a los jesuitas todas sus riquezas.

Para Poniatowski, la medida de su popularidad está en la calle; para la adorada prima Elżbieta, en la respuesta de las coronas europeas. «Tienen que reconocerte, tienes que demostrarles quién eres».

A Stanisław lo que más lo anima es que lo aborden en la calle. Descender de su carruaje a la primera manifestación de cariño se le vuelve costumbre. Tiende la mano al barrendero, a la cocinera, ríe con el albañil; mientras más cerca esté de su pueblo menos posibilidades de conflicto.

—Si hablo con ellos, puedo enterarme de lo que les falta.

—Stasiu, no todo es la plebe, tienes que convocar con mayor frecuencia a la *szlachta* —insiste Elżbieta.

—Son insoportables.

—Son tus pares, sin ellos no lograrás nada.

—Me aseguraste que el poder detrás del trono era Catalina, y creo que fuiste más exacta, querida prima.

—¿Por qué no bebes? —le espeta su hermano, el eclesiástico Michał—. Si bebes, todos te aceptarán.

—Creí que habías hecho un voto de abstinencia, Michał.

—Sí, pero me conviene beber en sociedad…

Michał, el más crítico de sus hermanos, el más autoritario, el hipócrita desde el primer instante de su sacerdocio, lo condena, como ahora lo hace el primo Adam:

—Pierdes tu tiempo, nadie toma en cuenta tu buena voluntad, lo que haces cae en el vacío. Piensa en grande, los pobres, pobres morirán... Con ellos nunca vas a llegar a nada. Lo que más llama la atención de Europa es la flota mercantil polaca capaz de cruzar el Atlántico y tú aún no te reúnes con almirante alguno.

«Coraje y paciencia», se repite Stanisław cada vez que estalla un desacuerdo en su familia o entre comerciantes, obreros, burócratas y hasta seminaristas.

El rey confía a su mejor amigo, Charles Yorke, su más ardiente deseo: hacer de Polonia un Estado moderno con una Constitución parecida a la de Inglaterra. Aspira a reunirse con los grandes pensadores ingleses que tienen seguidores en toda Europa.

—¿Cómo vas a acabar con la anarquía polaca? —pregunta Yorke.

—Ya inicié la liberación de Lituania al abrir escuelas en todas sus poblaciones.

En la vida diaria de Varsovia, citarse a duelo es una costumbre y los jóvenes son los primeros en desenvainar su espada. Cualquier pretexto suscita un duelo a muerte. El desafío en lances amorosos revienta todas las madrugadas y a Adam le duele la muerte de sus cadetes y oír el «Ayer falleció», dicho con toda naturalidad:

—¡Cómo, si tenía veinte años!

—Sus veinte años descansan en el panteón.

El amor llama a la muerte. Varios jóvenes se han enfrentado a duelo por el favor de Elżbieta Czartoryska. «No lo conozco, nunca he visto a ese caballero», se evade la prima adorada. En los corrillos se murmura: «Cayó otro de los enamorados de la Czartoryska, esa princesa es una amenaza». Adam no le da seguimiento ni al duelo ni a la muerte de ninguno de los pretendientes.

—Glayre, estoy feliz de haber logrado la consolidación de la Escuela de Cadetes.

—No solo eso, Majestad, su visión le hizo conseguir créditos para una Escuela de Lenguas Orientales, la fundación de la Academia de Medicina, la apertura del comercio del azúcar, el trigo y las papas que ahora se venden en Prusia, Francia e Inglaterra.

A pesar de que muchos miembros de la *szlachta* lo confrontan y va de humillación en humillación, el rey le insufla a su reinado toda la inteligencia heredada de sus padres. Como no puede contar con la ayuda financiera de los nobles, se endeuda y provoca la ira de la zarina. Funda una Casa de Moneda en la que diferentes piezas de oro y plata circulan con libertad. Frente a Europa, esas monedas evidencian el desorden de su reino. Años antes, Fryderyk de Prusia dañó Polonia al inundarla de dinero falso.

La autoridad de los Potocki, los Branicki, los Czartoryski y los Zamoyski abarca toda Polonia. En la *szlachta*, pondera la palabra de los ricos:

—Tú, Kwieciński, ¿qué posees?

—Dos ciudades y cien siervos.

—¡Ah, pobre de ti! A tu lado, somos unos pordioseros —grita Branicki, dueño de quince ciudades, tres palacios y miles de siervos que cultivan tierras que ni siquiera se preocupa por conocer. Los nobles se enojan:

—Cállate, Branicki. Aunque tengo menos bienes, no parezco un cerdo y mis dos hijos estudian en Florencia.

Branicki amenaza a cualquier contrincante y antes de una discusión pone su sable a la vista de todos.

Las grandes familias cultivan una idea de sí mismas que supera cualquier realidad. Lograr la paz entre ellas es difícil porque cada una se cree excepcional y recurre al *Liberum Veto* para imponerse.

—Stasiu, el *Liberum Veto* es un arma perfecta porque un solo voto nulifica la decisión de todos —presume la prima Elżbieta.

—Por eso mismo quiero abolirlo…

En el momento en el que el rey está a punto de tomar la palabra en la Cámara, aparece despampanante la prima adorada vestida de rojo y blanco; los ojos se dirigen hacia ella. Saluda a los diputados, la mano en alto como si encarnara a la patria. Stanisław, ingenuo, se pregunta por qué Elżbieta apareció en la Cámara vestida con los colores de Polonia, si iba a contrariarlo en todo. El rey se anima:

—Polacos, si cuento con la mayoría, estoy seguro de lograr que la emperatriz de todas las Rusias acepte eliminar el *Liberum Veto.*

La prima adorada Elżbieta se pone de pie:

—¡Cuántas ilusiones! Mi hermano, el príncipe Adam Czartoryski, mi esposo Lubomirski y yo favorecemos el *Liberum Veto.* Es la esencia de nuestra fuerza.

El rey no puede creerlo. Su adorada prima jamás se separa de él y su presencia en el palacio es cotidiana. Cuando se ausenta, el rey la extraña. ¿Habrá perdido la cabeza? ¿Cómo entender esta declaración?

—Primo Stasiu —le explica más tarde—, acabo de salvarte la vida. Algunos se disponían a matarte. Mi intervención los detuvo…

El rey no puede sino santiguarse. ¿Quién es esta mujer capaz de semejante doblez?

A diferencia de Elżbieta, su cuñada Izabela Flemming, la esposa de Adam, no coquetea con un solo prusiano. En cambio, no suelta al embajador de Rusia, Nikolai Repnin, y se le ve de su brazo reír en los salones y jardines del palacio.

—Adam, ¿te das cuenta de cómo flirtea Repnin con tu mujer? —pregunta su hermana Elżbieta.

Si entre las sábanas, Izabela intentara convencer a Repnin de abolir el *Liberum Veto,* Polonia la convertiría en una heroína que se sacrifica por la patria, pero la corte entera, testigo de su relación, espera en vano. «Así como Polonia es esclava de Rusia, la princesa Izabela me recibe en su lecho», escribe Repnin a su tío Nikita Panin, primer ministro de la emperatriz de Rusia y protector de todas las relaciones de la zarina.

El rey insiste en creer en Catalina. El anguloso Jan Klemens Branicki, siempre de pésimo humor, previene a La Familia:

—Todo, menos pelearnos con Rusia. —Repnin cree que solo el protectorado ruso puede asegurarle a Polonia su independencia y muchos miembros de La Familia le dan la razón.

—¡Es mentira, los polacos detestan a los rusos! —grita Elżbieta no solo en la Cámara, sino en varias recepciones.

En el salón del Palacio Łazienki, Elżbieta se remueve en su asiento, arregla en torno suyo los pliegues de su vestido y roba la atención que debería centrarse en Stanisław.

—Majestad, acabo de hacerle una pregunta y usted solo tiene ojos para su prima. —Se molesta el arzobispo Ignacy Krasicki, capellán de la corte.

Amigo de Voltaire, Diderot, D'Alembert y consejero de Federico II, el obispo Krasicki interpela al rey de Polonia como a un igual. Con esa misma familiaridad acude al Sanssouci del emperador de Prusia, a pesar de la amenaza de la partición.

Homme du monde, rico y poderoso, Krasicki cree que algún día de algún siglo, en el momento menos pensado, la suerte se inclinará a favor de Polonia. Mientras tanto, cultiva la amistad de los poderosos, aunque sabe que en el fondo desprecian a Polonia. Nada le cuesta repartir bendiciones y alega ante el rey:

—Al enemigo hay que tenerlo cerca; imposible que el destino se ensañe siempre contra Polonia. Paciencia, Majestad, paciencia.

—Se equivoca, Su Ilustrísima, la buena suerte nunca está del lado de los pobres: nacen condenados de antemano. Eso, usted debería saberlo mejor que yo —interviene Maurice Glayre, para quien las razones de Krasicki son las del traidor.

El ministro suizo detesta al ostentoso y mundano obispo y tiene la certeza de que los católicos deberían arder en el infierno.

—Los luteranos también —murmura el rey.

—Los prefiero, Majestad.

Bajo cada adoquín de Varsovia, salta un cura como un sapo, una pulga, una chinche, ya sea de parroquia o de seminario. Los nuncios y los obispos son príncipes que toman decisiones de Estado porque su fortuna los sitúa por encima de la plebe a la que bendicen y llaman su grey. «Hago con el pequeño Poniatowski lo que me da la gana», presume Krasicki, «y estoy seguro de que haré lo mismo con la emperatriz».

Cuánta pretensión la de ese sacerdote sostenido por sus inmensas riquezas, lo mismo que el obispo Kajetan Sołtyk, a quien reconocen en la calle con solo escuchar las ruedas de su carruaje. Los soberanos europeos envidiarían los resplandecientes uniformes bordados de oro y plata de sus cocheros y *valets*. ¡Qué generoso es Cristo para algunos!

—¿Cuál es el anillo que besan sus fieles cuando los confirma o les da personalmente la comunión, Su Ilustrísima? —le pregunta Glayre.

—Un anillito con una amatista reservada a la plebe.

El obispo Kajetan Sołtyk odia a Catalina y es el más ingenioso de sus adversarios. Los nobles de la *szlachta* disfrutan sus *mots d'esprit* más que sus bendiciones, para el disgusto de Izabela Flemming, quien protesta:

—¡La fortuna y los privilegios de ese hombre de iglesia me indignan!

—¿No es su fortuna y su inteligencia lo que más agradece la corte polaca, Izabela? ¿Por qué tanta acritud? ¿Acaso porque se compara con tus privilegios? —ironiza Elżbieta, siempre mal dispuesta hacia su cuñada. Al menos, el obispo Sołtyk mandó a restaurar tres iglesias, ¿tú que has hecho por Varsovia?

—Salvarla de mujeres como tú que solo piensan en sí mismas.

—¡Eso es mentira! —defiende Adam a su hermana—. Elżbieta es una patriota.

«¿Ya sabías?». «¿Quién te lo contó?». Nadie dice nada, pero ahí en plena mesa hierve el escándalo y la condena.

«¿Ya te enteraste?». «Yo lo sé todo, detalle a detalle, de muy buena fuente, me lo contó Ruquis Fernández Castelló».

Tras del escándalo, la vida se vuelve otra. Hombres que antes no me miraban ahora me sonríen. Supongo que las mujeres que dan a luz se vuelven más bonitas. O todo se vuelve más fácil. Una tarde, en la amplia Redacción del tercer piso del diario *Novedades*, sin ninguna razón escucho una voz masculina:

—Queremos felicitarla por ser día de su santo.

—¿Mi santo? ¡No es mi santo!

Pero esta iniciativa hace que se formen varios reporteros.

—¡Venga el abrazo, Elenita!

En la fila, se alinean diez hombres.

—Usted es nuestra reportera favorita.

Sonrío, sonrío, sonrío siempre.

Alberto Beltrán se enoja.

—¿No te das cuenta de que todos quieren pasarse de vivos?

¡La vida se nos viene encima a Mane y a mí! Kínder, fines de semana en Tequisquiapan, comer, beber, dormir, bañarse en tina, reconocer la *o* redonda, sí, la *o* como pelota, como globo, la *i* con su puntito, así paradita como la *l*. Crecer al lado de sus primos Pablo, Alejandro, Santiago, Diego, los hijos providenciales de mi hermana, Tequis —que papá escribe TXS—, los cuatro nogales y la enorme extensión de pasto queretano, ¡qué bellísima infancia!

Tras un curso para parvulitos de Madame Tron, a la vuelta de La Morena, Mane estudia en el Liceo Franco Mexicano. En la casa, comparte la rutina de mis padres y la de Jan, mi hermano, quien lo somete a un riguroso entrenamiento. Jan lo reta a seguirlo en bicicleta y Mane pedalea sobre la suya con sus piernas todavía cortas —como lo hace por la calle Morena que llega hasta el puente— y lo lleva a descender a toda velocidad por los veintiocho kilómetros de Insurgentes, la avenida más larga de la Ciudad de México. Como Mane no se rinde, Jan presume: «Ese sí va a hacer algo en la vida». Esa frase me marcará para siempre porque Jan perderá la suya, a los 21 años, el 8 de diciembre de 1968.

Escribo un día sí y otro también. Si me dicen que a un hombre lo asaltaron en la esquina de Morena y Gabriel Mancera, corro a la calle, hago preguntas y escribo. Corro siempre. Si me piden que entreviste a Octavio Paz, pongo mis dedos sobre el teclado y mecanografío, si me dicen que visite a María Victoria, corro a su casa de El Pedregal y escribo.

De jovencitas, mi hermana y yo reíamos hasta porque volaba una mosca. «¿Serán tontas?», preguntó un chofer, contratado por papá para enseñarnos a conducir. Reímos del miedo a chocar, reímos en la cara del *cuico*, el policía, dispuesto a multarnos, reímos tanto en el cine que los vecinos se cambian de asiento, reímos ruidosamente porque es imposible aguantarnos en un palco de Bellas Artes e indignamos a los espectadores. ¿Cómo es posible tener tanta risa dentro? Reímos con solo mirarnos y si viene un invitado reímos con él y luego de él. Nos casamos y ya no reímos tanto, pero conste que fuimos niñas felices. También mamá reía; papá, a veces, pero sonreía muy bonito.

Palacio de Łazienki.

Capítulo 29

Los Disidentes

A Stanisław lo anonada el maltrato de su antigua amante. Ella misma le confesó cuánto le costó salir del luteranismo y entrar a la Iglesia ortodoxa y cómo le dolió traicionar a su padre al cambiar de credo. ¿Mentía entonces? Catalina sabe que, desde hace más de un siglo, Polonia abre sus puertas a judíos, ortodoxos rusos y cosacos musulmanes. Para Stanisław, los hombres y las mujeres de religiones distintas son parte de la vida cotidiana y las conoce desde niño. Invocar a Polonia e Irlanda es una de las grandes verdades europeas. Sin su fe no existen y su religión es su mayor arraigo.

—¡No me dé órdenes! ¡Ahora resulta que usted pretende reinar en Polonia! —Stanisław se alza contra la intransigencia de Repnin.

—Mientras obedezca a la zarina —alega el ruso—, nuestro acuerdo será entre iguales. Si se rebela, me será imposible seguir apoyándolo.

El ruso se da el lujo de olvidar el rango de Poniatowski y alaba a nobles polacos que el rey considera enemigos: los Sapieha, los Radziwiłł, los Potocki, los Branicki, los Rzewuski.

Los opositores de Poniatowski le rinden pleitesía al embajador de Rusia y rechazan al rey. A cambio de su servilismo, Repnin les promete tierras y prebendas. Ninguna función de teatro se inicia sin su presencia. El hijo de Izabela Flemming, la esposa de Adam, se le parece como dos gotas de agua entre sí y hasta Izabela coincide en que es su vivo retrato, «no entiendo por qué». «Adam Czartoryski *est cocu*», rumoran los cortesanos en el pasillo. El chisme es un poderoso comunicador político y Repnin, orgulloso de sus lides y victorias amorosas, se mofa de las preocupaciones del rey.

Por primera vez en la historia de Polonia, a iniciativa de Poniatowski, los siervos tienen permiso de entrar a la Cámara y escuchar desde la gayola a senadores y a diputados, pero las discusiones resultan tan bizantinas que muchos salen a tomar el aire y tardan en regresar, si es que regresan. «Me voy». Se harta un campesino. «Prefiero dialogar con mi caballo».

Las sesiones de la Cámara duran ocho semanas, del 6 de octubre al 29 de noviembre de 1766. Se alargan hasta la noche, tanto así que los ujieres encienden antorchas para que no todo sea obscuridad.

El 1 de agosto de 1767, Stanisław se desahoga en una carta a Madame Geoffrin: «Es mi deber seguir en el timón y defender a Polonia con mi vida, por más dura y amarga que sea mi tarea. Desesperarme sería una cobardía y un gran mal para mi patria».

A pesar del rechazo de Catalina, Stanisław nunca deja de hacerse ilusiones. Concluye sus misivas con su letra parejita y llena de mansedumbre que la zarina solía elogiar: «Con el deseo de que el cielo se aliste a proteger los días, las semanas y las horas de Catalina II y volvernos más afortunados y que, a ejemplo de la Divinidad de que ella es la imagen más bella sobre la tierra, resulte tan amenazadora para los malos y los soberbios como bienhechora para los buenos».

Cada misiva de la emperatriz es un pésimo augurio: «El *Liberum Veto* puede aniquilar Polonia y cortar de tajo su futuro».

«3 de marzo de 1776

»Señor, mi hermano:

»Al presentarse mi embajador en la corte de Su Majestad, le testimoniará mi satisfacción por la carta que me trajo de su parte y le reiterará las seguridades más positivas; no varío en nada en mi amistad por Su Majestad ni mi inclinación y mis deseos manifestados con frecuencia por procurarle ventajas y asegurar mi tranquilidad de su estado.

»Vuestra Majestad está convencida, y su nación con ella, de que no hay medio más eficaz para lograr la paz que mantener el gobierno que Ella y su nación han logrado establecer con el apoyo de mis buenos oficios y los de mis aliados. También sabe que por más ventajoso y necesario que sea el tratado, hay que luchar contra el interés y la opinión de quienes tienen una cierta idea de las cosas y combatir los abusos que precedieron a nuestro acuerdo [...].

»Mi embajador recibió órdenes perentorias para apoyar a su nación en todas las deliberaciones que puedan reafirmarla. Siento la obligación de prevenir a Su Majestad sobre este tema para que elimine cualquier rumor contrario que haya podido propagarse y ninguna especulación e insinuaciones —cualesquiera que sean que se me han atribuido o se me atribuyen sobre el futuro de Polonia, instaurado y promovido por mí y por mis aliados— encuentre cauce en su espíritu o en el de su nación.

»Le ruego a Su Majestad creer que la gloria y la dignidad de estado no son las que me impiden volver sobre los pasos que me atan con fuerza a mi resolución, sino la convicción que tengo de que Polonia solo puede ser feliz con el gobierno existente tal y como ahora funciona [...] espero que Su Majestad responda a todos estos temas a mi embajador, el único a quien doy mis órdenes y el único que tiene derecho de hablar en mi nombre.

»Espero que Su Majestad le otorgue toda la confianza necesaria para serle útil al fin que deseo. Solo en esta forma, yo, emperatriz, puedo ponerme en la posición de probarle personalmente la estima sincera y la perfecta amistad con la que soy la emperatriz de todas las Rusias».

Contestarle a la emperatriz toma un tiempo infinito por el fárrago de cortesías de rigor. El protocolo impuesto por la corte de Francia disfraza cada frase, los adjetivos lastran la más mínima idea, leer entre líneas es un *must*, dicen los ingleses y la atmósfera se vuelve irrespirable, aunque las conversaciones son triviales y superfluas. Los terratenientes no se dan cuenta del alcance de Catalina, quien finalmente los trata como su antecesora, Isabel Petrovna.

«Mi tierra ha sido invadida por quince campesinos rusos, Majestad, y no tienen el menor derecho de cultivar en un terreno que no les pertenece».

«Los rusos están desviando el agua del río Łyna hacia sus aldeas… Acaparan nuestro trigo en la frontera…».

Mientras que en las poblaciones más olvidadas, los campesinos enfrentan abusos y saqueos, la nobleza rusa enloquece por todo lo que sucede en París.

—Recibí un *pâté de foie-gras* de Francia. Voy a servirlo con un vino de Tokay.

—Es un error, sírvelo con *champagne*.

—Así lo ofreció la princesa Radziwiłł con unas *rillettes de Tours*.

—¡Qué inculta! En los castillos que bordean al Loira se escancia con vino tinto.

—Tengo entendido que el *chaud-froid* le cayó en el hígado a la princesa de Polignac en su última visita y dijo que no tenía nada qué ver con el que se sirve en París.

Stasiu gasta lo que no tiene y se endroga como todos los aristócratas: *Les polonais m'aiment*.

La alquimia, la astrología, la fabricación del oro, la piedra filosofal, todo fascina al rey. Glayre se preocupa por la infinita credulidad de su amo. Por más que lo previene, Stanisław siempre acaba dándole la razón al otro.

El distinguido alquimista y conde Cagliostro causa sensación: asegura tener el secreto del vidrio maleable que en otros países llaman «mercurio filosófico». También la piedra volátil y el agua astral son esenciales en la medicina. La fijación del mercurio en la plata y otros secretos de enorme trascendencia permitirán remontar los ríos, desalar el agua de mar para volverla potable. Este proyecto resulta tan necesario como la extracción del zinc y del cobre de la mina de Miedziana Góra.

«Millones de złotys entrarían a las arcas si aumentamos las jornadas de los mineros. Lo agradecerán los polacos más pobres, quienes dejarán de ingerir amapolas para espantar el hambre»...

En su encuentro matutino con el rey, Nikolai Vasilyeich Repnin, embajador de Rusia en Polonia, deja caer una bomba:

—Su Augusta Majestad, la emperatriz de todas las Rusias, Catalina II, le ordena a usted concederle a los disidentes, protestantes y ortodoxos, los mismos derechos que a los católicos.

—¡Imposible! ¡Imposible que me haga eso! ¡No la creo capaz de ponerme semejante trampa!

En Polonia, en el siglo XVIII, darle el mismo trato a los protestantes que a los católicos es más que una despiadada ironía, es prender la mecha de una guerra que hasta ahora ha podido evitarse.

—¡No puedo creer que me ataque en esa forma! —Solo atina a repetirle el rey a Repnin—. Ambos sabemos que no hay peor guerra que la religiosa. ¿Habrá olvidado cómo nos impresionó a ambos la saña de los inquisidores y su crueldad contra los llamados herejes? ¿Olvidó también que juntos leímos a Rousseau? Repnin, si la emperatriz tiene el más mínimo sentimiento de benevolencia hacia mí, ahora es el momento de mostrarlo —exclama con enojo Stanisław—. Perecer no es nada, pero perecer a mano de la persona que uno ama es atroz. Si esta orden se cumple, no puedo sino avistar una masacre como la de la Noche de San Bartolomé.

Stanisław se hizo la ilusión de una república bajo el mando de un rey filósofo y de una reina clemente.

—Respiramos el mismo aire y, por lo tanto, deseamos lo mismo.

—¡Staś, cancela tus sueños, eres un romántico! La emperatriz siempre te mantendría seis pasos atrás y al cabo de los años te tiraría a la basura —criticó Adam lamentando la ingenuidad de su primo.

La desesperación del rey no tiene límites:

—Tendré que escoger entre renunciar a su amistad o traicionar a mi país.

Catalina responde en un oficio: «No entiendo cómo el rey puede considerarse traidor a su patria por cumplir con demandas de equidad. Si el rey sigue viendo nuestros asuntos bajo esa luz, solo puedo decir que me decepciona».

—¿Olvida lo que le debe a la zarina y a Rusia? ¿Se atrevería a negarse, Majestad? —Se asombra Repnin.

—Por lo visto, no tienes idea a lo que te expones —secunda Adam al embajador.

—Los rusos siempre han entrado y salido de Polonia como si fuera su patio trasero… De hecho, poco falta para que pase a sus manos.

—¡Repnin, su lenguaje es intolerable y le ordeno abandonar la habitación!

Catalina sabe que Voltaire la pondrá por los cielos si le otorga a los disidentes los mismos derechos que a los católicos. Para la zarina, mantener los ojos de Europa sobre ella es una obsesión, ¡y ningún esfuerzo es suficiente! Su ideal es que Francia, Inglaterra, Holanda, Suecia y España la declaren emperatriz de la Tierra, reina de los cielos, diosa del Olimpo, santa y soberana de los espacios siderales. Ya Voltaire la consagró «protectora de todos los credos cristianos no católicos», «la encarnación del ideal de un gobernante iluminado», «la defensora de la inocencia perseguida» y «la benefactora de la humanidad entera». ¿Cómo defraudarlo? Europa considera que Catalina ya superó a Pedro el Grande. ¡Imposible contradecirla! ¿Sería posible que Poniatowski se atreviera a oponerse a sus designios? ¿Alguna vez intuyó que podría desobedecerla?

En Polonia se codean protestantes, ortodoxos, musulmanes y la gran inteligencia judía beneficia al país. Conceder a los disidentes los mismos derechos que a la mayoría católica incendiaría al reino... Iluso, Poniatowski creyó que la zarina jamás actuaría en contra suya, pero su antigua enamorada exige ahora la igualdad de todos los credos y aumenta el número de brigadas de cosacos en la frontera con Polonia.

—¿No tienen ya una relación respetuosa nuestros distintos creyentes? —cuestiona el rey. ¿Para qué confrontar a protestantes, ortodoxos, judíos y musulmanes con los católicos? Resulta que los protestantes reclaman los mismos privilegios.

Federico y Catalina atizan el descontento protestante.

—Stasiu, pueden derrocarte —lo previene Adam con el rostro avinagrado—. Polonia es ante todo católica y la Iglesia rige nuestra vida.

Nada se hace en Polonia si Catalina no lo aprueba. Desobedecerla es caer en desgracia. Muchos luteranos y ortodoxos hasta ahora han vivido en santa paz, pero la emperatriz se inmiscuye en la fe polaca.

—¿Quién le mete esas ideas? —Se inquieta el rey.

—Stasiu —le advierte el obispo Michał Poniatowski—, los rusos ganan terreno, violan a las mujeres, asaltan nuestras isbas; los prusianos, por su lado, también se creen nuestros dueños. No tenemos más remedio que ceder.

«Soy guía espiritual de millones de seres humanos», se ostenta Catalina ante el continente.

¿A costa de quién? ¿A costa del amor *incondicional* del amante polaco, a costa de Polonia, a la que prometió ayudar?

—Repnin, esta medida puede provocar una guerra civil —protesta Stanisław.

—Majestad, los disidentes tendrán derecho a la Cámara y a todos los cargos públicos.

—Repnin, me ofende su falta de memoria, hace años que Polonia abre sus fronteras: del oeste vinieron los protestantes; el *hetman* y canciller Jan Zamoyski recibió a una comunidad judía condenada por tres países: España, Italia y Turquía. ¡Ninguna nación tan generosa como la nuestra! ¿Por qué me acosa Catalina si ni siquiera nació ortodoxa?

—Ahora es devota del poder. —Sonríe Repnin—. ¿Aún no se ha dado cuenta, Majestad, de que Polonia existe y respira gracias a la emperatriz?

Poniatowski soñó con un imperio feliz que ambos encabezarían. Sus vecinos les brindarían su apoyo, al cabo todos tienen el mismo origen eslavo, viven en la misma latitud, comen los mismos arenques, toleran las mismas tormentas, conciben vástagos de ojos claros y cabellos dorados.

Ante la ingenuidad del rey, Repnin decide desengañarlo.

—Ya no piense en ella, lo suyo se acabó. Grigori Orlov duerme con ella y le propuso matrimonio, pero mi tío, Nikita Panin, la detuvo en seco: «Majestad, su favorito no puede estar metido en su *boudoir* ni ser visto a su lado a todas horas». Ella se cabreó y mi tío argumentó: «¡Ninguna señora Orlov puede ser emperatriz de Rusia!».

Además del desengaño, Stanisław se pregunta: «¿Es posible que Catalina me haya dado el infame regalo de un reino sin medios para gobernarlo?».

En Moscú, en San Petersburgo, en Kiev, la influencia de Catalina es cada día mayor y se hace sentir en toda la frontera. Antes, las poblaciones eslavas eran iguales, atravesaban la frontera sin conciencia alguna de sus diferencias. Hoy, la soberana levanta muros y parapetos, invade tierras, mata a sus opositores, sobre todo a los turcos, gana batallas para encumbrarse y desde su trono da órdenes inapelables.

En la otra frontera de Polonia, los prusianos celebran a su rey guerrero: «Fryderyk dijo... Fryderyk pensó... Fryderyk tomó la decisión...». Acatan sus órdenes sin decir palabra. En cambio las tendencias anarquistas de Poniatowski son condenadas tanto en la corte como en las tabernas teutonas: «Fryderyk debería darles una lección a esos polacos impredecibles».

Poniatowski escribe a Catalina: «Yo podría salvar a la gente de la desesperación a través del único medio que conozco: la reforma parlamentaria».

Su mayor deseo es eliminar el *Liberum Veto*, petición que Nikita Panin, primer consejero de la emperatriz, favorece porque sueña con la Gran Alianza del Norte: Rusia, Prusia, Gran Bretaña, Sajonia, Suecia y Polonia en contra de Borbones y Habsburgos que codician Europa Central.

—Primo, ten cuidado; puedes perder la vida por desobedecer a la emperatriz —insiste Adam.

Mil dificultades le impiden a Stanisław convencerse de que es rey. Catalina da órdenes que lo nulifican. ¿Cómo lograr su apoyo si todo es rechazo? ¿Y si renunciara al trono? ¿Cómo hacerle entender a la *szlachta* y a otros nobles que deben compartir su riqueza con quienes cultivan sus tierras?

El 5 de octubre de 1767, la Cámara se abre en medio de tumultos. Un hombre delgado, de expresión altanera y fuerte quijada, se frota las manos obsesivamente: Kajetan Sołtyk, obispo de Cracovia y jefe del catolicismo polaco, exige al rey pruebas de su fe. Lee una bula contra los disidentes y la agitación crece a tal grado que Stanisław, muy pálido, suspende la sesión.

Kajetan Sołtyk convoca a eclesiásticos temibles por su capacidad de convencimiento a unirse a su causa. Repnin decide encarcelar a Sołtyk y exiliarlo a Siberia junto con Józef Andrzej Załuski, obispo de Kiev, y al *hetman* Rzewuski, quienes juraron morir antes de aceptar la imposición rusa. «Así son los polacos, están dispuestos a dar su vida: su patriotismo es cosa de locos», asegura Repnin con desprecio. La *szlachta*, en cambio, considera que la emperatriz protege y garantiza las leyes de la Cámara.

—Los obispos y hasta los curas de pueblo se creen estadistas; el catequista más obtuso, desde su púlpito, es un político rabioso. Ahora mismo, cualquier simple curita tiene más fuerza que tú. —Vuelve Adam a confrontar a su primo—. Ahora la zarina controla al país.

La *szlachta* cuenta con quinientos dueños de palatinados y voivodatos. Hace años que Michał y August

Czartoryski representan al de Ucrania. Viven del trabajo de sus siervos, cuyos niños levantan fardos demasiado pesados y habitan chozas miserables ennegrecidas por la miseria. Son las mismas familias a cuya casa entró la prima Elżbieta hace más de veinte años.

«Por lo visto, olvidaste tu indignación», dice el rey cuando su prima adorada asegura que La Familia se opondría a ceder cualquiera de sus tierras.

Cada uno de los nobles de la *szlachta* defiende sus bienes.

Entrevisto a Rafael Galván, líder sindical electricista que promueve la Tendencia Democrática de los Trabajadores Electricistas, a quien conozco gracias a Alberto Beltrán, que ilustra una revista en contra de los Cinco Lobitos (Fidel Velázquez, Jesús Yurén Aguilar, Fernando Amilpa, Alfonso Sánchez Madariaga y Alfonso Quintero). Tienen fama de pistoleros y de ser los peores mexicanos imaginables. Luis N. Morones los llamó «cinco miserables lombrices», ahora son lobos.

Beltrán los caricaturiza al volante de enormes cadillacs o abrazados a su «rubia de categoría», como la cerveza Superior. Galván pretende limpiar el sindicalismo del país y por él, Adolfo López Mateos, presidente de la república, me invita a la inauguración del Ferrocarril Chihuahua al Pacífico, el 24 de noviembre de 1961. «Venga usted preparada para el frío», advierte Galván.

En ese tren viajan líderes sindicales, políticos, empresarios y periodistas. Siento que por primera vez, (yo que nunca he tenido una credencial) podría responder: «Pertenezco a un gremio».

De la noche a la mañana, se cierra el vagón restaurante por un mal cálculo. Ya no hay nada de comer, ni una galleta salada. Los meseros de blanco solo ofrecen vinos y licores.

En la madrugada, el Chihuahua-Pacífico se detiene en una llanura bellísima. Los jefes tarahumaras le entregarán su bastón de mando al presidente López Mateos. Todos descendemos del tren. El amanecer ilumina sombreros con listones de colores en una ceremonia que jamás volveré a presenciar. Me conmueve ver la infinita pobreza de los tarahumaras con sus piernas desnudas, sus ojos interrogantes y su entereza en medio de la bruma.

Ver a empresarios pasados de copas no le sucede a cualquier reportera y describo a los funcionarios públicos, ministros, gobernadores, delegados, mandamases con el asombro de «la primera vez». Jacobo Zabludovsky me felicita y me pregunta si soy rusa. A raíz de este artículo, Rafael Galván me regala un diccionario de mexicanismos que atesoro.

Años después, recibo otra invitación presidencial: la inauguración de la presa El Infiernillo, en Michoacán.

—¿Importa que no sepa de ingeniería? —Me inquieto.

—No, no —responde un jefe de la ICA—. El ingeniero Bernardo Quintana la escogió a usted.

—¿Puedo llevar a mi hijo? Tiene casi diez años.

—Sí, claro.

La presa El Infiernillo divide a Michoacán de Guerrero. Mane y yo nunca hemos visto cómo se levanta una cortina de piedra para contener el agua de una presa y el ingeniero ríe de nuestras preguntas.

«Esta presa es mi hija», dice con pasión.

Desde 1964, las aguas del río Balsas mueven una central hidroeléctrica que genera 1,120 megawatts. Solo entiendo que es mucha luz.

Un agua del color del Chocomilk, que todavía desayuna mi hijo, roza nuestra embarcación. «Lleven traje de baño por si quieren echarse a nadar», advirtió el ingeniero. La gran extensión acuática hace olas bajo nuestra lancha.

—¿Qué es eso allá? —pregunto inquieta. De pronto despunta dentro del agua la cruz de un campanario.

—Era la iglesia, aún no termina de llenarse la presa. —Oigo la voz del ingeniero.

—¿Ahogaron sus casas, su plaza, su mercado?

—Así es, pero ya les dimos otras mejores. ¿Quieren nadar en torno al campanario?

No sé si reír o llorar. ¿Qué pensaría Leonora Carrington? Ni corto ni perezoso, Mane se tira al agua.

—¡Está rica, calientita, échate mamá, es padrísimo!

Todo un pueblo ha desaparecido bajo las aguas del río Balsas. En el fondo del río yacen la farmacia, la cantina, los baños públicos ahogados por la ciencia.

—Los ingenieros somos mexicanos —me explica orgulloso—. Levantamos la cortina, contuvimos el embalse del río Balsas y lo convertimos en la presa El Infiernillo.

Mane me avisa que ya puso sus pies encima del campanario, bracea entre risas en torno a la cruz de hierro. El ingeniero explica que, al igual que la presa Chicoasén, la del Infiernillo iluminará todo Michoacán y es también Reserva de la biósfera Zicuirán-Infiernillo.

—Antes de Chicoasén no teníamos experiencia en la construcción de una obra de estas dimensiones. Esta cortina tiene un esbelto corazón de arcilla impermeable que soporta el empuje del agua. La mayor parte de los respaldos (a ambos lados del corazón) los construimos con un *enrocamiento*, o sea con fragmentos de roca de distintos tamaños que acumulamos hasta formar una pared.

Aunque la magnitud de la obra me impresiona, vuelvo a lo de siempre:

—¿Y la gente? ¿Qué pasó con la gente?

—En 1965 se inundaron Las Minitas, Churumuco, Infiernillo... Ahora, la gente está muy contenta... Es una cortina con corazón impermeable —responde orgulloso.

Al atardecer, le pregunto a una ancianita de rebozo:

—Señora, ¿qué le parece la cortina?

—Adentro, entre las piedras, metieron a un recién nacido.

El ingeniero aclara:

—Es una creencia de la gente grande; dicen que si la presa va a reventarse, el niño llora... No metimos nada.

Sentía yo mucha admiración por la Comisión Federal de Electricidad y ahora la siento por el ingeniero. Mane también pregunta sobre energía eléctrica y cuando nuestro guía pronuncia la palabra *avenidas* y describe la fuerza del agua, a mi hijo le asombra que el agua sea capaz de volverse electricidad y alumbrar México.

El ingeniero Bernardo Quintana me invita a comer. Su esposa es hermana de Alberto Isaac, el caricaturista. Me cuenta todo lo que hace para conservar una buena salud. Quintana habrá de morir el 12 de agosto de 1984, al caerse de su caminadora desde la que ve las noticias en televisión, y no volveré a saber de otro empresario tan creativo.

Darse a conocer es un arma de dos filos. El que figura, se expone a la maledicencia. Dentro de la corte de Polonia, algunos cortesanos deciden seguir el consejo de los ingleses: «*Keep a low profile*».

En México, una corte rigió nuestra vida: la de Los Pinos. Al paso de los años, un mundo giró en torno al poder, una cauda de vivales que se hicieron millonarios, casi todos con guardaespaldas armados.

¿Así se institucionaliza una revolución?

Alguna vez Elena Garro comentó: «En tiempos del presidente Ávila Camacho y de su ministro Ezequiel Padilla, un político regalaba a su amante una esmeralda, un diamante. Ahora, le regala un puesto de secretaria en una oficina de gobierno».

Antes, los Rockefeller venían a México a rogarle a Orozco y a Rivera que pintaran un muro en Detroit, en Nueva York, en Pomona, California. Hace años, en Cannes, el público se extasió ante Gabriel Figueroa, el pastor de las nubes. Un joven Octavio Paz defendió *Los olvidados*, de Luis Buñuel, quien denuncia un México distinto, pobre y maloliente.

Guadalupe Amor hizo sufrir a sus seis hermanos: «Soy la reina de la noche», aseguraba al abrir su abrigo de mink y quedar desnuda sobre el camellón del Paseo de la Reforma.

Cuando hizo televisión, la Liga de la Decencia protestó diciendo que no se podía leer a san Juan de la Cruz con tamaño escote. Alfonso Reyes la defendió. «Y nada de comparaciones odiosas, aquí se trata de un caso mitológico».

Hoy, a quien más se reconoce es a Pita. Sus hermanas, Carito e Inés, son recordadas porque una dirigió la *Prensa Médica Mexicana*, y otra, la *Galería de Arte Mexicano*. Pita demostró que el escándalo es tan poderoso como para quedar en la historia. Al regresar de una parranda, escribió con el lápiz de cejas y sobre la bolsa del pan:

> Dios, invención admirable,
> hecha de ansiedad humana
> y de esencia tan arcana
> que se vuelve impenetrable.
> ¿Por qué no eres tú palpable
> para el soberbio que vio?
> ¿Por qué me dices que no
> cuando te pido que vengas?
> Dios mío, no te detengas,
> ¿o quieres que vaya yo?

Elección del rey de Polonia siglo XVIII, nobleza polaca,
Wola; grabado original del siglo XIX.

Capítulo 30
Visita de Madame Geoffrin

En la noche, al abrir la ventana de su recámara y sentir el frío que sube del jardín de Łazienki, Stanisław recuerda el comportamiento de La Familia, sobre todo el de Elżbieta, siempre imprevisible, y llega a la conclusión de que no necesita enemigos.

Puesto que la nobleza polaca lo hizo rey, Stanisław evita decepcionarlos, pero su simpatía está con quienes se levantan con el sol y regresan a la hora del crepúsculo a hacer el amor, su mayor estímulo.

—Repnin, quiero ver a Catalina, si hablamos frente a frente, me entenderá.

—Majestad, ¿olvida que es rey?

—Puedo ir de incógnito... Si la veo, estoy seguro de convencerla.

Repnin mira al rey de arriba abajo y se pregunta si ha perdido la cabeza.

—¿Está enterado de la vida actual de la emperatriz?

—Cualquiera que esta sea, voy a ir.

—¿A Moscú? —pregunta incrédulo Repnin.

De pronto, al embajador de Rusia lo traspasa algo que nunca había sentido; toma las manos heladas del rey y lo tutea:

—Stanisław, piénsalo bien, solo te despreciará.

Al día siguiente, ni el polaco ni el ruso mencionan el incidente y su diálogo regresa a la rispidez de costumbre.

¿Cómo se protege a un país contra enemigos de la talla de Rusia? El peor de todos los soberanos, el más inteligente, el que más atemoriza a Stanisław es Fryderyk II de Prusia, cuyo rechazo lo tensa hasta el agotamiento.

Nunca el rey ha conocido influencia tan benéfica como la del suizo que camina atrás de él, permanece a su lado durante las audiencias, recoge peticiones y reparte buenos consejos, aunque la ingenuidad y el decir que sí a todo del soberano lo desborde y tenga que desdecirlo. «Tenemos que esperar». «No creo que sea posible en este momento…». «Antes del *sí* definitivo, tenemos que reunirnos de nuevo».

—Majestad, sus cortesanos no son lo que cree. Un soberano no puede darse el lujo de ser ingenuo y decir *sí* a todo. Usted destila nobleza, pero cosecha burlas y engaños.

—Lo imagino, Glayre, pero a estas alturas prefiero creer en los demás que decepcionarme a cada paso. Me es imposible dar marcha atrás…

—Va a tener que hacerlo, Majestad, porque no está en su poder…

El rey nunca pensó que algo no estuviera en su poder.

Prusia y Austria se alinean con Rusia y saludan a Polonia como hermana menor.

«Pobre de Polonia, es incapaz de mandarse sola», insiste Catalina, convencida de que solo el protectorado ruso puede asegurarle su independencia.

¿Cómo resarcir a la patria del futuro que le espera si los tres vecinos se la reparten? Para Poniatowski, la sola idea del desmembramiento de su país es un golpe mortal, como ya lo dijo en la Cámara: «Sufro al ver a nuestra patria reducida a la voluntad de extranjeros». Repnin insiste en que Rusia es la protectora de Polonia y si Poniatowski obedece, la zarina la salvará.

—Glayre, ¿llegará el día en que esos terribles vecinos dejen de ensañarse en contra mía?

—Stanisław, ¿has pensado que te pueden eliminar a la primera oportunidad? Solo falta que creas que el rey de Prusia es tu amigo —le espeta su primo Adam.

—No se ha portado peor que los que se dicen mis amigos, querido primo.

Fryderyk II alega que la actitud del rey de Polonia frente a Prusia proviene de «un odio y animosidad personal».

En París, Madame Geoffrin no cabe en sí del orgullo: «Mi hijo querido, mi rey bienamado, mi Stanisław August idolatrado, imagínese mis arrebatos de júbilo al escuchar la crónica de su coronación. No me siento merecedora del dulce y precioso nombre de *mamá*. ¿Por qué no habría yo de ir a admirarlo como una segunda reina de Saba imantada por la sabiduría de un segundo Salomón? ¡Oh, mi hijo idolatrado! ¡Oh, mi rey adorable! ¡Con qué felicidad sería yo emisaria de toda la admiración que Europa le profesa!».

Para la Geoffrinska, sentar a Stanisław en el trono es su triunfo personal. Desde el instante en que lo vio entrar a su salón de la rue St. Honoré, adivinó su destino y predijo: «Usted, merece reinar sobre su patria».

Stanisław insta a Madame Geoffrin: «Mi querida madre, ¿no volveré a verla? ¿Gozaré de nuevo de la dulzura y la sabiduría de sus consejos? Allá donde está puede asesorarme, pero aquí estoy demasiado lejos [...]».

Reina madre de Polonia, la llaman en París. La Geoffrinska alimenta su gloriosa maternidad y reparte en su salón *nouvelles polonaises.* Como vocera, se toma tantas atribuciones que Maurice Glayre aconseja: «Alteza, conviene escribirle solo lo que desee que se sepa», a lo que Stanisław responde que la Geoffrinska es clave en la *petite histoire* europea y, a través de ella, lo reconocerán Luis XV y Madame de Pompadour.

«¿No estás sobrevaluándola?», se preocupa su prima Elżbieta.

Eufórico, Stanisław imita a la zarina y convida a Voltaire a Varsovia como lo hizo ella desde San Petersburgo. El francés lo desdeña: «¿Quién se cree este reyecito polaco para atreverse a invitarme?».

La Geoffrinska profetizó el triunfo de su «hijo» y ahora prepara un matrimonio a su altura: «Mi querido hijo: regreso al tema de su futuro casamiento, tiene que escribirme por separado. El corazón de un rey no puede vivir de aventuras pasadas ni del recuerdo de un gran amor allá lejos, lejos. [...] Como no puede casarse sin mi autorización, tiene que confiarme sus proyectos».

Aunque a Stanisław lo irriten los adjetivos geoffrinescos, suspira por Catalina: «Ah, madre, ¿cuándo volveré a verla?».

«Sí, mi querido hijo, tengo el proyecto formal de ir el año que entra a verlo. Saldré de París el 1 de abril de 1765 y viajaré mientras la tierra pueda sostenerme hasta llegar al pie de su trono para morir de placer y de amor entre sus brazos».

¡Ay, Dios!

La Varsovia del nuevo rey está muy lejos del refinamiento de los *hotels particuliers* de la rue Sanit-Honoré. El desorden señorea todas las dependencias del Castillo Real de Wawel. La basura se acumula en la calle, los pasajeros descienden de su carruaje para pasar la noche en hostales o en casas de amigos en las que las duelas sin lijar desgarran vestidos y zapatillas. Las puertas imperiales de Łazienki no cierran, la lluvia se filtra y cae dentro de baldes y aguamaniles. ¡Imposible comparar Varsovia con Versalles! Su «madre» francesa pregunta qué agua se bebe en Polonia y el rey se mortifica al recordar los ríos de vodka que corren de la botella a la boca de sus compatriotas.

Madame Geoffrin solo conoce los elogios de su salón literario; viajar a Polonia es una desmesurada aventura que requiere de un carruaje especial.

«La alojaré en el mismo piso que el mío, nos separarán un par de habitaciones», la anima Stanisław. «En el palacio, le prometo que recibirá la mejor compañía, pero he reservado para nuestra intimidad unos cuantos momentos (momentos que espero se convertirán en horas) en los que disfrutemos la misma confianza que en París».

»Apenas sepa yo que se acerca a Viena, Dresde o Berlín, enviaré a un oficial con la grata encomienda de traerla a Varsovia».

En medio de las amenazas de los rusos y los ataques de los Czartoryski, los Sapieha, los Radziwiłł y el pésimo humor de su prima Elżbieta, Stanisław se dispone a recibir a su «madre». Misivas van y vienen. El señor de Loyko, embajador en París, es nombrado compañero y guía de *la Madrina del rey*. Seguramente la emperatriz de Austria, María Teresa, la recibirá en Schönbrunn y le presentará a su hijita María Antonieta.

En Varsovia, Nikolai Repnin critica.

—Majestad, no sea ingenuo, no gaste tanto en esa francesa.

—La hospitalidad es mi arte. —Sonríe Stanisław—. Y no gasto menos que los califas que cubren de perlas a sus huéspedes.

—Sí, pero escogen a quién y no gastan una fortuna en una burguesa con delirios de aristócrata… Recuerde que tiene otras preocupaciones.

—Además de propiciar mi ascenso al trono, Madame Geoffrin ha sido una madre…

—Majestad, es la tercera madre que le conozco; la primera, la princesa Czartoryska; la segunda, la condesa Brühl, y ahora la arribista Geoffrin.

—Repnin, nunca olvido a quien me tiende la mano.

—¿Ni siquiera cuando lo rechazan? —pregunta con ironía el ministro.

Años antes, en San Petersburgo, Repnin sintió gran simpatía por el polaco. Hoy, en Varsovia, se aprovecha de su erudición, su creatividad, su amor a las artes y cultiva su dispendio. Feliz por la gracia natural de las polacas, que tras su antifaz lo incitan a enamorarlas, Repnin crea su jardín del paraíso en Varsovia. «Tu vida a mi lado resulta más emocionante que la que llevarías en Moscú ¿verdad, Repnin?», dice el rey irónico, a quien no se le va uno solo de los lances amorosos del que fue su amigo.

Los pormenores del viaje de Madame Geoffrin entretienen no solo a Voltaire y a los filósofos, sino a la corte de Versalles, al castillo de Windsor y a Fryderyk de Prusia. Esperan ansiosamente la crónica festiva del trayecto de París a Varsovia de la *Maman Française* del nuevo rey.

Sin ningún tacto, Marmontel llama con frecuencia a Madame de La Ferté Imbault, hija de Madame Geoffrin para preguntarle: «¿Morirá de amor en brazos de su hijo? ¿Aguantará su carruaje construido especialmente para ella?». El viaje hace las delicias de Frédéric Grimm, amigo de Rousseau y de Horace Walpole, hijo del gran consejero de Malborough.

Todo París habla del viaje de la Geoffrinska y su *monsieur* Geoffrin, y el 22 de junio de 1766 (fecha de su arribo a Varsovia) se convierte en un día de asueto, o al menos en el clavo ardiente de las conversaciones de todas las veladas parisinas.

En el castillo de Wawel, Madame Geoffrin encuentra su misma recámara, y sobre la mesita al lado de su cama, el libro que leía en París la noche de su partida.

—¿Se quedó al final de la página ciento veinte?

—¡Oh, Majestad! —Se derrite la viajera.

Stanisław la visita menos de lo esperado y cuando aparece, Madame Geoffrin le revela que Varsovia es miserable y oscura, y que detectó un complot en contra suya.

«Stasiu, ¿cuánto tiempo vamos a tener que aguantarla?», pregunta Elżbieta. Olvida rendirle homenaje y Madame Geoffrin se queja: «Ni sus familiares ni sus compatriotas practican la exquisita cortesía a la que me acostumbró Su Majestad».

«¿Qué se cree esa burguesa? ¿Cómo es posible que te dejes intimidar por una vieja que ni siquiera tiene un título?», pregunta Izabela Flemming, la mujer de Adam Czartoryski, quien habla un francés impecable.

El tío August Czartoryski, encantado de difamar a Stanisław, alimenta agravios y magnifica decepciones en el *petit salon* destinado a Madame Geoffrin.

«El rey aún no aprende a darse su lugar», insinúa, «y su credulidad linda con la tontería. El otro día se detuvo a pedirle su opinión a un jardinero, ¿se imagina, Madame Geoffrin?».

Stanisław escribe con su puño y letra cartas en cinco idiomas. Sin levantar la vista, tal como se lo exigía Hanbury Williams, solo se detiene cuando las lágrimas escurren sobre sus mejillas con el riesgo de manchar la hoja. Al rey le importa poco que lo llamen *el príncipe Geoffrin*, pero la Geoffrinska no cabe en sí del orgullo.

Cuando Stanisław aparece, la Geoffrin comenta:

—No soporto la grosería del embajador Repnin en contra suya, Majestad.

—¿Cuál grosería? —interroga Stanisław.

—¿No vio cómo lo interpeló?

—Mi vida sería un infierno si pensara que todo el mundo me desea el mal.

—Déjese de heroísmos. Su tío August no le perdona haberle quitado el trono a Adam. Según él, usted se equivoca en todo, hijo querido.

—Si eso cree mi tío, ¿qué hace mi familia metida aquí todo el día?

Crece la tensión y Madame Geoffrin acorta su estancia. Regresa molesta a París, pero a medida que pasan las horas, su amor por el rey diluye agravios y decepciones.

Europa menosprecia a Polonia. «*Les polonais* son incapaces de ponerse de acuerdo, no tienen malicia, solo saben ser heroicos, *et quel ennui, l'héroïsme!*».

A pesar de las críticas y los contratiempos, el regreso a París de Madame Geoffrin entristece a Stanisław. Por algo la llama «mamá». También la viajera recupera a su hijo y la invade una inmensa compasión por ese rey indefenso entre fieras y, sobre todo, dentro de una familia de escorpiones. ¡Cómo lo ama, cómo lo admira, cuánta nobleza en su voluntad de cambio! ¡Su deseo de salvar su país en medio de tantas traiciones es en sí una proeza! ¡Solo Catalina podría rescatar a ese huérfano iluso quien piensa que ella todavía lo ama, cuando a todas luces Rusia, Austria y Prusia aprietan cada día más la cuerda alrededor de su cuello!

A pesar de que el rey alimenta la malignidad de sus enemigos, que lo tachan de dispendioso —a diferencia de Fryderyk II de Prusia, tan avaro consigo mismo—, Poniatowski diseña un uniforme de lujo para sus mayordomos y le ordena a Madame Geoffrin: «Encuéntreme dos carruajes: uno pequeño de dos plazas, bello, ligero y relumbrante, que no tenga el defecto de los vehículos cuyo cochero se entera de todo. También necesito otra carroza de cuatro plazas para viajar cómodamente. Me apetecerían varias cajas para poner en ellas mil cosas que quiero tener a la mano cuando voy de un lugar a otro. Me irritarían demasiadas molduras doradas, aunque sí necesito algunas porque el mío es el transporte de un rey. ¡Que mi escudo de armas se estampe en ambas portezuelas! Quiero lámparas que me permitan leer, un cofre y un maletero para trayectos cortos. Desearía que el interior fuese de seda amarilla.

»Con estos cuantos divertimentos busco una distracción en medio de las más grandes penas.

»Proyectar edificios, calles y plazas, adquirir colecciones de grabados y pinturas, posar para autorretratos y otras cosas por el estilo me estimula y me tranquiliza. Además, mi palacio en Varsovia, en parte quemado, se cae de viejo y demanda reparaciones urgentes», explica.

El rey es un comprador compulsivo. Se endeuda con obras de Boucher, Nattier y Chardin, que viajan de París a Varsovia, pero cuando Madame Geoffrin interviene con la mejor voluntad del mundo, varias telas resultan mediocres o falsas. El máximo orgullo del rey son sus siete Rembrandt. ¿Qué otro monarca en Europa tiene siete Rembrandt? ¿Catalina? Sí, claro. Gastar dinero es un signo de nobleza y los aristócratas viajan a Ámsterdam y a París para completar su colección, que realza su gusto de *connaisseur*, su *bonne naissance*, aunque algunos olviden amueblar su cabeza. Cuando los coleccionistas preguntan por tal o cual obra, la respuesta del vendedor salta de inmediato: «¡La emperatriz Catalina ya la reservó!».

A imitación de la corte de Versalles, los nobles festinan las intrigas más recientes: qué *demi mondaine* acudió al lecho del duque de Orleans o qué miembro de la realeza europea perdió antenoche su fortuna en el juego. La conversación gira en torno a infidelidades, casamientos, batallas, muertes, entierros y herencias. La última hija de la princesa Lubomirska, Joujou, está a punto de arruinar a su marido con sus desorbitadas compras en Dresde y en Verlitz. Su hermano Seweryn hizo un mal matrimonio con Zofia Sanguszko, nacida Sapieha, palatina de Volhynia, quien a su vez despilfarra sumas escandalosas.

La inconsistencia de los nobles de la *szlachta* avergonzaría a la púdica Konstancja. Los Mniszech gastan fortunas en el vestido de su hija, aunque el escote no oculte sus verrugas. Cuando le piden a la condesa Tchernichev que contribuya a tal o cual caridad, se le empañan los ojos y retuerce un desmesurado collar de perlas: «*Je suis ruinée*». Como cada año, Elżbieta, née Czartoryska y esposa del obeso Stanisław Lubomirski, proyecta una cura de aguas termales en Baden-Baden o en Karlovy Vary; su cuñada, la rubia princesa Izabela, viajará a Salins-les-Bains con tal de no tener que saludarla. Antes bastaba tomar las aguas en Bath con otros nobles europeos para evitar divertículos, pero Elżbieta, la prima adorada, prefiere liberar su vejiga en Marienbad porque el año pasado limpió su intestino grueso en las termas de Gellért, en Budapest.

Ocupar y desocupar, he ahí la cuestión.

Burzyński, el representante de Polonia en Inglaterra, le da noticias de París y pondera la valentía del joven rey Luis XVI, quien se vacunó contra la viruela a imitación de Catalina, la emperatriz que toda Europa venera porque no solo fue la primera en vacunarse, sino en exponer a su hijo Pablo.

Maurice Glayre viaja a París para atender un asunto de muebles del rey, quien es incapaz de resistir la tentación de comprar un *secretaire* o una *coiffeuse*.

—¿Va a desposarse el rey de Polonia?

Al suizo lo persigue el rumor de un matrimonio entre el rey y la princesa Luisa de Bourbon Parme, hija del príncipe de Condé. El disgusto de Catalina traspasa los muros de San Petersburgo, nadie entiende si por celo político o por espíritu de posesión.

—No creo que el rey piense en casarse. —Se altera Glayre, quien percibe la irritación de la emperatriz de Rusia.

«¿Ha olvidado el rey de Polonia las afrentas que los embajadores de Francia, Choiseul y el marqués de L'Hôpital le hicieron en San Petersburgo? ¿Va a desposar a una francesa? Acuso al rey de buscar un lazo amoroso sin consultarme», escribe Catalina.

Glayre recibe órdenes del rey de suspender cualquier negociación.

«¿Te das cuenta, querido primo, hasta qué grado dependemos de Rusia? », lo cuestiona Adam.

Antes, Catalina se opuso con fiereza al enlace de Poniatowski con Teresa, la hija de la emperatriz de Austria, y Stanisław, mortificado, insistió en que Glayre informara a todas las cortes de Europa que jamás se casaría sin la aprobación de la zarina.

A Mane le gusta mucho Nino Rota, el compositor de las películas de Fellini, y lo tarareamos en la calle. Ese lazo en torno a una canción se nos vuelve costumbre. Claro que nos impactaron los pechos de Anita Ekberg dentro de la Fontana de Trevi, pero es la música de la cinta la que nos hace felices.

En el salón de baile del Castillo Real de Varsovia, los inocentes invitados galopan a lo largo del piso; ignoran que en su futuro no habrá polcas, ni valses, ni zarabandas. Tampoco sonreirán al ofrecerle su mano a una invitada que esconde tras su abanico su rostro anhelante. En México, las embajadoras de Estados Unidos (Sloan Simpson esposa de William O'Dwyer) y de Francia (Sylvie Bonneau) invitan a *les demoiselles* Poniatowski a grandes bailes en un salón de buenas dimensiones previamente vaciado de muebles. A nadie le importa que el bufé no exista porque la invitación es a bailar. Sofía, mi hermana, flota como Natasha en los brazos del príncipe Andréi en *Guerra y paz*, o como Scarlet O'Hara en *Lo que el viento se llevó*. Nuestros vestidos vuelan, nuestros talles son juncos, nuestros pechitos, «dos mellizos de gacela».

Tres o cuatro veces al mes vamos, los viernes o sábados, a bailes que terminan a las seis de la mañana en los caldos de la Indianilla. Sofía es novia de Pablo Aspe desde nuestra llegada a México en 1943.

Ahora, los *chavos* asisten a antros en los que se sacuden y sudan dentro de sus camisetas hasta el *after hour* y terminan en la birria del mercado de Coyoacán.

Mi hermana baila en torno a la mesa y cuenta anécdotas festivas. Nuestro amor a la vida estalla a todas horas, reímos y hacemos reír. Cada año que pasa crece mi convicción de que quien hace reír es Dios. Imitar a los demás, pescar su lado débil, es ascender en popularidad. «¡Cuánto ingenio, cuánta gracia, qué encanto tus hijas!», le dicen a mamá, que agradece sonriente los cumplidos. También hacemos reír a Jan, a papá, a los invitados. Sofía es la dueña de todas las certezas y no me le despego porque no tengo ninguna. Aún no hemos sufrido y dicen que el sufrimiento es un gran maestro.

Sofía y yo barremos varias embajadas con el borde de nuestro vestido *strapless* floreado y soñamos con la aparición de Clark Gable, Cary Grant, Gregory Peck y James Dean. Todavía hoy, me fascina Humphrey Bogart, sobre todo cuando toma en sus brazos a Ingrid Bergman en *Casablanca* y, tras besarla hasta quitarme el aliento, escucho en la voz del pianista Sam: «*You must remember this, a kiss is just a kiss...*».

Robe à la polonaise.

Capítulo 31

Los bailes del rey

«En la Cámara polaca, la zarina pretende reinstalar a fuerza el *Liberum Veto* que estoy decidido a abolir», escribe Poniatowski a Madame Geoffrin. «Aún no puedo determinar el tiempo que dure mi resistencia, tengo que mantenerla hasta que resulte totalmente inútil. Arriesgaré mi vida hasta el final con tal de impedir la ruina de mi país, estoy preparado para lo que sea. Imposible tomar alguna resolución hasta no conocer la respuesta de las cortes de Europa».

«Europa no va a dejarme solo», se repite el rey todas las noches.

Los prejuicios en contra del *Liberum Veto* son tan fuertes que hacer que se vote esa ley es un triunfo. Stanisław August consagra su reino a difundir la obra de Konarski y manda a forjar una medalla Konarski con la leyenda *Sapere aude*, «atrévete a ser sabio» de Horacio.

Poniatowski todavía cree que sus amigos ingleses lo apoyarán. Para su desgracia, se entera de que el duque de Richmond le dijo a Edmund Burke, el 16 de junio de 1775. «*It's none of our business*».

Iluso.

De regreso de su gira en Polonia, el viejo Nikita Panin, ministro de Relaciones Exteriores, informa a la zarina que escuchó al rey aullar de dolor cuando conoció la reacción de sus amigos ingleses. «En su situación también yo aullaría», responde la emperatriz sin inmutarse.

Además del rechazo de Jorge III, rey de Inglaterra, Holanda le niega su apoyo y el rey de Francia, Luis XVI, ni siquiera responde. Tampoco lo hacen los soberanos Carlos XII de Suecia, Christian VI de Dinamarca, el duque de Saboya y rey de Cerdeña, Carlos Manuel III, así como José I *el Reformador*, rey de Portugal.

A nadie le importa la agonía de Polonia.

A pesar de tantas desilusiones, la vida continúa, imposible que el *train de vie* polaco desmerezca frente al de otras cortes.

Cuando una derrota se oculta, una victoria se festeja. Poniatowski tiene que inventar la suya y lo que es peor, creérsela. «*Après la pluie, le beau temps*», diría Madame Geoffrin para animarlo.

Por desgracia, ya murió.

Quizá porque ahora tiene la certeza de que Catalina ya no lo ama, uno de los más fervientes deseos de Poniatowski es darse a querer. Consulta a sus primos y a sus ministros antes de actuar y la sociedad polaca lo toma como un signo de debilidad.

Los «doble-cara» son siempre los primeros inquilinos de cualquier corte y pululan en todos los ministerios. Poniatowski camina sobre la cuerda floja y, como desde su adolescencia Konstancja jamás lo sacó de su ingenuidad, no responde a ofensas ni a ataques. En cada Junta de Gobierno lo acechan ojos y oídos críticos, así como lenguas venenosas listas para lanzar su dardo.

Mientras las mujeres suspiren en sus brazos y propicien aventuras amorosas, su palacio será el faro de diletantes y aventureros.

—No hay mujeres más bellas en el mundo que las polacas —repite Casanova, cosechador de laureles en Francia, Inglaterra, Suecia, Dinamarca y hasta en su patria, Italia—. Seguramente Su Majestad está enterado de que soy un viajero insuperable... Quiero poner a su consideración una verdad que va a enorgullecerlo: Polonia no desmerece en nada frente a Francia.

—Quiero que Polonia lo tenga todo, no solo mujeres hermosas —lo interrumpe el rey.

No basta con que todos vuelvan la vista hacia Stanisław cuando entra en el salón del trono, es indispensable que Voltaire, D'Alembert y Diderot lo reconozcan.

A instancias de Repnin, Poniatowski se empeña en imitar los placeres de Luis XVI.

Repnin es lo que llaman los franceses *un bon vivant*; baila bien, come bien, bebe bien, es un buen tirador y sus cacerías rivalizan con las del rey, tiene muy buen gusto en cuanto a lecturas, muebles, juegos de cartas y sobre todo mujeres, porque además de adivinar quién caerá en sus brazos sabe enamorarlas. Su pericia en la cama se comenta a la hora del té. Ser un buen amante suscita más interés que ser un buen político, aunque los ingeniosos siempre tienen su lugar en la mesa del rey. «¡Ah, cómo me hizo reír!». Por lo general, los intelectuales tienen pésima reputación en la cama.

«¡Imposible desmerecer ante Versalles!», ríe la todopoderosa Elżbieta Czartoryska.

En medio de contratiempos, Nikolai Repnin ofrece en su palacio recepciones en las que centellea el caviar beluga de esturiones de más de cincuenta años, como él mismo presume. A sus fiestas acuden mujeres que buscan ganarse su favor y desaparecer con él, o mejor aún, con el rey. Después de tenderse sobre el lecho real, *les petites* pasarán la noche con *les bons diables*, como llama el rey a sus compañeros de juerga.

«No puedo perder la fe en mi patria ni en mí mismo. Tengo que salir adelante pase lo que pase», se repite Stanisław, quien hace girar en sus brazos a marquesas que jamás pierden el paso, valoran su deferencia y suelen agradecerla con conocimientos que sus hijas ignoran.

La vida privada del rey Stanisław se desordena, porque seducir a visitantes de Inglaterra, Francia y Bélgica tiene su precio: «En ningún lugar del mundo me divierto tanto como en Varsovia», exclama la condesa Aude de Polignac. La condesa viaja en un carruaje dorado y blanco desde París para la *saison des bals a Varsovie* y aparece cada noche con un aderezo del color de su vestido: lunes, perlas; martes, esmeraldas; miércoles, rubís tan encendidos como sus labios. No todo en su vida son las joyas ni los bailes; todos saben que a la condesa de Polignac le es imposible conciliar el sueño si no lee a Ovidio.

Poniatowski se convierte en un anfitrión exquisito a imitación de Repnin, polo de atracción de *la crème de la crème*, los *elegidos* de Europa. El rey intuye que la camaradería del embajador ruso le costará muy cara. Repnin nunca le niega un préstamo, pero en la madrugada, Stanisław se revuelve entre las sábanas con la absoluta certeza de que toda complicidad tiene su precio.

A Repnin le divierten las extravagancias del polaco; comparte su afición por las mujeres y por los bailes de máscaras, pero en una pequeña libreta de *cuir de Russie* apunta todas las mañanas una lista de cifras ascendentes que están muy lejos de ser las cuentas de un rosario.

En el Salón de los Espejos, a imitación del de Versalles, entre un vals y una polca, escondido tras un antifaz, cada cuerpo da rienda suelta a su subconsciente o, peor aún, a su inconciencia.

Después de una ardua jornada de trabajo, bailar en el Palacio Łazienki es un alivio: mientras más bizarra la noche, mejor. A Stanisław, los Czartoryski lo llaman *Telémaco*, porque tras algunos años en los brazos de Catalina, regresó a su Ítaca, Polonia.

—Vine a conquistar a la mujer más bella del mundo —anuncia Giuseppe Casanova mientras le hace al rey una profunda reverencia.

—¿Ah, sí? ¿Y quién es?

—La princesa mariscala Elżbieta Czartoryska.

—Tendrá que vencer varios obstáculos, *signore* Casanova.

El viajero italiano atestigua que las cortesanas celan a Poniatowski con la más feroz de las ambiciones: «Señor, soy de Su Majestad la más humilde servidora», aunque a la hora del *champagne* olvidan sus cumplidos y solo buscan asaltarlo (o asaetearlo).

—¿Por qué quiere usted tanto al rey? —le pregunta Casanova a la marquesa Joanna Opalińska. La respuesta no se hace esperar:

—Porque hace bien el amor. ¿Cree usted que haya una razón más poderosa?

—Seguramente lo instruyó la emperatriz de todas las Rusias. —Sonríe Casanova.

Las favoritas o sus parientes llevan sus pleitos a la antesala del rey y se les oye reñir por un collar que ahora ostenta Elżbieta o su cuñada Izabela. Ser el joyero de la emperatriz de Rusia incita a todas las mujeres *haut placées* de Rusia, de Polonia, de toda Europa, a desear una alhaja para su colección. Las joyas juegan un papel esencial en la vida de la corte; un aderezo de zafiros dice más que mil palabras, los diamantes se desgranan como cuentas de rosario. Amatistas y granates confirman la fortuna del esposo. Una entrada espectacular al palacio decide el futuro de toda una generación. Muchos grandes señores compiten al llevar del brazo a la yegua más briosa, la de mejor alzada, la del apellido más célebre. El conde Aniol Orlowski se entusiasma:

—Mire, por favor, la grupa de la joven que acompaña al príncipe Henryk Stebelski.

En Varsovia no hay mujer más hermosa que la prima hermana del rey, Elżbieta Czartoryska.

Cuando Stanisław se levanta a bailar, sus súbditos no lo pierden de vista. Invita a Elżbieta con una reverencia y los ojos de la corte se enfocan en la pareja. Como se saben observados, los primos inician una mazurca que incendia hasta la luz de los candiles.

—¡Qué espléndida pareja! —exclama la princesa María Teresa Potocka.

—Cuando estoy contigo, prima, viajo fuera de todas mis tristezas.

Elżbieta y Stanisław se abrazan en una polca o una zarabanda que los hace girar como dos amantes, a pesar de que nunca lo han sido. En la corte, corre el rumor de que un hombre que baila bien es un buen amante y uno que no baila, un ropero con llave de alhajero.

Al rey, su celebridad lo halaga y jamás se niega a encabezar cuadrillas, polonesas o mazurcas, aunque ya no tenga el mismo aliento. Apenas llega al centro del salón, llama con una reverencia a su prima y esta vuela hacia él con los brazos extendidos. Vuelven a ser los adolescentes que, sin saberlo, se amaban en el castillo de Puławy.

—Stasiu, tienes que darte a conocer...

—Prima adorada, ya me reconocen los soberanos de Francia, de Inglaterra, de Bélgica...

—No, es urgente que te vean en todo tu esplendor.

—Para eso tengo a mis embajadores...

—No, no, los embajadores no sirven, solo se aprovechan de su posición. Tienes que lanzarte como el Rey Sol...

—¿Con qué dinero, prima adorada?

—Escribe un libro.

—Llevo un diario al que regreso todas las noches y escribo, aunque me agobie el cansancio.

—Que todos admiren tu magnificencia... Haz lo que Catalina...

El rey de Polonia admira los lienzos de piso a techo de Van Dyck y los retratos que Antropov pinta de Catalina, cuajada de condecoraciones.

—Majestad, el orbe y el cetro están a punto de caer de sus manos —previene Bacciarelli.

—Siga, siga —ordena filosóficamente el rey.

En el centro del óleo, Bacciarelli, pintor oficial de la Corona Polaca, así como Antropov lo es de Rusia, coloca sobre los hombros de su modelo una capa de armiño que desciende desde el cuello hasta un poco más allá de los pies y los rodea como un pequeño charco. La corona es pesada, por eso el rey se la coloca en el último momento.

—Prefiero posar sin peluca —advierte Stanisław.

—No, Majestad, la peluca es indispensable.

—Aunque sea el único monarca europeo sin ella, no voy a usarla.

Cada retrato tiene la urgencia de deslumbrar. Nada mejor que *être bien né*. Nadie es Borbón o Hohenzollern o Piast o Vasa o Jagellon o Stuart en vano. El sello de la aristocracia y el linaje son mejores garantías que la riqueza. «Es prognata, pero es un Borbón». «Ningún Hohenzollern pasa inadvertido». «Se viste mal, es bizco, pero nació Stuart». «Un d'Orléans puede permitírselo todo, hasta escupir al hablar». «Ojalá en Lourdes le hicieran un milagro y pronunciara mejor», pero la Virgen aún no lo recibe. Jorobas, labios delgados, mil dientes, nariz protuberante, mentón huidizo, todo desaparece tras el linaje de un Habsburgo. Coronas y jerarquías compensan taras y *fin de raçe*, y las largas horas de pose introducen al magnate en la galería de la Historia.

¿Por qué no remedar a Callet, autor de un desmesurado retrato de Luis XVI, o a Fiódor Rókotov, quien hizo un *portrait* de cinco metros de alto y cuatro de ancho de la emperatriz? ¡Cuánta convicción en la pose del Rey Sol! Velázquez convierte a su modelo en objeto de culto. ¿Cuánto cobrará? Los monarcas de Europa han comprendido que no basta la corona, es esencial la imagen pública. ¿Quién va a reconocer lo invisible? Que todos sepan que el rey es un ente superior y su buena facha, garantía de su nobleza.

Elżbieta entra sin avisar a las sesiones de pose y sin más, se atreve a dar su opinión con voz imperativa. Examina la tela, le encuentra defectos, hace muecas de disgusto: «Este color no combina con el bermellón, esta línea difusa debilita el conjunto». Se atreve a todo porque cada vez que se le antoja abrazar a Stanisław, se le avienta como si fuera a romperle las costillas. Si alguien se sorprende, Elżbieta explica entre carcajadas: «Somos primos, nos conocemos desde la cuna».

—Deme su pincel —le ordena a Bacciarelli con voz inapelable.

—¡Elżbieta! —exclama el rey mientras el rostro del pintor se ensombrece.

—Las piernas del rey se ven demasiado flacas, maestro, las voy a retocar.

Bacciarelli, ofendido, se encamina a la puerta y la prima adorada detiene al rey a punto de disculparse:

—Tienes que ordenarle al italiano que las cambie. Tus piernas nunca han sido así, yo las conozco bien.

El rey, compungido, retoma su pose e informa del mejor modo al artista preferido de las cortes de Europa:

—Estoy insatisfecho con mis piernas, ¿me haría el gran favor de corregirlas?

Bacciarelli regresa a rellenar las piernas cubiertas de medias blancas.

Además de mortificaciones estéticas, Elżbieta Czartoryska impone otras: «Stasiu, tu brindis después de la cena dejó mucho que desear...». «Stasiu, ese color no te queda...». «Stasiu, tienes que engordar». Muchos súbditos se preguntan por qué la prima adorada ejerce tanta autoridad.

Desde el principio de todos los tiempos, en el cielo y en la tierra, siglo tras siglo, las mujeres que reciben demasiada atención terminan por devorar hasta a sus hijos. Elżbieta se adelantará a Goya, quien pintará más tarde a *Saturno devorando a su hijo*, así como a emperatrices y duquesas de Alba desnudas sobre un canapé. Entre tanto, desde el altar de su belleza y su prepotencia la prima Elżbieta deglutirá al rey, para ella *boccato di cardinale*.

Es tan notorio el grado en el que Elżbieta impone sus caprichos que el mismo Glayre comenta: «La intervención tan evidente de las mujeres en el gobierno de Polonia debería disminuir». La corte lamenta que Elżbieta se tome atribuciones que no le corresponden. «¿Qué se cree? ¡Por más guapa e inteligente que sea, es detestable sufrirla a todas horas!».

De un día para otro, la prima adorada deja de figurar. Quizá su marido Stanisław Lubomirski intervino, quizá a su cuñada Izabela Flemming le dio un ataque de envidia e intentó envenenarla, quizás el mismo Adam se hartó; lo cierto es que Elżbieta se ha esfumado.

—Adam, ¿qué pasó con tu hermana? —pregunta el rey.

—Está enferma, de verdad mal. Le sería muy útil salir de Polonia, irse… Tú, Stasiu, solo tú puedes arreglarlo…

—Irse. ¿A dónde?

—A París.

El rey le escribe a Madame Geoffrin: «Le ruego con la mayor preocupación del mundo que la atienda: todo lo que haga por ella será como si lo hiciera por mí», y explica: «sus nervios están tan alterados, su cabeza tan perdida que temo lo peor».

Poniatowski se da cuenta de que la atmósfera en el Palacio Łazienki se apacigua con la ausencia de Elżbieta.

Días más tarde, el rey se encorva sobre una hoja de papel y baña su pluma en el tintero para escribirle a Catalina: «Nuestros pensamientos siempre rebosantes de la más auténtica y respetuosa estima por la zarina nos hacen verla como un alma firme, recta, bienhechora que jamás se prestaría voluntariamente a nada que pudiera reprochársele».

Sigue en el mismo tono solo para recibir un nuevo portazo redactado en términos de veneración. Toda la correspondencia entre monarcas tiene este sello y hay que aprender a leer entre líneas.

En vez de acusar a la zarina de ambiciosa y depredadora, el rey de Polonia se dirige a ella en tercera persona y en forma garigoleada: «Si Su Majestad no puede hacer más por nosotros, al menos levantará una punta del velo para iluminar la situación oscura y peligrosa en la que sabe que estamos».

El rey se ilusionó con una esperanza: «Llegará el momento en que *Ella* pueda ayudarnos mejor. Por lo menos, *Ella* impedirá que perezcamos» y le demostrará: «es imposible asegurar la felicidad de nuestro pueblo si *Ella* apoya una Confederación de los miembros de la *szlachta*, todos opuestos al rey que *Ella* sentó inopinadamente en el trono».

Sus cartas repletas de artificios lo oprimen, pero, iluso, espera que la mujer a la que ama finalmente lo favorezca.

Imposible que el rey entienda que la emperatriz se empeña en convertir a Rusia en el país más poderoso de Europa, a costa de Polonia y de cualquiera que se atraviese en su camino. Si Fryderyk de Prusia es su rival y María Teresa representa a una beata, cuya costumbre consiste en hacer un acto de contrición antes de cometer cualquier fechoría, Poniatowski es un lacayo a su servicio: Catalina lo puso en el trono para obedecerla.

En sus cartas a Voltaire que festeja la corte francesa, la emperatriz de Rusia presume la derrota de la marina turca. Ni una palabra sobre los miles de muertos, ni una lágrima para los soldados rusos que los turcos decapitaron.

«Estoy de acuerdo en que la paz es buena, pero ahora que estoy en guerra desde hace dos años, veo que la guerra brinda muy buenos momentos. [...] Estaba acostumbrada a pensar que es de mala educación lastimar a los demás, hoy me consuelo recordando que Mustafá George Dandin, el personaje de Molière en *El marido confundido*, responde a la crítica: "Tú te lo buscaste"».

Para Catalina, el amante polaco tiene su merecido. Stanisław se escandalizaría si supiera que su bienamada declaró: «Es la guerra la que impulsa la industria y la pone en marcha». La victoria rusa en 1770 en Chesme, una ciudad en la costa oeste de Anatolia, enorgullece a la zarina en grado superlativo. «El general Alekséi Orlov destrozó cien naves», le escribe a Voltaire. «Apenas si puedo decirle el número de musulmanes que murieron, más de veinte mil».

¿Se ha vuelto una asesina? ¿Será verdad que tomó parte en el atentado contra su esposo Pedro Ulrico? ¿De qué es capaz la joven prusiana que alguna noche lloró de placer entre sus brazos? ¿Cómo puede Catalina celebrar la muerte de tantos hombres en el campo de batalla? ¿Qué le pasa a la que fue su amante?

La Editorial Era lanza su colección de autores y viajamos a Puebla a presentarla. Neus Espresate, Vicente Rojo y Albita, y dos invitados de Benítez, Víctor Flores Olea y Carlos Fuentes, se ven muy contentos por el éxito de la joven editorial Era, así llamada por la letra inicial de cada dueño: Espresate, Rojo, Azorín.

—Quédense a dormir en el Observatorio de Tonantzintla, hay todo el espacio del mundo. Es peligroso regresar de noche. —Invita Benítez, que comparte el bungaló del director.

La autoridad del eterno director del Observatorio Astronómico de Tonantzintla, Guillermo Haro, brota de todos los cubículos de los investigadores. En los pasillos, los jóvenes universitarios comentan que le tienen miedo. Los jardineros y los porteros acuden corriendo. Los visitantes preguntamos a qué hora salen las estrellitas sin saber a lo que nos exponemos.

En el frontispicio del edificio principal, sobre un gran muro blanco, se lee una frase de Esquilo: «Dios liberó a los hombres del temor a la muerte». «¿Cómo?», pregunta el coro. «Dándoles quiméricas esperanzas».

El poder de Guillermo Haro llega hasta la UNAM porque también dirige el Instituto de Astrofísica.

La vista desde su bungaló va más allá de todos los Popocatépetl y los Iztaccíhuatl que pintó José María

Velasco a lo largo de sus 72 años. Haro medita durante horas frente al ventanal que parece un Velasco.

Benítez hace reír, pero la autenticidad de Haro es incontestable. El director habla de Thomas Mann mejor que Benítez, quien guarda silencio ante él. Haro enseña a mirar a los volcanes como lo harían los «tiemperos», cinco campesinos que de vez en cuando suben al Observatorio y explican los fenómenos celestes con tanta sabiduría que callan a los universitarios.

Ver el valle desde el ventanal del director guiada por su voz me conmueve. Dice con nostalgia que los habitantes de Tonantzintla viven en una de las regiones agrícolas más antiguas de México. Dibuja con la mano la silueta del Popo y la de la Izta, la Malinche, y la del Pico de Orizaba. Años más tarde seguiré oyéndolo hablar de sus amados volcanes. Tonantzintla lo obsesiona. También las investigaciones de los doctores en Óptica y en Física y los progresos de ingenieros como la familia Malacara que vive en Puebla. Entra sin avisar a sus cubículos a preguntar qué hacen, cómo van, qué han logrado.

Guillermo Haro es un hombre ansioso. Su mayor angustia es su país, México.

La vida de los campesinos al pie de los volcanes lo obsesiona. Una tarde, Toñita (quien sube al observatorio a preparar la comida) le advierte:

—Esta noche no van a observar.

—¿Por qué? —pregunta Guillermo.

—Porque las moscas andan volando muy bajo.

La sabiduría popular preside cualquier acontecimiento. Los campesinos aman al Observatorio y a su director. Haro es padrino de veinte niños, algunos viven en Cholula. Las campanas suenan, a veces cerca, a veces lejos, en las trescientas sesenta y cinco iglesias de Cholula. Año tras año, Guillermo observa a don Clemente y a don Isidro arar su pedazo de tierra como lo hicieron sus abuelos. Arriba, en el campus que pertenece a la UNAM, Guillermo siembra árboles frutales y todavía hoy, años después de su muerte, puedo oír cómo muerde una manzana cortada al atardecer en una de sus caminatas.

Del pueblo suben a consultarlo sus compadres porque él les donó la escuela y vivió en el pueblo abajo entre ellos. De la colina desciende a apadrinar cada boda, cada bautizo, y entierra a sus amigos: el campanero, el mecánico, el maestro, la de la miscelánea y otros aprendices de fenómenos celestes.

Abajo, nada cambia. Según Guillermo, los jóvenes de Tonantzintla en los cincuenta «son iguales a sus padres y a sus abuelos: comen, beben y visten no mejor que ellos. Han perdido la voz a fuerza de que no se les oiga. En los días de festividades religiosas, queman cohetes, iluminan sus miles de iglesias y permea el monótono sonido del teponaxtle y la chirimía».

«Nuestra observación simultánea del cielo y del campo nos crea un grave conflicto interior. ¿No es acaso Tonantzintla un símbolo de las contradicciones de nuestro país? ¿Qué estamos haciendo para ayudarlos? ¿Por qué no tenemos una escuela, una veterinaria en lugar de un observatorio? ¿Qué importancia tiene descubrir estrellas novas, supergigantes azules y rojas, nebulosas planetarias y variables asociadas al material interestelar si nuestro pueblo sigue igual?».

Naturalmente me enamoro del señor director. A mi regreso de Tonantzintla le digo a mamá: «Guillermo Haro tiene que ser el padre de Mane».

Lo mismo le digo a María Alicia Martínez Medrano, Marili, responsable de guarderías infantiles, y nos sentamos al solecito. Octavio Paz decía que la felicidad es una sillita al sol. «¡Ah, cómo creo en la felicidad, Marili!». Además de su entrega a los niños de guarderías, Marili habrá de fundar el teatro popular de Cordemex, en Yucatán, y lo hará también en Oxolotán, Tabasco. Enseña al de la farmacia, al de la tlapalería y a la dueña de la tortillería a subirse al escenario. Al dueño de la tlapalería le da pena, pero al final accede.

Los niños acuden corriendo.

Reímos. Imposible adivinar en ese mediodía feliz que Marili llegará a ser esencial no solo para mí, sino en la vida de los jóvenes de Yucatán y de Tabasco.

A Guillermo le choca la frase «apoyo incondicional», según él nadie puede ofrecerlo, pero Marili sí, Marili se entrega no solo a mí sino a los estudiantes, a los niños y hasta a los recién nacidos. Gracias a ella, quienes no creen en sí mismos pierden su timidez.

Para Marili, el mundo es un infinito Teatro Obrero y Campesino en el que moviliza a cientos de personajes. ¡Nadie con tanta capacidad de convocatoria!

En 1968, en Tlatelolco, en la plaza de las Tres Culturas, un helicóptero giró sus aspas por encima de su cabeza, como lo hizo encima de quienes ignoraban que podrían morir. Entre ellos, Marili, herida, denunció: «El ejército masacra a la gente».

Fuimos a la plaza de las Tres Culturas a las seis de la mañana.

Todavía hoy conservo como una reliquia fólders que Marili rotuló con su letra de entrega total. Cuando la sueño, la veo indicándole al panadero cómo moverse en el escenario, al sacristán, al dueño del nixtamal, al de la farmacia, después de haberlos subido al escenario de Cordemex en Yucatán, en Tlayacapan y en Iztapalapa, y representar *Bodas de sangre*. Su homenaje a García Lorca hizo que la invitaran a Nueva York y a Madrid.

En Oxolotán, Tabasco, recibí un regalo maravilloso: cientos de niños y niñas descendieron de una colina gritando «Lilus Kikus» hacia Julieta Campos y, ante nuestro asombro, revivieron a Lilus. Jamás imaginaron actuar en semejante escenario, los árboles corrieron a su lado, también la milpa y las cañas. Tras de ellos, la montaña se abrió y al venírsenos encima convirtieron a Oxolotán en un inmenso recreo.

El rey Stanisław August Poniatowski en la Escuela de Caballeros.

Capítulo 32

La cultura polaca

En Inglaterra, en Italia, en Holanda, el reinado a puertas abiertas de Poniatowski, su *savoir faire* recibe múltiples elogios. En la corte de Versalles, los críticos comentan: «*Les polonais savent s'amuser*». El polaco es un excelente anfitrión; su mesa, sus vinos, sus *impromptus* son de un refinamiento singular. Aunque le es imposible rivalizar con los valses del Palacio de Schönbrunn, los invitados se despiden de Poniatowski con un: «*Majesté, quelle soirée magnifique*!».

Voltaire escribió: «El conde Poniatowski, padre del rey, fue un hombre de mérito extraordinario, un combatiente que en cualquier momento de su vida y en cualquier situación de peligro supo actuar de inmediato y triunfar mientras otros, a lo más, demuestran su valentía».

Repnin acostumbra comparar la situación de Stanisław con la de Catalina y aprovecha la primera oportunidad para marcar la diferencia. Informa que la emperatriz de todas las Rusias compró trescientas obras maestras a un coleccionista de Berlín. Para competir con ella, Fryderyk de Prusia pasó de la pintura de Veronese, Corregio y Tintoretto a la adquisición de doce Rubens y once Van Dycks, además de saciar su afición por el austriaco Joseph Roos, que no puede compararseles, pero le fascina.

—¡Es asombroso lo que ha logrado la nueva emperatriz con solo 33 años de edad! —presume Repnin.

—¡Y Poniatowski con treinta! —interviene el primo Adam—. El rey de Polonia es también un buen coleccionista de Watteau.

Repnin se lanza a describir con lujo de detalles el diamante Orlov de ciento noventa y seis quilates, destinado a ser engarzado en el cetro imperial de la zarina. Adam Czartoryski abandona el salón mientras el ruso todavía murmura en el oído de su vecina Magda Saratowics:

—El rey pagará muy cara cualquier desobediencia a la emperatriz.

—¿La zarina todavía ama al rey? —pregunta Magda.

—Poniatowski siempre ha sido reemplazable —responde el embajador.

Catalina se enorgullece de que el rey de Polonia haya sido «su cosa», aunque ahora la irrite al desobedecerla. Pero la peor opinión es la de Fryderyk de Prusia: «Polonia es la última nación de Europa y la más envilecida».

«Lo primero que damos a nuestros huéspedes en el Palacio Czartoryski es un antifaz y una noche de amor», explica sonriente Izabela Czartoryska.

De tanto creer en sí misma y en su olimpo, Izabela, la mujer de Adam, se corona como la reina de la sociedad polaca y convierte al castillo de Powanzka en un Trianón polaco. A Adam termina por sorprenderle esa esposa con la que su padre August Czartoryski lo obligó a casarse.

Del rostro de Izabela se borraron todas las huellas de la viruela, su cabello creció fuerte y lustroso y, desde la madrugada, sus apariciones resultan diamantinas, al grado de que Elżbieta le pregunta: «¿Cómo haces para amanecer tan fresca y tan activa?». Su ímpetu la transforma en la mujer más requerida de Polonia. Anima las reuniones y hacerse amante del embajador de Rusia, Nikolai Repnin, es su trofeo de guerra. Más premio aún es compartir la cama del rey Poniatowski cuando él la requiere.

Adam Czartoryski vuelve a sus queridos libros e infinitas tierras. Los lances amorosos de su mujer lo acercan de nuevo a su hermana Elżbieta, aunque ella también tenga amantes reconocidos. Seducir a grandes figuras es la batalla que emprenden las cortesanas y es premiada en los cotilleos a la hora del té.

El doble filo de las pasiones humanas atraviesa paredes en medio de los días de guardar que impone la Iglesia Católica polaca, que tasajea reputaciones y nulifica *livrets de famille*, aunque obispos y cardenales también escogen a la amante más hermosa y con el más alto título.

Después de cinco o seis horas de sueño, el rey le pide a su *valet de chambre*, Onufry Kicki, leerle gacetas de otros países, cada una en su idioma, así como *El Monitor* que él mismo fundó. Mientras hace su *toilette*, Maurice Glayre aconseja:

—Majestad, no se desgaste tanto, no es un apóstol, es rey, mida sus fuerzas.

—No, Glayre, me debo a mi gente.

A mediodía, Poniatowski se presenta sin aviso en la escuela, en la fábrica, en el más olvidado de los barrios, y dedica sus tardes a conceder audiencias que pueden prolongarse hasta la noche.

—Majestad, se está consumiendo, no necesita hablar en todas sus apariciones, déjelo a sus ministros —aconseja Glayre.

—Mientras pueda hacerlo, no hay problema. —Sonríe Stanisław.

No cabe duda, el mejor antídoto contra la enfermedad es el poder.

«Majestad, es demasiado indulgente, su primo Adam merecía una reprimenda». El rey perdona a tal grado que hasta el último cochero le ve la cara. Cuando algún peticionario alarga la audiencia, Kicki interviene: «Me temo que Su Majestad tiene al duque de Hannover esperando en su pequeño salón». Pero Stanisław no ceja en su empeño, que le roba fuerzas hasta la extenuación, aunque más tarde se sobreponga: «Si he vencido el rechazo, ¿por qué no voy a dominar mi propio cuerpo?».

Los jueves se abren las puertas del comedor para las reuniones de las cuatro de la tarde que le brindan un respiro y se convierten en el mejor momento de su semana. Entre los comensales destacan el obispo Ignacy Krasicki, Franciszek Bohomolec, Adam Naruszewicz, el poeta Stanisław Trembecki, Andrzej Mokronowski, Stanisław Konarski, Andrzej Zamoyski, Jacek Ogrodzki y Hugo Kołłątaj, el crítico más brillante, el mordaz eclesiástico, quien más tarde traicionará al rey.

El Monitor publica poemas y ensayos que se leen en voz alta a la hora de los postres. *Les mots d'ésprit* pasan de boca en boca. A Stanisław lo hace feliz descubrir a interlocutores a su altura; su voz destaca porque nunca ironiza a costa de un ausente. A diferencia de la pronunciación gutural de otros, su actitud liberal fluye a través de la mesa y suscita el elogio. ¡Qué bálsamo para un soberano ávido de reconocimiento y de buenas noticias! Viajeros de paso celebran su ingenio: «Es un hombre de mundo». Incapaz de mal juzgar, el rey concluye a la hora del crepúsculo: «Hoy fue un buen día, ninguna voz se levantó en mi contra».

Interroga al invitado en turno y valora su cultura a la primera respuesta y, cuando el viajero se intimida, le asegura que también a él lo enjuician a todas horas. Ser vigilado día y noche es el flagelo de los soberanos. «Creí que los polacos eran de lento aprendizaje, pero este rey tiene una respuesta briosa y rápida», comenta el príncipe Charles Joseph de Ligne, quien viaja desde París todos los años para presentarles sus respetos a Catalina y a Stanisław.

Primero Rusia, luego Polonia.

Las dotes de hombre de mundo del rey aligeran la tirantez que impide que dos polacos se pongan de acuerdo. Stanisław también tamiza arrebatos y propone invitar a mujeres a sus *jeudi*.

—¡Ni lo mande Dios! —interviene el obispo Krasicki, con una mueca.

—¿Por qué no vencer los prejuicios de los hombres de iglesia? —inquiere el rey.

—Majestad, todos los polacos somos hombres de iglesia.

—Es cierto. Mi prima Elżbieta afirma que bajo cada piedra respira un monaguillo, y en Polonia cada pájaro que vuela es un llamado a misa.

—Hace mucho que la princesa no viene a confesarse, Majestad —acusa el hermoso obispo Ignacy Krasicki.

—Mi prima suele detractar a los múltiples hombres y mujeres con hábitos que suelen caminar en las calles de Varsovia.

—Es cierto. Son más numerosas las sotanas que las medias blancas, también en Cracovia se ven más monjas y franciscanos que amas de casa acompañadas de su sirvienta.

Krasicki, nombrado obispo a los treinta y dos años, seduce con su conversación y, tras una dulzura angelical, oculta ambiciones que escandalizarían a cualquiera. Es tan ingenioso que sus parábolas y sus fábulas atrajeron a Fryderyk de Prusia, quien lo invita a Sanssouci con frecuencia. Jilguero, el obispo cautivador abarca no solo a la corte de Polonia, sino también a la de Prusia, porque Fryderyk II se enamora de él y, para tenerlo cerca, lo nombra miembro de la Academia de Berlín.

—Polonia puede competir con Europa gracias a la cultura y a la magnanimidad de la familia Poniatowski —interviene el conde Brühl, eterno visitante, amigo y corresponsal de la zarina.

Quienes tocan a la puerta del *atelier du roi* vivirán de la vanidad de los nobles. Mandarse hacer un retrato y posar es un *must*, y Stanisław se apasiona por enviar a posibles artistas a París y a Florencia. El arte de pintar es universal; por algo Bacciarelli viene de Roma; Grassi, de Viena; Marteau, de París. «Haré de Varsovia un nuevo París».

Los soberanos europeos emulan a la corte francesa y rivalizan entre sí. Salta a la vista la habilidad del rey para hacerse amigo de pintores, escultores, ebanistas: nunca se aprovecha de ellos, su admiración y su fe en su destreza es totalmente genuina; visitar su estudio es para él un gusto, su felicitación no puede ser más sincera: «¿Cuándo colgaré una obra suya en mi palacio?». También los Czartoryski, los Branicki, los Lubomirski, sobre todo la prima Elżbieta, viajan a Italia y se aficionan por algún pintor.

Poniatowski le escribe a Bacciarelli que desearía que le crecieran alas para que regresara pronto porque quiere ver lo que el *caro* Marcello adquirió en Florencia, en París, en Londres.

Stanisław recuerda cómo Giuseppe Casanova se presentó en la corte vestido de arlequín: chaqueta amarilla, pantalón escarlata, sombrero de plumas, camisa de seda bordada con hilos de oro y cadenas de plata que ejercen una seducción mediterránea a flor de piel.

El ingenio del visitante lo impactó al grado de invitarlo a presenciar su *lever du roi*. A cambio, Casanova ofreció leerle a Ariosto en italiano y lo sedujo cuando anunció: «Varsovia está a punto de convertirse en un nuevo París».

Varias cortes de los países del este de Europa pretenden rivalizar con la polaca, y los jóvenes vizcondes y marqueses que vienen de París o de Londres «desean fervientemente conocer a un soberano de su envergadura para emular su gracia y su talento». «¿Sabía usted que en Francia ya se habla del *style* Poniatowski?».

Lo que corta de tajo la relación de Casanova con el rey es el buen sentido de Madame Geoffrin. Denuncia su arribismo y su argumento resulta tan eficaz que la emperatriz Catalina —prevenida por la Geoffrin— le cierra las puertas de San Petersburgo después de que Casanova le explicó: «¡Majestad, satisfacer los deseos carnales es el mejor camino a la dicha del espíritu!». Creyó halagarla al compararla con Mesalina, pero tuvo que abandonar San Petersburgo a la velocidad del sonido, medida que el planeta Tierra aún desconocía.

El tren de vida de Stanisław Poniatowski es demasiado alto, y Reverdil, a la cabeza de tres bibliotecarios, lamenta: «Nos niega un aumento, pero él nunca se priva de nada, y además me endilga a las amantes que desecha».

Aunque los comensales guarden silencio para que el rey lleve la voz cantante, la curiosidad de Stanisław es tan auténtica que cada invitado se afana por decir algo memorable. El rey recuerda la pericia de Madame Geoffrin en su salón en la rue St. Honoré y dirige la conversación, preguntándole a uno y a otro por lo que hace, lo que piensa, lo que siente, lo que padece. Cuando el invitado se ha lucido, el rey discurre sobre lo que a él más le apasiona: la geografía. «¡Ah, cómo le gustan los mapas a nuestro soberano!», sonríe la prima Elżbieta y presume que lo primero que aprendió fue el nombre de todas las capitales del mundo y de todos los ríos, lagos y mares que dibujó de niño su primo favorito, debido a que, en la clase de geografía, su preceptor lo colmó de elogios.

El rey pregunta de astronomía con lujo de conocimiento y responderle es más que un placer, porque saciar el hambre de un poderoso es adquirir la certeza de una recompensa. Ser consejero del rey es un reconocimiento que codician hasta los enemigos, antes incapaces de aceptar su talento o su erudición.

«Su entusiasmo por divulgar ideas, que en algunos casos logran convertirse en propuestas de gobierno, es uno de sus rasgos más loables», afirma Potocki.

Auguste Paul Tremo, «el chef más famoso de Europa», se encarga de los *jeudi du Roi* desde 1765. Tremo anuncia: «*Sa Majesté est servie*» y, a partir del momento en que se abren las puertas del comedor, los invitados degustan platillos sorprendentes. En la *haute cuisine* de Tremo se mezclan el Este y el Oeste; sabores que ningún paladar imaginó jamás. «¿Qué condimentos puede haber en este estofado de cordero?». En el agua de los ríos polacos, unos peces de carne *croquante* llamados *szczupak* (lucios) dan la sorpresa y llegan a la mesa con el nombre de *lucio a la polaca*. Tremo también ofrece flaki, callos de ternera en jugo de carne, vino blanco y un perejil polaco que «solo crece en tierra de héroes».

Así como en Francia, los comensales degustan el *coq au vin*, la cresta de gallo *à la polonaise* resulta afrodisiaca. Para fomentar la crianza de borregos, Stanisław sirve cordero como en Inglaterra. Promueve los *lamb chops* e introduce la *mint sauce* que tanto le gusta a la duquesa de Kent.

Cuando la Cámara sesiona, docenas de funcionarios almuerzan en el Castillo Real y el chef Tremo contrata a abridores de ostiones —toda una ciencia— y a *sommeliers* de *champagne* para evitar que los corchos salgan disparados a través de la mesa.

Al regresar a su país, los viajeros comentan que la cocina eslava transitó de tinajas rebosantes de grasa a delicias tan sutiles como los dulces *pączki* rellenos de mermelada de rosas. ¿Rosas rojas o amarillas? ¿Blancas o ambarinas? Las rosas son siempre mucho más que rosas. Tremo sirve agua porque es lo único que bebe el rey, pero el vino se escancia a todas horas, aunque en el momento del brindis, Stanisław solo levante su vaso de agua de Badoit.

Una cuenca con tres ciruelas señala el final de la velada. El mayordomo se presenta con la compotera en lo alto del brazo derecho y los invitados entienden que ha llegado su hora. El príncipe de Rohan, embajador de Francia en Austria, aburrió tanto al rey que las ciruelas aparecieron a los diecisiete minutos y todos se despidieron.

Entrevistar me abre la puerta a la sonrisa de Alfonso Reyes, Octavio Paz, Diego Rivera y Juan Rulfo. Recibir su amistad le da sentido a mi vida. En muchas ocasiones, Mane me acompañó. Escuchaba atento a la inmaculada blancura de la bata de médicos como Ignacio Chávez o Bernardo Sepúlveda y yo me preguntaba si mi hijo sería también médico. ¡Qué generosos los entrevistados! Viví de emociones encontradas, fui del Monumento a la Revolución al Instituto Nacional de Cardiología, del Teatro Blanquita al Colegio Nacional, de La Profesa al Palacio Negro de Lecumberri.

Éramos tres: Vicente Rojo, José Emilio Pacheco y Carlos Monsiváis.

Todavía despierto pensando que se me hizo tarde para ver a Leopoldo Méndez, a Leonora Carrington, a Tongolele, al Santo, el Enmascarado de Plata que tanto gustó a Octavio Paz. Salvador Elizondo me pidió que le ayudara a matar a la dueña de la Clemente Jacques, pero nunca entendí por qué íbamos a cometer ese crimen. Quise mucho a Buñuel y a Alberto Gironella. Octavio Paz se hizo amigo del ahuehuete del jardín de La Morena 426, el único en toda la colonia Del Valle. «Anoche le hice un poema al ahuehuete Poniatowski», sonrió.

Descubro a México. Año tras año, como una bendición, Celia convierte su casa en nacimiento navideño y se lanza a Metepec, a Toluca, a Morelia, a Texcoco, a Taxco, a Zirándaro, y regresa con pastores de barro, Reyes Magos y borregos de paja que pone a cantar en su comedor.

A lo largo de los años, habré de levantar un altar a mis muertos: Jan, papá, mamá, Guillermo, mi abuela Elena, Magda, Genia, Juan Soriano, el doctor Ignacio Chávez, Jaime García Terrés, Octavio, Nacho, Ofe, Alicia, Regina, Alejandro, Albita, José Emilio, Monsi, todos descansan sobre papel de china; su nombre, en la frente de una calaverita de azúcar. Aunque muy socorrido, el papel picado se rompe fácilmente y cuando se rasga pienso que todos murieron antes de tiempo. Al florearlos con cempasúchiles y prenderles su veladora, concluyo que Dios hace mal las cosas.

Corro y me culpo de no prestarle atención a Mane. Me atornillo, neurótica, frente a la Olivetti Lettera 22, regalo de papá. Golpeo en su teclado crónicas, reseñas, entrevistas, editoriales que se publican en hojas quebradizas y amarillentas que sirven para prender el boiler mientras Mane espera. Espera mucho. Lo hago esperar. En la redacción de *Novedades*, los compañeros me *elenitean*, abrazan y sonríen: «Te invito un café». «Dame tu número de teléfono». «Vamos al cine el sábado».

Los domingos, Alberto Beltrán nos descubre a Mane y a mí el México de las viviendas que van perdiendo altura hasta quedar a ras de suelo. Al regreso me pregunto: «¿Qué soy? ¿Quién soy? ¿Dónde estoy parada? ¿Hacia dónde moverme?».

No puedo fallarle a Mane. Beltrán, espléndido dibujante, tiene todas las certezas; yo, ninguna. A él le choca mi ambiente. Al verlo entrar, mamá advierte: «Ahí viene tu amigo, precedido por su gran mirada de desaprobación». Nada de lo mío le gusta, ni el Boldini, ni los paisajes de Canaletto, ni los arbolitos chinos tan frágiles, ni la vajilla blanca con la *N* de Napoleón; para él todo es un *bric-à-brac* reaccionario. ¿A quién le importa la guerra del 39 y los pasados e inútiles heroísmos de ejércitos europeos? ¿En qué se desgasta mi mamá si contamos con una cocinera y una recamarera? ¿Acaso sabe planchar Paula Amor? ¿Y yo sé trapear? Seguro el jardinero Chucho con su escoba de varas trabaja más que mi papá.

El padre de Beltrán, sastre, cose sentado en un banquito en la puerta de una accesoria en la avenida Circunvalación. Alberto sabe cortar un traje y, lo que es más difícil, hacer ojales. Miembro del Taller de Gráfica Popular, se niega a pertenecer a galería alguna y sus grabados se pegan en la esquina de Bolívar y Artículo 123.

En la sección de sociales del *Novedades*, examino las fotografías de invitados a cenas, *showers*, galerías de arte. Ninguno mira los cuadros. Bambi, Ana Cecilia Treviño, me cuenta que Alberto Gironella llamó anoche por teléfono a André Breton a París, lo despertó y Breton le colgó: «*Les Méxicains sont fous*». «Eso lo descalifica como surrealista», se indigna mi muy querido Gironella.

Los grabados de protesta de Leopoldo Méndez, Mariana Yampolsky y Pablo O'Higgins se distribuyen en el centro y Venustiano Carranza y Bolívar estarían contentos de saberlos adheridos a sus muros. Se volantean en los mercados porque el arte es para el pueblo, el de «ahí va el golpe», el de los caldos de la Indianilla, el de San Juan de Letrán.

«Hay que ser útil...», me repite Beltrán y luego lanza un argumento tras otro contra los Trescientos y algunos más. Lo amo, pero me hace sufrir; lloro y Mane está de por medio. Ya bastante culpa tengo como para cargar otra lápida.

Muchas tardes quisiera escribir un cuento, empezar una novela, pero sigo de entrevista en crónica, de denuncia en protesta. Agoto mis fuerzas en la redacción de *Novedades*, en la de «El gallo ilustrado», de *El Día*, en *Siempre!*, en la *Revista de la Universidad* y en cualquier publicación que me requiera. «Hoy escribiré un cuento o un poema», pero nada, me jala el periódico, a lo mejor no doy el ancho. Que me llamen: «Elenita ¿qué pasó con usted?» compensa mi frustración. ¡Es bonita la palabra *solicitar*, de *sol* y de *soledad*, y me solicitan!

Mi vida es cada día más desaforada, mamá pregunta inquieta: «Pero ¿para qué haces todas esas cosas?». Voy por colchones, pañuelos de llorar, destapo una herida y aparece otra, todo hace falta. «A ti lo que te toca es escribir», me dice Carlos Monsiváis. «Elena, siéntate aquí», José Emilio me señala una silla.

¿Cómo se salva a un hijo? ¿Cómo se salva un país? ¿Cómo voy a salvar al mío con su equis en la frente?

Vivo ensordecida por el sonido de las teclas de la máquina de escribir y otro más irritante aún: el de la denuncia cotidiana que empaña la vista. «Me mintieron». «No he comido». «Me asaltaron». «Me despojaron». «Me violaron». «No tengo para el transporte». «¿Cuál casa? ¿De qué me habla usted, Elena?». «¿A poco creyó que tenía yo casa?». «¿Pensó que tenía yo trabajo?». Los políticos se roban unos a otros, los Trescientos y algunos más casan a sus hijas con senadores y diputados para recuperar la que fue su hacienda, como en *La región más transparente*. La página roja tiñe el «papel revolución». El tecleo de la máquina de escribir se vuelve estridente. «¿Qué te pasa? ¿Te estarás volviendo comunista?». Estoy trepada en una locomotora sin saber a qué estación llegar.

Por lo pronto, camino con zapatos de plan quinquenal, y un mediodía, en el aparador de la American Book Store, en la calle de Madero, veo un ejemplar de *Lady Chatterley's lover* y, para mi sorpresa, Beltrán me regala a D. H. Lawrence: «Todas las mujeres tienen a su guardabosques», sonríe.

En su camino hacia la entrada de la Basílica, en la Villa de Guadalupe, una mujer que avanza de rodillas deja huellas de sangre en las piedras.

—¡No haga eso! —Me espanto—. Voy a ayudarla a ponerse de pie.

Otra mujer viene detrás también hincada, pero en su caso, un compañero extiende un rebozo frente a sus piernas dobladas.

—La Virgen no va a quererlas más por sacrificarse en esa forma —digo escandalizada.

Ni siquiera levantan la vista. Cuando regresamos al WV, Beltrán se enoja:

—¿Cómo te atreves? ¡No vuelvas a hacerlo! ¿Quién te ha dado derecho a meterte en su vida?

—¡Se están lastimando! —respondo estupefacta.

—A lo mejor tú te lastimas más que ellas y nadie te dice nada.

—Alberto, tú no eres creyente, ¿de qué te enojas?

—De tu prepotencia...

Quizá tenga razón. Abrazo a Mane, ajeno a cualquier discusión, y miro con él por la ventana la calzada de los Misterios, unos monumentitos milagrosos que perdonan los pecados.

Años más tarde, en 1988, el pintor Rolando de la Rosa canjea el rostro de La Morenita por el de Marilyn Monroe y lo exhibe enmarcado en el Museo de Arte Moderno que dirige Jorge Manrique. Seiscientos manifestantes encabezados por el horrible líder de Pro Vida cierran el museo, y Bellas Artes despide a Manrique por su ofensa al pueblo de México.

Alberto Beltrán es un maestro severo, pero aprendo de sus regaños. Gracias a él leo a Ángel del Campo, Micrós:

—Quizá sea lo primero de México que leas.

—No, no —protesto—, me fascinó *Los bandidos de Río Frío.*

—No, tú no sabes nada del pueblo de México.

Tiene razón. Nada se me da tan fácilmente como la culpabilidad.

Beltrán admite: «Un gran número de visitantes extranjeros ha enloquecido por México». Ahí están la marquesa Calderón de la Barca, Egon Erwin Kisch, Anita Brenner, Frances Toor, los hermanos Gutierre y Carletto Tibón, quienes almuerzan de vez en cuando en casa de mi tía Bichette y nos apabullan con su conocimiento del náhuatl. Han llegado a pie con sus sombreros de paja de Italia hasta los rincones más recónditos de la patria «diamantina y pajarera». Miles de fiestas populares danzan en su mirada: Huejotzingo festeja la derrota de los zuavos franceses y cada año cargan su escopeta y los ajustician en la plaza. «Son cohetes, no te preocupes», nos dice Beltrán.

Los curiosos se amontonan para ver lo que dibuja: «Le salió igualito». La mirada fija en su bloc cubre hoja tras hoja. Admiro su destreza. A veces busca la sombra de un árbol para recargarse. En el autobús, en el tranvía, también saca su libreta y apunta. Abuso de mi privilegio: «Enséñame». Me enorgullece su talento humilde, o quizá que me humille con su negativa: «No, no voy a pertenecer a galería alguna». «No, no sé quién es tu amigo Souza». «¿Tu tía Inés Amor?». «No quiero conocerla». En torno a su boca se profundizan dos líneas que caen a pique y lo envejecen.

Cuando el Fondo de Cultura Económica publica, en 1963, *Todo empezó el domingo*, sobre los paseos dominicales de los mexicanos, recorto encantada una crítica de Luis Cardoza y Aragón y se la enseño y me rechaza: «¡Ya basta! ¡Ese libro ha recibido demasiada publicidad!».

Beltrán y yo visitamos al padre Ángel María Garibay K. y comemos con Miguel León-Portilla. El padre Garibay, de barba blanca, nunca sonríe; Miguel León-Portilla ríe contento. Alberto ilustra su *Visión de los vencidos*, la biblia mexicana.

Solo había yo leído a Bernal Díaz del Castillo y las citas de Carlos Fuentes sobre la Conquista, el espejo enterrado y el espejo humeante de Tezcatlipoca. Cuando Fuentes visitó Tonantzintla, entramos juntos a la pirámide de Cholula, y esa misma noche, en el bungaló de

Guillermo Haro, Carlos, enfebrecido, escribió varias páginas de su *Cambio de piel*.

Fuentes cobra diez mil dólares por conferencia. Cuando la universidad no le llega al precio, Raymond Williams me ofrece quinientos. Soy el *stand-in* de Fuentes, el *second best*, su repuesto.

Años más tarde me llamará el director de Latin American Speakers, una asociación que ofrece cincuenta mil pesos (más viaje en primera clase, alojamiento en hotel de pinchemil estrellas, desayuno con tres pares de huevos *sunny side up*): «Elena, siento tener que cancelar la serie de conferencias ya pactadas, mis patrocinadores la rechazan por su apoyo a López Obrador».

Miguel León-Portilla, estudioso del náhuatl, comunica su pasión por el mundo indígena, el de antes y el que ahora camina descalzo por las calles de Puebla y por el centro de la Ciudad de México. León-Portilla descifra textos y construye para México una filosofía que va más allá de la derrota y hace que nos crezcan flores en la cabeza.

Intento no juzgar a mi país a partir de mi limitado bagaje. Sé que la Conquista fue una masacre, que franciscanos y dominicos cubrieron con su sayal las heridas de los indios, pero nunca había oído de los siete presagios ni del calmécac, que ahora repito en cada plática en las universidades de Estados Unidos. A la doctora Bell Chevigny, de formación grecolatina, *distinguished professor* en Purchase, Nueva York, le conmueven los guerreros jaguar y los águila, pero sobre todo los consejos del padre náhuatl a su hija, su niñita, su collar de piedras finas, su plumaje de quetzal: «Mi hechura humana, la nacida de mí». ¿Hay algo parecido en otras civilizaciones? «Oh, Elena!, *it's beautiful!*», exclama mi señora Campana, Bell Chevigny.

Juntas leemos la *Visión de los vencidos*, publicada en 1959, y exclama: «*So, they did have a philosophy!*». Campana que sabe repicar. Bell repasa a Teotihuacán, a Monte Albán, a Uxmal, y varios profesores y estudiantes en Nueva York, en la Universidad de Stanford, en Texas, en Washington, en Santa Bárbara, en Davis, en San Francisco, en Berkeley quedan marcados por el reverso de la Conquista. Muchos jóvenes rechazan la interpretación de aquellos que descifraron antes los códices.

Para la fiesta de fin de año de su universidad, Bell Chevigny prepara tamales y luce un huipil bordado que hace juego con sus cabellos rubios.

El río Hudson fluye frente a su ventana en Nueva York, y Bell se mimetiza con las chalanas que se deslizan hora tras hora hasta llegar al mar. Bell hace juego con el alto edificio en el que vive en Riverside Drive, como lo hace con la notable escritora Grace Paley y su visión del mundo, pero nada le apasiona tanto como las causas sociales de América Latina. En su libro *Prison writing*, rescata la escritura de los condenados a prisión perpetua y la lucha de la feminista Margaret Fuller, así como a la recién nacida Revolución cubana y al entrañable Cimarrón, cuyas memorias recogió Miguel Barnet para hermanarlo con el *Juan Pérez Jolote* de Ricardo Pozas.

Otto Magnus von Stackelberg.

Capítulo 33

La agresión de Stackelberg

El rey intenta retrasar la convocatoria de la Cámara y Stackelberg lo amenaza:

—No pretenda alterar la decisión de los tres soberanos; su sola fuerza bastaría para someter al mundo.

—Tengo que hacer un último llamado a las naciones europeas, alguien vendrá a rescatarnos.

—Si Su Majestad difiere el proceso, sus desgracias personales serán peores que las de su país.

—¿Qué desgracias?

—La disolución de su reino, su destronamiento, la entrada del ejército prusiano, el pillaje y la devastación de Polonia.

—Seré condenado lo mismo si acepto que si me opongo; en el primer caso reprocharán mi debilidad y en el segundo me acusarán de temerario.

—Haga lo que haga, Su Majestad es responsable del mal que padece su país —responde Stackelberg con un rictus de desprecio.

—Confío en que alguien vendrá en mi ayuda —insiste Stanisław.

Para su desgracia, dentro de la corte, Poniatowski tiene que repeler no solo a Stackelberg, sino también a sus tíos Czartoryski que pactan con Rusia con tal de no perder su fortuna.

Stackelberg sabe distinguir entre aduladores y buenas conciencias y, así como se aprovecha de la nobleza del rey, descubre cómo pervertir a otros miembros de la corte.

—Majestad, pierde mucho tiempo con aventureros que no están a su altura.

En cada reunión de la *szlachta*, Stackelberg insiste en que el rey prefiere sus prerrogativas al bienestar de su pueblo. También jala agua para su molino:

—Es *vox populi* que muchos polacos prefieren a Rusia.

—¿De dónde sacó usted eso, Stackelberg?

—El único crítico del reino de Rusia en la clase alta es usted, Majestad. Ayer mismo, un conde polaco me pidió emigrar al Moscú que usted denigra.

—Stackelberg, doy pruebas de todas las veces que pude socorrer a cualquier polaco. Si lo hice por un ciudadano de mi patria, con más razón lo hago y sigo haciéndolo por mi país.

Frente a las agresiones de la Cámara, el rey mantiene su resistencia. La ineficacia y la lentitud son dos características del Sejm. Si se decide por una ley, la mayoría vota en su contra. Si insiste en una propuesta, lo descalifican.

—Sé que ustedes me llaman dictador, pero dense cuenta de que un dictador da órdenes sin réplica. Yo solo les pido enmendar el artículo propuesto en vez de perder tres días discutiéndolo.

A pesar de la investidura de Poniatowski, la Cámara se niega.

—Majestad, no se trata solo de imponer leyes. Varios nobles se quejan de que usted cambia de idea cada tercer día.

—¡Es una infamia, una calumnia! Yo mismo compartí la tristeza de buenos ciudadanos cuyas propuestas son rechazadas.

El rey habla hasta agotarse ante oyentes hostiles o indiferentes. Su frente se cubre de sudor y solo logra imponer una de cada cuatro propuestas.

Stackelberg hace lo imposible para que la Cámara califique a Poniatowski de traidor. Chantajea a unos y compra a otros, soborna a buenos oradores, alarga sus intervenciones y, antes de cualquier sesión, convence a los más renuentes.

Poniatowski responde:

—Stackelberg, puesto que asegura que el país entero sufrirá si no consiento a sus propuestas, le repito: «no consiento».

Para vengarse, Stackelberg reúne a los magnates dispuestos a entregársele con tal de conservar sus privilegios.

—La mayoría de los polacos quieren aliarse a Rusia —repite Adam Czartoryski sin encolerizarse como antes.

A pesar de la impaciencia del embajador ruso, el rey mantiene la abolición del *Liberum Veto*.

Triunfan el odio de Catalina y la rabia de la *szlachta*.

—Adam, tienes que apoyarme para eliminar ese maldito veto.

—Al contrario, Stasiu, el *Liberum Veto* nos beneficia. ¿Combatirás a quienes te apoyamos?

—Es la voz de todos los polacos la que quiero oír, no solo la de la *szlachta*. A los nobles les he dado prioridades, pero también me debo a quienes cultivan la tierra, ahora que tenemos las riendas de la patria en nuestras manos…

—¿Las tienes, Staś? No hay crecimiento en el campo ni en las ciudades, la única excepción es Varsovia que apenas comienza a parecer una capital europea…

—Creo que deberíamos dedicarnos a quienes no han tenido oportunidades, darles su lugar a las mujeres y a los artesanos para que los oficios cobren importancia. Exportar sus artes…

—No son arte. Son unas coloridas *polonicherías* —interrumpe la prima Elżbieta, quien entra en la sala de deliberaciones cuando quiere.

—¡Claro que son arte! —Se indigna el rey—. Los comerciantes se deshacen en elogios.

Para enaltecer al arte popular, Poniatowski impulsa los oficios heredados de padre a hijo.

—Yo no haría crecer la clase artesanal, promovería la educación superior —interviene Elżbieta autoritaria.

—Si todos los polacos van a la escuela —responde Stanisław—, si conocen sus derechos, construiremos un gran país y las artes populares serán parte de nuestro progreso.

—¡No seas inocente! —Se irrita Elżbieta—. Ni en Francia ni en Inglaterra los campesinos tienen voz ni voto. ¿Quién los oye?

—Por eso vamos a escucharlos, por eso la escuela será para todos.

—¿Para que levanten su voz y callen la nuestra? —ironiza Elżbieta.

«¡Dios mío, qué bella es!», piensa el rey mientras la mira enrojecer y pasarse la mano por la cabeza como acostumbra cuando pierde la paciencia.

Las tierras del príncipe Radziwiłł son tan extensas que nunca las ha atravesado.

—Esas tierras son tan fértiles que saca de ellas todos sus recursos y vive sin pensar en nada —explica Piotr Żurek—. Feliks Potocki tiene ciento treinta mil siervos, Ladislas Lubomirski es dueño de tres ciudades y ciento cuarenta pueblos.

—Jamás van a soltar uno solo de sus bienes esos reyecitos violentos, arrogantes y peleoneros —reflexiona Maurice Glayre.

—¿No sería mejor romper con ellos, Glayre?

—¡Majestad, imposible!

Tampoco encuentra Stanisław la fuerza para poner distancia entre él y sus primos Czartoryski.

El general Branicki odia cordialmente al *parvenu*, como llama a Stanisław, pero el banquero Piotr Fergusson Tepper funda la fábrica de cerámica Belweder, célebre por sus preciosos servicios de mesa. También los Czartoryski impulsan otra fábrica de porcelana en Korzec, que emplea a mil hombres y mujeres guiados por cuatro artesanos venidos de Sèvres. Lo mismo sucede con la serie de muebles Kolbuszowa, capaces de competir con las cunas, esquineros y tocadores de ebanistas franceses.

Poniatowski monta tres fábricas de lana, una de ellas destinada a la milicia. Las inspecciona con frecuencia y revisa cuentas.

—Majestad, no gaste su energía; un inspector puede sustituirlo —aconseja Glayre.

—Si me ven, harán mejor las cosas.

—Staś, te ves cansado —interviene la prima Elżbieta.

—Más cansados están los obreros…

—Pero tú te debes a Polonia. Delégame algunas de tus responsabilidades.

—Estoy seguro de que lo harías a la perfección. —La abraza.

—Desde luego, soy más joven que Catalina. ¿Te diste cuenta de lo gorda que se ha puesto y de lo mal que se viste?

—¿Fuiste a Moscú, prima adorada?

—Yo no, pero me contó una amiga que la zarina parece carpa de circo.

Para Glayre, el ambiente en la corte es tan venenoso que supera cualquier escena de Shakespeare en la peor de sus tragedias. La intriga, los celos, la codicia, la ignorancia, los espías que se esconden tras biombos y cortinas, las veleidades de los cortesanos se imponen a todas las iniciativas del rey. Cualquier cosa que emprende es hecha pedazos. La conducta de la *szlachta*, superficial y egoísta, se imprime en la mente como un manual de reglas de vida. Cada castellano es rey de su feudo, establece su tarifa de impuestos y las reglas de su juego son inapelables. Los caballerangos son quienes reciben la mejor paga porque en Polonia el amor a los caballos llega casi tan lejos como el amor a la Virgen de Częstochowa. Una yegua con cólico es atendida por un cónclave de veterinarios que envidiaría el mismísimo papa Pío VI en su lecho de muerte, pero Varsovia no cuenta con un hospital especializado en niños enfermos de tuberculosis o de neumonía.

A pesar de los rostros compungidos, cuando no hostiles, Stanisław avanza en medio del sufrimiento que le causa la actitud de sus opositores Radziwiłł y Branicki, ¡sus familiares!

«Coraje y paciencia», le escribe a Madame Geoffrin. «El destino se cansará de burlarse de mí, y Dios, que no hace nada en vano, no me hizo rey en forma tan poco ordinaria ni me ha dado esta obstinación por hacerle el bien a mi país para que todo se pierda. Quizás esta nación debe aprender a vencer sus prejuicios a través de las desgracias que ella misma se atrae. [...] Quizá también deba yo ser la víctima de su locura para que un gran ejemplo y una gran revolución sirvan a los que vengan después. Si yo tengo que ser el desgraciado eslabón en la larga trama de los acontecimientos que llevan al sacrificio, tendré que cumplir mi triste destino. En cualquier caso, me presentaré solo ante el Gran Juez, pero con la conciencia de un patriota íntegro. Dejaré sobre la tierra a algunos testigos de mis pensamientos más secretos, hombres que no se avergonzarán de llamarse mis amigos a pesar de que yo ya no esté. Total, no sé si le escribo una carta o un testamento».

Hoy, el rey de Polonia cumpliría doscientos ochenta y nueve años y a la emperatriz de Rusia la festejarían por sus doscientos noventa y dos años. Si Jan no hubiera muerto a los veintiún años, en 1968, tendría casi setenta y cinco. ¿En qué forma puedo estar ligada a un rey que vivió en el siglo XVIII y a un país que solo visité como turista en 1967?

Un atardecer, Guillermo Haro estaciona su automóvil en la casa de La Morena y abre la cajuela de su coche que desborda rosas rojas. Algunas incluso quedaron prensadas al cerrar el cofre. «Son para ti», y sin más, cuando he sacado el último ramo, arranca su automóvil y desaparece. Asombrada, recojo primero las flores maltratadas y las meto en agua. Abrazo los manojos por turno. No tengo floreros para tantas flores. Lleno de agua la tina y meto las maltratadas, las que quedaron deshojadas o con el tallo roto. El corazón me late fuerte, pienso en ese hombre serio, científico, de anteojos y mirada severa que de pronto me da a entender que me quiere. «Me quiere a mí», repito mientras voy y vengo de las rosas a los floreros, las cubetas, la tina, cualquier recipiente en el que quepan cien mil flores. Recuerdo —porque soy absurda— que mamá me contó que una amiga multimillonaria, Geraldine Fuller, ponía pétalos de rosas en el agua de los excusados de su casa de Southampton. Rival de Barbara Hutton, «*the poor little rich girl*», me pregunto si la dueña del Five and Ten los pondrá en su casa de Cuernavaca, «*a sunny place for shady people*», según mamá.

Mane se preocupa: «¿Y ahora qué pasó? ¿Por qué tantas?». Las rosas rojas son el camino a un cambio inquietante para Mane, para mí, para Guillermo.

La casa de Guillermo nos recibe luminosa. Situada en una calle cerrada al lado del asilo de San Vicente que recibe a ancianos. Su piso de anchas duelas de madera clara nos maravilla a Mane y a mí.

Felipe nace el 4 de junio de 1968 entre una respiración y otra, como se acostumbra ahora. Guillermo espera sentado en un pasillo. Graciela, la entrenadora del parto sin dolor, le da la noticia. «Tu marido se soltó a llorar».

«No quiero que le pase nada», Guillermo conduce como tortuga de la maternidad a la cerrada del Pedregal 79.

Amamanto a Felipe y se duerme.

Guillermo tiene que viajar al Observatorio de Byurakan, en Ereván, Armenia, frente al monte Ararat. Hace más de un año, se comprometió con su director y amigo Víktor Ambartsumián. Entonces no existíamos ni Felipe, ni Mane, ni yo.

«Nunca he visto a un niño tan bonito», exclama Fernando Canales, gerente del diario *Novedades*.

A diferencia de Felipe recién nacido, lloro. Mane, el mayor, ya tiene vida propia, sale de madrugada al Liceo Franco Mexicano en Polanco y entre semana comemos juntos, pero los sábados y domingos ni sus luces porque invita a Carmen Medina, su compañera del Liceo, linda e inteligente.

Mane hace girar a su hermano bajo la lámpara del comedor, aunque en el primer momento protestó: «Tú me aseguraste que yo sería el único».

La visita que más recuerdo es la de Jan, mi hermano. Levantó a Felipe en brazos y le dije:

—Ojalá y se te parezca.

Rio y llenó la recámara con la fuerza de sus veintiún años.

—¿Cómo viniste?

—En moto.

—¡Ay, no!

Al irse, corrí a la ventana. Adivinó que lo estaba viendo y volvió su rostro hacia el hospital. Lo vi ponerse su casco, subir a la moto y dar el arrancón que retumbó en la calle. Desde arriba, atisbé un puntito negro y dos brazos en un manubrio. Guardé su sonrisa y pensé que ojalá mi recién nacido sonriera como él.

Un año más tarde, el 11 de abril de 1970, a las once de la mañana, entrevisto para *Novedades* al padre Felipe Pardinas. No recuerdo ni qué le pregunto porque ese día, a la una de la tarde, nace Paula. Qué bueno que Guillermo está en México y no en Tonantzintla, pero como no lo encuentro en la Torre de Ciencias en la UNAM, llamo a Mamá y corremos al Inglés. Apenas desciendo del coche, Paula nace. El ginecólogo, exhausto, comenta enojado: «Todas las parturientas se pusieron de acuerdo para parir hoy. Ya atendí cinco partos».

Si Felipe Haro hizo exclamar a Fernando Canales: «¡Este niño es un pan!», Paula es la que más se parece a Guillermo: la misma capacidad de decisión, la misma gallardía, el mismo rechazo a quienes hacen trampa, la misma forma de decir: «Aquí se acaba todo».

Somos una familia de cinco.

En la vida diaria, Paula fluye, florece, es cómplice de Felipe. «¡Qué niña tan fácil!», dicen las visitas. No le importa heredar la ropa de su hermano, le encanta usar *shorts* y pantalones. Falta mucho para que ella y Felipe crezcan, aunque Mimí Macedo, mi amiga de infancia, madre de ocho hijos, previene: «Crecen más rápido de lo que uno quiere».

Alegoría de la Primera partición de Polonia.

Capítulo 34

El dolor de Stanisław

Elżbieta Czartoryska, la prima adorada, organiza conferencias con la autoridad que Stanisław le concede de muy buena gana y, frente a él, critica sus actos de gobierno. «Stasiu, escuchas con demasiada amabilidad, simplificas, pero no resuelves». En cambio, los consejos de Adam van al grano, las peticiones se aceptan o se rechazan: «*Un point c'est tout*». En muchas ocasiones, el rey se equivoca, da largas y nada es más nocivo para un soberano que la indecisión. «¿Quién podría resolver este asunto, Glayre? ¿A quién recurro?». Elżbieta exclama, segura de sí misma: «Hay que seducir, te lo digo por experiencia, primo. Tardas demasiado en imponerte, usa tus encantos».

La prima adorada inicia sus parlamentos con un: «Yo, como dueña de mis acciones…». El rey la escucha, sonriente. «Stasiu, no debes disminuir el protocolo, al contrario, cualquier medida intimidatoria es un arma, te protege, hazles saber a todos quién eres.

Tres pasos atrás, nadie puede interrumpirte. Tú tienes la voz de mando, mientras más te impongas, más te respetarán».

Además de insistir en que sus ministros no están a la altura y su gabinete es mediocre, Elżbieta se toma atribuciones que no le corresponden y, sin querer queriendo socava su autoridad. Adam Czartoryski se mantiene al lado del rey, pero cuando no logra imponer una ley en la Cámara o los nobles de la *szlachta* lo rechazan, desaparece y, más tarde, culpa a su primo —cuando no se desentiende de todo— y lo abandona. Stanisław permanece de pie hasta el agotamiento en una asamblea atestada de enemigos.

No es fácil ser rey. Gracias a Dios y a la Virgen de Częstochowa, Poniatowski cuenta con Glayre. Frente a él, puede cerrar durante unos minutos sus ojos cansados y dejar de controlar el más pequeño de sus movimientos, como se lo pide su primo.

A pesar de que el viejo tío August Czartoryski se retiró de cualquier contienda cuando murió su hermano Michał, continúa siendo el jefe de La Familia y sus ojos de halcón acechan su ademán. Lo mismo hace Adam, aunque finge indiferencia.

La prima Elżbieta se hunde en una depresión sin salida y se convierte en su feroz detractora, mientras que Izabela Flemming, esposa de Adam, florece y abre las puertas de Puławy, su palacio, al que cada día arriban, embaladas a la perfección, obras de arte, pinturas de Zurbarán, Caravaggio y Rubens, bustos de Simon Guillain y Jacques Sarazin, así como rejas de hierro forjado que hacen exclamar a las invitadas: «¡Pero si parecen encaje de Bruselas!».

Izabela Flemming preside una larga mesa y cuando toma la palabra, se hace el silencio porque se ha convertido en una autoridad política. Después de la cena, la *chatelaine* gira ante sus invitados; estrena vestidos de *haute couture*, conversa en francés de arte y de literatura, y su patriotismo enrojece su jardín en el que mandó sembrar solo rosas rojas y blancas, los colores de Polonia.

«Puławy es el Versalles polaco», presume Izabela, cuyo palacio es «el alma de una sociedad a la altura de cualquier país europeo».

—¿Te invitaron el sábado?

Pedro Brachet, pintor francés, se lleva un pañuelo a los ojos:

—No fui requerido.

—La marquesa Cristina Stebelska puede conseguirte una invitación. Si tanto lo deseas, de inmediato, envío a un propio a su casa.

Cada pintura en los muros, en los pasillos, en el comedor, provoca la admiración de los comensales: «Tu palacio es un museo», exclama el príncipe de Ligne, quien viene de Francia un verano sí y otro también. Una consola de Boulle, un platito de mantequilla de los Vosgos, un salero se vuelve irremplazable; vajillas de Meissen rivalizan con las de Limoges y los libros encuadernados en *cuir de Russie* hacen las delicias del bibliófilo Krzysztof Opaliński.

«La princesa Czartoryska destaca en la política internacional y en sus relaciones con la *szlachta*. Debería estar en el trono en vez de Poniatowski con sus ojos cansados que llaman a la compasión».

Izabela, la anfitriona, cuenta agudos detalles que delatan su intimidad con el rey. Fuente de información precisa, reparte secretos porque, además de convocar a sabios y celebridades, es confidente de estadistas. Abre los brazos al invitado en turno con grititos agudos que hacen que los demás volteen a verlos. También es un surtidero de intrigas y utiliza su posición para dejar caer frases clave sobre la política interna de su patria. Su esposo, Adam Czartoryski, la escucha criticar a Stanisław sin contradecirla y cuando asegura que ella ejercería mejor el poder que el rey, asiente con una sonrisita maligna.

«Si quieres saber hacia dónde vamos, consigue una invitación al castillo de Puławy», dicen quienes frecuentan la corte. «Basta con que hables con la princesa Czartoryska para que te enteres de lo tonto que es el rey. Si ella no te lo dice, ahí está Elżbieta, igualmente informada. Son las que mandan en de la corte, aunque tienes que tomar tus precauciones; son impredecibles».

Años más tarde, Poniatowski anotará en su diario: «Nadie me hizo tanto daño como aquellos que decían amarme».

Adam le lleva doce años a Izabela. Durante su viaje de bodas en París, la recién casada decidió vestirse como hombre, cosa que divirtió mucho a Adam. Así, viajaron a Frankfurt con una pompa muy superior a la de Christian VII, rey de Dinamarca, quien había anunciado su llegada ese mismo día. El hotelero confundió a Izabela con Christian y le entregó la llave de la habitación del rey. A la mañana siguiente, la pareja salió del hotel divertida y feliz. «¡Seguro Christian tuvo que dormir en su carruaje!».

—Tengo la certeza de que yo llevaría mejor la Corona que Stanisław —asegura Izabela y entorna los ojos para imitar los de Poniatowksi siempre interrogantes.

—También tú, Elżbieta, la llevarías mucho mejor que él —dice Adam, encantado de reír a costa de su primo.

El ingenio de su mujer sorprendió a Adam en su primera noche y ella decidió excitarlo con otras improvisaciones. Una noche es Afrodita o Circe; la otra, Diana cazadora y revienta con su buena puntería cortinas y almohadones. Para seguirle el juego, Adam entró a la cama con un sayal franciscano y a la noche siguiente con una armadura medieval. Poco faltó para que Izabela y Adam convirtieran su habitación en una isla tropical con tambores traídos del Caribe.

En 1775, la corte comenta el envejecimiento prematuro del rey —cuenta ya cuarenta y seis años—, mientras el anciano tío, August Czartoryski, se distingue por la elegancia de la muerte. Previsorio, ordena que lo vistan de terciopelo granate y camisa con cuello de encaje de Chantilly. Peinado, polveado y oloroso a lavanda, con las medias blancas bien estiradas y sus condecoraciones prendidas en el ala izquierda del pecho, desciende a la sala de Jablonna, su castillo, a jugar su último partido de *whist*. No solo equivoca su movida; de la mesa de juego lo llevan a la del comedor sobre la que yace abierto su ataúd.

Harto de cóleras y depresiones, Adam Czartoryski se desentiende de su única hermana, Elżbieta. «No puedes ser el centro del mundo por más que creas merecerlo». El nerviosismo avinagra las palabras de la prima adorada, ahueca su pecho, ensombrece su mirada, arruga sus mejillas antes apetitosas; solo habla de sí misma y aburre a la nueva generación. Como nadie la mira, constata que ha perdido su belleza.

Fuera de sus dos sobrinos, Stanisław, el intelectual, y Pepi, el pasional, sus familiares resultan una carga. En cambio, Pepi, hijo de Andrzej, es una visión a futuro, un imaginarse a sí mismo triunfante, a pesar de su decepción porque Pepi pertenece al ejército austriaco. «¡Cómo me gustaría que viviera a mi lado, en Varsovia!». «¡Qué orgullo sería para mí verlo ataviado con el uniforme polaco!». ¡Qué ilusión con este huérfano, su favorito, por ser hijo de Andrzej.

«La entrada en Polonia de mis cuatro regimientos puede ocasionar alguna fermentación en los espíritus», advierte Catalina. «Y depende de la conducta de Su Majestad, quien tiene que controlar a sus súbditos y obedecer estrictamente mis órdenes. Por lo tanto, me parece bueno prescribirle que se dirija a ellos con toda la prudencia y la sagacidad de la que sé que es capaz, contentándose Su Majestad con minimizar los males que puedan volverse realmente insoportables para los bienintencionados en la conducción del Tribunal de Wilno, para que el expediente que hemos acordado a solicitud suya no exceda nuestra intención: la de NO resolver sus asuntos y permitir una abierta ruptura. Deseo que Su Majestad se responsabilice de acortar la estancia de mis regimientos en su país y propicie con su ejemplo el camino más fácil para regresarlos al cuartel».

Stanisław escucha la voz iracunda de Catalina en cada línea e imagina el rictus en su boca mientras escribe. Las hojas de papel queman sus dedos y hacen temblar sus manos.

«Usted mismo se dará cuenta de que todo lo que prescribo solo es para prevenir una Confederación contraria a mis intereses».

Tras un lenguaje reverencial, el rechazo de la emperatriz es injurioso: «Su Majestad Imperial invita a Su Majestad Polaca de la manera más atenta a reuniones de conciliación en los asuntos de su república, ofrece cooperar con todo su poder al título de "Amiga y Vecina" a partir del momento en que el rey le dé una respuesta categórica para que ninguna queja pueda recaer sobre Su Majestad Imperial si, en contra del deseo de la emperatriz, los asuntos de Polonia llegan a un punto enfadoso».

¿Cómo puede cualquier soberano que se respete dar una «respuesta categórica» a la invasión de su patria?

Aunque Catalina «hace gala de una estima particular por el rey de Polonia» y busca «la vía de la tersura», sus mensajes trasminan su desprecio. La zarina desea *vivamente* la unión con Polonia, aunque sus condiciones humillen a Stanisław a un grado intolerable. Imposible que Catalina no se dé cuenta de su agresión. Nada la retiene, los cañones rusos apuntan hacia Polonia y solo esperan que ella, la Figchen que tanto amó, dé la orden de fuego.

Haciendo aún más difícil la situación de Stanisław, muchos miembros de sucesivas confederaciones lo culpan de la invasión rusa. «Estamos peor que nunca y usted nos ha puesto en este brete», le reclama Piotr Żurek.

A Fryderyk II de Prusia le disgusta la imposición de Catalina, no por Polonia, a la que desprecia, sino porque la emperatriz se atreve a competir con él y desbancarlo frente a Voltaire. «Yo soy el sabio, el filósofo admirado por Voltaire, el único a su altura, él mismo me ha dicho que la considera *une femme a jupons*». «¿Qué se ha creído esa sobrinita ambiciosa? ¿No recordará quién la puso en el trono? ¿No le bastó con desaparecer a su marido?».

Fryderyk II, su tío y rey de Prusia, acordó compartir con ella el botín polaco, pero Catalina pretende ser la única en figurar. Presume su erudición, que no es ni la décima parte de la suya. «Yo soy quien convoca sabios y a genios musicales, soy yo quien convirtió a Sanssouci en la gran central de energía de los pensadores de Europa. ¿Acaso cree esa arribista que puede competir conmigo?».

«Quíteme esta corona», escribe el rey a Catalina, «pero evítele a mi país el ultraje de privarlo de la esperanza de ser una nación».

—Los soberanos se respetan demasiado como para atentar unos contra otros. —Maurice Glayre intenta tranquilizarlo, mientras Stackelberg lo amenaza:

—Personalmente no le pasará nada, pero cuatro mil rusos, además de los que ya viven en Varsovia, y veinte mil prusianos esperan una orden en la frontera para entrar y someter a Polonia a fuego y sangre si Su Majestad insiste en el *Liberum Veto.*

En la soledad de su biblioteca, el rey escribe una protesta que circulará en las calles de Varsovia.

«Ninguna potencia tiene derecho a ordenarle a Polonia lo que tiene que hacer. Este primer triunfo de nuestros vecinos les permite creer que pueden darnos órdenes y burlarse de nosotros».

El canciller Zamoyski previene al rey: «Prusia y Rusia nos están declarando la guerra. Si se empeña en su heroísmo, cada choza incendiada, cada gota de sangre derramada, pesará sobre su conciencia».

Tiene razón.

El rey adquiere pronto la certeza de que ni uno solo de los Czartoryski lo acompañará.

«No tenemos ni dieciocho mil hombres mal pertrechados. ¿En dónde está nuestra artillería? Cincuenta mil rusos esperan en la frontera y los prusianos están listos para acabar con nosotros. Austria tampoco nos defenderá, al contrario», escribe el rey en su diario.

En la Cámara, los dos hermanos Rzewuski, hasta entonces sus amigos, se levantan de su escaño y lo apuñalan por la espalda con su discurso.

De todos los escenarios, ninguno peor para el rey de Polonia que el de la Cámara.

En la noche, antes de conciliar el sueño, Poniatowski llega a la conclusión de que su mejor amigo es Glayre. «Hay más bondad en él que en los Rzewuski, quienes dicen ser mis amigos de infancia».

A pesar de los servicios que le rinde a Polonia, a Maurice Glayre le está vedado entrar a la Cámara porque no nació polaco. En cambio, al rey y al presidente de la Cámara les está prohibido abandonar el recinto. Si el rey se ausentara, se suspendería la sesión, por lo tanto, mientras los delegados salen a receso, estiran las piernas, palmean la espalda de un aliado, vacían su vejiga o su decepción y beben vodka de una anforita de plata que se amolda a su trasero, el rey tiene que permanecer en su lugar, preso de la malevolencia de sus compañeros. Incluso, cuando solicita la *chaise percée*, un diputado pregunta: «¿Es absolutamente necesario, Majestad?».

Catalina exige una revisión completa de las leyes polacas, entre ellas, el *Liberum Veto* que el rey pretende abolir.

La emperatriz le dio un golpe bajo cuando antes, en Rusia, le hizo creer que para ella era un crimen que una sola voz nulificara la voluntad de la mayoría.

Al imponer el *Liberum Veto*, Catalina priva al rey de sus poderes, mientras que el ejército ruso afrenta con su presencia a los polacos. Hace unos días, en el mercado, una mujer le aventó a la cara a un soldado ruso su cesta de verduras; estallaron aplausos, chiflidos y carcajadas, y el intruso echó a correr mientras los marchantes levantaban en hombros a la verdulera.

Durante tormentosas sesiones en la Cámara, las aclamaciones, las amenazas, la confusión, el calor y, sobre todo, la traición de sus pares, atacan los nervios de Stanisław. La frente cubierta de sudor, la vista perdida, los insultos zumbando en sus oídos.

—¡Mira, Adam, qué mal se ve el rey! —Sus allegados pretenden sacarlo en brazos.

—No me toquen, ahora mismo me recupero —ordena Stanisław mientras escucha decir a su primo Adam:

—¿De qué sirve un rey que pierde el conocimiento?

—Exijo seguir en la sala.

—¿En tu estado? —inquiere Adam.

Stanisław descubre el cuchillo en los ojos de su primo.

«La oposición de Adam me entristeció a tal grado que me entró un temblor en todo el cuerpo que habría espantado al mejor médico; por suerte, me atendió Reyman que me conoce hace años», consigna el rey en su diario.

Mientras toda Varsovia difunde la debilidad de Poniatowski, Adam lo toma del brazo: «Stasiu, estoy avergonzado».

Los gobiernos de San Petersburgo, Viena, Berlín y Versalles saben que si el rey desfallece pondrá en jaque a su país. Según los rumores, Stanisław vive sometido a la voluntad de su prima.

«La sangre demasiado cercana produce desequilibrios», informa Stackelberg.

El rey asiste a las nuevas sesiones de la Cámara. Lo acompañan sus hermanas, Luiza, Madame de Podolie, e Izabela, Madame de Varsovia. Luiza, divorciada de Vicente Potocki y casada ahora con Zamoyski, abre las puertas de su castillo de Winiowsiec, al que también le dicen «el Versalles polaco», en el corazón de Podolie. Coleccionista de Buffon y de Greuze, altanera y pretenciosa, recorre su jardín del brazo del abate Renard que los polacos tildan de zorro. «Los bienes son virtudes», asegura el religioso que acumula tesoro sobre tesoro. Por lo pronto, el lujoso paño de su sotana atrae las miradas. Izabela, la segunda hermana del rey, madame de Cracovia, viuda de Branicki, se casó de nuevo con Andrzej Mokronowski, pero sus amigos siguen llamándola *Brancia*. Ninguna de las dos tiene la bondad de Stanisław, pero ser hermanas del rey las enaltece. Molière las colocaría entre sus *femmes savantes*. El rey mantiene sus puertas abiertas para ellas, aunque prefiere mil veces la compañía de sus dos sobrinos, especialmente la de Pepi.

Stanislaus rex sabe que su familia jamás confrontará a la zarina porque su dios es el dinero. Tampoco cuenta con ella para abolir el *Liberum Veto* y menos aún con Adam, quien lo traicionó cuando creyó que había perdido el conocimiento.

Cualquier imagen de realeza que Stanisław intente proyectar es destrozada. Su salud atemoriza a Maurice

Glayre. «Es preferible que use su carruaje», aconseja cada vez que sale del palacio. Vapuleado, semana tras semana se habla de la posibilidad de un atentado. Sus cartas a Madame Geoffrin evidencian su desaliento, pero también su ilusión. «En mi adolescencia siempre tuve el presentimiento de una gran elevación», escribe. «Mi destino ha sido así; en cada etapa de mi vida tuve algunos éxitos brillantes e inesperados que parecían darse solos, pero eran menores; luego me tocaron reveses largos y dolorosos que pude resistir. Más tarde, Dios me puso en otro escenario y me ordenó caminar al borde del abismo. Eso me hizo reflexionar y luchar. Cambió la escena y Dios me hizo tomar un nuevo camino».

Guillermo Haro, el estrellero, es para mí un milagro.

Bajó del cielo, estudia el cielo, lo sabe todo del cielo. «Allá están las Pléyades, las Tres hermanas».

Para mamá, casarme con Guillermo Haro es como si lo hiciera con Copérnico. Penetro a un mundo infinito, mi Dios, que hasta ahora ha sido el de la Parroquia Francesa en Bolívar y Artículo 123, será el de los fenómenos físicos y el de la bóveda celeste. Para Paula Amor, mi madre, gran lectora de Proust, de Jules Supervielle y de Giraudoux, un astrónomo es un visionario, un sabio que va más allá, un ser privilegiado al que escogieron las galaxias.

Guillermo Haro percibe su desbordada admiración, su idealismo y la quiere; él, ermitaño, desconfiado, escéptico, casi siempre desesperado. «Tu madre pudo ser historiadora o arqueóloga. ¡Lástima que sea tan bonita!».

De vez en cuando, Guillermo consiente en ir a Los Nogales, en Tequisquiapan, a pesar de estar «más lejos que la Patagonia». Para mi madre, Tequis, con su hilera de cuatro nogales, concentra su infancia en la hacienda de La Llave, cercana a San Juan del Río, en el estado de Querétaro, que perteneció a su tío materno, Felipe Iturbe. «Era una tierra preciosa con muchas pozas; mira cómo los sabinos todavía hunden sus raíces en el agua». Al regresar de la guerra, en 1946, papá compró Los Nogales como un homenaje a mi madre.

Aunque ya no hay agua, Tequisquiapan es el paraíso sobre la tierra, así como la hacienda de La Llave lo fue para mi madre. Admiro su sombrero de paja, sus tijeras podadoras, la manera en que inclina su cabeza sobre sus rosales y cómo pone grandes corolas en el centro de la mesa y presume: «Estas rosas son de mi jardín».

Guillermo se limita a conducirnos muy mal —porque es pésimo chofer— a Cuernavaca, «aquí cerquita, a la vuelta de Coyoacán». Acelera y frena, acelera y frena, y luego se pregunta por qué vomitan sus hijos. Sentado en el jardín del Hope Pony Hotel, observa durante horas la extensión de pasto verde que lo descansa de firmar oficios, cartas y recomendaciones y en la noche tensar su mirada y fotografiar, desde las diez hasta las cinco de la mañana, los fenómenos del cielo.

Intento tranquilizarlo: «¿Para qué conservas tanta información si las actas de nacimiento y de divorcio del Archivo General de la Nación fueron los primeros en volar en el terremoto de 1985?».

Cuando le digo: «*Shylock had no friends. Nobody loved him and he loved no one*», no me devuelve la sonrisa.

Eso sí, acostumbra cenar en casa de Luis y Lya Cardoza y Aragón con Pablo y Natasha González Casanova, sus grandes amigos. Llevo a Felipe en su canasta-cuna y Pablo lo saca y lo hace girar como avioncito en la altura.

Por ahora, los 77 centímetros de Felipe cubren de piso a techo nuestra vida y la hacen crecer. Levanta sus manitas de uñas rosas y Guillermo lo abraza. En la calle nos dicen que tenemos un hijo hermoso.

Palacio de Wilanów de los Czartoryski.

Capítulo 35

Los Czartoryski

Siempre hay un golpe de desesperación a la mitad del día, la súbita certeza: «Me mintió. Jankelevich me mintió». Y cuando no es Jankelevich es Jerzy Potocki, a quien solo le interesa sacar provecho de sus circunstancias. Lo que más le duele al rey es darse cuenta de que quien más presume su amor a la patria es quien más abusa de sus privilegios. Eso sí, todos sonríen y se inclinan, su reverencia es del tamaño de su interés. En algunas ocasiones, Poniatowski hasta puede oler su ambición.

A diferencia de la emperatriz, Poniatowski no alimenta el odio contra los musulmanes. Claro que son distintos, tienen más tendencia a ser despiadados, pero también hay crueldad en rusos, en lituanos y en polacos, aunque tengan tan alta opinión de sí mismos. «Los peores son los prusianos», reflexiona.

—Stasiu, ¿cómo es posible que recibas en Varsovia a un sultán con treinta hijos de ocho distintas esposas? —Se enoja Rzewuski.

—Puesto que es un *fait accompli*, tengo que reconocerlo. Además exageras, ni son tantas esposas ni son tantos hijos.

—Aceptarlo te convierte en un delincuente.

—¿A quién pervierto? ¿A ti?

—Tu laxitud te delata, toleras todo. ¿Con qué vamos a alimentar a tanta gente?

Elżbieta regresa de París y vuelve a encabezar bailes, tertulias y recepciones. Ser vista en los castillos de los grandes nombres de Francia es un servicio que le rindió a Polonia; ninguna embajadora tan requerida. En su opinión, merecería una de las insignias que tanto le gustan a Stanisław.

A él le divierten los libertinos, su frivolidad va de la mano con su desencanto, sus idilios hacen que Giuseppe Casanova, entre otros, considere al rey un *bon vivant* muy de su gusto: «El rey disfruta, ríe con facilidad, se lanza a lo desconocido». Casanova además es ingenioso, qué buenos ratos sabe brindar. En 1766, causa sensación en Varsovia y hace reír a la prima Elżbieta al prosternarse ante ella para luego acinturarla y levantarla en brazos. «¿Qué le pasa a ese confianzudo?», finge molestarse Elżbieta, pero en el fondo, Casanova la halaga y el rey nunca toma nada a mal o prefiere que su corte lo vea como el hombre más desprendido y bonachón de la tierra. «¡Nunca he visto una mujer más hermosa!», exclama el italiano a cada vuelta de vals. Elżbieta resplandece, su rostro es un durazno enrojecido por el sol. ¿A quién no le apetecería? Como es tan festejada, la prima adorada ama a la humanidad entera y colma de regalos a los que la adulan. También al rey se le va todo su presupuesto en recibir, entretener y deslumbrar.

Muchas esposas de grandes nombres terminan en su lecho; finalmente una mujer libre resulta más entretenida que una virtuosa porque tiene más que contar.

Entre los jóvenes que acuden al palacio, a Stanisław le atrae uno casi niño, Jan Potocki, quien más tarde habrá de casarse con Julia, una de las hijas de la prima adorada y escribir su *Manuscrito encontrado en Zaragoza*. Elżbieta perdonará que su yerno solo pertenezca a una rama inferior de los Potocki.

Si el rey cree que sus súbditos más adinerados le son leales, se equivoca, porque a ellos les enoja su reparto de tierras a campesinos. A muchos pobres les abruma el tamaño de su nueva tierra. «¿Cómo y con qué voy a cultivarla?». El aprendizaje de la libertad es lento y los temerosos tardan en acostumbrarse a su futura bonanza. Cuando acuden al palacio, según su humor, Elżbieta los mira de arriba abajo o los recibe como si fueran sus benefactores.

Para Stanisław, las Confederaciones son una peste; apenas sale de una cuando tiene que padecer otra. Los nobles polacos confrontan desde la tribuna a las mejores mentes bajo la mirada crítica de los miembros de la *szclachta*. «Los polacos son fantasiosos, anárquicos, todo lo remiten a su religión». Hasta para nombrar al mariscal de la Confederación discuten, se enojan y finalmente el agua estancada en la pila bendita gana la partida porque no hay más fuerza que la de la Iglesia.

«Don Giovanni» se canta en Varsovia como un *ritornello* y el aria «La reina de la noche» de Mozart, sube desde la garganta de la galopina que pone a secar la *pastasciutta* que Marco Polo introdujo en toda Europa.

Como el rey detesta la baraja, sus juegos son de palabras. Uno de ellos consiste en escoger una letra del alfabeto polaco y componer una oda con la *o*, un soneto con la *s*, la *p* dará a luz un proverbio, la *r* un refrán y la *a* una adivinanza. Las sátiras constan de un verso de trece sílabas.

La lengua viperina del obispo Ignacy Krasicki es célebre en Europa, la concurrencia aguarda su ingenio y teme su sentencia demoledora. La prima Elżbieta se sienta a su lado porque disfruta oírlo denigrar a los demás. ¡Cómo admira su ironía! Se regocija cuando el obispo satiriza los viajes de su primo hermano Stanisław, residido en Florencia. En las grandes familias se cultivan envidias asesinas. Al igual que Krasicki, hombre de Dios, Elżbieta, devota de la Virgen, tacha al rey de frívolo y derrochador mientras festeja el poema *Viaje del señor* que el obispo escribió para denostarlo.

—Así que usted, Su Ilustrísima, ¿aconseja permanecer en Polonia en vez de conocer a Miguel Ángel? También yo quisiera irme.

—Usted es fundamental para el rey, querida princesa, e indispensable para Polonia. Por usted todas las polacas son bellas, por usted tenemos fama de inteligentes, por lo tanto, es preferible que permanezca en Varsovia.

—Eminencia, tengo que tomar el aire de París por lo menos dos veces al año. —Impugna Elżbieta.

Los *tableaux vivants* que remedan escenas de Watteau o esculturas de Roldana, la dama de la escultura, hacen que los cortesanos descubran al rey disfrazado de médico o de mendigo, y a la prima adorada, Elżbieta, de tabernera.

El amenazante barón Otto Magnus von Stackelberg, ministro plenipotenciario de la emperatriz de todas las Rusias, sustituye a Nikolai Repnin, en 1772, y hace su entrada con un séquito impresionante. Secretarios y recamareras lo acompañan, su propia cocinera prepara sus alimentos, cuatro servidores venidos de Moscú atienden su peluca, sus caprichos, su digestión y la *chaise percée*, cuyo contenido su médico revisa escrupulosamente.

Hacer su cama como en Rusia, de tal modo que pueda caer sobre pieles de osos que él mismo cazó, es su regla de vida. El rey le destina un palacio de enormes dimensiones y pide a su prima adorada llenarlo de flores rojas y blancas.

«Era mejor Repnin», se pronuncia la prima Elżbieta en la recepción que Poniatowski le ofrece al ruso, «al menos no tenía tan mal humor ni era tan feo. Me irrita pensar que corté tantas flores de mi jardín para un hombre tan poco agraciado...».

Stackelberg nunca sonríe. En la Cámara, ninguna sesión llega a buen fin porque el ruso amenaza con la mano en la cintura: «Si el rey no acepta mis propuestas, daré la orden de que los tres ejércitos de Rusia, Prusia y Austria ataquen a Polonia y lo culparé de la derrota final de su patria».

Por lo pronto, el barón Otto Magnus von Stackelberg, sabotea cada una de las iniciativas del rey. «¿Qué harían los polacos sin Rusia? ¿Se da cuenta del desgobierno en el que vive su país, Majestad? ¿Tiene conciencia de que lo acecha un levantamiento?», inquiere, amable en sociedad y odioso en privado.

Stackelberg confiscó los bienes de quienes participaron en la Confederación de Bar en 1768 y el rey

Poniatowski les devuelve la renta de sus tierras, sin olvidar a su acérrimo enemigo Karol Radziwiłł.

Rusia, Prusia y Austria exhiben su voracidad. Fryderyk II sueña con apropiarse de Wielkopolska, Gran Polonia, y alega: «¿Para qué quieren los polacos tanta tierra si ni siquiera saben cultivarla?».

La «anarquía polaca» es una constante en el discurso político europeo, un *ritornello* en boca de austriacos, rusos y prusianos que llega hasta América, el nuevo continente que el Viejo Mundo codicia y pretende repartirse.

En 1771, los rumores del próximo desmembramiento de Polonia se vuelven realidad. María Teresa de Austria, quien oye misa todas las mañanas, le dice en tono compasivo a su ministro Kaunitz: «No comprendo cómo dos compinches aprovechan su fuerza para despojar a una nación». La Augustísima asegura que jamás cometería semejante crimen, pero al igual que Rusia y Prusia, cae en tentación: «Mientras más llora, más tierra toma», constata Fryderyk II de Prusia.

La rabia estalla en las tabernas polacas. No solo peligran las inmensas propiedades de los nobles, sino también la vida de sus trabajadores. Ni uno solo de los campesinos abandonaría jamás su terruño.

Los polacos nunca se ponen de acuerdo, pero ante la catástrofe hacen frente común. Al inicio de su reino, Poniatowski cometió el error de quitarle el mando del ejército a Branicki para dárselo a su tío August. Branicki, vocero de los inconformes, acusa a los viejos tíos Czartoryski de traicionar a la patria.

Elżbieta, la prima adorada, pretende intervenir en todo y se presenta con una capa de cibelinas o un abrigo de astracán, el cuello cubierto de perlas y los dedos cuajados de anillos. De joven entró en una choza campesina a disertar acerca de la injusticia social. La indignación la enrojece y la vuelve cada vez más bella. Es un espectáculo formidable que nadie quiere perderse. Evita contar que, en ocasiones, tuvo que salir del pueblo a toda prisa antes de que la ahogaran con reclamos y peticiones. Entonces, su hermano Adam le rogaba:

—Por lo menos no vayas con un abrigo de pieles.

—¡Quiero que me vean como soy!

A veces, Elżbieta se despoja de alguno de sus collares o de la *aigrette* en su sombrero y los tiende al primero que pasa. Al despedirse, la princesa olvida el abrigo, los guantes y el monedero que, finalmente, pasan a mejores manos.

En palacio, frente a todos, Elżbieta cuenta sus lides con la pobreza y su encanto provoca los aplausos, pero su primo el rey se preocupa. En una de sus *visite aux pauvres* al ver a diez cachorros recién paridos, se arrodilló:

—¡Ay, qué divinos! ¿Me regalan uno?

—Lléveselos todos.

No solo son los cachorros, también los caballos, los bailes, las funciones de teatro, los hombres guapos... Elżbieta colecciona todas las riquezas de la tierra; suyos son la luna y el sol.

—¡Mi hermana está loca! —dice Adam.

El 12 de octubre de 1771, Stanisław August Poniatowski hace un llamado a toda Europa:

«La acción de las Tres Cortes lastima en la forma más grave al rey. El respeto por su corona no le permite ignorarlo. Declara solemnemente que considera la ocupación de las provincias de Polonia por las cortes de Viena, San Petersburgo y Berlín, injusta, violenta y contraria a sus derechos [...] Protesta solemnemente frente a la faz de la tierra contra el desmembramiento de Polonia».

En los días previos a la Primera Partición, el enviado de Prusia, Gédéon de Benoît, le escribe a Frydeyk II: «La tristeza del rey de Polonia parte el corazón». Con un gesto de fastidio, el prusiano responde: «El estado de ánimo del rey de Polonia es la última de mis preocupaciones».

Stackelberg, de baja estatura, sin un solo rasgo amable en su rostro flácido, representa a la soberana, cuyas tropas han invadido la frontera y hasta el último rincón de Polonia. Sus informes a Catalina denigran a Poniatowski: «La justicia, la policía, el comercio, el cultivo del salvado, el del trigo, todo está en descomposición, la anarquía conduce a Polonia a la ruina [...] La impericia y la desgracia polaca contagian nuestras fronteras; por eso tenemos la obligación de hacer valer nuestros antiguos derechos sobre nuestra vecina. Por lo tanto, Rusia, Prusia y Austria tomarán posesión de la tierra que les corresponde».

Desde temprano, Stanisław soporta la aparición del ruso:

—Traigo la agenda del día, Majestad.

—Ya hice mi propia agenda.

Además de atormentarlo, el ruso lo irrita sobremanera al insistir en que el rey le conceda la Orden del Águila Blanca por ser el representante de la emperatriz de todas las Rusias.

—¡Imposible! ¡Usted es nuestro enemigo!

—Usted lo puede todo, Majestad.

—Stackelberg, dígale a la persona que atiza en usted esa hambre de reconocimiento que deje de hacerlo, porque no voy a acceder a su petición...

Feroz en privado, pero amable en sociedad, Stackelberg utiliza su poder para atemorizar. Al menos, Repnin, jovial, organizaba bailes, cacerías, reconocía la belleza de las polacas, enamoraba a Izabela, regalaba sus noches y concebía hijos bonitos, pero este ruso amargo y puntiagudo intimida al primero que se le acerca: cada vez que entra a un salón se hace el silencio.

—¡Majestad, es insoportable el servilismo de la *szlachta* ante el nuevo embajador! —comenta Glayre, quien distingue a aduladores a las primeras de cambio.

—Para mí, Glayre, los polacos que tienen tratos con Stackelberg tienen buena conciencia.

Así como se aprovecha de la credulidad del rey, Stackelberg descubre cómo pervertir a quienes tienen una alta opinión de sí mismos.

—Mi fe en los hombres es un inconveniente, mi querido Glayre. —Reconoce Poniatowski—. Sin ella, castigaría a la *szlachta*.

—Majestad, permítame: su nobleza es ingenuidad y la ingenuidad es el primer eslabón de la tontería.

—Por lo tanto, Glayre, ¿mi nobleza es un inconveniente?

—También es ceguera, Majestad.

Desde el primer platillo en el banquete, Stackelberg detecta la inteligencia del comensal a su lado, aunque en algunos casos se lleve una sorpresa. A las rubias, de ojos claros al servicio del príncipe Radziwiłł, las persigue para atajarlas en el primer rincón. A los mozos los trata con altanería, a diferencia del rey, que busca su apoyo en todas las circunstancias.

La indulgencia de Poniatowski propicia la anarquía en las cocinas, en la lavandería, en los salones de la corte y en el reino entero.

Aunque el embajador ruso permite algunos cambios, impide cualquier movimiento que podría fortalecer el ejército, el comercio y las relaciones con otros países. Cuando le asegura al rey que no puede confrontar a Rusia con un ejército que solo cuenta con dieciséis mil soldados, Stanisław le concede la razón.

—Voy a planteárselo de otro modo, Majestad, el heroísmo polaco es admirable, pero suscita compasión.

—¿Compasión de quién?

—De toda Europa.

—¿Me está declarando la guerra, Stackelberg?

—No, solo pregunto si está dispuesto a exponer a su patria.

El enviado ruso no pierde oportunidad de perjudicarlo frente a Catalina, pero cuando pretende hacerle creer al rey que es el responsable de la suerte de Polonia por «desobedecer a sus tres vecinos», Poniatowski le señala la puerta.

—Majestad, debería entender que nadie puede dormir tranquilo si comparte la cama con una Polonia anárquica e incapaz de superarse…

—¿Superarse? ¿No ha oído hablar de Copérnico, señor embajador?

—También Copérnico es nuestro, Majestad, porque un sabio de esa envergadura pertenece a la humanidad.

—Stackelberg, Polonia es una nación, de ella dependen miles de hombres y mujeres…

—No, Majestad, Polonia no es una nación y tengo la certeza de que, en el fondo de su alma, usted condena a mi soberana y voy a informárselo.

—No sabía yo, Stackelberg, que me difamaba. Solo Dios conoce nuestro pensamiento y solo él tiene derecho a juzgarlo. Nunca dejaré de protestar por el daño que Rusia le hace a mi patria.

Guillermo cree que el reto es una forma superior de educación. «¡A que no puedes!», desafía a Felipe. «El reto estimula, te hace crecer; gracias al reto atraviesas precipicios. Al ir ascendiendo, enseñas lo mejor de ti mismo». Su hijo lo teme. Cuando Felipe diserta tímidamente acerca de una posible bicicleta, Guillermo lo desafía: «Hazla tú mismo». A la mañana siguiente, insiste:

—¿Ya pensaste en cómo hacértela, hijo?

Entonces alego:

—Las bicicletas ya se inventaron, ¿no sería mejor comprarle una?

Si a mí la fuerza de Guillermo y su contundencia me anonadan, imagino lo que significan para Felipe.

Paula canta y baila, y me pregunta si se le vería bien un mechón blanco en su cabello castaño.

—¿Un mechón cómo? —pregunto inquieta.

—Como el de Tongolele.

Claro que le digo que el mechón le sentaría de maravilla a su carita redonda, pero me encomiendo a toda la corte celestial. Además del bikini de Tongolele, el público aúlla: «Mamacita», porque las sacudidas de su ombligo ponen en movimiento las butacas. «¡Vuelta, vuelta, vuelta!», gritan.

Mi familia y yo vivimos en la época de la minifalda, insoportable para Guillermo.

Sus compañeros del ITIC buscan a Paula y mi niña platica con ellos en la puerta de la casa. Son tres muchachitos de suéter azul marino y pantalón gris. Ni siquiera pasan a hacer la tarea porque Guillermo no lo permite. De pronto, al no ver a su hija, se asoma por la ventana de la cocina y grita: «¿Qué haces? ¡Métete!» Y añade: «¡Zorra!». Paula se encierra en su recámara. Al día siguiente, en la comida, no le dirige la palabra. Guillermo pretende recuperarla, Paula no abre la boca. Pasa un mes. «¿Quieres que te sirva agua de limón?», pregunta, y Paula ni siquiera levanta los ojos. Guillermo le pide a Felipe: «Dile a tu hermana que me pase la sal». Felipe cumple en silencio. Finalmente, después de treinta y un días y sus treinta y una noches, Guillermo se pone de pie frente a su hija y, con los ojos bajos, pronuncia despacio con voz desconocida: «Hija, te pido perdón».

Al día siguiente, a la hora de comer, todos nos arrebatamos la palabra.

El Oso Ruso, Gregorio Potemkin.

Capítulo 36

La derrota del rey

El 5 de mayo de 1772, la Cámara se retrasa por enésima vez y el rey de Polonia pide que sus tres vecinos se sometan al arbitraje de Europa «para que no sean juez y parte de su propia causa y para que Francia, Holanda, Inglaterra y España actúen como mediadores».

El rey intenta ganar tiempo en medio del combate en la Cámara, que dura dos años, de 1773 a 1775. Ninguna Cámara en Europa es tan larga y compleja como la polaca que retrasa los acontecimientos, mientras que embajadores de Rusia, Prusia y Austria se quejan: «Si un reglamento no interviene rápidamente no podremos responder de las consecuencias...».

Stanisław tiene razón al pedir socorro porque la opinión pública es todopoderosa: «Hago el sacrificio que más le cuesta a mi amor propio, devoro mi dolor [...] esta desgracia no puede atribuírseme porque, para impedirlo, recurrí a todos los medios que nuestro Estado desarmado me permitió usar.

»Los tres ejércitos —el ruso, el austriaco y sobre todo el prusiano— exprimen hasta la última gota de sangre de mi país. Polonia alimenta a más de cien mil hombres de tropas extranjeras que han invadido sus fronteras», escribe a Madame Geoffrin.

A Catalina le importa sobremanera la opinión de los monarcas europeos. Así como las críticas de Francia e Inglaterra hicieron mella en su antecesora, Isabel Petrovna, influyen ahora en Catalina, consagrada por vecinos tan grandes como Francia e Inglaterra. ¡Imposible ignorarlos! A China, a Turquía, al Oriente, la zarina no los toma en cuenta, son prescindibles y los considera inferiores. En cambio, la buena opinión de franceses e ingleses le es indispensable.

Al no convocar a la Cámara, el rey recibe una airada misiva de la emperatriz María Teresa de Austria, en la que lo acusa de «abusar de la paciencia de sus tres buenos vecinos» cuando antes hizo gala de sus remordimientos.

Feliz de atormentar al rey, Stackelberg advierte que su retraso le ofrece una razón de más a la Augustísima Emperatriz de Austria para invadir Polonia.

—Si sigues oponiéndote a la partición, nos perderás a todos, y al final no impedirás el desmembramiento de nuestra patria —dice el obispo Michał al rey.

—Hermano, intento ganar tiempo, escribiré de nuevo a la emperatriz.

—Esperar es la acción de un iluso.

«Abandonados por Europa, demasiado débiles para socorrernos a nosotros mismos, solo nos queda ceder al destino, intentar amortiguar el golpe y preparar los remedios», escribe Poniatowski en su diario, y fija la reunión de la Cámara para el 19 de abril de 1772. Exige el retiro de las tropas rusas y, un mes más tarde, el 27 de mayo, Catalina recibe su misiva.

«Señora, mi hermana.

»Si solo tuviera que tomar consejo de mi propia sensibilidad, estaría yo poco alentado a escribirle de nuevo por la forma en que Su Majestad Imperial recibe mis notificaciones y mis ruegos, pero se trata de un caso en el que nuestras desgracias acumuladas necesitan alivio. Como mi perseverancia es un deber, permita usted, Señora, que le dirija mi protesta por lo que sucedió en Wilno.

»Hace quince días, el tribunal de Lituania estaba apaciblemente reunido, cuando el general Nikolai Saltikow, nuevo embajador de Su Majestad Imperial y comandante de las tropas en Wilno, ordenó detener al jefe del Tribunal y a sus asesores. Los polacos alegaron que un juramento se oponía a semejante acción y se defendieron. Las tropas del general Saltikow cercaron el castillo y él mismo impidió la entrada a los miembros del Tribunal.

»Ignoro, Señora, cómo justificará su embajador su mala conducta, pero es mi deber presentar la injuria ante su Majestad Imperial. Injuria a mi rango y a mis derechos puesto que la corte ejerce sus funciones a mi nombre y bajo mi autoridad. El suyo es un ultraje que en las actuales circunstancias de disturbios y confusiones es doblemente riesgoso y no me está permitido pasarlo por alto porque provocará una terrible amargura en el ducado de Lituania [...] expone a quienes no tienen culpa ni recursos a la opresión y al bandolerismo. [...]

»Su embajador hiere de frente a todos los polacos y su conducta afecta la fama y el humanismo de Su Majestad, emperatriz Catalina II.

»Permítame, Señora, que tras haber puesto con premura sus ojos sobre esta consideración que su Alta Penetración comprenderá en toda su importancia, la conmine vivamente a remediar los inconvenientes que acabo de exponerle para darles una solución más pronta, expedita y eficaz.

»Se lo ruego con el afecto más sincero e invariable que siempre le he manifestado».

Frente a su mesa de trabajo, Stanisław cubre página tras página con su fina e impecable letra, e implora socorro con la esperanza de que Catalina y otros soberanos se indignen ante el despojo de un país hermano. Daría la vida con tal de enviar otro tipo de mensajes, ensalzar los logros de su mandato, pero hasta ahora sus escritos solo han oscilado entre el ruego y la excusa.

«Escribí a los reyes de Francia, España, Inglaterra, Suecia y Cerdeña y a los estados de Holanda para informarles de la situación de Polonia y reclamar solemnemente su ayuda en mi calidad de jefe de la nación».

El único que se digna a responder desde Londres es el rey George II. «Si Europa tarda en remediar las calamidades infligidas a Polonia, que presagian los más funestos augurios, será demasiado tarde para arrepentirse de la desgracia que su apática indiferencia atrae sobre ese país».

Su solidaridad no va más lejos.

El 19 de abril, día de la apertura de la Cámara, la sesión se inicia con la protesta de los embajadores furiosos: «El rey de Polonia provoca un nuevo retraso al no darle plenos poderes a los delegados», pero Karl Reviczy, embajador de Austria en Polonia, simpatizante del rey, hace un llamado a la concurrencia: «Reflexionen en el peligro inminente de lo que harán».

Esa misma noche, varios miembros de la *szlachta* reprochan al rey su falta de apoyo y su inclinación por los campesinos.

—Si usted no actúa, ¿cuál cree que será la reacción del Sejm?.

—Señores —se enoja Stanisław—, estoy cansado de escucharlos. La desgracia de nuestro país es el resultado de su ambición y de sus eternas querellas. —Rabioso, avienta su sombrero al piso y conmina a los nobles polacos—: Si no me quedara más tierra que la que está debajo de este sombrero, todavía sería yo, a los ojos de Europa, su desgraciado, pero legítimo soberano.

El 10 de mayo, el rey designa a los firmantes del acta de cesión de las provincias de Polonia y denuncia de nuevo la violencia de sus vecinos. Aunque le permiten oponerse al nombramiento de ciertos funcionarios, su derrota es total.

—Si su Majestad se opone a la partición, Su Alteza Imperial, la emperatriz Catalina romperá toda relación con su persona, y yo, conde Stackelberg, encabezaré a los enemigos de Su Majestad. Ordenaré a mis tropas cumplir su tarea invasora y tomar todo lo que encuentren en su camino. Justificaremos nuestra intervención denunciando que usted, Stanisław Poniatowski, pone su propio interés por encima de la patria.

Al ver el abatimiento del rey, Stackelberg, insidioso, propone en un tono más conciliador:

—¿Por qué no se va de Polonia? ¡Váyase mientras todavía puede! Me sería fácil cubrirlo y conseguirle un carruaje. ¡Si se va, no tendrá que firmar el acta de desmembramiento!

—¡No huiría jamás! —Se encoleriza Stanisław—. Salvaré lo que aún pueda.

Frente a su indignación, el embajador ruso alega:

—Majestad, usted se buscó su castigo al no consultar a mi soberana para la distribución de los cargos de su reino.

—¿Consultarla? Es inaudito que la zarina pretenda dictar hasta nuestra política interior y conformar mi gabinete desde Moscú con súbditos que ella desconoce.

No contenta con haberlo despojado, la emperatriz de todas las Rusias decide reducir sus privilegios. Nuevas tropas entran a Varsovia. La presencia de soldados rusos en la plaza afrenta a la totalidad de los polacos.

¡Qué irrisorio su trono!

«Desde el 14 de mayo estoy enteramente a la merced de las tres cortes», le escribe el rey a Madame Geoffrin. «Y muero de hambre. Se ataca todo lo que me es valioso. A pesar de nuestra situación, tengo que aparentar cierta tranquilidad y esconder las pocas semillas capaces de renovarse y crecer en una época más favorable».

Al explicar que muere de hambre, Stanisław se refiere a la embocadura del Vístula en manos de soldados prusianos que impiden que las mercancías lleguen a Gdańsk, el puerto más importante del Báltico.

—Gdańsk y Toruń son tesoros de Polonia —grita un marinero.

—Estos puertos serán nuestra salida al mar —aseguran, vindicativos, cuatro delegados rusos.

«Los tres ejércitos enemigos arruinan mis dominios y destrozan mis fronteras; en una palabra, no sé dónde voy a encontrar recursos», escribe Poniatowski. «María Teresa de Austria tomó mis salinas y mis rentas de Bochnia y Wieliczka. Perderemos el dinero de las aduanas de Gdańsk a manos del rey de Prusia».

¿Cómo continuar con las obras emprendidas, cómo pagar a la servidumbre? «Dentro de lo que se le quita a Polonia, pierdo las dos terceras partes de mis ingresos y solo es posible vivir a discreción con lo que se pretende dejarme [...] Nunca traicioné mis deberes de Estado, solo me queda esperar el momento en que pueda recuperarme, he aquí mi tarea y mi intención», vuelve a escribirle a Madame Geoffrin.

Fryderyk II de Prusia le hace saber que estaría dispuesto a entregarle en secreto tres kilos de oro y una pensión de por vida si convoca a una Cámara que apruebe la partición de Polonia.

«Aprecio mucho la benevolencia de Su Majestad prusiana», responde Stanisław, «pero si aceptara su oro y su pensión, lo autorizaría a suponer que consiento al desmembramiento de mi país. Rechazo su oferta, consciente de que, al confiscar mis ingresos, las tres cortes podrían reducirme a la indigencia y a la miseria».

Desesperado, Poniatowski envía a París a su cuñado, Jan Klemens Branicki —otrora su enemigo, esposo de su hermana Brancia— para abordar al filósofo Friedrich Melchior, barón de Grimm, prusiano nacido en Francia y amigo de Catalina:

«Mi nación no se hizo de un ejército propio porque hace seis años, cuando quise procurárselo, la emperatriz se opuso y yo la obedecí».

Su desesperación alcanza el nivel más alto y el rey confronta al ministro ruso:

—Exijo que salga de mi patria hasta el último cosaco. Rusia ya no invadirá Polonia.

Su indignación es tan evidente que Stackelberg le asegura que la emperatriz le ha concedido un respiro:

—Por el momento, Majestad, el ejército ruso combate en Turquía y ganarle tomará un buen tiempo. Eso le dará a usted un descanso.

A Glayre, hombre ecuánime y reflexivo, le atemoriza el carácter apasionado de los polacos. Impulsivos a más no poder, lloran de rabia antes de lanzarse al ataque. Al igual que el rey, más de la mitad de los miembros de la Cámara confronta a Rusia, la otra mitad cede al chantaje y al ofrecimiento de canonjías en Austria. Muchos campesinos viven ajenos a cualquier realidad que no sea la inmediata: comer, dormir, rezar, padecer, hacer el amor.

Al cabo de doce horas, los delegados, extenuados, ratifican a las tres potencias enemigas. Aunque Cracovia sigue siendo polaca, Catalina se apropia de las tierras al este de Livonia y al este de Bielorrusia. Toma un total de 92 000 km^2 en los que viven casi dos mil familias.

Con el Tratado del 5 de agosto de 1772, Polonia no solo pierde un valioso territorio, sino cuatro y medio millones de hombres, mujeres y niños. Prusia toma Pomorze Gdańzkie (Prusia Real), Warmia y la desembocadura del Vístula. Gracias a Dios y a toda la corte celestial, Gdańsk, que ya los prusianos llaman *Danzig*, sigue en manos de los polacos, así como las tierras al borde del río Noteć y Cuyavia, incluyendo el puerto de Toruń; en total, 36 000 km^2 y 600 000 habitantes.

Austria se apropia de las ricas minas de sal de Bochnia y Wieliczka y 830 00 km^2 con 2 650 000 habitantes, la mayor parte de Galitzia y Lodoeria, Zator, Auschwitz y parte de la Pequeña Polonia, que incluye tierras de los condados de Cracovia y Sandomir. Muchos campesinos polacos permanecen bajo el dominio de Austria.

Doscientos pueblos polacos pasan a Prusia, que se apodera del comercio del trigo, aunque Fryderyk alega que su porción es apenas «un pedacito de anarquía».

«El pueblo polaco es "el último de Europa"», sentencia el emperador prusiano y añade: «Catalina y yo somos dos bribones, pero no entiendo cómo la devota María Teresa se las arregló con su confesor para que le diera la absolución».

Los enviados de Inglaterra y Francia festejan su ingenio y en todas las cortes repiten su respuesta final. Reírse a costa de la emperatriz de Austria se vuelve costumbre. María Teresa llora frente a su altar al lado de la cama matrimonial vacía en el Palacio de Schönbrunn, pero «mientras más llora, más tierras toma», dice Fryderyk irónico.

«Fui testigo y confidente de la desesperación de un rey virtuoso y digno de mejor suerte», lamenta Glayre en su diario.

Un año después, el 18 de septiembre de 1773, la Primera Partición asola a Polonia. Es el principio del fin. Fryderyk, rey de Prusia, Catalina, emperatriz de Rusia, y María Teresa de Austria obligan a Poniatowski, a punta de bayonetas, a entregarles una tercera parte de su patria.

—Habríamos podido ganar si nuestro rey no fuera un lacayo —lamenta Michał Radziwiłł.

—¿Y si Catalina nos masacra a todos? —interviene Adam Poniński, traidor a la patria.

—El rey Gustav III de Suecia logró salvar a su pueblo de los rusos, y el de Polonia ni siquiera puede salvarse a sí mismo. Su incapacidad nos derrota a todos —señalan los Patriotas—. Poniatowski es un débil, un pobre polaco. Deberíamos enviarlo a Moscú, aunque Catalina también lo rechazaría.

En una carta al general François Monet, su agente secreto en París, Stanisław se defiende: «Reconozco que el ejemplo del rey de Suecia es bello, grande, seductor y emociona solo con su brillo, pero sus circunstancias fueron muy distintas a las mías. Gustav tenía una flota y cuarenta mil hombres en pie de guerra [...] La ayuda extranjera se le prodigó a tiempo. En Polonia apenas cuento con diez mil hombres mal armados o desarmados y peor pagados listos para desbandarse [...] las deliberaciones de las Cámaras se someten a la absurda ley de la unanimidad bajo el dominio de tres ventajosos vecinos [...] En nuestra capital, hay más tropas rusas que polacas; no existe una sola Asamblea Nacional capaz de convocarnos mientras los ejércitos enemigos dicten resoluciones en nuestra contra [...] Sin consejos, sin amistad, sin aliento y sin socorro, he aquí, mi querido Monet, mi situación comparada con la del rey de Suecia».

Poniatowski se compadece a sí mismo: «Es tan grande mi miseria que, al no poder pagar a mis ministros, he dado la orden de que mi embajador en Viena regrese a Varsovia. Mi casa, mis pensiones, se redujeron a la mitad, mi propia mesa ya no existe y almuerzo unos cuántos chicharitos totalmente solo; tengo que despedir a quienes me han dado pruebas de la mayor lealtad y con quienes creí que contaría siempre [...]».

No basta con que Polonia pierda sus tierras, hay que castigar al rey.

La partición es una herida que se infecta lentamente. Entre tanto, mucha agua turbia pasa bajo los puentes del Vístula. La mayoría de los polacos tarda en comprender lo que sucede y a varios miembros de la *szlachta* les parece normal su dependencia de Rusia porque la viven desde que nacieron. La red de espionaje involucra a embajadores y diplomáticos. Algunas jóvenes incautas comparten informes sin darse cuenta de que colaboran con el enemigo.

Humillados hasta la médula, los diputados de Polonia difunden que nunca en los anales de la historia de la humanidad se ha permitido que naciones vecinas ataquen a un país que no los ha ofendido.

El estupor se adueña no solo del rey, sino de la Cámara y de la corte. ¿Cómo es posible que Rusia, Prusia y Austria se unan para destazar a Polonia? «¿Quiénes son mis amigos?», se pregunta Poniatowski y la angustia deforma su bello rostro.

Sus sábanas se exprimen como sudarios. El rey constata la espantosa duplicidad de los tres embajadores enemigos. El barón Rewitzki, recién llegado de Viena, afirma que los remordimientos de María Teresa le quitan el sueño y que estaría dispuesta a devolverlo todo si los demás lo hacen. La Augustísima hace gala de sus «buenos sentimientos», pero se apropia de las minas de sal polacas y Stackelberg aclara: «Que no les quepa la menor duda, María Teresa es cómplice, fue ella quien forzó al rey de Prusia». El enviado de Prusia, Gédéon de

Benoît, sostiene que su jefe Fryderyk solo participó con tal de no disgustar a sus dos vecinas.

El rey pasa noches en blanco. ¿Por qué guardan silencio sus amigos ingleses? Francia, faro de Europa, guía de la humanidad, ¿aceptaría protestar? ¿Por qué tanto temor frente a Rusia y a sus cómplices? ¿Por qué tan poca fe en Polonia?

«Mis amigos vendrán en mi ayuda...».

Solo lord David Murray Stormont protesta desde Viena. Sorprendida, la emperatriz María Teresa de Austria lamenta que el inglés haya tomado el partido de Polonia: «El vizconde Stormont, siempre bien dispuesto hacia nosotros, se ha vuelto en nuestra contra».

«Iremos a Estados Unidos cuando recuperemos Texas», dice Guillermo cada vez que se me ocurre pedir una nueva grabadora. Insisto porque está por llegar un inmenso tráiler de Arizona con el vidrio para el espejo del telescopio que los astrónomos pulirán en Tonantzintla.

«Nada personal, ni una navaja de rasurar, puede entrar en ese carguero», ordena Guillermo y me resigno. También renuncié a la fotografía cuando tomó mi Rolleicord y lo atornilló a uno de los telescopios: «más útil en Tonantzintla que en tus manos».

Mane y yo lo acompañamos a Baja California. Soy feliz viajando con ellos. Cuando Guillermo me toma una foto de tal modo que mi cabeza tapa al sol, me siento el sol y la luna, y giro en la órbita celestial. Desde el nuevo Observatorio de Baja California, en el Pico del Diablo, se ven dos mares, el de Cortés y el océano Pacífico.

Guillermo y yo nunca viajaremos a Estados Unidos porque es imposible recuperar Texas. México perdió los estados de la Alta California (hoy California), Arizona, Nevada, Colorado, Utah y parte de Wyoming. El inmenso territorio de La Mesilla también les pertenece ahora a los gringos. Nunca tendremos el dinero suficiente para comprar un milímetro de tierra por más sangre que reguemos, así como Polonia jamás le ganó la partida a sus siniestros y voraces vecinos.

La princesa Catalina Dáshkova, primera directora de la Academia de Ciencias de Rusia.

Capítulo 37

La princesa Dáshkova

«¿Es ese el poder? ¿Ese amasijo de contradicciones? ¿La vista de todos puesta sobre tu rostro, tu pecho, tu forma de caminar... sobre tus hombros que nunca deben encorvarse?», pregunta el rey a su leal mayordomo, Kicki.

El mal humor del obispo más destacado del reino, Michał Poniatowski, amarga buenas intenciones y cuando decide mudarse al Castillo Real con todo y sus casullas cuajadas de joyas, el rey no sabe cómo impedirlo.

—Vengo no solo a apoyarte, sino a controlarte —dice el hermano Michał, alto y flaco, cuyo solo rostro es desagradable—. Solo la educación hará a los polacos racionales —insiste. Claro que tiene razón, pero ningún joven se apresura a inscribirse en su cátedra.

—Hermano, tengo una enorme cantidad de cartas que contestar...

—Y van a llegar más, Stasiu... Tienes que delegar responsabilidades, consúltalo con Glayre. No te confundas, tú eres el rey, no el lavaplatos.

—Hay momentos en que preferiría lavar platos.

Stanisław escribe a Madame Geoffrin: «Madre, su hijo es rey. Me da aún más gusto llamarla *madre* desde antier. En toda nuestra historia no se recuerda una elección tan ejemplar, tan tranquila y tan perfectamente unánime como la mía. Ni un solo ruso acudió y mi principal rival, Potocki —desde hace cuarenta años enemigo de La Familia— votó por mí. Tuve la satisfacción de ser ovacionado tanto por mujeres como por hombres [...] ¡Qué lástima que no estuviera aquí para ver a su hijo convertirse en rey!».

Stanisław sorprende a sus tíos Michał y August. «¿Te das cuenta de lo que hiciste, tonto?», reclama Czartoryski a su hijo Adam. «¡Rechazaste la Corona! Y mira lo bien que le sienta a tu primo. ¡Perdiste tu oportunidad!».

Sin ser rey, Adam Czartoryski brilla con luz propia dentro de la *szlachta*. Además, su inteligencia lo hace concebir leyes que, por mayoría de votos, benefician a Polonia.

«¿Qué puede hacer un país al que devoran sus tres vecinos?», escribe Madame Geoffrin desde París.

En toda vida, por más difícil que sea, siempre hay un momento de respiro, y para el rey de Polonia ese momento es el que le da la princesa Dáshkova.

Nada más alentador para Poniatowski que su visita al regreso de su exilio en Francia.

El rey y la princesa Dáshkova son dos víctimas de Catalina. Ninguno merece el castigo. A la soberana no pudo borrársele la imagen de la joven amazona que, al galopar a su lado al frente de las tropas, hizo que súbditos cercanos se preguntaran: «¿Quién de las dos es la emperatriz?», porque la del caballo negro era la más bonita. La envidia asaltó a la joven zarina y su primer acto de gobierno fue desterrar a su rival.

Para explicar su caída en desgracia, la princesa Dáshkova alegó que acompañaba a su hijo a Inglaterra a estudiar en Edimburgo. Ahora que Catalina ganó la partida, Dáshkova no es ninguna rival y ordena su regreso a Rusia.

—Una emperatriz no puede darse el lujo de seguir sus impulsos —objetó Stackelberg.

—Pero Catalina II es libre de tomar las decisiones que más le plazcan.

La emperatriz jamás imaginó que el exilio cubriría a su amiga de gloria. Regresa con todos los honores, tras asistir a todos los salones y ser recibida por Voltaire, Diderot, Rousseau y las grandes familias de la nobleza francesa, los de Broglie, los de la Tremoille, los Polignac.

En París, Maxence de Polignac le abrió los brazos y brindó por ella con elogios ditirámbicos. También su hermana, la condesa Aude de Polignac le hizo preguntas acerca de trineos y estepas rusas. A ambas las acompañó Rebecca de Polignac, una bellísima criatura que, según los rumores, es experta en clasificar perfumes provenientes de Grasse en el Midi y lanzarlos a la celebridad.

Con su entusiasmo habitual, la princesa Dáshkova revive para Stanisław su vida en Inglaterra desde su expulsión de Rusia. Al ver el gusto con el que el rey la abraza, Stackelberg se pone de pésimo humor:

—¿Por qué recibe a esa mujer? Es una loca que tiene mucha vanidad en su espíritu; se hizo odiar por la emperatriz por sus extravagantes pretensiones. Se da aires de ser amiga de mi soberana y se cree capaz de hacer juicios sobre personas y acontecimientos que desconoce.

—Es la mejor amiga de Catalina y, además, una lectora extraordinaria a quien admiro hace años —dice el rey.

—Se dio ínfulas y pretendió ser la iniciadora del derrocamiento de Pedro III; hasta declaró que ella puso a la gran duquesa en el trono. Se otorgó a sí misma el cordón de santa Catalina. Intentó entrar al Senado y como fracasó recorrió Europa diciéndose víctima de la emperatriz y heroína de la nueva Rusia [...] Dios sabe qué más se le pueda ocurrir... La última noticia es que no paga el alquiler de su carruaje y exige una escolta como si fuera embajadora.

Stanisław cierra sus oídos al disgusto de Stackelberg. La presencia de la princesa Dáshkova le trae recuerdos felices. En su tiempo, en la corte de San Petersburgo, ambos corrieron graves riesgos, pero el rey todavía podía reírse y tomar a Catalina en sus brazos.

Hoy, en medio de descalificaciones y mentiras, la visita de la rusa es un respiro. Comer y cenar con ella lo vigoriza y decide no privarse de ese gusto.

—Sepa usted, Majestad, que en Gdańsk mi hijo y yo nos hospedamos en el Hotel de Russie —relata con el entusiasmo de una quinceañera—. Me escandalizó ver en uno de los salones dos grandes lienzos de batallas que Rusia perdió frente a Prusia. Me irritó la forma en que los soldados rusos se arrastran a los pies del enemigo. Pregunté al encargado, al señor Rahbinder, por qué colgaba en su hotel obras que denigran a Rusia y respondió:

»—Aunque el conde Alekséi Orlov, de paso por Gdańsk, se molestó mucho al ver las pinturas, no me dio orden de intervenir.

»—Si tanto se molestó Orlov, ¿por qué no las compró para quemarlas? Soy muy pobre comparada con él, pero voy a ponerles remedio...

»—Princesa, ¿qué piensa hacer? —Se alarmó Rahbinder—. Si el todopoderoso Alekséi Orlov no lo hizo, usted menos...

»Les pedí al secretario de nuestra delegación, Volchikov, y al consejero, Stahlin, acompañarme a Berlín. Ahí envié a un postillón a comprar óleos: azul, verde, rojo y blanco, y regresamos al Hotel de Russie. Cuando los huéspedes subieron a dormir, nos encerramos con llave para evitar que algún curioso diera la voz de alarma y descolgamos las dos telas. No sé qué pensaron el gerente y los mozos de mi encierro con dos caballeros, creo que fueron a dormir, pero decidí que urgía transformar la victoria prusiana. Los tres tomamos un pincel y cambiamos de color los uniformes de los prusianos y los rusificamos. Pintamos a la luz de las velas hasta la madrugada. Yo estaba tan nerviosa, tan feliz y tan temerosa de que, si no terminamos a tiempo, habría sufrido una derrota mayor que la de la pintura.

»Al día siguiente, salí del puerto de Gdańsk sin haber dormido. En la calle frente al Hotel de Russie, reí al imaginar el momento en que el gerente descubriría cómo Rusia ganó dos batallas en una noche».

Al salir a su exilio, la princesa Dáshkova jamás pensó que las cortes de Francia, Inglaterra y Prusia quisieran conocerla ni que Fryderyk II la invitaría a Sanssouci a reunirse con él «lejos de todo protocolo»: «Quiero conocer a esa mujer excepcional».

A Stanisław, sus encuentros *tête à tête* con la princesa Dáshkova lo reviven. Demasiado inteligente para guardar rencores, la joven enumera sus triunfos con sentido del humor. En París, Voltaire, casi moribundo, se acercó a ella y levantó los brazos: «¡Dios mío, hasta su voz es la de un ángel!». Houdon le rogó que posara para un busto en bronce con un vestido escotado, el abate Reynal la invitó a comer casi todos los días y Diderot la visitó a la hora del té. En casa de Madame de Polignac saludó a la reina de Francia, María Antonieta, y Angélica Kaufmann le pidió permiso para retratarla.

Dáshkova inicia cualquier conversación a partir de sí misma pero, como es encantadora, Stanisław escucha la lista infinita de anfitriones ingleses que la festejaron: lady Carlyle, lady Oxford, lady Ryder, lady Mulgrave, lord Marlborough, el duque Henri de Choiseul, el conde Finckenstein, el príncipe de Mecklenburg, el vizconde Jean de Laborde.

¿Por qué se centran en sí mismas las mujeres inteligentes? Cuando el rey de Polonia le confiesa que al enemigo que más teme por su crueldad es a Fryderyk de Prusia, Catalina Dáshkova le explica que para entender el carácter del prusiano hay que saber que su padre, el gigante Fryderyk I, lo llamó «espécimen fallido, ente raquítico, diminuto, feo, de brazos y piernas de escarabajo». ¿Cómo iba a ser su heredero esa cosa tan fea? ¡Maldito engendro! El rechazo fue tan grande que Fryderyk II aprendió a mentir. Su único consuelo eran su flauta, a la que llamó *Principessa*, y el amor de su paje, el inglés Keith. Años más tarde, apareció uno de los tenientes de la familia Hohenzollern, Jan Hermann von Katte, risueño, con un rostro picado de viruela y una inclinación a todas las alegrías. Fryderyk II planeó escapar con él. El gigante ordenó cortarle la cabeza y obligó a su hijo a presenciar la ejecución. En el momento en el que Jan fue decapitado, el alarido de Fryderyk II impresionó aún más que la muerte del joven amante.

Al oír a la Dáshkova, Stanisław reflexionó: «No puedo creer que el Fryderyk que describe, princesa, se haya convertido en el déspota a quien más temo. Su mirada es de odio».

En el palacio, Dáshkova es un gran viento liberador. Conserva mucho de la jovencita que se precipitaba en los brazos de Catalina. Enérgica y segura de sí misma, cuenta que en París discutió con Diderot hasta las tres de la mañana. La princesa confrontó al filósofo, rebatió sus argumentos, sobre todo los de la liberación de los siervos en Rusia:

—En un tiempo, maestro, compartí sus opiniones y pensé en darle mayor libertad a mis campesinos y hacerlos, posiblemente, más felices, pero descubrí que habían caído en manos de mis mezquinos administradores en la provincia de Orel. Me di cuenta de que si yo los abandonaba, los despojarían.

»—De todos modos los siervos tienen que ser libres —respondió Diderot.

»—La "gente bien nacida" sirve de intermediario entre los siervos y los nuevos funcionarios de gobierno, corrientes, abusivos, arribistas.

»—Estoy seguro, princesa —intervino Diderot— de que concuerda conmigo y cree que la liberación de los siervos conduce a una mayor abundancia para todos.

»Miré intensamente a Diderot a los ojos y respondí:

»—Si al romper los lazos que unen a los campesinos con la "gente bien" el rey también rompiera con los nuevos propietarios, yo firmaría con mi sangre el acta de liberación de mis siervos, pero perdóneme, maestro Diderot, confunde usted causa y efecto. La liberación proviene del conocimiento y de la comprensión. Cuando las clases bajas, es decir, cuando mis amigos ciudadanos, adquieran mayores luces, merecerán ser libres…

»—Argumenta usted bien, mi querida princesa, pero aún no me convence —respondió Diderot.

»—En Rusia, Pedro I hizo leyes que permitían a los siervos denunciar a sus amos. Resultó que la gente bien nacida, dispuesta a liberar a sus siervos, era mejor que los nuevos dirigentes ignorantes y corrientes arribistas. Le daré el ejemplo de un ciego al borde de un abismo. Su ceguera le impide ver el peligro y, al no tener conciencia del riesgo, vive contento. Come y duerme tan tranquilo.

»Un día, un médico le devuelve la vista, ¡y lo que ve lo hace infeliz! El precipicio antes invisible lo obsesiona.

»—¡Dios mío, señora! —Diderot saltó como si mi respuesta hubiera presionado un resorte en su interior y exclamó—: ¡Qué mujer es usted! Acaba de trastocar ideas que he atesorado y defendido durante años. Yekaterina Románovna Dáshkova née Vorontsova, la considero una mujer extraordinaria, pero me temo que hace mucho pasó su hora de dormir».

Stanisław escucha a su huésped con una sonrisa, aunque sabe que su defensa de los «bien nacidos» es un discurso en defensa propia.

Para su tristeza, la princesa Dáshkova tiene que seguir su camino a San Petersburgo. La emperatriz que antes la desterró ahora la requiere.

Al poco tiempo, el rey se entera que después de la entrevista, la emperatriz convirtió a su rival en la primera directora de la Academia de Ciencias.

Los domingos de finales de noviembre de 1968 vamos a la cárcel de Lecumberri. Guillermo se preocupa por la diabetes del filósofo Elí de Gortari y por José Revueltas, su amigo de juventud. También pregunta por Gilberto Guevara Niebla, alumno de la Facultad de Ciencias. Guillermo Haro y Elí de Gortari fundaron la colección Problemas Sociales y Filosóficos de la UNAM.

Después de la gran huelga ferrocarrilera de 1959, Alberto Lumbreras, carpintero y dirigente del POC (Partido Obrero y Campesino), anotaba mi nombre en su lista de visitantes, y Mane y yo nos formábamos para entrar al Palacio Negro de Lecumberri para que las *monas*, uniformadas de azul marino, nos registraran y éramos muchos. En esa fila de mujeres, que evitaban mirarse entre sí, había angustia. Mane nunca se negó a acompañarme, no por excesiva obediencia, sino porque juntos éramos felices. Alberto Lumbreras le regaló un dado de madera que él mismo esculpió con las letras *M A N E* en cuatro de sus caras. A mí me dio tres rosas talladas en una tablita. Un día las rosas de madera desaparecieron, como en «Where have all the flowers gone?» que Marlene Dietrich cantó durante la guerra frente a soldados que al día siguiente saldrían al campo de batalla: «*Where have all the soldiers gone?*».

Pongo las cosas demasiado a la mano y desaparecen. También yo estoy demasiado a la mano y expongo a Mane. Tengo la peregrina idea de que hay que vivir en medio de lo que les sucede a los demás.

Lecumberri tiene algo de pueblito, huele a pan porque entre los años cincuenta y setenta un español que ahorcó a su mujer se responsabilizó de la panadería de la cárcel. Logró amasar los bolillos y las teleras más crujientes, tanto así que el pan salió en libertad. Su olor impregnaba las crujías y entraba al redondel antes de llegar a la «Puerta de Distinción», la de la salida a la calle. A Álvaro Mutis esa puerta habría de volvérsele una obsesión, como lo escribió en sus cartas.

«Nuestro pan es muy reconocido», presumía el general Martín del Campo, quien sacaba a escondidas a Siqueiros en su automóvil para llevarlo al dentista porque, preso o no, el pintor era militar como él. A pesar de esa distinción, Angélica Arenal, esposa de Siqueiros, hizo fila durante horas con un portaviandas para entrar al Palacio Negro.

Quizá Mane aprendió lo que aún no le tocaba, pero nunca se quejó.

Guillermo Haro recogería, años más tarde, el retrato al óleo que Siqueiros pintó de Alfonso Reyes para la galería de miembros de El Colegio Nacional. Con una sonrisa de oreja a oreja, don Alfonso parece un sátiro.

En Lecumberri, Revueltas nos invita a Guillermo y a mí a subir al mirador de la crujía L. Desde ahí, mira caer la noche. Como una despiadada ironía, un avión cruza el cielo. Y luego otro y otro. Todos los vuelos de la capital de México despegan y aterrizan al lado de la penitenciaría.

Revueltas escribe *El Apando* en Lecumberri y se lo lee en voz alta a Martín Dosal, preso político del 68. «Todos los de la crujía L lo recibieron con un aplauso, pero el único que le preguntó: "Maestro, ¿dónde va a dormir?" fui yo», recordaba Dosal.

«Ser su compañero de celda fue un honor», habría de decir, como también lo fue escuchar su grito de rechazo a Víctor Bravo Ahuja, secretario de Educación Pública. Subido en un montículo de tierra en el Panteón Francés, al lado de la fosa recién cavada, Martín Dosal se encolerizó: «Váyase, ¿qué no entiende que no lo queremos aquí?».

Diez años antes, en 1959, el general Martín del Campo me permitió llevar una grabadora al Polígono, centro de control de las crujías de la cárcel preventiva. Tanto los policías como los *conejos* (presos reincidentes que la pasan mejor adentro que afuera, porque al menos les toca «el rancho») preguntaban sonrientes: «Señito, ¿qué, a mí no me va a entrevistar?». Querían contar su prodigiosa vida de mentiras o las prodigiosas verdades de una vida de abandono, persecuciones, hurtos, hambre, borracheras; una vida en la que habían dicho su verdad porque, como dice Antonio Machado, también la verdad se inventa.

Lo que me enseñaron los presos aún gira en mi memoria. Atesoro relatos, voces, miradas de ojos de azúcar quemada, tristes verdades, uniformes y cuarteleras de mezclilla.

Todavía hoy, cuando le preguntan a Mane si los domingos iba al bosque de Chapultepec, responde: «Los domingos iba con mi mamá a la cárcel».

El 2 de octubre de 1968, en la noche, sonó el teléfono: «Los soldados están matando a la gente en Tlatelolco». «María Alicia Martínez Medrano regresó del mitin en estado de shock». «"Carlos, Carlitos", gritó toda la noche Margarita Nolasco buscando a su hijo entre los edificios».

El 3 de octubre, a las siete de la mañana, después de amamantar a Felipe nacido cuatro meses antes, fui a la Plaza de las Tres Culturas cubierta por la neblina ¿o eran cenizas? Dos tanques de guerra hacían guardia frente al edificio Nuevo León. Ni luz, ni agua, sólo vidrios rotos. Vi los zapatos tirados en las zanjas de los restos prehispánicos, las puertas de los elevadores perforadas por ráfagas de ametralladora, las ventanas, los aparadores de la tintorería, la papelería, la miscelánea hechos añicos y sangre encharcada casi negra en los adoquines de la plaza y pensé: «Esto es lo que ha de haber visto papá en la guerra». Una pareja, con ojos perdidos y una cubeta en la mano, hacía cola frente a una llave del agua.

Desde ese momento empecé a recoger testimonios. Primero el de María Alicia, el de Margarita Nolasco que recuperó a su hijo, el de Mercedes Olivera. Fui a Lecumberri todos los domingos, algunos con Guillermo, que quería ver a Revueltas. Varios testigos vinieron a la casa con su indignación a cuestas. A partir de la primera noche, llamó Celia, madre de El Búho: «En el periódico salió una foto y estoy segura que era mi hijo golpeado. No traía anteojos y para él son de vida o muerte».

Andrzej Zamoyski.

Capítulo 38

Traición de Europa a Polonia

Desesperado por la animosidad de Fryderyk de Prusia y, en especial, por la de la emperatriz, el rey intenta por enésima vez recuperar a la Catalina de su pasado:

—Sé que yo no puedo ir, pero si ella ve a un miembro de mi familia, quizá reaccione.

Confía esta misión al hijo de su hermano Kazimierz, Stanisław, joven, reflexivo y buen conocedor de la historia política, sobre todo de la psique de los obreros rusos porque habla su lengua y tiene en Rusia una extensa propiedad que visita con cierta regularidad.

—Tío, las situaciones cambian, vivimos tiempos nuevos, la emperatriz es ahora tu superior, no tu amiga. ¿No estaremos exponiéndonos a un desaire? —pregunta el joven.

—Vas a conocer a la mujer más inteligente de Europa.

—Ni siquiera es bonita.

—No le hace falta.

—Tío, ¿qué opina Glayre?

—No está de acuerdo, pero yo estoy seguro de que es una buena idea.

El joven emprende con su séquito el camino a San Petersburgo el 3 de diciembre de 1776, en lo más riguroso del invierno. Afronta las estepas y las borrascas que azotan su carruaje. El frío es tanto que los viajeros corren el riesgo de que la tempestad los sepulte. Hilos de humo se levantan de isbas fantasmales y el ruido siniestro del hielo que se rompe bajo las ruedas del carruaje hace que el joven sobrino se pregunte si perecerá en la nieve. El cochero suele anunciar: «¡Hielo delgado!». El grito aterra hasta al más valiente.

«Los campesinos rusos viven como ánimas en pena», piensa Stanisław, «pero los polacos viven peor».

Viajar en tan peligrosas condiciones propicia los pensamientos más desoladores.

Por fin aparecen las torres coronadas de cebollas de San Petersburgo.

—Hoy le concedí audiencia al joven Poniatowski y lo recibiré en la tarde. ¿Cómo me veo? —pregunta Catalina a su dama de compañía, la condesa Bruce, a quien le ofrece el espectáculo inédito de su emoción por el recuerdo de un viejo amor.

—Bien, Majestad Imperial.

—¿Me veré mejor de negro?

—El negro adelgaza y la favorece porque su piel es muy blanca.

La condesa Bruce, amiga de años, es un pilar en el que la emperatriz se apoya. Además de brindarle buenos consejos, ha sido su *éprouveuse*. En todas las ocasiones, cala a quienes la emperatriz escoge para compartir el lecho imperial. El número de noches depende de la pericia del elegido.

Catalina confía en que la majestuosidad de su atuendo suplirá su gordura y los diamantes iluminarán un rostro que comienza a marchitarse.

Potemkin vigila con su único ojo el recibimiento del sobrino del reyecito Poniatowski, otrora gran amor de la emperatriz. Los labios de Catalina le sonríen a tal grado que algunos se preguntan si reemplazará al amante oficial. La zarina detalla al joven que le recuerda al Poniatowski de su juventud.

—¿Acaso es usted mi enemigo? —inquiere coqueta.

—Majestad, lo dejo a su elección —responde Stanisław, con el ceño fruncido.

La corte rusa festeja la impertinencia del «celeste príncipe Poniatowski» y cortesanas de todas las edades piden serle presentadas.

El gran duque Pablo y su esposa María Feodorovna requieren a Poniatowski con frecuencia y ofrecen en su honor bailes y cacerías. ¡Imposible negarse!, aunque en la corte rusa, todo resulta excesivo: agobian recepciones, manjares, candiles, tapices, retratos de cuerpo entero, así como la inmensa cantidad de nieve que ahora cubre a Rusia y es mayor que la del invierno pasado.

El sobrino Stanisław nunca se niega a invitación alguna porque su cercanía con el futuro emperador de todas las Rusias podría beneficiar a su tío, hoy en desgracia. Además, María Feodorovna es culta y baila como los mismos ángeles.

Testigo de la atracción que el nuevo Stanisław ejerce sobre la emperatriz, Nikolai Repnin le escribe al rey:

«Me encantó la llegada del príncipe Stanisław Poniatowski, pero sus aires de superioridad impedirán su triunfo». Lo acusa porque, en una conversación privada, el joven polaco insistió en detallar los «resultados funestos» de la soldadesca rusa en Polonia. Repnin respondió que Polonia recibía lo que merecía y su bienestar seguía dependiendo de Rusia. El sobrino salió azotando la puerta y lo dejó con la palabra en la boca.

El joven Stanisław resarce al rey de múltiples afrentas y Poniatowski ríe de muy buena gana cuando le cuenta con toda clase de mímicas cómo el caballo de Potemkin estuvo a punto de desplomarse en el desfile de su bienvenida.

—Es un mastodonte cruzado de pirata porque lleva un parche en el ojo.

—Seguramente su porte es real...

—No, pero tampoco el de Catalina.

El porte real es hereditario y su significado va más allá de la adjetivación. Tener buena facha obedece al cruce de sangres, a la buena cuna. El pedigrí del joven Stanisław es impecable ya que su árbol genealógico se remonta en línea directa a la Casa Real de Sajonia, encabezada por Ludolfo, duque de Sajonia, en el año 843 de la era cristiana.

Por primera vez, el joven sobrino Stanisław, inclinado a la impertinencia, participa en los debates en torno al Código Civil escrito por el admirable canciller Andrzej Hieronim Zamoyski que la Cámara recibió en medio de rechiflas. El idealista Zamoyski y Jozef Mokronowski, presidente de las sesiones, proponen la liberación de los siervos. El rey no se hace ilusiones: los miembros de la Cámara, en su mayoría sármatas, no aceptarán jamás darles su libertad a quienes consideran sus esclavos. «¡Imposible, mis buenos señores, imposible!».

Indignado ante la reacción contra el liberalismo de Zamoyski y de la mayoría de los miembros de su corte, el joven Stanisław alega: «Es una infamia herir el honor de un hombre tan respetable».

Aunque no es ningún liberal, el sobrino del rey se entrega a su mejor obra: la libertad de sus siervos. William Coxe lo aplaude: «Los principios que el joven Poniatowski aprendió en Inglaterra lo han elevado por encima de los prejuicios de sus compatriotas. Sé que ya liberó a cuatro pueblos cercanos a Varsovia. Él mismo les reparte semillas y herramientas. Tuve el honor de conversar con él y me convenció de que el amo que enseña a trabajar al siervo es tan valioso como su criado. Los une el mismo deseo de una buena cosecha y su nueva convivencia ha dado resultados inesperados».

Al igual que magnates como Andrzej Zamoyski, el gordo y jovial Paweł Brozostowski u otros miembros de la *szlachta*, el sobrino Stanisław renta tierras a sus siervos con la esperanza de que un día les pertenezcan. «Si trabajan bien, serán suyas», les dice a los campesinos, quienes lo miran incrédulos. «Hay que prepararlos para su emancipación», le aconseja a su tío. «Tantos años en la ignorancia y en el abandono los han embrutecido. Quiero fundar una escuela de artes y oficios». Ordena que se impriman manuales de agricultura y se empeña en escuchar voces de campesinos que hacen girar su sombrero entre sus manos. «Quiero comprenderlos». «Es que no piensan», alega Elżbieta malhumorada. «Si pensaran nos matarían».

El sobrino del rey los cita en una de sus granjas, pero el único que toma la palabra es él porque la sorpresa los deja mudos. «¿Es una trampa?». «¿Qué les pasa a esos nobles de la *szlachta*?».

Stanisław, el joven, no es el único en condolerse de los campesinos y querer mejorar su suerte, Andrzej Zamoyski y Anna Jabłonowska Sapieha los emancipan y algunos párrocos en su sermón del domingo piden a sus feligreses que enseñen a leer a los niños.

En marzo de 1777 —tras recibir, en solemne ceremonia, la cruz de san Andrés—, Stanisław, sobrino del rey, abandona San Petersburgo y visita sus tierras en Ucrania. Pocos polacos se atreven a vivir sin protección en esas inmensas llanuras porque el descontento crece día a día, pero el príncipe Stanisław ve a sus siervos como aliados. Aconseja cambiar siembras tradicionales por nuevos cultivos: «Compartiremos, vamos a sembrar y levantar una techumbre para invernaderos de frutas y de flores que cubrirían una ciudad entera…». Se esmera en cultivar el rosal Aurora Poniatowska, que más tarde el grabador francés Redouté incluirá en sus más de ciento setenta acuarelas de rosas a petición de María Antonieta. «Las exportaremos primero a Holanda y luego a Francia».

Muchos lo consideran su benefactor.

Siete meses más tarde, el rey eleva a su sobrino Stanisław y lo hace miembro de la Comisión de Educación Nacional. También le encarga la explotación de las minas en Sandomierz, cercanas a Cracovia.

El rey pretende abolir centenares de prejuicios en un país en el que cada noble es un dios al que los demás deben rendirle pleitesía. Poniatowski logra también que pase una ley que prohíbe la tortura durante los interrogatorios y abolir la pena de muerte en casos de brujería.

Varios polacos ajenos a la *szlachta* se convierten en prósperos comerciantes y exigen un título real. Gracias al rey, una ley de 1505, que impedía que los campesinos adquirieran propiedades, se elimina y muchos se hacen de una tierra.

Estimulado por su triunfo, el rey responsabiliza a Andrzej Zamoyski de la revisión del código de leyes que la Cámara acata por unanimidad. Al agradecer el aplauso, Stanisław declara que atesorará ese día como uno de los más felices de su vida y el triunfo le hace creer que, a pesar de Catalina, es posible seguir modernizando su reino.

Leo el *Fausto* de Goethe y comprendo que jamás le habría vendido mi alma al diablo, no tengo el valor. Mamá dice que el diablo existe, que lo vio de niña debajo de su cama.

—Mamá, ¿qué viste?

—Una sombra negra rampante, peluda.

Solo me tocará conocerlo a los veinte años en la figura de un sacerdote francés trajeado de santo, con un saco negro lustroso y zapatos sin bolear.

Tras la muerte de Jan, mamá se refugió en su fe, que la acompañó con la misma tenacidad con la que la miseria acompaña al mundo. Todos los días iba a pie a misa de ocho, primero en la avenida Obrero Mundial, en la colonia Del Valle, y luego en La Conchita, en Coyoacán.

Imaginarla salir a pie me conmovía, pero no la acompañaba. Vivía yo en Coyoacán mientras ella salía de la casa en la esquina de Morena y Gabriel Mancera, que más tarde habría de convertirse en la editorial Siglo XXI. La recámara en la que dormía mamá, la ocuparían Arnaldo Orfila Reynal y Laurette Séjourné.

Los domingos, mamá venía a misa a San Sebastián, la capilla al lado de mi casa, en Chimalistac. «Entiendo mejor lo que dice el padre». Tampoco la acompañé. «No te basta haberle quitado a su hijo y ahora la arrodillas frente a tu cruz», amenazaba yo al crucifijo del siglo XVI que atrae a tantos visitantes. «Mamá, ahí adentro nadie quiere oírte. ¿Quién te oyó antes? ¿Qué virgen dolorosa lloró contigo y te tomó en sus brazos?».

En San Sebastián, entrando a la derecha, una Dolorosa alza sus ojos de vidrio llenos de lágrimas. «¿Cuántos años más seguirá llorando?», pregunté también con enojo. Con gusto habría borrado esa imploración. Mamá no suplicaba como la Virgen y me prometí no rezarle jamás a esa imagen.

¿Cuánta fuerza se necesita para seguir viviendo después de la muerte de un hijo? Solo sé que ella la tuvo; también la tuvo mi hermana Sofía con su hijo Alejandro.

Ahora, por las noches, cuando hablo con mamá y le pregunto si está con Jan, en cualquiera que sea el espacio que ella llamó *cielo* —esa punta de alfiler sobre la cual están parados—, no responde. «¿Volveré a verlos a ti, a Jan, a papá, a mi abuela, a Guillermo, a Alejandro?». La lista de mis muertos se alarga hasta que me vence el sueño.

«Aquí y ahora», escribí las palabras en mayúsculas en una tarjeta que puse al lado de mi cama. Aquí y ahora me baño, me visto, me peino, desayuno, me siento frente a la computadora, escribo la entrevista, el artículo del domingo, salgo a caminar, intento leer, fracaso una vez y otra y otra y otra. Aunque tenga que volver diez páginas atrás: «Léelo todo de nuevo», me ordeno.

Tras muchos meses de esfuerzo, me sumergí en un libro de Louise de Vilmorin, jardinera y amante de André Malraux; una «señora bien». La leí porque intuí que mamá la recomendaría. Mamá leía los evangelios antes de dormir. Quizá un día también yo lo haga. Bien que Monsiváis memorizó la Biblia. Tengo tendencia a admirar en forma desmesurada al otro, al interlocutor, al autor. «Este es un gran hombre», pensé la primera vez que escuché a Guillermo Haro dar una conferencia ante muy pocos oyentes en el Colegio Nacional. Guillermo se lanzó al primer agujero negro, su pasión fue creciendo, y me di cuenta de que había entrado a un haz de luz.

«¿No has leído a Mann? ¿Conoces *Los Buddenbrook*?».

Leí *Muerte en Venecia* y se me grabó Aschenbach en una playa de Venecia, en la película de Visconti, con su pelo recién pintado derritiéndose, sus ojos y sus testículos ardiendo por el amor de Tadzio, quien camina frente a él sobre la arena del Lido y se vuelve para verlo, aunque no alcance a detectar su sufrimiento ni cómo se despinta su cabello. Sus lágrimas caen y ennegrecen el rostro que él mismo embelleció.

Muerto Aschenbach, dos mozos de playa lo toman —uno, de los brazos; otro, de las piernas—, apenas si se molestan en levantarlo para que su cuerpo no roce la arena y se lo llevan como una pobre cosa. Fin, dice el director Luchino Visconti.

Fin de ti mismo, fin de tu amor, fin de Tadzio vuelto espuma.

Secuestro de Stanisław Poniatowski.

Capítulo 39

Secuestro del rey

En un lienzo de tres por cinco metros, el pintor Jan Matejko recordará al rey, de pie, vestido de blanco frente a Tadeo Reytan, tirado en el piso de la Cámara, con la camisa abierta y el rostro bañado en lágrimas. A espaldas de Stanisław Poniatowski, Adam Poniński, el traidor a la patria y presidente de la Cámara, se dispone a abrirle la puerta al ejército ruso.

En el lienzo de Matejko es fácil reconocer al gigantón Karol Radziwiłł —a quien llaman Panie Kochanku, símbolo del retraso sármata—, y tras él, arrinconados, a los tres traidores de Polonia que viajaron a Moscú a entregársele a la zarina. Aunque Michał Radziwiłł no figura en el retrato, también se alió a los enemigos de Poniatowski.

«Cualquier cosa que le pidas te la concede, no tiene discernimiento alguno», se quejan del rey los Czartoryski. «En todas las circunstancias, Poniatowski se comporta como un caballero de la cabeza a los pies», escribe Maurice Glayre. Y tiene razón, porque su forma de ser expresa su liberalismo, y dar felicidad a los demás lo hace feliz.

¿La inocencia es fuente de dicha?

Su desprendimiento lo convierte en el blanco perfecto de los maledicentes. Stanisław no se da cuenta de que a su lado varios políticos canjean su honor por el dinero. Nunca adivina segundas intenciones y dice *sí* a las primeras de cambio. Sabe que sus circunstancias son mejores que las de los demás y accede a peticiones que lo disminuyen.

—Majestad, negarse no es ofender. Lo que solicitó la princesa Izabela es un abuso —insiste Maurice Glayre.

—¡Ah, pero me lo pidió con tanta gracia!

El rey justifica acciones irracionales. Si antes guardó silencio y no le exigió a Catalina explicación alguna, ahora tolera acciones no solo en contra suya, sino en contra de Polonia. En su correspondencia con Madame Geoffrin ofrece una excusa deleznable: «Mi posición es tan terrible que estoy obligado a sacrificar el honor al deber».

¿Es el honor moneda de cambio?

El rey sabe que los Czartoryski son sus enemigos, pero se miente a sí mismo: «En el fondo me quieren».

«Tienes que defender nuestros bienes», ordenó el tío August, y Stanisław se rindió a pesar de que sus simpatías eran para sus súbditos más desamparados. Superficial, cada polca cubría sus remordimientos.

Como el tío August Czartoryski guarda cama durante varios días, el domingo 3 de noviembre de 1771, Stanisław decide visitarlo. Su cochero toma la calle

Kapucynska mal iluminada en una Varsovia también oscura. Por ser domingo, su séquito es mínimo: solo dos ordenanzas con antorchas preceden el carruaje, dos pajes a caballo trotan al lado de las portezuelas y dos mayordomos envueltos en abrigos de pieles lo siguen. En el interior, Tadeo Mikulski, su *aide-de-camp*, cabecea. Cuando falta poco para llegar al Palacio Czartoryski, varios asaltantes detienen la carroza. Seguro se trata de cosacos, porque el rey oye palabras en ruso. Tres hombres le cierran el paso. Un jinete apunta su arma a la cabeza del cochero.

En medio de gritos de «¡Enemigo de la patria!», «¡Traidor a Polonia!», resuenan tiros y caen dos ordenanzas. Al abrir la portezuela, Tadeo Mikulski recibe un sablazo en la cabeza. «¡Stanisław, enemigo de la religión y de la patria!». Mikulski rueda muerto al segundo sablazo y su compañero Łukasz Butzow lo sigue atravesado por dos balas. Un tiro derrumba a uno de los pajes y su caballo huye despavorido. Por la otra portezuela el rey sale e intenta cruzar los doscientos metros que lo separan de la casa de su tío, pero un balazo roza su sombrero.

—¡Majestad, cuidado!

Aunque es imposible no escuchar el tiroteo, nadie abre la puerta del Palacio Czartoryski.

El calor de los disparos quema el rostro de Stanisław, los asaltantes le arrancan su espada y lo toman del cuello para forzarlo a subir a un caballo.

«Son polacos. Hablan polaco».

De pronto, al rey lo invade una certeza que lo cubre de vergüenza: «Son polacos los que me ponen la mano encima» y el solo pensamiento le corta la respiración.

Su secuestro no proviene de afuera, él es su propio verdugo. El corazón le late en la garganta: «¿Quién soy? ¿Por qué me mantengo en el trono? ¿A qué me aferro?». Sus golpeadores son polacos y los espadazos confirman que es un rey incapaz. Su única corona es esa sangre que le escurre de la cabeza.

Pero le permite escuchar un alarido: «¡Vamos a destazarlo!». Resuena un nombre: Kuźma, Stanisław deduce que debe ser el jefe de los asaltantes.

Tres hombres lo arrastran por la calle Kapucynska hasta el Palacio Krasinski. Stanisław advierte que, además de sangre, está perdiendo el aliento: «Vivo el momento más peligroso de mi vida».

Varios espadazos caen sobre sus hombros, pero ninguno traspasa la gruesa capa.

«¡Dejen de golpearme y preséntenme con vida ante sus jefes!», ordena el rey con la fuerza que le queda.

Aunque parezca increíble, los hombres obedecen. Al llegar a una zanja, pretenden saltarla, pero el caballo del rey cae adentro y a él lo sacan por los bordes de su capa hecha jirones. Como perdió uno de sus zapatos, camina con dificultad.

Los asaltantes abandonan al caballo fracturado.

«¡Pobre animal, sería mejor matarlo! ¿Ganarán algo matándome?». «¿Quién es su jefe?». «¡Llévenme ante su jefe!». «¡Si me quieren vivo, dejen de golpearme!». «¡No puedo caminar! ¡Súbanme a un caballo!», ordena el rey más por costumbre que por convicción. A él mismo le sorprende la autoridad en su voz y más aún que los asaltantes lo obedezcan. Dos jinetes lo escoltan para evitar que caiga de nuevo.

—Sangra mucho, ya manchó el pelaje del animal.

—¡Bájenlo! —ordena la voz del que llaman Kuźma.

—¡No aguantará!

—¡Obedezcan!

La herida en su cabeza le impide ver a sus asaltantes. Uno de ellos lo despoja de su reloj, sus insignias y su monedero. De milagro salva sus libretas escondidas en la bolsa pechera de su chaqueta.

«Si al menos pudiera ver a uno de ellos» piensa Stanisław.

Cuando alguien pretende quitarle el pañuelo, protesta con la misma voz de mando:

—Devuélvemelo, lo necesitas menos que yo. Quédate con lo demás.

—¡Suéltenlo! —ordena la misma voz y en la respuesta de los hombres escucha el nombre de Kuźma.

«Kuźma, se llama Kuźma», piensa Stanisław.

—Súbanlo a otro caballo.

—Si me quieren llevar vivo ante sus jefes, no me aprieten así el brazo.

Montado en el caballo, Stanisław ordena de nuevo:

—Alarguen mis estribos, constriñen mis piernas.

También pide que lo calcen.

Apenas repuesto, el rey se da cuenta de que sus secuestradores avanzan dando vueltas, ¿en espera de qué o de quién? Cuando por fin se dirigen a la derecha, Stanisław, ya sin sangre en los ojos, reconoce el camino del pueblo de Buraków.

—¡Ahí están los rusos! ¡No vayan! —grita alarmado.

Sorprendidos, los hombres dejan de ultrajarlo y lo llaman *Señor*. Aunque apenas si puede mantenerse en la silla, lo obligan a cabalgar más de una hora al borde del Vístula. El rey deduce que sus secuestradores no son profesionales porque, además de obedecerlo, apenas logran esconderse de una patrulla rusa. Cuatro de los escoltas se adelantan al puente de Bielany. Kuźma baja de su caballo y obliga al rey a desmontar. Sus hombres toman las riendas de sus caballos y Kuźma ordena:

—¡Lárguense!

¿Qué estará pasando? Extenuado, el rey pide un momento de respiro, pero Kuźma lo amenaza con su sable:

—Tenemos que llegar allá arriba.

Lo arrastra hacia un muro contra el que Stanisław se desploma. El secuestrador se sienta a su lado y, a pesar de la sangre en su rostro, el rey descubre a un hombre con una sorpresiva aureola de pelo rubio. Por alguna razón incomprensible, esa maraña dorada lo tranquiliza:

—Parecen espigas —dice casi en voz alta y señala el muro en el que ambos se han recargado—: Kuźma, este es el muro de un convento que conozco y debe tener una entrada. Si deja de atacarme, su fortuna está hecha.

—¿Mi fortuna?

—¿Quién le ordenó asaltarme?

No se es rey en balde y, con voz de mando, Stanisław insiste hasta que el otro responde como un niño.

—No puedo decirlo, di mi palabra.

—¿Qué palabra?

—Cumplo la orden de mi jefe Pulaski; vivo o muerto debo entregárselo.

—¿A dónde?

—Pronto lo verá, levántese y camine. Un carruaje nos espera en el extremo del bosque.

Con el sable de Kuźma apuntándole, el rey pone a duras penas un pie delante del otro. Su cuerpo y mucho más su cabeza son un amasijo de sangre.

Cuando no lo avienta, Kuźma lo jala del brazo o lo empuja por la espalda. Sin pensarlo, Stanisław se recarga en su verdugo y lo atraviesa una certeza: «También él está jugándose la vida».

Un pequeño molino aparece a la distancia, pero las piernas ya no le responden a Poniatowski y cae por enésima vez.

—No me haga esto, levántese. —Pero Kuźma, exhausto, también cae y murmura como en una ensoñación—: ¡Y pensar que es mi rey!

Stanisław completa su frase:

—Sí, su rey, y un buen rey que jamás le ha hecho daño.

—¡Claro que nos ha dañado! ¡Por su culpa tenemos encima a los rusos!

—¡Mentira! Esta mañana, conseguí que el general Illich Bibikow sacara del pueblo a doscientos setenta y ocho rusos.

—¡Usted nos vendió al enemigo! ¡Usted les abrió la puerta!

—Los Confederados de Radom los engañan. No van a ganar nada con matarme. ¿Dónde está el carruaje que dijo que nos esperaba a la salida del bosque?

Kuźma se altera porque no aparece un alma. Vuelve la cabeza hacia los cuatro puntos cardinales: nada, nadie, solo la indiferencia de los árboles, solo el sudor frío que provoca el miedo.

—Me han dejado solo —murmura. Su voz de mando se debilita y la del rey se fortalece. Esa voz acostumbrada a mandar actúa sobre el ánimo de ambos. Ahora es Kuźma quien se lamenta—: ¿Qué pasa? ¿Dónde están? ¿Por qué no vino Pulaski? ¿Por qué no aparece el carruaje? ¿Qué voy a hacer yo aquí con usted desangrándose?

Stanisław aprovecha su confusión:

—Pulaski le ordenó un crimen y sus cómplices lo abandonaron.

—¡Imposible!

—¿No escucha un galope de caballos a lo lejos? Seguramente mi gente está buscándome. Si se queda aquí, es hombre perdido. Huya y déjeme, ya lo traicionaron sus cómplices, no le queda otro camino.

Kuźma no da crédito; el rey ahora pretende salvarle la vida.

—Hay rusos en todas partes ¿A dónde podría yo ir? —balbucea azorado.

—Vaya por la vereda de la derecha, si aparece alguien diré que escapó por la izquierda.

¿Es una burla?

Kuźma se tira a sus pies. De pronto lo anega la indulgencia de ese viejo canoso.

—¡Nunca lo abandonaré! ¡Es a usted a quien quiero servir! ¡No me importan los riesgos! Disponga de mí. No voy a dejarlo solo, aunque sé que la muerte me espera.

—Deme la mano y ayúdeme a ponerme de pie —ordena Stanisław. Sosténgame para llegar hasta ese molino y toque a la puerta.

Tras el ruido, aparece un hombre.

—¡Ayúdenos! Nos asaltaron unos cosacos. En nombre de Dios, permítanos entrar. —Lo anega un olor a col agria.

Ante los cabellos blancos y el rostro ensangrentado de Poniatowski, el molinero enmudece y cuando le pide papel y pluma, no solo se los da, sino que acepta llevar el mensaje:

«Coronel Cocceyi, milagrosamente escapé con vida. Traiga soldados y un carruaje».

El rey se derrumba en el único camastro, mientras Kuźma, sable en mano, hace guardia.

A media noche, el coronel Cocceyi se lanza sollozando a los pies del rey. Estupefactos, el molinero y su mujer caen de rodillas.

—¡Es el rey, es nuestro rey!

Cocceyi lo ayuda a subir al carruaje.

Una columna de antorchas ilumina su regreso. Un rumor consternado sube de ambos lados del camino:

—¡El rey! ¡El rey! ¡Es el rey! ¡Miren lo que le sucedió al rey!

Verlo malherido los estremece.

—¡Es nuestro rey! —murmuran como si rezaran.

—Me quieren; todos han salido a verme. —Se consuela Stanisław.

En el palacio, el primo Adam Czartoryski propone encarcelar a Kuźma y salir tras los secuestradores. El obispo Michał se opone:

—Nos matarán a todos.

—¡Que nadie toque a Kuźma! —ordena el rey antes de entregarse a los médicos.

Sus piernas están tan inflamadas que el médico corta la tela que las cubre y examina la herida. Además de la cuchillada en la frente, las huellas de espadazos y esquirlas tienen que cauterizarse con la «piedra infernal».

Muchos campesinos acuden al palacio:

—Queremos ver al rey con nuestros propios ojos.

—Que pasen —ordena el rey.

Dos meses más tarde, el 5 de enero de 1772, reaparece frente a su pueblo.

«No dudaría un segundo que fueron los católicos», dice Voltaire y exige la pena de muerte para los asaltantes. En las cortes de Europa, el escándalo es enorme. El Chevalier d'Éon ofrece viajar de Berlín a Varsovia para hacerle la lectura en la noche. Fryderyk II amenaza: «Estoy dispuesto a garantizar su trono a ese pobre príncipe».

De Catalina, nada.

Con la cabeza todavía vendada, Stanisław tiembla al escribirle:

«Señora, mi hermana [...] si la Providencia me permitió escapar de milagro de la muerte a la que me destinaban mis asesinos, es porque desea que siga yo trabajando por el bien de mi patria.

» Es el amigo tierno, leal y sincero de Su Majestad el que le habla en un momento en el que la verdad se hace más presente que nunca [...] Salve Su Majestad la vida a mis secuestradores y estoy seguro de que su intento de quitármela será el inicio de tiempos más felices».

La respuesta de la emperatriz linda con la indiferencia. Por ella, los asaltantes habrían podido tasajear a su amante polaco, quien ahora le escribe a Madame Geoffrin: «Lo único que deseo es descanso. ¡Ah, madre, qué tormento el mío desde hace tantos años!».

En vez de victimizarse, Stanisław se vuelca sobre Kuźma. «Comparto el patriotismo de mis atacantes, también yo deseo liberar a nuestra nación de los rusos, por lo tanto, no puedo condenarlos».

Para los observadores europeos, los Confederados de Bar son una caterva de bribones, pero que el rey defienda a sus atacantes causa tal sorpresa que toda clase de bromas corren por la calle. Indultar a Kuźma y a sus secuaces hace que se pregunten a quién va a conmover ese reyecito con tan poco respeto por sí mismo.

En vez de exigir la pena de muerte para los criminales el rey se inmola: «Nobles jueces, si no liberan a Kuźma, no tendré un solo momento de tranquilidad. Mis asaltantes no son regicidas. Su muerte desencadenará el terror, sin aliviar el espíritu. Concédanme la vida de Kuźma como el más bello de los regalos».

Los dignatarios comentan la inclinación de Poniatowski al martirologio.

El 25 de diciembre de 1771, el rey responde a su sobrino Stanisław, residido en Florencia.

«Su indignación por lo que le sucede a Polonia aumenta mi ternura por usted; ojalá nunca pierda el virtuoso sentimiento filial que tiene por mí. Hágale saber a milord Lyttleton mi agradecimiento por su constante benevolencia.

»[...] el regalo que su padre me dio de su parte es en verdad una cosa terriblemente bella. Envíeme el nombre del autor del cuadro de ese Cristo y cuénteme como lo adquirió».

El 2 de agosto de 1775, el rey insiste:

«Polacos, si me aman, defiéndanme del tormento que significa la condena de Kuźma. [...] Recuerden que si Kuźma pecó una vez, ha pagado su culpa con los grandes servicios que me rindió. Como políticos, y sobre todo como cristianos, ustedes saben que despreciar su arrepentimiento y ejecutarlo impediría el bien».

Si el rey se deshace por salvar a Kuźma, condena a los Confederados, son elllos quienes merecen el mayor castigo: «No hay virtud ni gloria en perdonar a quien no pide perdón. Que los Confederados regresen a mí por el buen camino [...] Entonces, les ofreceré un perdón tan completo como el que deseo tenga para Kuźma el Tribunal Supremo».

Estamos en diciembre, época de posadas, y por alguna razón, Guillermo acepta llevar a Felipe y a Paula a una pastorela en Tepozotlán, en la que participan los habitantes del pueblo, convertidos en pastores a pesar de no tener rebaño alguno. Mane se halla en París, en pleno doctorado en Física, en el Instituto Pierre y Marie Curie.

Los escogidos cargan en hombros las imágenes de María y José que piden posada para que la Virgen no dé a luz a media calle. La banda de Tultitlán los acompaña, los músicos rinden tributo a la ingenuidad de los habitantes convertidos en peregrinos, los tres Reyes Magos y un gran número de ángeles y angelitos.

Los arcángeles llaman prodigiosamente la atención porque el pintor Jaime Saldívar, creador de la pastorela, les mandó hacer gigantescas alas blancas. También coronó a los Reyes Magos (el del turbante es espectacular) y los vistió con capas escarlatas, sayales y túnicas de *shocking pink* que envidiaría Elsa Schiaparelli.

La procesión encabezada por el Santísimo, cargado en hombros, echa rayos y todos levantamos los ojos al cielo.

Vestida de azul oscuro, la noche es profunda, fría y suntuosa. «No vayan a quitarse el suéter», les pido a Paula y a Felipe sentados en una tabla de novillada de pueblo.

Ya no se escuchan los cohetes, ningún buscapiés nos amenaza sobre la tierra apisonada. Los fieles esperamos codo a codo, unidos en la misma ilusión. Un diablito rojo con cola en forma de trinche alivia la tensión. Nuestro asombro es tan evidente que el silencio se profundiza cuando el Santísimo hace su aparición en una custodia resplandeciente. Sostenido por cuatro arcángeles, el Creador de todo lo que hay sobre la tierra y en el cielo nos mira tras del vidrio que lo protege. Entonces, Paula vuelve sus ojos hacia su padre y su voz de cinco años se alza en medio del silencio: «¿Ya ves, papá, cómo Dios sí existe?».

Antony Tyzenhaus.

Capítulo 40

Antony Tyzenhaus

Cuando alguno de Los Patriotas exclama: «¡Cuánta paciencia le tenemos a este rey esclavo de Rusia!», Kołłątaj lo defiende: «¡Es injusto olvidar sus circunstancias! Miren lo que hizo por la educación a lo largo de veinte años, vean cómo ha transformado Varsovia, cuánto orden, qué progreso el de nuestras instituciones, recuerden cómo tranquilizó al pueblo a raíz de su secuestro y nunca se ha vengado de ofensa alguna».

El nuncio Scipione Piattoli consigue que la comunidad judía entregue una buena suma al tesoro público como prueba de su «preocupación por la patria». Además de acallar las críticas de muchos opositores, ese dinero resarciría al rey de algunas de sus deudas.

—Stanisław August es un hombre exquisito —confirma el príncipe Charles Joseph de Ligne— porque, a diferencia del rey de Francia, tiene el buen gusto de no exhibir a su *maîtresse* ni imponerla en apariciones públicas.

—A lo mejor su amante oficial, la condesa Elżbieta Grabowska, no posee los encantos de Madame de Pompadour —comenta Marek Keller, consumado bailarín.

En el parque de Łazienki, Stanisław destinó a sus hijos con Elżbieta Grabowska una discreta casa de tres recámaras y ella solo aparece en el palacio en las grandes ocasiones.

Después de cada aventura, Stanisław regresa a Grabowska; ella lo recibe sin reproches y lo escucha sin parpadear. Su incipiente gordura, sus pechos acojinados, sus labios rojos, la expresión bovina en su mirada le recuerdan la ebullición de una buena sopa.

A diferencia de su prima Elżbieta Czartoryska, que le causa tantos dolores de cabeza, su *maîtresse* ni siquiera le pide que se interese por los hijos que concibió con ella. El rey reconoce: «La Grabowska nunca se entromete en mis asuntos y me deja trabajar. ¿No son esos los mejores atributos de una mujer?». Son tantas las ausencias de Aron Grabowski, su marido, que al final nadie pregunta por él. Además, él rey es el rey.

La belleza del Palacio Łazienki es su obra, brota del «trabajo de sus manos y la mitad de su corazón». Levantar muros y pisos sobre un terreno pantanoso es una hazaña que toda Varsovia reconoce. El rey busca distintos tipos de mármol, escoge el de Carrara y sus invitados alaban su buen gusto.

—¡Majestad, qué talento!

—Este castillo es el premio que me concedí —responde Stanisław— y me hace feliz contar con grandes creadores polacos. ¡El talento es el mayor de los tesoros de Polonia! También soy feliz entre rinocerontes, leopardos y changos que he traído de África. De ser más joven, viajaría yo al Nuevo Continente como lo hace Kościuszko.

—¿En verdad viajaría a América, Majestad? —pregunta Glayre.

Muchos polacos atraviesan el océano y se enlistan en el ejército americano. Embarcaron en el puerto de Gdańsk en tercera clase y navegaron bajo el nivel del agua entre inmensas cajas de madera que los amenazan y les quitan el aire. A su regreso a Polonia presumen haber visto pepitas de oro en arroyos de agua clara, pájaros de mil colores, palmeras cuyas ramas se mecen como si fueran a emprender el vuelo.

¿Será verdad su descripción de auroras boreales y campos de piñas que sacian cualquier hambre? Los viajeros exaltados animan a sus oyentes: «¿Qué esperamos para irnos al paraíso?». «Quiero que mi hijo nazca en el Nuevo Continente».

En Łazienki, el rey lee *Notes on the State of Virginia*, que Jefferson le hizo llegar, y le sorprende el número de aventureros que han cruzado el Atlántico sin saber lo que les espera.

—¿Seremos un pueblo bélico? —inquiere. Alguna vez, Glayre le aseguró que en todas las comarcas de Polonia, un insurgente arenga a los transeúntes.

—Los polacos son ante todo libertadores. —Sonríe Glayre.

—Sí, sabemos darnos a querer. —Se ilusiona Stanisław. Quizá ambos presienten que si los aventureros permanecen en su patria, rusos y prusianos podrían levantarse en contra suya.

Poniatowski pasea por el parque sin vigilancia alguna. Que un rey camine a la vista de todos sorprende a los visitantes:

—¿De verdad es el rey?

—¿No tendrá conciencia del peligro?

—Vivimos una nueva época —responde un estudiante que acaba de alistarse en el partido de Los Patriotas.

—Nadie se atrevería a atentar contra el que fue amante de la emperatriz de Rusia —bromea.

—Ante todo, jovencito, Stanisław August es un buen rey —replica enojada una anciana de pelo blanco.

Stanisław desconcierta a sus invitados cuando insiste en sentarlos personalmente a la mesa: él mismo jala sus sillas, las acerca a la mesa y les sonríe.

—¡Majestad, por favor, somos veinte!

—Veinte que me honran con su compañía.

¡Cuánto liberalismo! Veinte comensales se sienten reconocidos. Durante el banquete, el rey se felicita por la altura de la conversación y la excelencia de los manjares. La originalidad de las *pièces montées* y los cisnes de hielo que coronan el centro de mesa suscitan exclamaciones extasiadas. Si algún invitado se atreve a decir en voz baja que prefiere la pastelería vienesa, Elżbieta lo fulmina con la mirada.

Así como Elżbieta defiende a su primo en público, lo ataca en privado.

—Los hombres demasiado complacientes son tontos —asevera despectiva.

—¿Por qué, prima adorada?

—Porque no hay que dar demasiado.

—Querida Elżbieta, para mí nunca nada es demasiado.

En sus días felices, el rey confía a su sobrino Pepi un pensamiento triste: «El hombre más protegido nada puede hacer si ha llegado su hora».

—¿De qué le sirve a un campesino aprender latín? —Vuelve Elżbieta a la carga.

—Tiene tus mismos derechos.

—Pero no mi inteligencia.

—¿Estás segura?

—Primo, la indigencia mata la inteligencia.

—¡Qué falacia! Muchos grandes hombres salieron de la nada.

William Coxe, el amigo predilecto de sus años de juventud, aparece el 25 de julio de 1778 y se extasía ante la belleza de Varsovia: «¡Cuánta holgura en esta maravillosa ciudad!». «¡Qué jardines tan bien cuidados, cuántos árboles!». «¡Qué clara es el agua!». Es evidente el bienestar de sus dieciséis mil habitantes, la mitad de ellos judíos, quienes han sabido darle buenas casas al barrio de Kazimierz. Contar con el apoyo de los judíos es un pase al cielo de los católicos.

«¡Te mostraré la nueva belleza de Varsovia!», presume el rey a su amigo Coxe.

Coxe es un hombre afable, hambriento de saber: viaja con libretas en las que apunta lo que ve. Se entusiasma y contagia sus emociones. Se sonroja porque es un hombre tímido. También sabio. Viaja con frecuencia de Varsovia a Moscú porque escribe un ensayo sobre el buen funcionamiento y el trato humanista que directores de cárceles y de asilos dan a prisioneros y a débiles mentales. Prepara un libro sobre el trato que se les da a enfermos mentales y a presos en hospitales y cárceles de Rusia, Suecia y Dinamarca. Su capacidad de indignación no tiene límites cuando encuentra grandes injusticias sociales.

Cada vez que necesita una información nueva, viaja de Londres a Varsovia. «Necesito verlo con mis propios ojos».

En Varsovia, encontrarse con un soldado ruso en cada esquina molesta a Coxe.

—Stanisław, ¿por qué ha aumentado su número a ese grado?

—Lo que más deseo es que se larguen —responde el rey—, pero hasta ahora no he tenido respuesta de la emperatriz.

Los niños ya no juegan en la calle. ¡Malditos rusos! ¿Cuánto tiempo más tolerará el rey de Polonia las imposiciones de la zarina?

«Darle conciencia de sus derechos es la mejor manera de enseñarle a un pueblo a pensar», le asegura Poniatowski a Coxe, experto en la conducta de hombres y mujeres perseguidos por la justicia en Rusia, Polonia, Suecia y Dinamarca. «¿Han reflexionado sobre el daño que la privación de su libertad le causa a un ser humano?», confronta Coxe a jueces y a abogados. «¿Imaginan lo que significa vivir tras de una puerta que solo se abre desde afuera?». Su indignación apasiona al rey filósofo, aunque algunos estudiosos polacos se ofenden: «¿Qué no hay presos y dementes en Inglaterra? ¿Por qué tiene que venir a interrogar a los nuestros?».

El rey Stanisław y William Coxe conversan mientras caminan hombro con hombro. Coxe lamenta que los varsovianos tengan que encontrarse con un ruso hasta en la sopa, pero Stanisław tiene la esperanza de ablandar el corazón de la zarina, a quien le pidió audiencia por enésima vez.

«Hasta ahora la única respuesta es el silencio».

El futuro de los campesinos divide a los miembros de la *szlachta*. El rey y algunos terratenientes pretenden emanciparlos de inmediato, otros creen que primero hay que liberarlos de tareas excesivas. «El aprendizaje de la libertad es lento», coincide Coxe con Poniatowski, «y la superación solo se logra con el tiempo, como lo pregona Kołłątaj».

Coxe sale temprano a visitar mercados y vecindades. Entrevista a las mujeres, provoca confesiones y regresa al palacio lleno de buenas intenciones: «Habría que eximir de impuestos a las madres de familia y a las jóvenes casaderas. ¿Por qué tienen que cargar su mercancía hasta la plaza pública? ¿No podrías encontrar otros medios de transporte?», pregunta con el ceño fruncido.

Al igual que cualquier poderoso, el rey tiene que aceptar reclamos y acusaciones.

Otra de las propuestas de Coxe es la disminución de los litros de vodka que consumen los polacos.

—Es un grave problema de salud; me he dado cuenta de que hasta los médicos y los seminaristas creen en los beneficios del alcohol.

—Mi querido Coxe, intenta tú, por favor, cerrar los *pubs* de Liverpool y Londres, y yo brindaré por ti con una cerveza —alega el rey, abstemio.

A pesar del fardo de semillas, legumbres o frutas sobre sus hombros, el mercado es el escenario perfecto para que las mujeres encuentren marido.

—Ojalá yo hubiera conocido a Catalina en un puesto de jitomates, habríamos sido más felices —le confiesa el rey a Coxe.

—Stanisław —dice el inglés, inquieto—, me doy cuenta de que tu buena fe desespera a tus ministros. ¿Por qué prefieres la opinión de un hombre del pueblo e ignoras la suya?

—Porque la ambición no ha contaminado su sentido común.

—¡Staś, por favor! Hasta yo, con mi conocimiento recién adquirido de las lenguas eslavas, me di cuenta de que el hombre que te pidió audiencia te mintió.

—Si ha sufrido tiene un lugar en mi corazón.

—Stanisław, caminas al borde del precipicio —Coxe se preocupa.

Cada vez que escucha a un invitado inteligente, el rey intenta atraerlo a la corte. Por eso, cuando el polaco Antony Tyzenhaus le propone aumentar el uso de fertilizantes en los cultivos de trigo y de salvado para lograr cosechas más abundantes, lo abraza regocijado. Tyzenhaus no le tiene miedo a las innovaciones que atemorizan a terratenientes y seducen al rey.

A medida que pasan los días, crece la esperanza de los campesinos.

Vigilar el cultivo de la tierra aleja a Stanisław de opresiones y descalificaciones. Se detiene ante cada espiga y cada rosal en el parque de Puławy, festeja cada avance de Tyzenhaus, ese hombre jovial, fuerte, que nunca se enferma ni da malas noticias.

El rey vive como un triunfo personal los progresos del nuevo administrador de las tierras de la Corona. «Lo que estamos logrando en el campo, impactará a toda Europa, Majestad, rivalizaremos con la campiña inglesa», se regocija.

Si Inglaterra provoca admiración por sus sembradíos de avena y el verdor de sus prados, Tyzenhaus presume sus manzanas. ¡Son únicas! «Las exportaremos al mundo entero».

El rey se felicita: «Tyzenhaus ha logrado avances prodigiosos».

El innovador polaco sirvió en el feudo de los Czartoryski, donde lo sometieron a un duro entrenamiento hasta convertirlo en el mejor gerente de sus bienes. Muchos propietarios envidiaron a los tíos Adam y Michał: «¡Ay, quién tuviera a un Tyzenhaus!».

Antony Tyzenhaus es un hombre de acción. Su fuerte quijada y su buena cabeza lo han liberado de constreñimientos y afeites. Es capaz de encontrar agua en el desierto y de mantenerse durante horas frente al horno de una forja cuando otros aún no se levantan. Nadie es más enérgico: las fábricas de conservas Stanlial y Horodnica sorprenden a todos.

Polonia es tierra de borregos y su lana cardada se convierte en metros de textiles de calidad inmejorable. Gracias también a los gusanos de seda, traídos de Francia, varios expertos enseñan el arte de la sedería. Años antes, en 1768, Tyzenhaus montó una fábrica de hilo de oro y otra de medias de seda. La frase «*comme a Paris*» pone en circulación perfumes, *mouches*, vinos, bombones, tabaqueras, guantes de cabritilla, polveras y pelucas. «*La présentation, tout est dans la présentation*». «Pintarse un lunar en el sitio preciso, cerca del labio superior», aconseja la francesa Madame Rostand, «puede cambiar el destino de una joven casadera».

Tyzenhaus enhebra una larga hilera de triunfos que exaltan el prestigio de Polonia ante Europa. Una quinceañera prefiere dejar de comer con tal de adquirir un diminuto frasco de aceite polaco que alarga las pestañas. El Aqua Mirabilis se mezcla con esencias de jazmín del Midi francés y todo el perfume de Grasse se concentra en una botellita de cristal. «¿Sabes cómo darle color a tus mejillas? Corta un betabel en dos y talla una mitad sobre tus pómulos. Así lo hace en Madrid la duquesa María Teresa Riba y Rincón Gallardo, y la corte comenta su *bonne mine*».

Para hacer el amor como en París, aparece un surtido rico de ungüentos y esencias que las perfumerías ofrecen a precios razonables. Una discreta publicidad garantiza orgasmos nunca antes imaginados.

El rey nombra al fabuloso Tyzenhaus «Tesorero del gran ducado de Lituania y administrador de los bienes de la ciudad de Hrodna». Ahora sí, apoyado por sus primos, Poniatowski lo responsabiliza de asuntos más difíciles: «He comprobado que todo lo que usted toca se convierte en oro», sonríe.

En Hrodna, siete hombres de finanzas bautizan a Tyzenhaus como «mago de la agricultura» y el empresario aprovecha la admiración que suscita para poner pico y pala en manos de señoritos que desconocían su manejo. «Ningún ejercicio mejor para la salud que abrir un surco, marqués, sus brazos se fortalecerán y agacharse endurecerá sus piernas». En poco tiempo, Antony Tyzenhaus monta veintitrés fábricas que emplean a miles de obreros. «¡Ese sí que es un triunfo!», se regocija Stanisław.

Glayre insinúa la posibilidad de que el héroe que el rey admira pudiera ser un bandido, y sus proyectos, irrealizables.

«Majestad», dice Tyzenhaus como defensa ante cualquier objeción, «estoy industrializando Polonia, las jornadas laborales deben alargarse... Usted es demasiado indulgente».

Tyzenhaus hace crecer la producción con el doble turno no solo de trabajadores campesinos, sino de costureras, peleteros, caldereros y sastres. El aumento de horas en la fundidora de Bresc y la fábrica de lino de Szawle da óptimos resultados hasta que los empleados de una curtiduría se declaran en huelga: «¡Abajo Tyzenhaus!».

Todo es demasiado bello para ser cierto. Una mañana, las más terribles acusaciones en contra del visionario y gran tesorero de Lituania revientan en los oídos de Stanisław: «Tyzenhaus no paga sueldos». «Es un fabulador». «Nos va a llevar al abismo». «Irresponsable». «Maltrata a los artesanos». «Las jornadas de doce horas son intolerables».

Al rey no le queda más remedio que aceptar una nueva decepción que profundiza la arruga en su entrecejo. En el palacio, lo asedian hombres defraudados que exigen compensación; los más feroces pertenecen a la *szlachta*:

—¡Jamás imaginamos que el rey en persona nos llevaría a la quiebra!

Poniatowski insiste:

—Tengan paciencia, apenas es un tropiezo. El primero dispuesto a corregir errores soy yo.

En 1775 Stanisław sepulta a su crítico más acerbo, su tío Michał Czartoryski. No derrama una sola lágrima, mientras que el rostro de su tío August se descompone. «Es duro ver a un viejo sollozar», apunta Glayre, aunque también para él la muerte de ese tío voraz es una liberación.

«Ahí viene el verdugo», previene Kiki, su *aide-de-camp*, minutos antes de la entrada de Stackelberg.

Maurice Glayre, el único capaz de reconfortarlo, le asegura que la crueldad no es inherente al ser humano, pero que él, más que nadie, debe cuidarse de su familia. Tremo, su cocinero, le sube cada mañana su *bouillon de légumes* que, según la historia familiar, vigoriza.

—Se necesita mucho estómago para ser rey, Majestad.

Un mundo de aduladores va y viene dentro del palacio. No hay boda, bautizo, entierro o celebración que no exija la presencia del rey.

—Podría yo delegar tareas y enviar a un embajador, Glayre.

—Majestad, al que quieren ver es a usted.

Tremo le aconseja:

—Salga a caminar, muchos árboles nuevos han aparecido en sus dominios y si usted recibe su sombra se sentirá como nuevo.

Stanisław se levanta difícilmente de su escritorio para pasar a la mesa del comedor mientras le explica a Tremo que ser rey lo emparenta con los reyes de Egipto, de Siria y de Asia Menor, humillados por el Imperio romano.

—He sufrido tanto o más que ellos, Tremo.

—Y lo que todavía le falta, Majestad.

Stanisław busca a Elżbieta, su provocadora prima, su bellísima prima, su prima paño de lágrimas, pero al no encontrarla, Adam le informa que viajó a París con sus hijos.

El rey paga la tercera parte de los muros levantados para la defensa de Varsovia. Cuando urgen cañones, los militares insisten en que costearlos es responsabilidad de la Tesorería Real.

—Majestad, los cañones son obra nuestra y su calidad es única. No olvide que su primer deber es darnos su apoyo en la defensa de nuestras fronteras.

—Ustedes saben —advierte el rey, quien nunca ha tenido afición por cañón alguno— que nuestro ejército es pequeño y pobre. ¡Imposible compararlo con el de Fryderyk de Prusia!

—Como rey, Stanisław, tu obligación es fortalecer a la milicia —insiste Adam.

—¿Con qué medios, querido primo? Ya entregué al ejército toda la producción de fusiles de la fábrica en Kozienice.

Polonia no es un país bélico…

—Las armas de Kozienice son un orgullo de Polonia —reconoce Adam.

—Ningún arma puede ser una joya.

Desde París, Madame Geoffrin escribe: «No hay nadie en el universo más desgraciado que usted. Un rey sin tropa ni dinero no puede hacer nada».

—Parece que no te das cuenta del maltrato de la emperatriz o no quieres aceptarlo —le advierte William Coxe.

En las tabernas, muchos capataces aseguran que el examante de Catalina es el culpable del retraso de Polonia.

Más que un nuevo talento, el rey descubre en cada amanecer una traición: su gabinete tergiversa sus palabras y contraría sus órdenes, sus criados vacían la despensa real, un historiador francés lo entrevista para difamarlo. Lo atormentan migrañas y su médico Boeckler recurre al peor de los remedios: la sangría.

Mientras tanto, Catalina elimina a miles de turcos en las batallas que los hermanos Orlov ganan para ella. Tortura a rehenes cuando antes juró que todos los hombres son iguales.

—Sí, todos, excepto los turcos.

A diferencia de Catalina, Poniatowski tiene menos prejuicios contra el Imperio otomano. Cuando Prusia y Austria rechazan la sola idea de un acercamiento con Turquía —los turcos son otra raza—, a Stanisław, en cambio, la fabulosa riqueza de sultanes, califas, pashas y dueños de la Sublime Puerta, con su séquito de mujeres veladas, le recuerda los tesoros que Catalina acumula en L'Hermitage y en San Petersburgo.

«Los turcos son unos salvajes», se indigna Catalina, dispuesta a eliminarlos.

A Stanisław, ingenuo, no le escandaliza que un pasha, con diez esposas y cuarenta hijos, se instale en Varsovia, afecte su economía e incida en la forma de vida de las familias polacas.

Si cientos de turcos y sus docenas de esposas, eternamente embarazadas, decidieran vivir en Varsovia, sería imposible mantenerlos, pero el rey alega:

—Todos los pueblos del mundo tienen derecho a migrar en busca de una vida mejor.

—Sí, Stasiu, pero no a costa de los polacos —responde la prima Elżbieta con sus ojos ennegrecidos por el enojo.

—Si para los soberanos europeos es indispensable ostentar su riqueza, ¿por qué condena la *szlachta* a los turcos? —exclama Stanisław y disgusta también a Izabela Flemming Czartoryska al afirmar—: Los turcos no son distintos a nosotros.

—Son inferiores en todo —asegura enojada la esposa de Adam.

—¿Inferior la mezquita de Santa Sofía? —responde irónico el rey.

Parménides García Saldaña vive en la colonia Del Valle, muy cerca de La Morena. Apenas más alto que Mane, Parménides acostumbra a visitarme y pedirle a Mane: «¡Dame un aventón en tu bici!». Desaparece durante meses, pero desde su universidad en Bâton Rouge, Nueva Orleans, escribe cartas escandalizadas porque en su internado, las niñas corren a meterse a la cama de sus compañeros sin que ningún vigilante lo impida. «Oigo sus carreras. Vuelven a su cama a las cinco de la mañana. Seguro están embarazadas».

Colecciono las cartas de Parménides porque creo que son las de un futuro seminarista.

Parménides regresa a México transformado en fanático *rockero*. Publica dos libros: *El rey criollo* y *Pasto verde*, y se hace amigo de José Agustín, Gustavo Sainz, el fotógrafo Ricardo Vinós y el cuentista Juan Tovar, La Onda en todo su esplendor.

«¡Ya llegué, pendejitos!», nos dice de cariño a Jan, a Mane y a mí.

En La Morena 426, casa de mis padres, Parménides propone subir a la azotea: «Vamos a echarle estos polvos al tinaco para que se les quite lo *escuer* a sus rucos, a usted y a Jan». Asegura que basta con sorber el agua de la regadera para volverse «buena onda» y hacer mejores viajes que los de mis padres, quienes emprenden el camino a Tequisquiapan cada sábado.

—Maestra, en esta casa, tienen que alivianarse.

—Mis padres no son tan burgueses. —Intento una disculpa.

—Maestra, están fuera de onda.

Me llama a cada rato y casi no lo escucho porque el *rock-heavy* ensordece a Teléfonos de México. «"La Onda", ¿qué onda?». «La Literatura de la Onda, maestra».

Una mañana, mamá lo encuentra tirado en la alfombra de la sala. Mane le abrió la puerta cuando salía para el Liceo a las siete de la mañana.

—Vamos a llamar a un médico.

—No, mamá, no llames a nadie.

En la tarde, Parménides, fundido, regresa por su propio pie a su casa.

Los onderos triunfan en grande. Según José Agustín, Angélica María, la novia de México, es *su* novia. Entrevisto a Gustavo Sainz y a José Agustín en un baldío pedregoso de la colonia Roma en el que posan con chamarras de cuero negro, suéteres de cuello de tortuga también negros, muñequeras negras con estoperoles, ojeras negras y unas cadenas colgadas del cuello como para esclavizarse a sí mismos. Héctor García toma la foto.

—¿Se ven muy tremendos? —le pregunto.

—N'ombre, son unos chamacos babosos —asegura. Héctor nació en la Candelaria de los Patos y su primer oficio fue recoger cadáveres en la nieve ensangrentada después de un accidente de Ferrocarriles Nacionales a Laredo, Texas.

—Elena, no pierdas tiempo con ellos, no valen nada —amonesta Monsiváis.

Pasan los años, mudamos de piel, Mane termina *troisième* en el Liceo Franco Mexicano. Jan viaja a Francia y se queda interno en Les Roches. Quién sabe dónde andará Parménides.

Monsiváis insiste:

—Los onderos no aportan nada, no hay nada ahí.

—¿Y *The Catcher in the Rye*, Monsi?

—No les hagas caso, son los primeros gringos nacidos en México.

Parménides aparece de nuevo una madrugada, ahora en la Cerrada del Pedregal número 79: «Deme un quinientón».

Se ve muy amolado.

Parménides y yo siempre nos hablamos de usted, nunca supe por qué. Ahora, después de cuatro o cinco años de ausencia, acostumbra buscarme una o dos veces al mes sentado en la acera, con su suéter oscuro hecho bola en contra de su vientre.

—Parménides, ¿ya comió?

—Voy a tirar a mi mamá por la ventana. Venga, vamos a Polanco, acompáñeme a quemar la biblioteca de José Luis Martínez. ¿Sabe lo que es un reventón?

Novedades me encarga un reportaje sobre el Festival de Avándaro en 1971 en el que cien mil jóvenes de pie, bajo la lluvia, esperan desnudos el milagro.

«Seguro Parménides fue a Avándaro y se puso hasta atrás», lo extraño.

Lo busco en fotografías de prensa. Veo torsos mojados, chavitas liberadas de cabellos negros, una cortina bajo la lluvia.

Ahora sí, ya sé lo que es un reventón. Para escribir la crónica, la sala de mi casa se llena de chavos:

—Agénciese unas chelas.

—¿Cervezas a esta hora? —Se enoja Guillermo antes de salir a la Torre de Ciencias, tan cercana a la casa. Y tan familiar.

Suena el timbre a las dos de la mañana.

—No abras —ordena Guillermo una madrugada en que Parménides toca con insistencia. Vuelvo a acostarme. De pronto, un grito hiende el silencio de la Cerrada del Pedregal, pequeña y exclusiva.

—¡Elenaaaaa, Guillermoooo, culeroooos!

Dios mío, el grito ha de haber llegado hasta Miguel Ángel de Quevedo. ¿Qué dirán los vecinos también pequeños y exclusivos?

—¿Qué clase de amigos tienes? —pregunta Guillermo irritado.

Parménides hace apariciones cada vez más desastrosas.

—¿Qué pasó con sus dientes, Parménides?

—Deme mi feria.

—Parménides, prométame que es para comer.

—Sí, sí, sí. ¿Dónde está Mane? Él sí es buena onda.

—En Jussieu, en París, haciendo su doctorado. ¿Quiere comer?

—¡Qué mamadas! ¿Cuándo vuelve Mane?

—Le faltan tres años… Parménides, vamos al médico.

—¿Qué le pasa? La que necesita médico es usted. —Insiste—: ¿Dónde está Mane?

—Ya le dije que en Francia.

En el 68, Parménides me dice que todas las niñas bien que participan en la Marcha del Silencio deberían dejar su casa.

—¿Dónde vive usted, Parménides?

—Por aquí, por allá, por acullá, por hasta allá, allá nomás...

Y desaparece.

El 19 de septiembre de 1982, Parménides muere solito en un cuarto de azotea, en el sur de la ciudad de México. La portera encuentra su pequeño cadáver diez días más tarde.

Mi ondero aún no cumplía treinta y ocho años.

«Y ahora, ¿por qué lloras?», se preocupa Guillermo.

¿Soy mala onda? ¿Cuándo dejaré de dar fe de otros? «¿Y lo tuyo? ¿Cuándo vas a hacer lo tuyo?», pregunta Elena Garro y va aún más lejos: «¿Por qué te dedicas a entrevistar babosos?».

Cuando participo en alguna conversación, suelo apoyarme con un «Guillermo dice...». Lo hago incluso frente a él: «Gracias por citarme», ironiza. Hago lo mismo con Monsi. «Monsiváis opina, Monsiváis cree...».

La China Mendoza me invita a un psicoanálisis de grupo en alguna calle de la colonia Cuauhtémoc; Tíber, Sena, Guadiana. Ahí pululan los analistas, y el doctor Jaime Cardeña, cuyos ojos jamás sonríen, nos abre la puerta los viernes a las cuatro de la tarde. Durante tres meses guardo silencio mientras escucho a mis compañeros, hasta que Cardeña me lanza:

—¿Qué opina de lo que yo hago aquí?

—Doctor, por lo que he oído, a las mujeres les dice usted que son frígidas y a los hombres que corten el cordón umbilical…

—Si tanto sabe, no entiendo a qué viene —responde enojado.

En el mismo edificio, en la escalera, encuentro al doctor Ramón Parres.

«Me gusta más él», le explico a la China, pero no vuelvo al psicoanálisis.

Carlos Fuentes tiene la respuesta a mi angustia. En su casa de la calle de Galeana, en San Ángel, me enseña su mesa de trabajo sobre la que se encuentra su Remington y presume su índice derecho torcido de tanto teclear: «Este es mi psicoanálisis, Poni, aquí me vacío todas las mañanas».

Años más tarde, a raíz del terremoto del 19 de septiembre de 1985 y tras dos meses de entrevistar a damnificados para *La Jornada* —«Ya no, mamá. Ya no, mamá», me dice Paula cuando caminamos por la Roma—, saldré adelante gracias a Javier Sepúlveda Amor, médico psiquiatra.

—No quisiera tomar pastillas —le rogué y mi primo de mirada triste respondió:

—¡Benditas pastillas!

Quienes me dieron su testimonio en 1985 aparecieron en Chimalistac varios meses más tarde: «Encontré un nuevo departamento con vista al parque». «Vamos a mudarnos a Torreón, allá nos irá mejor». «Mi mujer está embarazada». Entonces descubrí que la vida se rehace sola. Después del hachazo, hombres, mujeres, costureras, niñas bien, estudiantes, la ciudad convertida en una inmensa cicatriz volvió a levantarse y las voces del temblor se quedaron impresas en *La Jornada*.

La mía ¿dónde quedó? ¿Se rehízo o nunca la tuve?

Me acostumbré tanto a oír que sigo preguntando. Cuando una amiga discurre durante horas acerca de sí misma, la escucho. Escucho, escucho, escucho. Ahora, ya ni mi voz oigo de tanto haber escuchado otras, sobre todo las trágicas, las heroicas voces del terremoto de 1985. *La Pulga*, un hombre pequeño, delgadísimo, se metió como un charal en los túneles bajo los hospitales derrumbados y sacó a una parturienta todavía viva, su recién nacido también vivo. De la maternidad del Centro Médico salieron niños y niñas atados al cordón umbilical.

El sobrino Pepi.

Capítulo 41

El sobrino Pepi

Acuñar medallas y prenderlas en el pecho del héroe emociona tanto al rey como el recuerdo de su Coronación. Él mismo escoge el emblema que ha de fundirse en oro o plata y redacta en latín la leyenda que pasará de padre a hijo como herencia familiar, distinción que atraviesa los años. Stanisław se encarga de acentuar la solemnidad de la ceremonia al mandar tapizar de nuevo el salón rojo del trono. El número de candelabros, banderas y ramos de flores rojas y blancas nunca es suficiente. Rendir homenaje a quien lo merece es para él una fiesta.

El acontecimiento exige una oratoria admirable, palabras que trasciendan y se repitan de boca en boca: el broche de oro de toda una vida al servicio de la patria. «¡Impecable!», insiste el rey. «¡Que todo resulte impecable!». Nadie ni nada puede empañar la ceremonia porque recompensar a un ciudadano ejemplar merece una misa dicha por tres arzobispos.

Por alguna razón, el homenaje lo regresa a otro momento feliz, aunque no por su solemnidad, sino por la esperanza demente que late en su corazón. Recuerda la primera velada —esa sí profana—, en San Petersburgo, en la que Catalina, vestida como hombre para que los guardias no la reconocieran, llegó a escondidas a casa de los Naryshkin, sus cómplices y, a media sala, al verlo entrar, se puso de pie, corrió hacia él y sin más le plantó un beso en la boca. Luego —reina de la fiesta—, a petición de los invitados imitó el ladrido de un perro, el piar de un pájaro y el chiflido de varias aves. La Figchen de Stanisław rugió como leona y complació a todos con su rebuzno de mula. «A ver, barrita como elefanta». El amante polaco no tuvo que repetir su deseo porque la gran duquesa interpretó a toda el arca de Noé. Nadie ni nada le impidió tirarse de espaldas en el piso ni ponerse a gatas. Sus maullidos de enamorada desataron otros desórdenes. Con los ojos vueltos hacia Poniatowski, exhibió su deseo sin pudor alguno. Esa noche, Catalina y Stanisław hicieron el amor como tú y yo, como él y ella, como ella y ella, como él y él, como dos de dos, como la perra en brama ya exhausta que se abre para recibir a la vida.

En abril de 1773, una noticia de Viena atormenta a Stanisław y profundiza su desamparo; su hermano más querido Andrzej, de treinta y ocho años, muere de una angina de pecho.

«La muerte de mi hermanito es el fin de mi vida de familia. Felices los que han muerto. Feliz mi hermano muerto en Viena», Stanisław vuelca su angustia en su carta a Madame Geoffrin. «Mi hermano sufría demasiado al verme despojado por esa emperatriz a la que él sirvió tan bien».

En la noche, mientras da vueltas en la cama, se le aparecen los rostros de Fryderyk de Prusia, de María Teresa de Austria —con su cofia de viuda y su libro de misa— y de Catalina que lo observa sin compasión.

«Ansío convertirme en el padre del hijo de mi hermano más amado, quiero ser quien cuide a Józef Poniatowski», escribe a su cuñada, la condesa María Teresa Kinsky.

Insiste en que Pepi, su sobrino huérfano de padre, es polaco.

¿Polaco? ¿No nació en Viena?

A raíz de la muerte de Andrzej, el adolescente Pepi se convierte en su obsesión.

«También Viena es su patria, Majestad, aunque el apellido Kinsky no tenga la resonancia de Poniatowski», responde la viuda.

Apoyar la carrera de Pepi se vuelve una obsesión, un paliativo a su duelo, por lo que urge a la condesa Kinsky: «Quiero que sus maestros hagan de él un verdadero polaco. Su futuro está aquí en su patria. Por lo pronto lo espero en Łazienki apenas comiencen sus vacaciones».

Los maestros que el rey escoge y paga educan a Pepi en Viena.

En un torneo de esgrima, Pepi le saca un ojo a su hermana mayor, Teresa, pero para alivio de todos, la joven convierte la pérdida en un encanto inesperado. Una onda cubre su ojo de vidrio y Teresa no solo se inventa una nueva *coiffure*, sino que su ingenio engancha a todos. La inteligencia de sus propuestas actúa como un *accroche coeur*, ese diminuto bucle orejero que usan las manolas en los tablados de España.

El ojo de vidrio de Teresa desafía al interlocutor, su sonrisa cómplice y su conversación intrigan y seducen: «Venimos a escuchar a Teresa», dice el autoritario Emmanuel Armand de Vignerot du Plessi-Richelieu, duque d'Aiguillon. Los invitados buscan sentarse a su lado y festejan su ingenio. Seduce, nadie quiere perder sus *mots d'esprit*. Años más tarde, Teresa cautivará a Talleyrand, el creador de la política exterior de Europa, quien jamás habría perdido su tiempo con una tonta.

«Mi sobrino Pepi tiene que venir a Varsovia» urge el rey a María Teresa Kinsky.

«Majestad, mi hijo lo visitará apenas termine sus estudios».

Józef Poniatowski —*Pepi*, para la familia— es, a pesar de su corta edad, un *homme du monde* a ejemplo del rey, quien felicita a la condesa Kinsky von Chenitz und Tettau, hija del conde Leopoldo Kinsky, gobernador de Bohemia, y ahijada de la emperatriz María Teresa de Austria, por la buena formación de su hijo. Los Czartoryski le perdonan su extranjería porque heredó el Palacio Daun Kinsky, que brilla frente al Danubio como una medalla de oro. Una invitación al Daun Kinsky es un privilegio que muchos envidian porque las grandes familias suelen descalificarse entre sí y no hay frase más humillante que «no fui requerido». En la corte de Versalles, varias urracas llevan la cuenta de las invitaciones que prodigan los Polignac, los Bourbon Parme, los Starhemberg, los condes de Trautmansdorf. «*You don't belong*» son tres palabras acuñadas por la corte de Inglaterra contra quienes pretenden entrar a Buckingham.

Los ventanales del Palacio Daun Kinsky actúan como imanes. Permanecen en el recuerdo como las galerías del Palacio de Schönbrunn.

«El adolescente es un muchacho apuesto, sus ojos son expresivos, su boca tiene una atracción particular; de todos sus movimientos emanan gracia y fuerza», escribe el rey.

—Pepi, tú eres polaco —insiste el rey cada vez que su sobrino levanta la vista.

Cuando el adolescente aparece de vacaciones en Łazienki, el rey le taladra su origen. Una mañana a solas con él, le ordena:

—Quítate medias y zapatos.

Pepi obedece.

—Ahora ven conmigo.

En el jardín, el rey pone sus pies desnudos sobre la tierra.

—Mira, Pepi, estamos parados sobre tierra polaca. Quiero que sientas lo que yo.

El rey camina frente a él apoyando cada pie hasta dejar su huella.

—¿Te das cuenta de que esta tierra es tu razón de vida, tu raíz, tu hogar?

Pepi no sabe qué responder, pero lo turba la emoción de su tío, quien le dice:

—Estoy dispuesto a amarte como a esta tierra que es tu única patria.

En 1778, el adolescente forma parte del cortejo de boda de su hermana Teresa con Vicente Tyszkiewicz, dueño de Lituania.

—¿Traes puesto tu uniforme militar austriaco, Pepi?

—Sí.

—¡Quítatelo de inmediato!

Al día siguiente el rey lo manda llamar:

—El sastre, monsieur Durand, va a cortarte un uniforme polaco.

Pepi se para frente a un espejo de piso a techo mientras el sastre le toma medidas. De pronto, arrodillado frente a él, con el alfiler a punto de entrar en el casimir, le pregunta:

—¿De qué lado carga, príncipe?

—¿Qué? —pregunta Pepi.

Durante su estancia en Varsovia, el adolescente descubre a un rey deslumbrante por su elegancia: un chaleco abotonado con diamantes de diez kilates, medias blancas sobre piernas torneadas y pies enfundados en zapatos rojos de tacón. ¿Cómo aprendió su tío a caminar con ese calzado que no tiene pie derecho ni izquierdo? Su espada y el ancho listón del Gran Cordón del Águila Blanca, detenidos en su cadera, realzan su apostura. A Pepi le fascina el buen trato que el rey se empeña en darle frente a quienes le son presentados por primera vez.

¡Cuántas caravanas, cuánta reverencia en las palabras! «Tío, yo no sabía que los poderosos te rendían semejante pleitesía».

Al rey de Polonia se lo disputan los visitantes, un círculo de admiradores lo rodea a todas horas, varias mujeres de cabeza coronada caminan a su lado y ríen de la menor de sus palabras. Con razón, George IV de Inglaterra lo consideró «el primer gentilhombre de Europa». Stanisław brinda a su conversación un giro de elegancia que hace que las más jóvenes le reserven en su *carnet de bal*, su primer vals. El rey las complace, su rol es encantar, las madres lo observan complacidas, el soberano gira como trompo y ninguna reverencia masculina tiene su encanto aunque, para su desgracia, su tiempo con Catalina ya pasó.

Ser soldado es una forma superior de vida y la perspectiva de llevar un batallón a la victoria, el sueño de cada miembro de la *szlachta*. Un hijo de familia que no cumple con su servicio militar es un cobarde, a pesar de todos los certificados médicos que validen su impedimento.

Para el rey, la guerra es la peor plaga, aunque sus compañeros alardeen que tal o cual se jugó la vida en una batalla y aún no comprenden cómo se libró de la muerte. Enfrentarla es la más grande de las hazañas. Todos bajan los ojos y ponen cara de circunstancia cuando llega la noticia de que un noble murió en el campo de batalla. La gloria del combate no le dice nada al rey y escandaliza a sus oyentes al asegurar que prefiere un libro a salir tras el enemigo.

«¿Te estás burlando de nosotros, Stanisław», preguntan Elżbieta y Adam Czartoryski.

Poniatowski nunca alaba un enfrentamiento entre dos escuadrones, tampoco diserta acerca de su padre, quien le salvó la vida a Carlos XII, rey de Suecia, en la batalla de Poltava. ¿Sabrá siquiera a qué huele la pólvora quemada? Para él, ganar o perder una batalla es cosa del destino. Como el rey no bebe, jamás brinda sino por la cultura, no ensalza victorias ni llora derrotas y mucho menos se inclina ante un hecho de guerra.

—Ese rey es muy poco polaco —comentan Joseph Stephan y George Stratavon—, poco le falta para ser mujer.

—No te equivoques, hasta ahora ninguna se ha quejado de su desempeño.

—¿Te has fijado en sus manos? Son frágiles, delicadas.

—A mí me miró como hombre —asegura la condesa Athénaïs de Montespan.

Nada le fascina tanto a Pepi como los relatos de las proezas de su abuelo, el conde Stanisław Poniatowski. La conquista de Constantinopla es para él la joya más alta en la Corona del Oriente. Saber que su abuelo derrotó a los turcos lo enorgullece al grado de rememorarlo antes de dormir casi todas las noches. Aunque personalmente no tiene nada contra los turcos y le impresionaron los ojos de una joven que pasó a su lado, todos los días llega a sus oídos alguna frase en contra de Turquía. Gracias a su abuelo, se reconciliaron el rey de Suecia, el gran visir, el Han de los tártaros y el Aga Khan, y por ello la guerra terminó, pero así como lo acostumbran los franceses, los polacos suelen usar la expresión «*tête de turc*».

Pepi conoce a su tío abuelo, el obispo Michał Poniatowski, dentro de la magnificencia de su Palacio en Jablonna, pero lo rechaza cuando se entera de que empujó a su hermana mayor, Luiza Poniatowska, a ser amante de Stackelberg, el verdugo de Polonia.

—Yo no necesitaba saber eso —le dice Pepi a su hermana Teresa—. ¿Cómo es posible que una Poniatowska se acueste con el enemigo?

—Así es la política, Pepi.

—Yo la lapidaría como a la adúltera del evangelio.

—¡No encontrarías suficientes piedras para todas las hembras que engañan a su marido!

—Detesto al tío Michał, hermana. ¡Su rostro me es hostil y su sonrisa, hipócrita! ¿Cómo va a salvar a su diócesis un cura tan insensible y tan arrogante? ¡Podría poner mi mano al fuego de que sus feligreses lo odian!

—Sí, pero el tío Michał es un Poniatowski —alega Teresa.

—Es mucho más simpático el tío Kazimierz.

—Tampoco creo que sea mejor persona. —Sonríe Teresa.

El tío Kazimierz, frívolo y hasta cobarde, también disgusta a Pepi. Meloso, urde intrigas tan burdas que el joven las percibe desde el primer momento.

La relación entre Pepi y el rey se vuelve pasional. Pepi es todo lo que Stanisław hubiera querido. El rey todavía recuerda la decepción en los ojos de su padre cuando le confesó que no tenía vocación militar. En cambio, las madrugadas de Pepi son de combate y desafío. Organiza torneos de esgrima, ejerce su pericia contra adversarios reconocidos. Este hermoso joven es el espejo de su abuelo, el conde Poniatowski, a quien nada habría hecho tan feliz como entrenarlo en combate.

Para Pepi, lo militar es todo; en cambio, el rey haría cualquier cosa con tal de evitar una guerra. El sobrino se ha propuesto cubrir su nombre de gloria en batallas que su tío jamás aprobaría.

—Excelencia, Pepi no es su hijo, los jovencitos que recurren a Su Majestad tampoco lo son. Si me lo permite, creo que sería útil que les hablara del Código Zamoyski, un conjunto de leyes progresistas que enorgullecerían a cualquier nación —aconseja Glayre.

—He dado orden de que todos memoricen el Código Zamoyski —responde el rey—. Gracias a mi insistencia, los estudiantes saben que Polonia solo puede salvarse a través de esos pensamientos admirables.

—Tío, mi tía Elżbieta es bellísima, pero nunca entiendo ni por qué ríe ni por qué se molesta.

—Ella tampoco. Con el tiempo aprenderás que las mujeres son impredecibles. ¿Conoces a Molière, Pepi? ¿Has leído a Racine? Ven, acompáñame al Teatro de Invierno; se lo dediqué a Apolo, uno de tus antecesores.

Doscientas butacas esperan ante un telón de terciopelo rojo sangre. «Aquí, Pepi, hemos escuchado a Sófocles, a Shakespeare, a Racine y a Molière. También quiero enseñarte mi anfiteatro al aire libre para mil quinientos espectadores. Te invito a seguirme hasta la galería para que contemples los lienzos de Canaletto y de Bacciarelli que glorifican a Jan Sobieski».

En el anfiteatro, la soprano Bonafini, antigua amante del rey, interpreta a Dido, de Purcell. Stanisław ya no se deja sorber por esos labios demandantes, porque ahora lo intrigan los castrati, especialmente Giuseppe Canpagnucci, cuya voz se levanta al cielo como una plegaria: «El sonido que emana de la garganta de ese niño me atormenta, es el grito de un pájaro sin alas».

«¡Ojalá un rayo parta a ese rey tan sentimental!», dice con ira la Bonafini.

El rey promueve cincuenta óperas polacas y la música popular, la de su infancia, la de sus mozos y doncellas en el palacio, aunque él mismo prefiera a Haydn, Salieri, Puccini, Gluck y sobre todo a Mozart.

—Varsovia es la capital europea donde recibí más *encore*. —Presume el intérprete del «Don Giovanni» de Mozart, y esa sola información complace a Poniatowski mucho más que el relato de una batalla.

—*La Pologne est à la page.* —Sonríe el rey—. Podemos competir con las artes de toda Europa...

A mi segundo hijo, Felipe Haro, le hace una ilusión loca un halcón. ¿Lo vio volar en la televisión? ¿Leyó sobre él en alguna revista? ¿Uno de sus amigos elogió esa ave de rapiña? Felipe diserta sobre halcones como nunca lo hace sobre tema escolar alguno. Ni Cuauhtémoc ni Napoleón han merecido una arenga tan encendida, en cambio, la afición a la cetrería llena sus cuadernos escolares. No solo compra un guante, sino que nos asesta sus conocimientos a la hora del desayuno, de la comida y de la cena. Un medio día, al pasar frente a Los Viveros, un vendedor se acerca a la ventanilla de mi Volkswagen con un pájaro feo y negro montado sobre su mano derecha y, antes de que pueda impedirlo, Felipe le tiende su cámara, regalo de Navidad:

—¡Se la cambio por el halcón!

La cámara es muy buena; el halcón, malísimo. En un abrir y cerrar de ojos, el vendedor se quita el guante y se lo ofrece a Felipe con todo y el pájaro:

—¡Ya está adiestrado el animalito!

Ahí no acaba mi tragedia; en el diminuto jardín trasero de la casa de Chimalistac, Felipe sube a su ave a una rama de árbol y nos avisa:

—Voy al súper a comprarle su desayuno.

—Ese animal mata a otros —le advierto enojada.

Felipe regresa con un conejo tasajeado en su envoltura de plástico. Lanza un pedazo al cielo y el recién bautizado *el* o *la Tábata* pesca la carne al vuelo.

Tábata nos observa a todos. El vendedor le dio a Felipe una diminuta capucha para taparle la cabeza después de darle de comer.

Felipe hace buenas migas con su halcón y lo lleva a Los Nogales en Tequisquiapan. Una tarde, veo a mi hijo lanzar al aire un conejito blanco que Tábata atrapa con la misma destreza con la que tragó la carne de otro conejo, ese sí congelado. Armo una tragedia. ¡Qué horror!

—¿Dónde encontraste ese conejo? ¿Estaba vivo?

—No, mamá, es que tú no sabes, todos los animales cazan a su presa. ¿O tú no comes carne?

Ningún pájaro vuelve a asomarse al jardín porque las aves del cielo se comunican y presienten el peligro.

La cetrería proviene de la Edad Media y algunos dicen que es un arte, que el cetrero ama a su ave, pero no permitiré que Felipe se encariñe con ese halcón, aunque me explique de la mañana a la noche que Tábata es muy útil y protege a los pilotos y a sus pasajeros.

—Mamá, tú no sabes, al avión puede atravesársele una paloma y el choque con la turbina puede causar la muerte de más de trescientos viajeros —me explica.

—¿Por eso tan inverosímil hay que matar conejos?

Le cuento a mi hijo que Leonora Carrington y Kati Horna se comunicaban por medio de una paloma mensajera que volaba de su casa, en la calle de Chihuahua, a la de Kati, en la calle de Tabasco, y que podríamos canjear a Tábata por una paloma igualita, pero vuelve a explicarme que no sé nada y que los beneficios de Tábata son inconmensurables de toda inconmensurabilidad.

Cuando Felipe sale disparado a las siete de la mañana a la escuela, Tábata permanece inmóvil en su rama con la cabeza cubierta. La atmósfera en torno suyo se vuelve más que pésima, siniestra. Ningún colibrí se asoma, las mariposas han huido, las flores no respiran. Ni siquiera me acerco a la lavadora al fondo del pasillo con tal de no pasar junto al ave de mal agüero.

—Felipe, Tábata es asesina.

—Mamá, tú no sabes, es parte de la familia.

Ya feminicé a la Tábata porque en la casa, salvo Felipe, todas somos mujeres. Los primeros quince días, Felipe la alimenta puntualmente. En el súper pide pescuezos de pollo y pavo, y los avienta al aire. La Tábata capta al vuelo la pata de pollo o de conejo que Felipe lanza con una destreza para mí desconocida.

El viernes salimos a Tequisquiapan apretujados en el coche y mi hijo presume a Tábata porque «allá sí que va a poder volar a gusto». «Tequis es terapéutico», sentencia contento. Lo enorgullece que Tábata regrese volando a su mano enguantada. «¿Ves cómo me quiere?».

En Tequisquiapan (el paraíso herencia de mis padres) Tábata vuela alto, pero jamás desaparece tras una nube. «¿Ya viste como sabe quién soy?», alardea mi hijo. Rezo para que el ave se esfume en el cielo, pero regresa siempre a la mano de Felipe.

Un día desaparece. No recuerdo siquiera si Felipe sufre su pérdida, pero me apropio del guante y de la diminuta caperuza y sepulto para siempre las posibilidades cetreras de mi hijo de once años.

Stanisław Poniatowski dibujado a lápiz por Jan Matejko.

Capítulo 42

La Dogrumova

—¿Cuáles son tus valores, Pepi? —pregunta el rey mientras camina del brazo de su sobrino en el parque de Łazienki—. ¿Podrías hacer una lista de doce? ¿La amistad? ¿La felicidad de la familia a través de su bienestar? ¿El sentimiento de tu propia utilidad? Ahora que estamos solos, tengo que prevenirte que la mayoría de las alabanzas que te hacen en la corte son mentira.

Pepi se encoge de hombros.

—Algún día tendrás hijos y agradecerás verlos crecer, aunque quizá también ellos te traicionen. Tú, por ejemplo, fuiste desde niño un buen polaco.

Pepi no se atreve a recordarle que nació y se educó en Viena porque el tema ensombrece al rey.

En la Escuela de Cadetes de Varsovia, Pepi pasa la mayor parte de su tiempo a caballo y el día en que no cabalga sobre Saturno es un día perdido para su entrenador y para otros jóvenes de la *szlachta* que se miden con él. El sobrino del rey destaca por su valentía, pero también por la excelencia de su montura. Todos lo envidian, pero la envidia es un veneno que él aún no descubre. Después de mediodía lo absorbe el tiro al blanco hasta que oscurece. En la noche hace su entrada al baile, en el que las parejas giran bajo un gigantesco candil.

¡Todo, menos la austeridad de un escritorio! El campo de acción del joven Pepi es el de las cabalgatas que provocan emociones comparables al amor que el rey le profesa.

Las jóvenes casaderas lo persiguen, aunque saben que a ese príncipe nada lo enorgullece tanto como mantenerse en pie de guerra.

—Ya no aspiro siquiera a la felicidad de mis súbditos, tarea imposible, aunque quiero darle a Polonia cierta tranquilidad —murmura el rey.

—¿Ser rey es un buen oficio? —pregunta Pepi al verlo triste, y lo escucha decir:

—En medio de mis tres poderosos vecinos, solo puedo guardar un precario equilibrio y proteger a Polonia de sus golpes.

Kazimierz, el más frívolo de los hermanos Poniatowski, ofrece fiestas rimbombantes sin preocuparse por sus sirvientes. Para él, la vida es un vals interminable. Kazimierz hace todo por conquistar a su sobrino Pepi. «Te acompaño, te invito, te regalo, considérame tu mejor amigo».

Varias jóvenes herederas acuden al palacio de Kazimierz Poniatowski y se extasían ante los jardines iluminados, las columnas griegas, los minaretes, las cascadas con sus respectivas pozas, los cisnes y los invernaderos que conservan frutas exóticas, entre las que destaca la piña con su corona de hojas puntiagudas.

«Van a servirte *ananas au kirsh*», invita Kazimierz a su sobrino.

Una enorme jaula resguarda a quince changos que se renuevan en la primavera porque mueren de frío en el invierno y su partida es llorada con una misa fúnebre en la que el oficiante no solo ruega por el alma de los animales, sino que pronuncia el nombre de cada uno: Puck, Pot, Pete, Jimmy, Cuqui, Gigi. Intrigado, Pepi deduce que, a diferencia de Viena, tan disciplinada y tan líquida, Polonia es un país de nobles estrambóticos y de campesinos abandonados a su suerte.

Stanisław, hijo de Kazimierz y primo de Pepi, es su opuesto y procura no acercársele porque lo intimida. No bebe ni baila y su mirada es tan fría y severa como su altanería. Hace oídos sordos a cualquier propuesta superficial y deja a su interlocutor con la palabra en la boca. En cambio, acompaña al rey en todo lo que fastidia a Pepi, en entrevistas y conferencias, y guarda silencio en conciliábulos y audiencias. «Prefiero escuchar». El rey se conmueve por la buena disposición de ese sobrino.

—¿Dónde están mis dos sobrinos? —pregunta el rey.

—Stanisław en la biblioteca, Pepi en las caballerizas —contesta Glayre.

—Leo mientras espero. —Sonríe el joven Stanisław.

—Majestad, este muchacho tan reflexivo y austero debería ser su hijo y no el de Kazimierz —suspira Glayre.

Graduado en Cambridge, Stanisław siempre lleva un libro bajo el brazo, su único entretenimiento es visitar museos y descubrir obras de arte. «Solo leo», responde al «¿Qué haces?». Viaja a Florencia dos veces al año y se extasía frente al lienzo de *Susana y los viejos*, de Artemisa Gentileschi. Hace amistad con anticuarios y bibliófilos que ofrecen ediciones inencontrables.

—Príncipe, usted es el último en abandonar el salón de lectura —comenta el conde Giorgio della Seta.

—Los libros me consuelan.

—¿Cómo es posible decir eso cuando se es joven y hermoso?

A diferencia del rey, el sobrino Stanisław adivina los móviles del adulador y del tramposo y, cuando todos festejan su erudición o su lucidez, guarda un profético silencio.

—Primo, ¿por qué cultivas tu desconfianza? —pregunta preocupado Pepi—. Reírse no le hace daño a nadie y tu padre es muy buen conversador.

—Hace mucho que mi padre envenenó mi amor filial. —Stanisław le da la espalda.

—Haces mal en tomarte tan en serio. —Ríe Pepi.

A su regreso de Cambridge, en 1776, el joven Stanisław, severo y crítico, se presentó con toda gravedad ante el rey:

—Tío, quiero devolverte la ayuda que me has dado.

—Es normal, somos familia.

—Tú me alentaste, me nace del corazón permanecer a tu lado.

—Te lo merecías. En Cambridge, recuerdan la originalidad de tus ensayos y la buena lectura de Heráclito que hacías.

El rey lo abraza. Su familia acostumbra zumbar en torno suyo en busca de favores y prebendas, y este joven solo quiere ayudarlo. Las dos hermanas de Poniatowski, Luisa, Madame de Podolia, e Izabela, Madame de

Cracovia, no son moscas, sino cocodrilos que abren sus fauces y atemorizan a la corte por su voracidad. Nunca dicen nada memorable o siquiera divertido, pero siempre están ahí, al acecho, con su nariz puntiaguda y su boca malevolente.

En su desmedido castillo de Isnoviec, Luiza, la hermana mayor, imita al Versalles de Luis XV y despliega su idea de la elegancia. Hasta los *pots de chambre* provienen de París. Para costear ese lujo apela al rey. Izabela vuelve a casarse, pero sus amigos siguen llamándola *Brancia* por el apellido de su primer marido Branicki. En la magnificencia de su palacio en Białystok, además de muebles, reúne a los nobles de la *szlachta* y compite con la fastuosidad del día a día de su hermana Luisa.

La diplomacia es clave en la política de las cortes de Europa. El rey de Polonia le pide a su sobrino Pepi viajar en su nombre a Viena para entrevistarse con el joven emperador José II, sucesor de María Teresa de Austria, quien lo recibe con grandes muestras de alegría. El rey le indica que aproveche el viaje y haga buenas migas con José II de Austria y con el nuevo emperador de Prusia, el gordito Fryderyk I.

En Sanssouci, Pepi observa las mejillas sonrosadas y el lento empuje de la barriga del nuevo rey prusiano, Fryderyk I, quien lo besa a la manera francesa y le sonríe sin que venga al caso. Es la imagen misma de la salud y de la bonhomía frente al perfil de cuchillo de su antecesor Fryderyk el Grande, quien atemorizaba a Stanisław con el filo de su inteligencia. El día de su muerte, el 17 de agosto de 1786, en Postdam, su mayordomo lo encontró con la mano derecha sobre el lomo de un libro y con la mano izquierda sobre el de uno de sus galgos.

Sus tres galgos favoritos hacían las veces de almohadas sobre la cama imperial.

La muerte de Federico II, tras cuarenta y seis años de reinado, cimbró a todas las cortes europeas. Para Prusia, la pérdida resulta inmensa, «una enorme desgracia»; en cambio, para Polonia es una liberación.

«Nos deshicimos de un enemigo mortal», se felicita la prima Elżbieta. «Nadie con su genio militar», elogió Pepi admirativo. «Único, irreemplazable», exclamaron los soberanos de todos los países europeos.

Catalina, vestida de negro, fingió una tristeza que no sentía. Sin Fryderyk II, ¿quién rivalizaría ahora con ella? Vivió su muerte como una gigantesca recompensa. «Soy la única». Su prodigiosa mente la sitúa a la altura de cualquiera de los filósofos y la emperatriz de todas las Rusias los convierte en pares, puesto que es ahora la única corresponsal de Voltaire, Diderot y D'Alembert.

Ahora sí, Catalina es la dueña de Europa.

Ni el nuevo emperador Federico Guillermo de Prusia, ni José II, el hijo de María Teresa de Austria, le llegan al tobillo. En el Palacio de Schönbrunn, José II se dirige con gracia y talento al joven Pepi:

—Príncipe Poniatowski, imposible olvidar que usted vino a Viena a representar al rey de Polonia, su tío, en la ceremonia fúnebre de mi madre, la emperatriz María Teresa. También supimos que causó sensación cuando apostó a que atravesaría el Danubio a caballo.

—Majestad, en vez de caballo tengo un pez.

—Muchos temieron por su vida. Hieronymus von Colloredo me aseguró que lo vio entrar a las aguas del río crecido por las lluvias y que su caballo murió esa misma tarde al reventársele el corazón.

—Mi caballo vive, Majestad, se llama Saturno.

—Tal parece que su tío, el rey Stanisław tiene todas las pruebas de que usted, su sobrino favorito, es temerario y esa certeza lo atormentará toda su vida.

Pepi no solo es un soldado, sino un hombre de mundo. En Viena, deleita a quienes le piden tocar el clavecín o leer en voz alta a Marmontel. «¡Que el príncipe nos lea!», ruegan las jovencitas después de la cena y cierran los ojos para escucharlo mejor. Al verlo bailar, inquieren: «¿Su maestro es el rey, su tío?». El apasionado Pepi ignora que la mayoría de los polacos lo considera austriaco y hasta un posible adversario.

Para el rey, participar en las discusiones de los jóvenes es una alegría: «Déjelos, disfruto oírlos, me rejuvenecen», tranquiliza a Glayre. «Es una manera directa de conocer a la nueva generación polaca». También los cadetes suben las escalinatas del palacio con gusto porque les halaga que el rey los distinga. Pocas mujeres los acompañan, pero cuando la soprano Magda Duda anuncia su presencia, el rey los retiene a todos asegurándoles que no hay mejor recompensa, después de un largo día de trabajo, que oírla cantar.

—Tío, debo regresar a Viena, mi madre me espera.

—¿Cuándo volverás?

Un atardecer en el mes de octubre, Stanisław, deprimido, le confía a Onufry Kicki:

—Quisiera escuchar música.

Kicki convoca a una orquesta de cámara compuesta por dos violinistas, una viola de gamba y un flautista que entran a su dormitorio sobre la punta de los pies y se instalan en un rincón. Después de rogarles que toquen la música más triste de su repertorio, Poniatowski echa la cabeza hacia atrás mientras afinan su instrumento. Tras los primeros compases, sus ojos se anegan de lágrimas que cubren su rostro. La música abrió la compuerta del llanto que fluye sin parar.

Kicki se inquieta:

—¿Por qué llora, Majestad?

—No sé, pero me hace bien.

—¿Convocamos a sus médicos?

—Entre más lloro, mejor me siento.

Un río salado cae sobre su pecho y lo vacía de sí mismo. Calma su migraña, disminuye la fiebre y, al día siguiente, todavía inseguro, le sonríe a Kicki y convoca a sus súbditos más recalcitrantes.

—¡Qué estorbo cargar siempre consigo mismo! —le confía a Glayre.

El rey se levanta como nuevo sin darse cuenta de que la maledicencia corre de boca en boca y de que Stackelberg presionó a los médicos para declararlo incapaz.

—Quisiera vivir en un palacio en el que no hubiera escorpiones ni víboras; quisiera que durante mi reino no existieran el terror ni los jugos gástricos. —Lamenta el rey.

—Majestad, ni en el Paraíso ocurre eso. —Sonríe Kicki.

La noticia de la sanación por la música atraviesa los muros del palacio, fluye a la calle y varios médicos promueven las propiedades curativas del violín y del arpa.

«Ojalá Catalina, célebre por insensible, se deshiciera en lágrimas por el daño que le hace a Polonia», piensa Glayre, aunque concluye que su deseo es solo *wishful thinking*, como diría lord Chesterfield, porque jamás la ha visto llorar.

Hace tiempo que la evidente rivalidad de Adam Czartoryski con el rey lo desconcierta. De pronto la sangre de Adam hierve con un resentimiento que se remonta al año en que le aseguró a su padre, August Czartoryski, que a él no le interesaba el trono. Entonces, nunca confesó que, a imagen del viejo tío August, ambicionaba al poder. «De cualquier modo yo ni quería…». Ahora, con el paso de los años, cada vez que Adam pide la palabra en la Cámara y se levanta de su escaño, Stanisław adivina: «¡Ahí viene el ataque!». Tampoco Elżbieta es la adolescente que lo seguía a todas horas en Puławy para darle un abrazo tan arrebatado que, al encontrarlos, su padre los separó.

Elżbieta se apasiona, sí, pero en contra suya. En su juventud, la prima favorita lamentó la excesiva atención de un padre demasiado posesivo y que, por su belleza, su madre la tratara como una rival. ¿Este pasado explicaría que la prima adorada quiera ahora resarcirse a costa de su primo el rey?

Aquellos que caen en el pozo negro de la depresión suelen culpar a los demás. Cuando el rey pregunta por ella, Adam, su hermano, responde: «Está de viaje». Stanisław Lubomirski, su esposo, apenas si pasa su mano frente a sus ojos, como si borrara un mal pensamiento.

«Mis primos me resultan un enigma», reflexiona Stanisław.

El mundo de la corte también es escurridizo, imprevisible.

Cuando las mujeres toman la palabra, algunas suelen repetir las ideas de su amante y, cuando terminan una relación, es fácil para sus amigos reconocer quién será el sucesor: si es el rey, su presencia en la sociedad se vuelve enorme, si no, la única mujer que las cortes de Europa toman en cuenta es a Catalina. Los pachás, sultanes y sheikhs aguardan decisiones que la zarina pudo haber tomado a la hora de hacer el amor. Admirada y temida, a Catalina le enorgullece que le digan que logró desbancar a Pedro El Grande.

Manifestar envidia o celos es de pésimo gusto; algunos maridos esperan su ascenso a través de los encantos de su mujer. Muchos saben que, además de ser infiel, su esposa promueve a un *protegé*; un escritor o un poeta incipiente que muere de hambre, un pintor de buhardilla, un actor que solo conocerá las candilejas si su musa recurre a la influencia de su poderoso marido.

El mismo Adam conducirá a su mujer, Izabela, a la recámara de Stanisław.

Algunas noches, Adam la espera en su carruaje. «Estás despeinada», le dice automáticamente cuando regresa.

Elżbieta, la prima adorada, quien finalmente no logró ejercer su talento, oscila entre depresiones y escenas de cólera dignas de mejor causa. Para regañar a su mucama, utiliza el mismo insulto que Pedro Ulrico le lanzó a Catalina a través de la larga mesa imperial: «Dura». Nadie ni nada le sonríe a Elżbieta: «*¡Ah, je m'ennuie, mon mari m'ennuie!*», sus amigas la decepcionan porque su conversación gira en torno a sus lebreles que tienen diarrea o a la ineficacia de sus lecturas: «La vida es aburridísima, nunca pasa nada». ¿Qué le pasó al fuego patriótico que incendiaba a la prima Elżbieta?

La compasión del rey por su prima llega a límites inauditos, Adam se desentiende de ella y exclama con un dejo de vulgaridad: «Quemó todos sus cartuchos». En cambio, al rey le angustia la situación de esa hermosa prima tan amada que ahora lo denuesta:

—Primo, si a ti te apuñalaran, darías las gracias.

Y Stanisław responde con una sonrisa triste:

—Supongo que sí.

Ser dueña de una belleza casi sobrenatural que va ajándose es igual a la demolición de una catedral. «¡Ayer no tenía esa arruga!», Elżbieta se enoja con Dios y con la Virgen de Częstochowa.

Así les sucede a todas las frutas: primero la manzana enrojece y ¡ay, qué desilusión! una buena mañana cae del árbol y se pudre.

Si antes se presentó Giuseppe Casanova ante la corte polaca, una mujer fascinante imposible de definir hace su aparición en Varsovia en 1780. ¿Francesa, italiana o corsa? Su nombre corre de boca en boca: Marie Thérèse Néri, baronesa de Lauterbourg, esposa del mayor ruso Sergei Dogrumov. Atrae las miradas tanto por la autoridad en su voz como por su aspecto admirable. En cenas de manteles largos ofrece su boca roja y pone sus pechos blancos a la vista y alcance de todos. En la biblioteca, estos mismos pechos caen sobre las páginas de Voltaire, D'Alembert y Diderot. En un rincón, su marido, Dogrumov, habla de cañones y de pólvora mientras ella va de grupo en grupo dinamitando certezas y haciéndose desear con un perfume a sándalo que precede todos sus movimientos.

A pesar de su incierta reputación, las cortes de Europa la reciben curiosas; su hermosura podría competir con la de Elżbieta Czartoryska, la seductora más reconocida del reino de Polonia. La Dogrumova mira directo a los ojos: los suyos son admirables, los de Elżbieta, de tan azules, terminan siendo violetas. Carlos Pellicer diría que al igual que el lirio de su adolescencia, se caen de morados. La Dogrumova sabe entrar al ruedo como toro que embiste. Sus movimientos desafían e imantan a la vez, camina directo hacia su presa y tiende la mano a la altura de su boca con tanta autoridad que el marqués o el archiduque obedece. Nunca espera a que la inviten a sentarse y ordena desde el sillón escogido: «¡Denme cualquier bebida que tenga alcohol!». Las esposas la tachan de desfachatada, pero los maridos la rodean encantados.

Así como codiciaron a Elżbieta, quienes ven a la Dogrumova por primera vez, atesoran su mirada azul y su tez de magnolia. Los invitados dejan a su esposa al cuidado de la pared y se arremolinan en torno a la desconocida. ¿Tiene frío? ¿Le gustaría salir a la terraza a ver la noche estrellada? Su *succés mondain* crece noche a noche.

La extranjera hace su aparición en Varsovia cuando Elżbieta ha dejado el campo libre. «Era preciosa, pero demasiado complicada», lamentan sus enamorados. En cambio, Marie Thérèse Néri, tan liberal, escoge al invitado menos atractivo, el tímido, el casi inexistente, Fryderyk Moszyński para decirle al oído: «Tengo un gran secreto que confiarle». Resulta que descubrió un complot: dos miembros de la *szlachta* se confabularon para asesinar al rey. La seductora también involucra a Franciszek Ryks y al general Komarzewski, ministro de guerra, al afirmar que lo encabeza el príncipe Adam Kazimierz Czartoryski, apoyado por varios miembros de la *szlachta*. «¿Cómo lo sabe? ¿Quién le contó semejante aberración? ¿Tiene algún testigo?». Su testigo resulta ser huésped frecuente de Puławy y gran amigo de Adam. ¿Quién es? Eso sí, no puede decirlo.

Cuando Fryderyk Moszyński le cuenta al rey el complot en su contra, se alza de hombros: «¡Qué tontería, olvídalo!».

Ofendida porque el rey no le da mayor importancia al plan de asesinato en su contra, la Dogrumova le pide audiencia a Adam Czartoryski.

—Príncipe, espero que su primo, el rey, le haya informado que dos de sus más íntimos servidores, Franciszek Ryks y el general Komarzewski, me ofrecieron dinero y tierras para seducirlo y envenenarlo. Aquí traigo la evidencia.

De una bolsita, la Dogrumova saca un talco blanco.

—¿Esa es su evidencia? —Sonríe desdeñoso Czartoryski.

—Excelencia, mi información es verídica.

Adam está a punto de conducirla a la puerta, pero Elżbieta, ahí presente, pega un grito al cielo e infla el asunto hasta subirlo a alturas ridículas. Denuncia en gacetas y folletos que su hermano Adam es víctima del régimen. Asegura, sin prueba alguna, que el asesinato es una realidad porque «si los polvos no hacían efecto, un enviado tenía órdenes de apuñalarlo…».

En la ópera, a la mitad del aria de «El rey Teodoro en Venecia», de Paisiello, un murmullo recorre palcos y plateas: «Intentaron asesinar al príncipe Adam Czartoryski, primo hermano del rey».

Poniatowski asegura que todo es una farsa.

—No perdamos el tiempo, Dogrumova está loca.

Pero ya la prima Elżbieta atiza el antiguo resentimiento de su hermano Adam:

—Tiene que hacerse justicia. Llevaré el caso a la Corte, los jueces dirán la última palabra.

—¡No hay nada que llevar! —Stanisław levanta los ojos al cielo.

A raíz del continuo hostigamiento de su hermana Elżbieta, el 17 de enero de 1785, Adam decide presentarse en el juzgado,

—¿Para qué? ¡Qué pérdida de tiempo! —protesta el rey.

—Ese asunto tiene mar de fondo —sostiene Elżbieta exaltadísima.

A pesar de no darle crédito a la Dogrumova, Adam se une a su hermana, quien, fuera de sí, rompe su relación con Stanisław.

—Por lo visto, Elżbieta, no tienes nada qué hacer —comenta el rey con su habitual bonhomía—. Hablarán de esta tontería hasta en la última punta de Sicilia. Seremos el hazmerreír de Regio de Calabria y de...

—¿Estás minimizando a mi hermano? ¡Stanisław, si no condenas este intento de asesinato, Adam y yo abandonaremos Polonia!

«Ya se le pasará», se desentiende el rey filósofo, para quien la vida de la corte sigue siendo una continua vuelta de hoja a la que le aplica el dicho de Madame Geoffrin: «*Après la pluie le beau temps*».

La prima adorada pierde la brújula, va aún más lejos y viaja a países vecinos para difundir el atentado y ganarle nuevos enemigos al rey.

«Es una forma de darse importancia», concluye Glayre.

Estupefacto, Poniatowski se talla los ojos frente a su querido primo:

—No lo puedo creer, Adam, imposible caer en una trampa tan burda. Olvida todo el asunto.

—Se trata de una conspiración contra mi hermano —insiste a gritos Elżbieta, sacudiéndose al borde de la histeria.

«Los polvos son afrodisiacos», dictamina el doctor Boeckler, médico de cabecera de La Familia.

El complot cae por su propio peso, pero Adam, espoleado por Elżbieta, aprovecha el escándalo para renunciar a la dirección de la Escuela de Cadetes.

—Todo esto es ridículo —insiste el rey.

La corte siempre ociosa se divide en dos, una aliada del rey, otra de los hermanos Czartoryski. Aunque la investigación revela que todo fue un invento, la bola de nieve llega a Moscú, a Berlín, a Londres y al mismo París. El conde Stanisław Potocki va de salón en salón cantando su opereta que cosecha aplausos sin imaginar que podría terminar en tragedia.

Cuando llegué a México, las «muchachas» cantaban en la cocina y en la azotea frente al lavadero. Una vez oí a Toñita —quien servía la mesa con tanto comedimiento— rogar a gritos desaforados «Regálame esta noche» de Roberto Cantoral. Ahora ya nadie canta mientras dan vueltas las aspas de la lavadora, así como nadie ha logrado bailar como John Travolta en *Vaselina* o en

Fiebre de sábado por la noche. En Mérida, vi a mi hija Paula bailar con tantas ganas que la desconocí; me reveló algo inquietante de sí misma.

En Los Nogales, Tequisquiapan, en medio de un prado verde que toda Inglaterra envidiaría, de pronto mamá va deslizándose hasta caer al suelo como *El principito* en el desierto frente al piloto Saint Exupéry. Lorena, Claudia y Natalia, nueras de mi hermana, intentan levantarla, pero su perro Pipo no permite que se acerquen hasta que a Natalia se le ocurre aventarle encima una cobija. Mientras se debate, las tres levantan a mamá y la llevan al hospital. Su fémur derecho se partió en dos. No se queja, al contrario, parece encantarle que le presten atención y eso me hace medir el tamaño de su soledad.

Durante su convalecencia, Pablo, su nieto mayor, la empuja a toda velocidad en una silla de ruedas por los pasillos del hospital: «Mira, Drulis, conduzco como tú lo haces en la autopista México-Querétaro». A mamá, la risa le quita veinte años de encima.

Al mes, camina por la avenida Miguel Ángel de Quevedo, en Coyoacán. «De veras tu madre tiene una fortaleza excepcional», se asombra el doctor Fernando Ortiz Monasterio y logra que por primera vez amanezca yo tranquila. Desde Nueva York, Bell Chevigny envía un bastón color cereza que mamá usa para ir a misa, al mercado con Josefina y a la panadería hasta que lo pierde para siempre. ¡Qué maravilla su fuerza de voluntad! Va hacia la vida y se abre a la luz como los girasoles y ríe con la valentía de sus noventa años. No pide nada, a nadie le reprocha indiferencias u olvidos. Su nieto Santiago la escucha hacer ejercicios en su recámara y le dice: «¡Abuela, qué bárbara, qué costalazos te das!». Si Santiago se lleva el coche y ella no puede salir, lo justifica: «¡Pobrecito, es que trabaja mucho!». Se salva sola, ella misma, sin su hijo Jan, sin mi padre, sin Carito, sin su nieto Alejandro, sin Diane Fontanals, sin María Teresa Riba, sin Marilú Alcázar, sin Manuel Pliego, sin el joven padre Carlos Mendoza. Sola se complementa y sale a pie en la madrugada a la iglesia de La Conchita para oír misa de ocho, invita a comer a unos y otros, y se afana por presentar un platón de talavera con una rosca de arroz blanco rodeado de granadas y en medio un cerrito de guacamole, verde, blanco y colorado, la bandera del soldado. «*C'est un plat mexicain*», explica a sus invitados.

Nunca se me ocurriría sufrir por la aceptación de un platillo, pero recuerdo conmovida su deseo de perfección y su sorpresa ante el mal gusto, la mala educación, los modos groseros. El pastel de siete capas (chocolate, frambuesa, vainilla, durazno, fresa, almendra y no sé qué diablos) pesa tanto sobre los brazos como el Popocatépetl y cuesta un enorme trabajo pasarlo entre los comensales, pero el festejo y los elogios de nietos, bisnietos y amigos compensa cualquier esfuerzo.

Alguna tarde camina desde su casa de Los Nogales hasta a la estación de tren, confiada en que no pasará ningún carguero, pero un conductor se detiene a su lado y le dice desde lo alto de su cabina: «Señora, la he visto antes en esta carretera y permítame decirle que me gusta mucho cómo camina».

Mamá lo cuenta como si fuera una bendición papal.

¡Qué poquito se necesita para hacernos felices! ¿Por qué le escatimé elogios a mamá?

Además de sus consolas, espejos, retratos y un extraordinario biombo colonial, mis padres colgaron en Tequisquiapan un retrato que Boldini hizo de mi abuela, Elizabeth Sperry Crocker. Boldini —a quien Salvador Elizondo reconoció al entrar a la sala de La Morena— estuvo de moda en los treinta y pintó a Sara Bernhardt y a una infinidad de archiduquesas. En su retrato, mi querida abuela Beth parece aguardar a que André Poniatowski la invite a bailar. Boldini dibujaba a mujeres sin peso, dispuestas a la entrega. Cuando le pregunté a mi abuelo por el pintor respondió que su estudio se volvió una cueva maloliente.

El cielo azul de Tequisquiapan, su sembradío de árboles frutales y las corolas de rosales que se abren hacia ella cuando la oyen venir, salvan a mamá. La tierra, un poco seca, es perfecta para cultivar alcachofas. «¿Quieres una en la noche, Manzana? Tequis podría exportarlas, pero en el súper nadie las compra, solo yo».

Con sus tijeras podadoras, permanece durante horas bajo el sol: le enorgullece hacer injertos y saber a qué altura cortar un rosal y en qué momento sembrarlo. «¿Tanta agua? La vas a ahogar, Manzana», me amonesta cuando intento ayudarla. Atesoro su diploma de jardinería obtenido después de la muerte de Jan, que dice:

> La comisión de Fruticultura, SAG, otorga este certificado a la señorita Paula Amor Yturbe por haber cursado y aprobado satisfactoriamente en la Escuela de Fruticultura el programa Teórico-Práctico de 45 horas de adiestramiento en el cultivo de Frutales Caducifolios. México a 23 de febrero de 1973, firman

Salvador Sánchez Colín y Mariano Villegas S., ambos ingenieros.

Dentro del óvalo de la foto, mamá sonríe.

«La señora sí sabe», me informó Magdaleno, el encargado de Los Nogales. Cuando se lo conté a mamá, respondió tajante: «Claro que sí sé». Después de ella, la única que sabe es Celia.

Nadie volverá a llamarme *Manzana* como Mamá y la tía Bichette. Para nadie volveré a ser la muchacha que se adelantaba a los festejos familiares.

Elżbieta Grabowska, la Maîtresse.

Capítulo 43

El sobrino Stanisław

Un magnate que se precia de serlo no puede sino presumir su riqueza. Para 1781, las deudas de Stanisław se elevan a más de once millones de złotys y le escribe a Fryderyk Moszyński, quien además de ser su amigo se ocupa de sus finanzas: «Tengo que ser tre-men-da-men-te cuidadoso en lo que se refiere a mis finanzas».

El general Moszyński es un *bon vivant*. Cuando viaja en nombre del rey, es tan despilfarrador que desobedece y compra una momia egipcia.

Moszyński se impone a todos por su estatura y porque nunca deja de hablar. A veces es convincente, pero la mayor parte del tiempo se lanza a justificar tal o cual causa sin que nadie logre atajar su volubilidad. «Sí, sí eso ya lo sabía yo», responde si alguien intenta tratar otro tema e interviene de inmediato y se apropia de la atención de su interlocutor. Imposible callarlo porque él no pone en duda ni su talento ni su encanto. Se parece a la princesa Elżbieta Czartoryska que solo habla de sí misma y regala opiniones a diestra y siniestra sin imaginar que otros saben más que ella.

En sus tierras, Stanisław, sobrino del rey, se entrega a la liberación de sus siervos y, desde Londres, William Coxe lo aplaude: «Los principios que mi amigo, el príncipe Stanisław Poniatowski, aprendió durante su estancia en Inglaterra lo han elevado por encima de sus compatriotas. Estoy enterado de que ya liberó a cuatro pueblos cercanos a Varsovia [...] Tuve el honor de convivir durante varios meses con él y salí convencido de que el interés del amo es el mismo que el de su siervo».

Nada más difícil que eliminar hábitos arcaicos y crueles en un país en el que para los ricos es normal azotar a sus siervos... Fuetear al cochero, al portero, al mayordomo es común y los ricos tienen a la mano el látigo de tiras de cuero rematadas por puntas de metal, el *knut* con el que amansan la voluntad del más rebelde. Los cien golpes de *knut* que el zar Pedro el Grande ordenó darle a su hijo Alexis lo llevaron a la muerte.

«Poniatowski propuso una ley que prohíbe la tortura», se congratula Andrzej Zamoyski, el aristócrata que mejor trata a sus sirvientes e intenta persuadir a otros de hacer lo mismo.

El rey agradece el aplauso de sus pares y afirma que atesorará ese día como uno de los más felices de su vida.

«En la Cámara aprobaron una ley que protege a los campesinos», informa Poniatowski a su gran amigo William Coxe. «¡Polonia se adelantó a Francia! También hemos conseguido abolir la pena de muerte en los casos de brujería, aunque aspiramos a eliminarla en todas las circunstancias». El triunfo le hace creer que es posible cambiar el carácter de muchos miembros de la *szlachta*.

El rey, fascinado de que lo consideren humanista, le encarga a Andrzej Zamoyski revisar las leyes.

Por primera vez, el sobrino Stanisław, inclinado a la impertinencia, participa en los debates acerca del Código Civil del admirable Andrzej Zamoyski, a quien la Cámara recibió en medio de rechiflas porque proponía la liberación de los siervos. El rey no se hace ilusiones: los sármatas, dueños de sí e intransigentes, jamás aceptarán el cambio del Código Civil. La Cámara rechaza groseramente al canciller Zamoyski y Stanisław alega que «no es posible herir el honor de un hombre respetable como él».

El joven Stanisław, de rasgos finos y cara larga, es el intelectual; Pepi, más joven, de rostro redondo y ojos siempre alertas, es quien desafía cualquier reto y por lo tanto es el favorito, pero cuando algo grave sucede, a quien el rey consulta es a Stanisław: «porque ese sobrino mío sabe pensar».

El 27 de abril de 1773, el rey le escribe a su sobrino Stanisław: «A pesar de tu juventud, me has demostrado poseer una sabiduría que me hace pensar que hago bien en escribirte sobre un tema delicado, que seguramente no esperas que trate yo por carta».

El rey le confiere una importancia desmedida a las legiones de honor, las condecoraciones, los diplomas y reconocimientos, así como otras cortes europeas se la dan a la heráldica y a los árboles genealógicos.

Las grandes familias gastan hasta en el filo de oro de su papel membretado, la calidad del papel, la perfección del sobre forrado, el blasón.

«Acabo de entregarle el Gran Bastón a Rzewuski y le conferí el título de Gran General del Palatino de Cracovia, el Pequeño Bastón se lo concedí a Branicki», escribe el rey a su sobrino. «A tu padre le irrita la promoción de Branicki y lleva su resentimiento tan lejos como para querer renunciar a sus cargos y ordenarte abandonar mi servicio».

Distinto en todo a su padre, al rey le conmueve la buena disposición del joven y le concede un inmenso latifundio en Skaryszew, cerca de Varsovia y los pueblos de Kamion, Grochów, Goslwaw y Kawęczyn. También le regala tierras en Ucrania en las que viven quinientos mil campesinos y allá Kazimierz se construye un palacio; al igual que magnates como Andrzej Zamoyski, Paweł Brozostowski y otros miembros de la *szlachta*. El joven Stanisław les entrega tierras en renta a los siervos para mejorar su suerte. «Hay que prepararlos para su emancipación». Ordena imprimir manuales de agricultura y se empeña en conocer a la mayoría de las familias que trabajan para él. No es el único en condolerse de los polacos más pobres, su amigo Andrzej Zamoyski y Anna Jabłonowska Sapieha también construyen escuelas y centros de salud para los habitantes de sus tierras.

El 8 de febrero de 1774, ante el profundo disgusto del joven por ese padre frívolo que solo piensa en despilfarrar su fortuna, envía una nueva misiva:

«Mi querido sobrino Stasiu, vi con gusto en tu respuesta la tranquilidad de tu espíritu y su concordancia con mi modo de pensar. Te aconsejo que te deshagas de una vez por todas de la idea de que pretendo dominarte [...].

»Sé muy bien —porque también a mí me sucedió— que cuando se es joven, es fácil creer que se tiene razón en todo sin atreverse a exponer argumentos personales ante los superiores. En una discusión, es una buena precaución resistir desde el primer momento para que el silencio posterior no se confunda con sumisión. Podría yo enviarte, en vez de una carta, un ensayo sobre este tema, pero creo que hago mejor si me limito a hacerte notar que tú, menos que nadie en el mundo, necesitas protegerte de tu padre, puesto que nunca un padre ha querido mejor a un hijo que el tuyo. [...]

»Eres mucho menos misántropo de lo que crees... Varias circunstancias en tu vida provocarán tu cambio de actitud ante tu padre y no resistirás la ternura del corazón de quienes te aman como lo hacemos tu padre y yo.

»Sé que has cumplido con la máxima: *Amicas Caesar, sed magis amica veritas.* Es bella y buena. Añádele que el hombre de edad, el de la razón y la experiencia puede equivocarse con su hijo, pero es más frecuente que lo haga el joven. Si surgiera una disputa entre padre e hijo y el último tuviera la razón, el padre jamás cedería con tal de no ser acusado de cobardía. Seguramente entiendes que cuando digo *jamás*, hablo de un padre como el tuyo [...] Adiós por hoy».

El 17 de agosto de 1774, el rey envía a su sobrino Stanisław a Roma 2 mil ducados «en una letra de cambio al banquero Józef Cioja» y lo felicita por una frase escrita en su última carta: «Todo gobierno que no le sirve al pueblo será siempre esclavo de su mezquindad».

Madame Geoffrin escribe a vuelta de correo:

«El príncipe, su sobrino, tiene gran éxito en Versalles y dondequiera se presenta. Su bella figura, su porte, su actitud y sus excelentes propósitos causan una muy buena impresión».

«El bien que me dice de mi sobrino es un consuelo esencial para mí», responde el rey. «Este joven me sorprende tanto por su sabiduría como por su amabilidad».

Mientras el joven Stanisław brilla con su ingenio y su inteligencia en París, el rey confronta las presiones de la zarina: «Usted conoce la historia de mi vida, solo probé la felicidad un instante y fui arrancado de ella y la deseo en vano desde entonces. El prestigio, los honores, no solo no han podido consolarme, al contrario, me han impuesto deberes que me causan penas nuevas, la más sensible es la aflicción que proviene de la mano que más amo... Hoy se ataca mi dignidad con la única prerrogativa de mi mandato: la distribución de las gracias. Sé que estoy lejos de Su Majestad, sé que los triunfos y el incienso la acompañan día y noche... pero soy inocente, un rey desgraciado y su amigo. Ruego a Su Majestad ordenarle a su ministro dejar de insistir en la disminución de mis prerrogativas».

Nunca envía la carta. Se da cuenta de la inutilidad de tocar el corazón cerrado de la zarina.

Cuando el rey le pide a Stanisław, su opinión sobre política o filosofía, lo sorprende su buen juicio. En la conversación también pone el punto agudo de su inteligencia en cada inerte pensamiento. El rey amanece todos los días con el miedo a la descalificación y Maurice Glayre le hace ver «ese sobrino suyo de buena cabeza puede ser un aliado». A diferencia de Pepi, pasional y fogoso, Stanisław es frío y juzga a Polonia con severidad. ¡Cuánto retraso, cuánta desidia entre los miembros de la *szlachta* que dicen amar a su país!

—Tío, todo hombre que abandona su patria para servir como soldado en un país que no es el suyo es un mercenario.

—Creo que te equivocas, es fundamental aprender a guerrear y si otro país ofrece una mejor carrera militar, enrolarse en su ejército es un imperativo.

—Tío, me sorprendes, tú mismo no eres un militar.

—Para disgusto de mi padre.

—Tampoco yo tengo la menor inclinación.

—Staś, yo no lo soy porque mi mala salud lo impidió. Tu salud es buena…

—Pero como tú, tío, odio el militarismo —protesta el joven.

A los quince años, el joven Stanisław se detuvo frente a su tío, el rey, y sin timidez alguna le soltó:

—La vida de los soberanos, además de pública, sorprende por su inconsistencia: ¡nadie sabe con quién ni de qué talante amanecerán! Por lo tanto, es un grave error que la salud de todo un pueblo dependa del humor de un solo hombre.

Pálido y con los labios temblorosos, el joven esperó la desaprobación de su tío, pero para su sorpresa, el rey respondió:

—Error o no, el soberano es quien manda.

—¿No pueden cambiar las cosas?

—Me temo que no, pero te puedo asegurar que hay soberanos inclinados a la bondad… Hemos sido entrenados desde niños para hacer el bien.

A sus veinte años, el sobrino Stanisław tiene la severidad de un fraile latinista. Escogió cultivar todos los rasgos ajenos a su padre, quien mandó grabar en el portón de su propiedad en Solec: «A la amistad y a los placeres».

Los dos sobrinos, Stanisław y Pepi, compiten por el cariño del rey. Las mujeres, ya sean parientes o favoritas, llevan sus envidias a la antecámara y se les oye reñir por algún collar que ahora ostenta Izabela o María o Ana o Elżbieta. Las joyas juegan un rol esencial en la vida de la corte; un aderezo de esmeraldas dice más que mil palabras, los diamantes se desgranan como cuentas de rosario. Una joven, cuya tiara concentra todas las miradas, confirma la preeminencia de su marido. «*Faire son entrée*» puede decidir el futuro de una familia.

Halagando su buen gusto, el banquero Cioja le ayuda a contraer deuda tras deuda. «¿Has oído hablar del diamante El Regente?». Gastar el dinero que no se tiene es lo que hacen los poderosos, es un signo de poder. Los aristócratas viajan a Ámsterdam, a París y a Londres para completar su colección de pinturas; los mercaderes llegan a Amberes con telas, muebles y porcelanas. Cuando los coleccionistas preguntan por tal o cual obra, la respuesta suele ser: «La emperatiz Catalina ya la compró», y tienen que resignarse. Imposible competir con ella.

Guillermo y yo invitamos a Juan Goytisolo y a Monique Lange a conocer las pirámides de Teotihuacán. Goytisolo se concentra en la carretera porque quiere ser el primero en descubrirlas; Monique trabaja en Gallimard y habla de los libros que publica: una biografía de Edith Piaf y otra de Jean Cocteau.

—Juan Goytisolo tiene un gran amor por Carlos Fuentes —explica risueña.

—También nosotros queremos a Fuentes —responde Guillermo.

Monique diserta acerca de sus dos novelas, *Les poissons chats* se llama una de ellas. De pronto, Monique me pregunta qué leo y respondo que a Simone Weil.

—Pero, ¡qué malsano! ¡No hay que creerle a Simone Weil, es enfermizo!

Guillermo para la oreja siempre al acecho de que haga yo algo malo o diga algo impropio.

Intento disertar sobre Simone Weil, su trabajo en la Renault, su entrega a la clase obrera y más tarde a los republicanos en el frente de España, pero mi elocuencia deja mucho que desear:

—Claro, muchas de sus ideas no las entiendo porque no sé filosofía.

—No hay nada que entender —replica Monique—, la Weil siempre se odió a sí misma, su obra es una negación de la vida. Murió de hambre a los treinta y cuatro años en un hospital en Inglaterra. ¿Habrase visto algo más masoquista?

Como Juan Goytisolo es español, cuento que, en 1936, Simone Weil viajó de Francia para enlistarse del lado republicano y se presentó ante Durruti como combatiente en la margen derecha del Ebro. Juan entonces interrumpe:

—Sí y su miopía le impidió ver un cazo de aceite hirviendo en el que metió el pie y la devolvieron a Francia.

Explico que Simone Weil lo supo todo del dolor y dio su vida por los obreros, pero lo digo mal… Soy una mala actriz de mis emociones, como diría Julio Torri, y el rechazo de Monique es contundente.

—Leerla es masoquismo puro. ¿O te gusta castigarte?

—Sí, me gusta…

Después de subir los doscientos sesenta escalones de la pirámide del Sol, Guillermo y Juan vienen hacia nosotras. Frente a la grandeza de Teotihuacán, los cuatro apenas si llegamos a ser unas parejitas de moscos, cuatro zancudos a punto de que el sol los tateme. Informo a Monique con lujo de detalles que hace años una avioneta degolló a una turista como nosotros en la punta de la pirámide.

Mi marido (me gusta mucho decir: *mi marido*) ofrece:

—Para compensar nuestra crueldad azteca, les invito unas carnitas, un tequila o una cerveza en El Venadito.

En la mesa, Monique Lange cuenta cómo en Francia, en las vacaciones de verano, jóvenes del mundo entero cosechan uvas al borde del Ródano. Y claro, también lo hacen en viñedos cercanos a la Loira. Supongo que verlos bailar el jarabe tapatío sobre las uvas en *les vendanges* es una fiesta.

Mientras Monique nos cubre de racimos de uvas, pienso que en México ni un solo estudiante cosecha agua miel del corazón del maguey. El acocote del tlachiquero es precioso, pero no sabemos usarlo y casi ya no hay pulquerías. Los recuerdos del porvenir y mi oficina son los únicos lugares que tienen una sección para mujeres.

Al regreso, corro al librero dedicado a Simone Weil y al abrir su *Écrits historiques et politiques* veo con horror que lo he subrayado con pluma. Alguna vez, Gutierre Tibón puso el grito en el cielo cuando vio en mis manos un libro subrayado. «¡Es un crimen!». Me avergoncé porque he convertido a Simone Weil en riel de ferrocarril.

—Y ahora, ¿qué te pasa? —pregunta Guillermo; más tarde se apasionaría por sus escritos de geometría.

—Me pasa que quiero mucho a España.

Al igual que Guillermo, tengo verdadera devoción por los refugiados: Rojo, Pi Suñer, Albán, Álvarez, Andújar, Espresate, Xirau. Entrevisté a León Felipe —le dedicó un poema a Guillermo— en su *piso* en la calle Sadi Carnot. Cuando me vio, llamó a su mujer: «¡Bertuca, Bertuca, ven a ver a una rusita!». Según Guillermo, Juan Rejano parecía toro de Miura. Miguel Prieto y Angelita, su mujer, vivieron en Tonantzintla. Ahí, en la sala de conferencias del Instituto, Miguel pintó un mural. Joaquín Díez-Canedo protegió a futuros escritores, entre otros a José Agustín. Si alguno le confesaba que no había comido le mandaba traer una paella. Así son los españoles, quieren verlo a uno comer. Federico Álvarez, Luis Buñuel y Jeanne, su mujer, me invitaron varias veces. Todas las quinceañeras enamoraban a Luis Rius y a Jomi García Ascot, eran guapísimos de tan flacos. La verdad, amé a España y a don Tomás Espresate. Los niños de Morelia aún me habitan y oigo su voz discurrir acerca del regreso a La Madre Patria. Nunca volvieron. Nunca, nadie, nada. «*Tout s'envole bien loin sur l'aile du vent*», cantaba Danielle Darrieux. «No soy de aquí ni soy de allá», lloró Facundo Cabral. «Me cago en la hostia», decían los niños de Morelia y su familia mexicana se persignaba.

A Juan Goytisolo lo vi de nuevo en un congreso en Berlín, en el Festival Horizonte 1982. Ya no era el mismo. Monique Lange murió en octubre de 1996. Veo mal, pero sigo leyendo a Simone Weil.

El tiempo fluye como el agua del Sena bajo el puente Mirabeau o como el río de coches que avanzan, defensa contra defensa, en la avenida Churubusco y las pirámides siguen a la espera de visitantes, por eso los mexicanos presumimos que antes de los *founding fathers* en Filadelfia, nuestras pirámides eran las diosas del continente.

Pablo I de Rusia.

Capítulo 44

Muerte de Madame Geoffrin

El 6 de octubre de 1777, muere Madame Geoffrin. Desde París, su hija, Madame de La Ferté Imbault escribe que todavía quiso dictarle un mensaje al rey: «Lo amo con todo mi corazón».

«Sin ella, yo también moriré», llora desconsolado el rey de Polonia.

¿Quién será ahora su emisaria en Francia? ¿Quién le dará una amistad de esa altura? ¿Acaso su devoción es reemplazable? Sin ella, Stanisław descubre el abismo de la soledad.

Muchos se mofaron de su relación con la *vieille dame*, la Geoffrinska, la burguesa ascendida a tutora. El rey desechó burlas y bromas; nunca le afectaron las críticas y el sentimiento por la pérdida de su buena amiga se agudiza al paso de los días.

¡Ah, *ma chère* Madame Geoffrin!

«¡Paciencia, paciencia, mi rey!», insistía su *maman* Geoffrin. «La paciencia es virtud de reyes y la única indispensable a su reinado». Stanisław ya no recibirá sus consejos ni se enterará de primera mano de lo que sucede en Versalles.

Para Staś, confiarle a Madame Geoffrin el maltrato de Catalina fue un consuelo. Era la única a quien podía consultar: «¿Por qué me desprecia si ella me eligió?».

Poniatowski se pregunta lo que fue él para la joven alemana. ¿Mentía al jurarle su amor? ¿Lo sentó sobre el trono de Polonia solo para deshacerse de él?

El rostro de Catalina se le aparece en el reflejo de la ventana, en la luz de los candiles. Se le revela en el espejo, en la sombra que se aleja, y le recuerda su manera de caminar. Añora hasta la manera en que apretaba los ojos y los labios para concentrarse en el orgasmo.

«Voy a contárselo a Madame Geoffrin», se consolaba Stasiu tras cada rechazo de la Cámara. Gracias a ella, la saña de críticos y de intrigantes resultó menos hiriente. Conversar con ella en París y escribirle desde Varsovia era buscar la absolución. «No, mi querido hijo, usted no falló, las circunstancias se confabulan en contra suya». Hoy que su buena amiga ya no vive, el rey pondera cada una de sus reacciones: «Majestad, ponga los pies sobre la tierra, no se aflija inútilmente; las cosas cambian de un momento a otro». «No le dé tantas vueltas, es la envidia la que habla, muchos monarcas lo estiman, es más, ¡lo admiran!». Madame Geoffrrin insiste en inocularlo contra el veneno de la envidia. El refrán infantil: «*Après la pluie le beau temps*» lo consuela con solo imaginar a Madame Geoffrin diciéndole: «Yo sé lo que sé, hijo mío; míreme y se dará cuenta de que tengo la cabeza bien puesta sobre los hombros».

Hoy mismo, Stanisław estuvo a punto de decirle a Kicki: «Voy a preguntárselo a Madame Geoffrin», y de un bofetón, la realidad lo devolvió a su muerte.

Al ver su abatimiento, su hermano Kazimierz intenta consolarlo:

—Stasiu, nos tienes a nosotros.

—¿Los tengo, Kazimierz?

Dos meses más tarde, el rey escribe en su diario: «Tengo que confesar que una tristeza subyace incluso en el consuelo que me da el arte y temo que me acompañe el resto de mi vida».

—¡Stanisław, es imposible que te haga tanta falta una vieja francesa sin verdadera cultura! —exclama Elżbieta, la prima adorada.

—Tenía la mejor cultura, la del corazón —responde el rey.

A Poniatowski le es natural ir tras de la felicidad. Inicia la conversación cuya respuesta, cuando la hay, lo estimula; agradece la lucidez del interlocutor; una buena discusión lo lanza a consideraciones más íntimas porque le recuerda a Hanbury Williams y a la agudeza de su pensamiento. Su gratitud se convierte en entusiasmo cuando aparece un conversador a su altura. «Necesito hablar de nuevo con usted», insta al recién descubierto. Aquellos que saben pensar son sus iguales, ojalá se conviertan en sus amigos.

En el Salón de los Espejos de Łazienki, recibe a muchas criaturas ingeniosas y cultas, pero a su biblioteca solo entran quienes lo ayudan a pensar. Un invitado capaz de hacer reír es un tesoro, pero el rey ansía escuchar los consejos de interlocutores cuyos propósitos salen fuera de lo común. Stanisław sabe que en el Palacio Radziwiłł, el insaciable Feliks Potocki lo denuesta, los Małachowski lo convierten en el hazmerreír de sus reuniones, pero al final de cada traición, el rey invita a bailar a alguna de sus detractoras y, vuelta tras vuelta, olvida la crítica, y en su rezo nocturno se repite que ser un rey que cree en sí mismo es una obligación moral.

Según su amigo y biógrafo Andrzej Zamoyski: «En el carácter de Stanisław Poniatowski no cabe la aceptación de la derrota». Su familia lo traiciona y los nobles de la *szlachta* lo difaman, pero él insiste en creer en su lealtad.

—Stanisław, oí decir anoche que los Potocki te consideran el más débil y el más frívolo de los soberanos de Europa. —Sonríe con malicia su prima Elżbieta.

—¿Ah, sí? ¿Y qué respondió la hermosa hermana de mi primo Adam?

—Asentí.

—¿No pensó mi prima hermana que también a ella la ofendían, puesto que, además de parientes, somos polacos?

La prima Elżbieta, la dos veces princesa, primero por nacimiento y luego por matrimonio, lanza dardos envenenados que Stanisław tolera porque desde su infancia le enseñaron a perdonar. «No apesadumbres tu cabeza con rencores inútiles, borra cualquier basura de tu mente», aconsejaba Konstancja.

—¿Estarás mal de la cabeza? —pregunta su prima Elżbieta encolerizada al oírlo repetir:

—El pueblo es bueno por antonomasia, el pueblo polaco da su vida por Polonia, el pueblo polaco ama a su soberano.

—Primo, tu indulgencia es tan ingenua como inútil —Se burla Elżbieta.

«El rey de Polonia es un hombre sensible y eso mismo lo debilita», reconocía Fryderyk el Grande y afirmaba: «Personalmente no alimento resentimientos en su contra, pero yo sé defenderme de golpes e insultos, en cambio, el amante polaco se expone a todo».

Volverse corresponsal de Buffon, Lavater y Herschel compensa a Stanisław del descrédito prusiano. Para los pensadores de Europa, Poniatowski es un intelectual. Esa opinión compensa cualquier descalificación.

—Todos los planetas giran en torno al sol —le dijo una vez Elżbieta con una sonrisa—. ¿Sabes quién es el sol?

—Para mí, lo eres tú, prima adorada.

—No te hagas ilusiones; para Europa, Fryderyk el Grande es el sol.

En cambio, el sobrino Pepi brilla con la luz de su juventud y es requerido en el Palacio de Hofburg, en Viena. Acude con su paso marcial y el resplandor de su uniforme del ejército austriaco. Al recibirlo, Isabel Guillermina Luisa, archiduquesa de Austria, princesa de Hungría y Bohemia, princesa de Toscana y duquesa de Wurtemberg comenta: «Es impresionante lo que un uniforme puede hacerle a un hombre; lo transforma en héroe. A mi propio hijo no le sienta tan bien».

El desorden en las finanzas del rey preocupa no solo a Glayre sino, lo que es más grave, a Catalina.

—¿Por qué no se mide? ¿Se habrá dado cuenta de que Polonia vive a mis costillas?

—No, Majestad —responde Glayre a la zarina—, Polonia vive de sus cosechas, de su carbón, de sus minas y tiene su propia economía. Su sistema de impuestos ha mejorado en forma considerable y mi rey está al día en sus pagos.

Glayre sabe cómo tranquilizar a la emperatriz de todas las Rusias, quien trata a Polonia y a su soberano como su posesión.

—Hace unos días, Stackelberg me describió el derroche de la corte de Varsovia. ¿Olvida el polaco lo que me debe? ¿Ha perdido todo sentido de la proporción? ¿Acaso cree que Polonia puede darse los lujos que permite la riqueza de la Santa Rusia?.

—Majestad —explica Glayre—, el sello de todas las cortes es el derroche. Así como antes lo hizo su ministro Repnin, ahora Stackelberg promueve bailes y divertimentos que paga la tesorería de Polonia.

Glayre es un diplomático nato, un pensador que Catalina aprecia. Imposible olvidar que trata con un hombre de valor. También recuerda que Stanisław es un *gentleman*, pero le irrita su capacidad de desprenderse hasta del traje que lleva puesto.

—Majestad —comienza Glayre preocupado—, si no estoy enterado día tras día, hora tras hora, de cómo dispone del tesoro de Polonia, disgustaremos a la emperatriz. Necesito presentar una cuenta exacta de gastos.

—Yo no hago cuentas, Glayre… ¿Acaso me vio cara de ábaco? —Se enoja el rey.

Como Poniatowski estima a su ministro, encarga un reporte financiero a Píus Kiciński, nuevo director del gabinete, cuyo informe revela que veintiocho empleados, entre lavaplatos, intendentes y panaderos, viven de la mesa real y se aprovisionan de vinos, velas, vodka, carneros, peces, entre otros suministros: el palacio abastece a varias familias.

Como la mayoría de los nobles europeos, Poniatowski vive por encima de sus medios. Si un acreedor se atreve a cobrar, los criados le señalan la puerta de servicio. Nunca llega el momento de saber si las arcas darán abasto. Es más, ahorrar es de mal gusto, la corte entera desprecia la mesura. Saber que el rey de Polonia es manirroto es motivo de un orgullo.

Amo de numerosos sirvientes, también el consentido Pepi (que ostenta el título de *sobrino del rey*) vive a costa de la hacienda de Polonia, así como el numeroso clan Rzewuski, el Ogrodzki, el Komarzewski, el Tarkowski y todos los clanes de *skis* y *skas* de Varsovia.

El rey conmina a Pepi: «Te ruego, te prevengo, te pido que no sigas tirando el dinero por la ventana y recuerdes que no eres el único, ni siquiera uno entre mil o uno entre cien que me pide dinero. Por desgracia, no tengo la ciencia de fabricar oro».

El rey mantiene a su *maîtresse*, Elżbieta Grabowska y a sus hijos. Gasta fortunas en libros que provienen de Francia y de Inglaterra; su bibliotecario, Reverdil, resulta insaciable. El rey de Francia cubre de joyas a la amante en turno. También a Poniatowski lo hace feliz llenar el alhajero de *cuir de Russie* de la condesa Grabowska, la más leal de sus amigas.

—Majestad, por el amor de Dios, sea más cuidadoso…

—Glayre, Catalina nunca se niega nada, devora todo lo que le ponen en frente. Mis súbditos me cubren de regalos, tengo que devolverles sus atenciones. Eso sí, si yo tuviera que deshacerme de uno de mis mapas, me enfermaría.

La cartografía apasiona a Poniatowski. Buscar un país y su agua en el globo terráqueo o detectar un puntito antes ignorado lo emociona. La emperatriz lo sabe y comunica (como si dictara una ley) a anticuarios y libreros: «Los mapas son la locura de mi vecino y su colección es muy valiosa, pero apenas llegue a sus manos un mapa nuevo, tengo que verlo primero».

Así lo priva de una de sus grandes alegrías y le impide establecer fronteras.

Alguna tarde, el rey deseó con fervor un pequeño óleo de Poussin; al enterarse Catalina ordenó al *marchand*: «Hágamelo llegar en este instante». Años más tarde, la colección de pintura del L'Hermitage causará sensación y Poniatowski reconocerá su superioridad.

También la colección de Fryderyk el Grande es sobresaliente, aunque más que los pinceles, su pasión fueron las ideas.

A la muerte del emperador de Prusia, su sobrino Federico Guillermo, de cuarenta y dos años, asciende al trono. Su gobierno gira en torno a la astucia de un diplomático italiano, el marqués Girolamo Lucchesini, cuya esposa resucitaría a un muerto.

Si Stanisław compara el talento de Lucchesini con los malos modos de Stackelberg, recibirlo en Łazienki es un descanso inesperado, un retorno al diálogo civilizado, a la alta cultura, a la conversación estimulante. La pareja Girolamo Lucchesini y Charlotte von Tarrach desborda simpatía; además de intelectuales, los esposos cantan y bailan, toda la creatividad del Mediterráneo palpita en sus ademanes; su cultura aligera malas intenciones, su ingenio alegra cualquier conversación, su talento interrumpe discusiones que podrían resultar agresivas. Cada frase es una puerta que se abre.

Una pareja que exhibe su ingenio suele ser una ventaja en cualquier corte; a él le falta un ojo, pero le sobra astucia. Explica que lo perdió en un experimento de química, ¿hombre de ciencia?, ¿investigador?, ¿sabio de laboratorio? Su desgracia se convierte en el mayor de sus atractivos. Su esposa es el tercer ojo, el más alerta.

Hace años, Lucchesini se presentó en Potsdam a ofrecerle sus servicios al rey Fryderyk II; este, grosero, lo desafió:

—¿Cuánto tiempo más los marqueses italianos serán tan viles como para venderse a los monarcas de Prusia?

Sin ofenderse, el italiano respondió al instante:

—Mientras los soberanos sean tan tontos como para comprarlos. La respuesta divirtió tanto a Fryderyk que lo nombró su lector y, un año más tarde, primer ministro. Nada escapó a la agudeza de Lucchesini, quien también convenció a Izabela, la esposa de Adam, empeñada en convertirse en la gran dama de Polonia.

El patriotismo de Izabela Flemming Czartoryska se acendra al calor de los cumplidos del italiano. Le revela que la zarina le ofreció en secreto a Fryderyk II «toda la Gran Polonia» si permanecía neutro en su guerra contra los turcos. Por lo tanto, el nuevo rey de Prusia jamás levantará un dedo en favor de Poniatowski.

Federico Guillermo II, gordito y complaciente, no da un paso sin consultar a esa pareja intrigante y extraordinariamente hábil.

El acontecimiento más celebrado de esos años es la invitación de Potemkin, amante de la zarina y primer ministro de Rusia, a toda la nobleza de Europa y de Asia para acompañar a la emperatriz en un viaje triunfal a lo largo del río Dniéper.

Aunque el prestigio de la Semíramis del Norte abarca al continente y sus vecinos la temen y la celebran, Potemkin le ofrece contemplar sus dominios desde la cubierta de su galera imperial: «Te darás cuenta de su inmensidad, tendrás la certeza de ser tú la que encarna a la Santa Rusia. Verás desde cubierta la extensión de tus campos de trigo y su fertilidad. Tus siervos, hombres, mujeres y niños te aplaudirán desde la orilla del Dniéper y su gratitud abarcará todos tus pensamientos. Tu única tarea será responder a los vivas del pueblo que te venera».

Como una inmensa ballena blanca, la galera imperial zarpa escoltada por las barquitas de Francia, Inglaterra, España, Suecia y Prusia.

El viaje, al que Potemkin destina millones de rublos, es la consagración de la emperatriz. Su amante tuerto pretende que a su regreso, los invitados solo pronuncien un nombre: Ca-ta-li-na.

«Llegarás de San Petersburgo a Kiev cubierta de gloria, precedida por treinta trineos y te seguirán otros treinta, y apenas se derrita el hielo, te tomaré de la mano para acompañarte a tu galera».

El embajador de Inglaterra, Charles Whitworth, un hombre cuya extraordinaria apariencia física festejó María Antonieta en Versalles, describe por carta a sus amigos los fastos de ese viaje fabuloso al que solo asisten notables.

Stanisław, iluso, piensa que navegar al lado de la emperatriz es una oportunidad única porque podría resurgir un sentimiento que lo beneficiaría.

—¿En calidad de qué va a rendirle pleitesía, Majestad? ¿Con qué dignidad va a subir a la galera imperial? —inquiere Maurice Glayre irritado.

—Estoy seguro de que si ella y yo nos vemos, todo cambiará.

—Usted ya no es un joven enamorado, sino un rey ultrajado. —Intenta disuadirlo—. Majestad, ¿olvida que la zarina lo humilló? En Kaniów, solo expondrá a su nación a una nueva injuria... Alteza, varias veces se ha aventurado a parlamentar con un soberano que se ha reído de usted como lo hizo Fryderyk el Grande.

Según Glayre, ir a Kaniów es condenarse.

—Tengo que intentarlo, querido Glayre; envié a San Petersburgo a un emisario para pedir audiencia y estoy esperando abordar la galera imperial.

—No solo expone a su persona, pone en riesgo su reino.

Es tanto el desconsuelo de Glayre ante la ingenuidad del rey que decide regresar a Suiza, como lo intentó varias veces antes. Durante más de veinte años, el carácter conflictivo del Sejm y de la *szlachta* lo desgastó al grado de no querer tratar de nuevo con ellos: «Existe en la política de este país un orden de cosas que necesito olvidar para ser feliz», escribe en su diario.

Ante la obstinación del rey, Glayre anuncia:

—Ya es hora de que me dedique a lo mío. Tengo cuarenta y cuatro años y una enamorada que me espera en Lausana.

Aunque Glayre ama a ese rey tan iluso, decide: «Abandonar la corte de Polonia y salir de Varsovia es lo único que me permitirá volver a ser yo mismo [...]. Llegó la hora de entregarle mi vida a una causa que triunfe y no a la de un país estrangulado por sus tres vecinos».

Meses más tarde, el rey le escribe: «No sé por qué siempre conservé la esperanza de que no se iría. Es la primera vez que usted me causa tristeza [...]. Entre más envejezco, más penoso me resulta separarme de un amigo».

El 23 de febrero de 1787, tras la partida de Glayre, el rey emprende su viaje a Kiev. Su hermano, el obispo Michał, permanece al frente del reino. Áspero, altanero, nadie se acercará al palacio hasta que regrese Stanisław.

De Varsovia, Poniatowski parte con un séquito de familiares y amigos, los Mniszech, el secretario inglés Lewis Littlepage, quien sustituye a Glayre, Charles Whitworth, embajador extraordinario de Inglaterra en Polonia, y el príncipe Charles Joseph de Ligne, conversador excepcional, amigo y consejero de soberanos polacos y rusos a quienes visita año tras año.

Acompañan al rey sus dos sobrinos, uno rubio y otro moreno, Stanisław y Pepi, cuya hermosura sabrá apreciar la emperatriz de todas las Rusias.

Varios carruajes atraviesan la inmensa extensión de nieve que apaga hasta la voz más sonora. En cada escala, el rey, sus parientes e invitados descienden exhaustos y los reanima un vaso de té hirviente mientras se relevan los caballos. Lewis Littlepage, con su nariz aguileña y su mentón puntiagudo, se queja de que nadie lo previno contra el frío de las estepas rusas. Finalmente, después de muchos días, el rey y su séquito llegan a Kaniów, al borde del río Dniéper congelado.

Del otro lado del río, los espera una tierra inmensa y despoblada que el rey obsequió a su sobrino Stanisław.

Al igual que la zarina, algunos aristócratas polacos acostumbran repartir extensiones desmesuradas de tierra a familiares y a amigos: bosques de cacería, granjas, lagos, playas y hasta olas de mar.

El más encantador de los príncipes de Francia, Charles Joseph de Ligne, que actúa como enlace entre soberanos de la talla de Catalina y Stanisław, informa que hay que esperar porque la emperatriz solo arribará a Kiev en el momento del deshielo, a finales de abril.

El rey de Polonia esperaría cien años. Mientras tanto, en el feudo de Kaniów, su séquito aligera la tensión con el ingenio del príncipe de Ligne y la apostura de su hijo, Joseph, amigo de Pepi.

En la mañana, los invitados salen a caballo con capas de visón y de armiño y algún arma en caso de tener que defenderse. Para los que no practican la equitación, los ingleses han puesto de moda el *footing* y el *walking stick*; caminar es un *must*, incluso en la nieve. Al anochecer, el poético Charles Whitworth y Lewis Littlepage descorchan botellas de *champagne* mientras Staś y Pepi juegan billar.

Durante la espera, aparece sin aviso el gigantesco Potemkin. Alto y rojo como un jitomate se inclina ante Poniatowski llamándolo *mi rey*. Sus reverencias son perfectas a pesar de su sobrepeso. También su polaco es perfecto: «Majestad, yo soy polaco como usted», presume seductor ante La Familia. Recién nombrado Príncipe de Tauride, porta el uniforme de la *szlachta* del palatinado de Braclaw. Reitera ante los dos sobrinos del rey: «Jovencitos, sepan vuestras mercedes que soy hijo de Polonia, amante de Polonia, devoto de Polonia, admirador de la *szlachta*. Polonia es mi tierra y en ella he comprado, desde hace años, castillos y obras de arte. «Conozco Polonia como la palma de mi mano. De niño, su cultura fue parte de mi vida: a ustedes los admiro y los amo».

Cubierto de honores por la zarina, solo le falta una corona, la de Polonia le sentaría mejor que al inepto condesito Poniatowski, quien, según el ruso: «se manda pintar retratos con veinte años menos de los que tiene».

La pasión de la zarina por Potemkin es la comidilla de las cortes europeas. En Versalles, cuentan que el Oso Ruso Potemkin no es ningún Casanova, pero que su único ojo ejerce una atracción irresistible.

A diferencia de Potemkin, que logra saciar las demandas de Catalina, Stanisław perdió mucha de su vivacidad. ¡Cuánto fuego en esa mujer, lejos de esconder su deseo, lo exhibe! El último cotilleo es que la zarina esperó a Potemkin de pie toda una noche en medio de una ventisca. Poniatowski jamás suscitó semejantes arrebatos, solo obedeció órdenes. En cambio, toda Europa sabe que la emperatriz cumple hasta el más mínimo capricho de su amante ruso.

En Kaniów, iluminada por miles de antorchas, Potemkin, trajeado con su uniforme polaco, consterna a los jóvenes Stanisław y Pepi al insistir en sus derechos sobre Polonia. «Es un imbécil engreído», se indigna Stanisław, pero Pepi repite entre dientes: «Yo lo mato, lo mato» hasta que el rey lo toma del brazo y se mantiene de pie entre sus dos sobrinos. «Me fascinan las polacas», informa Potemkin al rey, quien se retrae. «Estoy seguro de que tengo sangre polaca». Pepi se enfurece:

—Ahora resulta que esta ballena es polaca.

—Prudencia, Pepi, prudencia —aconseja su tío al despedir a Potemkin.

El rey celebra la Semana Santa en Kaniów, se arrodilla ante doce campesinos y lava sus pies.

—Te apuesto a que le lavaría los pies a Potemkin —se excede el joven Charles Joseph de Ligne.

—No tolero esta broma —responde Pepi encolerizado.

En Kiev pulula una multitud de impacientes. Aunque el puerto ruso se halla a cinco o seis días de viaje de Kaniów, Stanisław no se atreve a acortar la distancia si no recibe una orden imperial. En Kaniów, muchas familias campesinas acampan con la esperanza de ver, aunque sea de lejos, a su *babushka*, su madrecita.

En las cortes europeas, se cuenta que, además de Potemkin, la emperatriz favorece a jóvenes amantes que él escoge: Alexander Dmitriev Matveyevich Mamonov recibió cien mil rublos y dos mil doscientos cincuenta siervos más que el anterior, un rubio carirredondo que encantó a todos con sus buenos modales.

El río Dniéper aún no fluye y las naves se balancean en espera del deshielo y la orden de zarpar.

Muchos invitados aparecen en Kiev entre palacios de altas cúpulas, campanarios y torres. Ostentan su riqueza al salir a la calle seguidos por una cauda de niños negros que se congelan con turbante y taparrabos. «La sonrisa de unos dientes blancos en un rostro oscuro ejerce la seducción de un *chocolat au lait*», ríe Charles Joseph de Ligne. Es cierto, a su paso, los niños reciben golosinas de quienes se apiadan de su desnudez.

Toda Asia le rinde pleitesía a la emperatriz: obispos de barbas blancas, dignatarios chinos de gorro puntiagudo y ojos rasgados se inclinan al paso de la magnificencia de pachás y marajás. ¡Cuánta soberbia en las actitudes y cuánta displicencia en la mirada! ¡Cuántos hilos de oro en casullas y cuántas piedras preciosas rematan turbantes!

Stanisław decide enviar a Kiev a su adorado Pepi porque un espía le informa que dos de sus enemigos políticos, Potocki y Branicki, se adelantaron a pedirle audiencia a la zarina.

El príncipe de Ligne, encantador de serpientes como su padre, acompaña a Pepi. «¡Dos jóvenes Josés, dos príncipes, dos hombres de mundo son mejor que uno!», sonríe el rey.

En Kiev, la emperatriz observa a Pepi inclinarse ante sus cincuenta y siete años. «Se parece al Poniatowski que conocí hace tres décadas. El mismo cabello color del ébano, los mismos ojos, la misma piel morena, la misma gracia en el andar», confía a Philip von Cobenzl, embajador de Austria.

Pepi perdona la papada y el espesor del talle de la emperatriz por su mirada de águila. A su lado, el oficial de la Guardia Imperial, Alexander Dmitriev Matveyevich Mamonov ostenta hombreras en las que refulgen varios diamantes. «Llevo en la pechera quinientos mil rublos». Sin que nadie se lo pida, Mamonov deja caer: «La emperatriz me dio dos mil doscientos cincuenta siervos», pero su conversación es tan opaca que Pepi busca el primer pretexto para escapar. «¡Imbécil!», murmura entre dientes.

Pepi y Charles Joseph de Ligne permanecen un mes en Kiev, atendidos por criados que renuevan su vestuario todas las mañanas.

El conde Louis Philippe de Ségur es otro interlocutor de privilegio. Pepi cultiva ideas provocativas, baila con las más bonitas y planea combates que deslumbrarían al mejor ejército del mundo. Mientras tanto, sus batallas son de plumas. Hasta la corte francesa, siempre tan crítica, elogia el buen gusto y la gracia de las cabalgatas a la orilla del Dniéper en las que destaca el temerario Pepi. «¿Estaremos viviendo en la realidad?». Las mujeres, cada vez más atrevidas, amplían su escote y regalan su noche.

Vivir un sueño lo permite todo.

Tres mil marineros reciben la orden de zarpar. *The chosen few* franceses, ingleses y alemanes se ilusionan con subir a bordo de la galera imperial que zarpa en medio de cañonazos. Cuatro mil barcos navegan tras ella como rémoras adheridas al gran cuerpo de la ballena. Los polacos también la siguen en su propia embarcación, imantados por el lujo de la travesía, y el rey solo piensa en el momento en el que Catalina lo mandará llamar. Para darse valor se repite que nunca ha fracasado en sus lances amorosos.

De cada lado del río, aparecen castillos de cuatro torres, caminos de arena y jardines de setos primorosamente tallados, así como sembradíos de flores a punto de abrirse.

En varias naves, una orquesta alegra la *soirée* y las farolas al borde del río Dniéper se reflejan en el agua: «Desconocemos lo que es la noche», escribe el rey de Polonia, «porque Catalina la ha iluminado. Jamás he asistido a un crucero tan espectacular. Nuestros camarotes amueblados con tapices persas, divanes, cortinas de encaje y almohadas bordadas no dejan nada que desear».

Dos camas gemelas se abren en el aposento más suntuoso de la galera imperial para Catalina y su favorito Mamonov.

En la mañana, la embarcación de Catalina se detiene, la emperatriz desciende a tierra durante uno o dos días para conceder audiencias. Sus servidores montan una tienda de campaña cuyo interior se forra de oro y plata. Sentada, con los pies descansando sobre un taburete, Catalina recibe a dignatarios hindús, chinos y persas. Tártaros cubiertos con sus mejores galas y el cráneo rasurado ponen en sus manos obsequios deslumbrantes. También acuden tribus de kalmuks que alguna vez aterrorizaron a toda Europa porque, además de feroces, eran deformes; ahora se arrastran frente a Catalina con sus centelleantes regalos.

Mientras tanto, el rey de Polonia espera. En torno a él oye disertar acerca del príncipe tuerto Potemkin, creador de este viaje a la tierra de los sueños. Gracias a su ingenio, visires, príncipes y comerciantes veneran a la emperatriz rodeada de un lujo solo comparable con el penacho del emperador Moctezuma, el soberano más deslumbrante de todo el nuevo continente.

Por fin, el 6 de mayo de 1786, Stanisław ve aparecer sobre las aguas del río una barca de remos en cuya cubierta un emisario agita su sombrero de plumas: «Vine a notificarle que la emperatriz lo espera a cenar».

Lo acompañan sus sobrinos, Pepi y Stanisław, y sus familiares, los Mniszech y los Tyszkiewicz.

En cubierta, los cortesanos se apretujan. Con su ojo parchado, Potemkin conduce al rey hacia la emperatriz quien, bajo el marco de la puerta, le tiende la mano. Stanisław se inclina a besarla. No pasan ni diez segundos cuando la puerta se cierra tras Potemkin y el favorito Mamonov.

Una vez dentro, el ánimo del rey zozobra. Había deseado ese encuentro durante treinta años. Imaginó con loca esperanza que ella se arrojaría a sus brazos. En ese mismo instante, la zarina puede devolverle a su patria. Stanisław ni siquiera intenta disimular su emoción, da un paso hacia ella rompiendo el protocolo, pero la mirada de su antigua amante lo paraliza. ¿Cómo reencontrar en esos ojos pequeños y duros a la Figchen que se le arrojó encima y le rogó: «Hazme el amor»?

Catalina sienta al rey a su derecha y a Potemkin frente a ella. Completan la mesa dos ministros rusos, el embajador de Inglaterra Fitz-Herbert y el conde Louis Philippe de Ségur, embajador de Francia.

Durante la cena, Poniatowski teme dar un movimiento en falso y casi nadie habla. Tanto el embajador de Inglaterra como el de Francia cruzan miradas en espera de escuchar al rey polaco que aguarda la reacción de la zarina.

Al levantarse de la mesa, Stanisław August toma de las manos de un paje los guantes y el abanico de la emperatriz y se los tiende; cuando él busca su sombrero, Catalina le indica:

—Aquí lo tiene.

—¡Ah, señora, cubrir dos veces mi cabeza es hacerme demasiados honores!

La aridez del momento es un mal presagio.

En la noche, el polaco ofrece a la emperatriz un estallido de fuegos de artificio al que los artesanos de Polonia dedicaron horas de trabajo y llamaron Vesubio. Cien mil cohetes iluminan el cielo y se reflejan en las aguas del Dniéper, un *¡oh!* de admiración abre todas las bocas «¡Magnífico!». «¡Jamás he visto algo semejante!». Pero nadie sabe si Catalina las vio.

—¿La emperatriz pudo admirar las luces polacas? —insiste ansioso el rey ante el príncipe de Ligne.

—Majestad, no puedo asegurarlo.

Nadie responde, nadie sabe, a nadie le importa.

Cuando la emperatriz y su cortejo descienden a tierra, multitudes de siervos vienen a prosternarse ante su *babushka*.

El 9 de mayo, terriblemente decepcionado, Stanisław, rey de Polonia, abandona Kaniów. Glayre tenía toda la razón: su presencia no hizo mella en Catalina y Polonia «gastó en tres meses tres millones de ducados para ver tres horas en total a la emperatriz».

Catalina escribe: «El rey de Polonia pasó ayer nueve horas a bordo, cenamos juntos; hace más o menos treinta años que no lo veía... Imagínese cómo hemos cambiado».

—Pepi, nuestro tío envejeció diez años en una hora. —Observa el sobrino Stanisław.

El rey es un ánima en pena. Su sobrino Stanisław intenta consolarlo: «Tío, el emperador de Austria, José II, tiene que atravesar a fuerza mi propiedad de Bohuslav y nada mejor que invitarlo a conocerte. Seguro se sentirá halagado con tu deferencia».

Su Alteza Imperial de Austria, José II, hijo de María Teresa, acude con su séquito y pide excusas por su *costume de chasse*.

El encanto del rey de Polonia surte tal efecto sobre el joven emperador de Austria que exclama: «Oh, señor, ¡cuántos conflictos habríamos evitado de habernos conocido antes! Pero le prometo que mientras yo viva, Polonia no perderá una hoja de árbol».

También José II, el nuevo rey de Hungría, Bohemia y Austria, invitado a su regreso de Rusia, causa una excelente impresión en el rey y en sus invitados. Hermano de la niña María Antonieta, es un político hábil; cautiva a todos, mucho más cuando ofrece aliarse con Polonia a espaldas de Catalina.

Entre los aristócratas surgen las reacciones más inesperadas. Es fácil que la alegría del día anterior termine en llanto, que el magnífico humor de anoche se avinagre y la sonrisa se convierta en rictus. Dos marquesas de la Béraudière, madre e hija, que antes se detestaban, se abrazan y les es imposible separarse, pero al día siguiente la hija se encierra en su recámara.

Stanisław presenta a José II a su séquito: «Tengo el privilegio de recibir en mi casa al emperador de Austria, hijo de Su Excelsa Majestad, la emperatriz María Teresa, y desde este momento, nuestro buen amigo».

¿Y las tierras de Polonia?

José II está dispuesto a devolver todo lo que su madre tomó en 1772.

Durante la cena, el emperador pondera lo mucho que le fascinan *les philosophes*, a diferencia de María Antonieta, su hermana, joven reina de Francia, quien persigue mariposas en Chantilly. «Es solo una niña», interviene Pepi.

«Majestad, el Palacio de Schönbrunn lo recibirá encantado cuando así lo desee», sonríe José II a un Stanisław quien no cabe en sí del gusto después de su fracaso con Catalina.

En el corredor de Filosofía y Letras, dos mujeres altas, de cabellos largos y chinos, vienen hacia mí como dos Cadillacs. Apabullada, las miro sin saber si repegarme al muro. Cuando pasan echando chispas, Marta Lamas y Gina Ogarrio, recobro el aliento. A Gina Ogarrio solo volveré a verla en el Movimiento Bicicletero de Enrique Calderón en el que pedaleamos de la UNAM al Zócalo. Marta Lamas se volverá esencial en mi vida, en la de mis hijos y mis diez nietos.

Somos muchas las que giramos en torno a ella y a su defensa del feminismo. Ejerce una atracción que no he visto en ningún otro ser humano. En su casa me doy cuenta, a principios de los setenta, cómo se ocupa de su hijo pintor Diego Lamas, cómo le apasionan las causas sociales, sobre todo las de la mujer. Cuando me pide que viaje a Tijuana para escribir sobre el caso de una niña violada, acepto, porque ni sospecha tengo de lo que enfrentaré.

—Te va a acompañar Isabel Vericat.

—Sí, Marta.

—Es un tema que puede apasionarte. Va a ser muy fácil, aunque no seas feminista. Vas a enterarte de la lucha de las mujeres.

—Sí, Marta.

—Con permanecer en Tijuana de tres a cinco días, basta.

—Sí, Marta.

—No tienes sino que recordar a Jesusa Palancares y la cantidad de veces que fuiste a la cárcel de mujeres.

—Sí, Marta.

Antes, por inclinación natural, escribí sobre Jesusa Palancares, Gaby Brimmer, Tina Modotti, Rosario Castellanos y Frida Kahlo, pero la primera orden que obedecí a pie juntillas fue la de Marta Lamas y su *cocowash* que osciló entre la seducción y el comando militar. En 1971, a muchas mujeres nos apasionó el discurso de Rosario Castellanos, en el Museo Nacional de Antropología, ante Luis y María Esther Echeverría: *La abnegación: una virtud loca*. Quien arrolló, y finalmente se hizo parte de mi vida, fue Marta con su Diego.

A raíz de la publicación del libro *La herida de Paulina*, acudí a las comidas de los viernes, y desde entonces me es imposible faltar.

El abate italiano Scipione Piattoli.

Capítulo 45

Los patriotas

Al regreso de su humillante entrevista en Kiev, Stanisław le otorga a la emperatriz la orden del Águila Blanca. A su vez, Catalina le envía su perfil en un medallón que el rey manda colgar, ya sin ilusiones, en una pared de su antecámara.

En Łazienki se escenifica, también por costumbre, un *ballet* en el que Catalina es la heroína. Stanisław se desalienta aún más porque la actriz, con su cetro en la mano, atraviesa el escenario sin la menor gracia.

«¿Es ella quien cambió o soy yo el chivo en la cristalería?». Entre más reflexiona, más lo desespera su dependencia de Rusia. «¿Por qué fui tan iluso?».

El rechazo de su propio país también es un pésimo augurio. ¿Intuyen los denostadores su lucha cotidiana desde el trono? ¿Sabrán del esfuerzo que significa mantenerse vivo entre tres vecinos dispuestos a destazarlo y miembros de la *szlachta* que lo culpan y traicionan? ¿Se darán cuenta cuán difícil es conservar el equilibrio entre Rusia y Prusia? Austria también lo acorrala, aunque ostente remordimientos de conciencia. ¿Recordarán los polacos que sus ancestros iban y venían a ver parientes o a buscar comestibles? ¿No comían todos la misma sopa de betabel?

Inmolada frente al altar, Polonia es una novia vestida de satín con la cabeza cubierta por un velo que desgarran tres pretendientes dispuestos a reventarla. Austria está siempre lista para morder, aunque José II se escude tras los golpes de pecho de su madre. Los tres violan a Polonia mientras el resto de Europa observa sin inmutarse.

¿Qué país en el mundo lograría mantenerse vivo entre asaltantes que se lo arrebatan y destruyen sus fronteras? «¡Ningún país ha sido torturado con esa saña!», exclama el canciller Kaunitz, quien conoció a Poniatowski antes de ser rey.

El 7 de octubre de 1788, cuatro meses después del viaje a Kaniów, se abre la Cámara más larga de la historia, aunque varias anteriores duraron meses, años, pero esta es la del despojo final en la capital de Polonia. En un mismo recinto, la Cámara de los Nuncios, el Senado con sus altos dignatarios, sus magnates y palatinos aguardan con el rostro levantado hacia la tribuna. Hombres y mujeres se apretujan en sillas y bancas. Han venido de todas las provincias y se alojan en casas de amigos en Varsovia; ¡es bonito ver en la calle a hombres y mujeres con sus gorros de piel que los protegen no solo del frío, sino también de malos pensamientos! Muchos se abrazan, el ánimo es bueno. Varsovia es una romería, la cruzan delegados que nunca han pisado la capital y se extasían ante palacios e iglesias.

—¡Amigo, tengo el honor de hospedarlo en mi casa!
—Les dan la bienvenida.

—¡Pensaba rentar un cuarto en un hostal!

—¡Imposible, es mi invitado! Mañana es el gran día.

En el senado, los delegados, atónitos, admiran a los oradores. ¿Cuándo aprendieron a hablar con esa elocuencia? No cabe duda, vivir en Varsovia te vuelve inteligente.

El rey urge a los legisladores a que voten por «los derechos humanos, los de su comunidad, los de la nación». El más tímido se atreve a tomar la palabra, todos tienen algo que ofrecer y alzar la voz ya no es un privilegio de la *szlachta*.

En una Cámara, siempre hay algo teatral en la solemnidad de diputados, senadores y oyentes en la gayola. Muchos se representan a sí mismos, al cabo, la Cámara es un escenario. El premio es para el mejor actor. Al ponerse de pie, los oradores intentan persuadir tanto por la urgencia de su asunto como por su elocuencia. O su causa es la que convence a todos. Gana el más hábil y, por desgracia, a veces pierde el que sabe pensar.

El rey le dio el poder, mejor dicho, el *bastón de mando*, a un ciudadano irreprochable: Stanisław Małachowski, diputado de Sandomeria, dispuesto a sacrificarse por el bien común. Małachowski tiene un hermoso rostro y una cabellera rubia que concentra las miradas. Lo llaman el Arístides polaco, el más noble y justo de los atenienses; es una autoridad en las leyes de un país de individuos fogosos y contradictorios.

En el Palacio Radziwiłł, Poniatowski asiste a reuniones secretas con los llamados *conspiradores* que escriben una nueva Constitución: «Vamos a liberar a la patria del yugo ruso». «Montesquieu es nuestro guía». Stanisław Poniatowski presenta un primer escrito: *El sueño de un buen ciudadano*, que todos aplauden. «¡Majestad, con el liberalismo de su texto podríamos convertir a Polonia en una de las primeras democracias de Europa!», se emociona el abate Kołłątaj.

Durante días, semanas, meses de fervor, el rey y su primo Adam Czartoryski, Julián Niemcewicz, el obispo masón Scipione Piattoli, Hugo Kołłątaj e Ignacy Potocki —quien encabeza la oposición contra Rusia— elaboran la nueva Carta Magna; el corazón de Stanisław desborda admiración por esos compañeros patriotas.

Poniatowski tiende a la desmesura. De niño, habría regalado todos sus juguetes; de joven, Catalina lo convirtió en su *chevalier servant*. Stanisław desborda admiración por el género humano, para él, el inteligente es un genio; el poeta, un ser divino; el buen orador, un insuperable guía de masas.

Los hombres de iglesia de Polonia admiran al obispo italiano, Scipione Piattoli, pese a que muchos propietarios se nieguen a desprenderse de sus tierras como Piattoli lo pide. Mientras Ignacy Potocki insiste en que despojar a la nobleza polaca es borrar el porvenir de la nación, muchos sacerdotes exhiben su codicia: cálices, custodias, incensarios, tabernáculos y retablos recubiertos de hoja de oro, crucifijos de marfil son resguardados en sótanos y cajas de seguridad. «¡Tiene que prevalecer el catolicismo», exhorta Piattoli. «Es lo único que puede salvar a los hombres!».

Piattoli se encomienda públicamente a la Virgen María, madre de Dios, antes de lanzar su primer ataque contra Rusia. El rey aguarda una inmediata declaración de guerra sin darse cuenta de que el italiano ya se retractó:

—¡Ni lo mande Dios, no sean insensatos! ¡Provocaríamos una masacre!

—¡Pero si fuiste tú, Piattoli, quien hizo el llamado a atacar!

El monje que se lava las manos es capaz de influir en Adam Czartoryski, el intelectual, el escéptico, el que mide sus pasos.

—Tenemos que dar el golpe en el momento preciso. —Se justifica Piattoli.

Quienes antes rechazaban a Poniatowski ahora le devuelven la fe en sí mismo, aunque se pregunten si sabrá aguantar la reacción de la zarina.

—Majestad, no insista tanto en el tema de la felicidad personal —aconseja el poeta Julián Niemcewicz.

—¿No cree usted en la felicidad, maestro? —Sonríe el rey.

—Sí, pero *felicidad* no es un término político. ¿Qué felicidad puede haber si los rusos se comen nuestras fronteras con sus aliados prusianos y austriacos?

—Es la historia de siempre, Niemcewicz, usted es poeta; entiende la vida desde un espacio al que pocos tenemos acceso.

Los Patriotas rejuvenecen a su soberano, lo atacan, pero Stanisław olvida cualquier agravio. Scipione Piattoli no solo pretende salvar a la patria, sino al universo. El rey lo escucha no sin cierta inquietud: «Dígnese, Señor, ponerme a prueba. Mis facultades, mi vida, todo es suyo». Según Piattoli, Stanisław August Poniatowski es el único capaz de salvar Polonia.

Los Patriotas festejan la ausencia de Stackelberg aunque es tan relativa como los malos pensamientos, porque el embajador ruso reaparece cada vez que la zarina le da la orden, lo mismo que Repnin, que entra y sale a placer de Polonia.

Sapieha ordena que los ujieres arrojen el asiento de Stackelberg a la calle y los peatones se detienen a ver los destrozos. «Lo mismo le haremos a Rusia», ríen dos jóvenes envalentonados que echan a vuelo las campanas de la iglesia Bernardina: «¡Que toda Varsovia se entere del fin de la opresión rusa!».

«¿A dónde va el dinero? A la casa del clero», reza un dicho campesino.

Desde el inicio de su reino, Stanisław se lanzó a liberar a los siervos y a regalar tierras. El lema «El rey con la nación y la nación con el rey» corre por las calles. Stanisław le escribe a su seguidor Ignacy Potocki, ligado en forma indisoluble a la Carta Magna, que cualquiera que la ataque, lo atacará a él. La abolición del *Liberum Veto*, «contrario al espíritu de la nueva Constitución, destructivo para el gobierno y nefasto para la sociedad», es su triunfo personal. Se hace la ilusión de que su pueblo lo quiere. Ha sabido darle un destino a Polonia. Finalmente, ser rey tiene sentido.

Las amenazas en su contra y el rechazo de Los Patriotas lo afectan menos que en tiempos anteriores. «¡Muerte al rey!», se dice a sí mismo para acostumbrarse a los gritos bajo su ventana. Claro que vale la pena morir por una Polonia así.

Polonia y Lituania serán un solo estado guiado por los principios de Montesquieu. La Cámara compartirá su poder con el Senado. Poniatowski repite los términos *ejecutivo* y *legislativo* como un encantamiento.

El rey tiene la última palabra y gobierna a través de los cinco ministros que conforman el Straż Praw capaces de vetar sus acciones. Sin ellos, imposible dirigir la política exterior ni perdonar a los culpables ni hacer nombramientos ni declarar la guerra.

«Los campesinos son la vida y la sangre de la nación», escribe Poniatowski. Su emoción llega a su punto más alto al jurar que los olvidados de siempre serán los primeros a quienes protegerá.

Ante la popularidad del rey, su primo Adam profetiza que Poniatowski pasará a la Historia como un juglar o como el rey más generoso de Europa, pero cuando el rey decide abrir las puertas del palacio y se expone al peligro de cualquier ataque, Adam se encoleriza ante tanta entrega y magnanimidad: «¿En aras de qué se juega la vida mi pobre primo?».

—Los ciudadanos gozarán de la protección de la república y los labriegos serán, por fin, dueños de la tierra que siembran —declara el rey, dispuesto a repartir los feudos de los nobles de la *szlachta* y las tierras de su propia familia.

—¿Te has vuelto loco? —El enojo de Adam va mucho más allá del cariño familiar.

—Adam, el gobierno designa a las autoridades: el Sejm dicta las leyes, el rey las hace cumplir; los jueces imparten justicia, la educación de los nobles depende de mí, soy el jefe supremo de la Fuerza Armada Nacional, si yo no estoy del lado de los campesinos, imposible sostener mi reino.

—Primo, te quedarás solo. No puedes traicionar a tu clase. La Familia te lo cobrará. ¿No te das cuenta de que el liberalismo de varios artículos de la Constitución incita a a la rebeldía?

—Al contrario, abrir las puertas de la Cámara a los jóvenes es crear una monarquía «a la inglesa», el sueño de mi juventud.

Scipcione Piattoli se preocupa:

—Majestad, es imposible prever cuál será la reacción de la gente; no sea tan permisivo, no confíe sus dudas a nadie, a usted le toca dar órdenes, hacerse temer. Su presencia no intimida a nadie. Recuerde que una regla de oro de todas las cortes es guardar distancia. No sea tan blando con esos jovencitos que rodean el palacio.

—También los estudiantes somos fuente de energía y de riqueza —alega Jan Petrikówski ante Scipcione.

—¿Eres hijo de campesinos?

—Soy un futuro profesionista.

Petrikówski insiste en que la autoridad tiene su origen en el pueblo y, por lo tanto, es de toda justicia darle a él y a los demás estudiantes el poder que les quitó el *Liberum Veto.*

—El rey presidirá las dos Cámaras y conservará su derecho a nombrar senadores y altos funcionarios, pero serán los ciudadanos quienes tendrán la última palabra; desde el lavaplatos hasta el intelectual.

Stanisław nunca contradice a un joven cuando este le explica cómo reinar.

—Majestad, ese mozalbete imberbe le faltó al respeto —interviene Scipcione.

—Déjelo, déjelo, así era yo a su edad.

—Majestad, no divulgue tanto los pasos por seguir…

—Los primeros que tienen que conocer mis decisiones son los estudiantes porque son mis súbditos más inteligentes.

Los aspirantes a futuros constituyentes devuelven a Stanisław a su esencia: la de filósofo y la de soberano. El rey estimula al más tímido y acoge con entusiasmo la propuesta de que «una veintena de buenos estudiantes, elocuentes y patriotas animen en la plaza pública al pueblo y a los miembros de la Cámara».

Sería fácil para los rusos sospechar que Los Patriotas fomentan la liberación de Polonia y que el rey los respalda, pero por el momento tienen que atender su eterna guerra contra Turquía.

El escepticismo y el malhumor del obispo Michał Poniatowski es evidente. Desde su investidura, advierte:

—El heroísmo de los adolescentes es inútil. Van directo a su muerte.

En cambio, Stanisław piensa que se les uniría:

—Polonia es suya —declara— y nadie va a quitárselas.

—Estás loco, hermano, ¿pretendes compartir su martirio?

—Claro que sí, Michał, a veces no entiendo cómo puedes ser mi hermano.

La presencia de Michał en la corte es cada día más desagradable; la sola expresión de su rostro rechaza al más confiado.

«Seamos prácticos», aconseja Piattoli cuando descubre la chispa encendida en los ojos de un simpatizante, «primero tienes que terminar tus estudios».

Felipe Mazzei, embajador del rey de Polonia en Francia, también es clave en conspiraciones libertarias;

años antes, en 1779, viajó a Italia, su patria, a comprar rifles para los rebeldes americanos. Ágil como una ardilla y experto en cerrar convenios, su oratoria convence al más renuente.

Antes de aceptar el nombramiento que le ofreció el rey de Polonia, Mazzei consultó a Thomas Jefferson, entonces embajador de América en Francia: «Es muy conveniente ayudar a ese país sensible e inteligente», declaró Jefferson.

Mazzei es un aventurero que enseñó a Jefferson a cultivar uvas y a cubrir de viñedos a su estado, Virginia. El éxito de sus plantaciones de tabaco atraviesa el océano. Que Mazzei se ponga ahora a las órdenes de Poniatowski es un triunfo. Con él, Polonia se mantendrá al frente de los países europeos que colonizan América. El mismo rey escribe a su emisario en Francia: «Estoy cada vez más convencido de que Washington y quienes piensan como él se convertirán en guías políticos no solo de América, sino de la humanidad».

Más tarde, en sus *Memorias*, Mazzei anotará: «El rey de Polonia era mejor conocido en las doce colonias de América que en Europa. Lo consideraban un iluminado, el mejor ciudadano, un republicano y no un déspota como el resto de los soberanos europeos».

A finales de octubre de 1788, el conde de Ségur abandona la embajada de Francia en Rusia y, antes de regresar a París, decide pasar por Varsovia.

La Cámara le resulta irreconocible. Antes, lo saludaban cortesanos de modales exquisitos, trajeados a *la parisienne* con su peluca polveada, y ahora lo amenazan hombres de cabeza rasurada y bigotes tan largos que caen como cuerdas sobre una túnica en la que destaca un sable.

Resulta que Izabela Czartoryska exigió volver a usar el kontusz y al grito de: «¡Somos polacos!», armada con una tijera, cortó a ras el pelo de Kazimierz Sapieha en público, el primero en obligar a diputados y a senadores a vestirse «a la sármata».

¡Viva Polonia!

Así como en Francia los gremios dieron el ejemplo y exigieron sus derechos, los polacos ahora piden, a mano armada, su asiento en el Sejm.

En la madrugada del 15 de julio de 1789, los nobles europeos reaccionan lentamente a lo que parece increíble. «¿Ayer nos insultaron en la calle? ¿A qué hora? ¿Una revuelta en contra nuestra? ¿Por qué? *Les domestiques ne veulent plus être des domestiques? Ils se moquent de nous?*».

Desde París, el enviado de Polonia, Felipe Mazzei, informa al rey que una turba armada con picos, palas, trinches y escopetas tomó La Bastilla, decapitó al director de la prisión y salió con su cabeza ensartada en una pica en medio de alaridos.

Los insurgentes robaron miles de mosquetones.

—Así es la política, los que ayer te abrazaban hoy quieren matarte —exclama Adam—. Lo único que tienes que hacer, Stasiu, es armonizar tus creencias con las de la opinión pública.

—¡Dios mío, Adam, es una masacre aterradora!

De pronto, también a él, rey de Polonia, lo insultan. La *szlachta* olvida de dónde provienen sus privilegios y los súbditos; persuadidos de que su fortuna se debe a su propio esfuerzo, se escudan tras su linaje y siguen actuando como pequeños reyes. «Tenemos que ponernos en pie de guerra para defender lo nuestro hasta morir», lanza el conde Aniol Orlowski.

Incluso, sus bienamados cadetes condenan al rey Poniatowski porque, entre los jóvenes, la rebeldía es contagiosa y los reclamos se alzan cada vez más coléricos.

«¡Qué le pasa a la plebe francesa!», exclama Catalina furiosa.

Panin le explica a la zarina que, al atardecer del 14 de julio, una muchedumbre que lanzaba maldiciones e insultos contra Luis XVI y su reina austriaca arrastró varios cañones hacia Versalles: «*A bas la tyrannie*!». «*Vive la liberté*!». Enardecida, bárbara, grosera, derribó las rejas del castillo y mató a los guardias. «*Allons enfants de la patrie*!», una chusma de cocineras blandió sartenes, golpeó cacerolas e instauró el reino del terror. Incluso se atrevió a entrar a los dormitorios de Versalles y sacar a empujones e insultos a la familia real.

Catalina estira su cuello imperial y amenaza con los brazos en alto:

—¡Eso jamás podría pasarme, el pueblo me ama!

—Majestad, ahora el rey de Francia, la reina, el delfín y sus hermanas aguardan en una celda de Le Temple.

Desde Viena y desde Berlín, Francisco José II de Austria, hermano de María Antonieta, exige la liberación del rey de Francia y de su familia. «Mi hermana María Antonieta», escribe, «está en manos de una jauría bestial».

La realeza europea tiembla, las coronas se tambalean. En París se vacían los *hotels particuliers* de las grandes familias y si alguien pregunta, el portero tiene ordenes de responder que viajaron a su *maison de campagne*.

En Le Temple, la conducta de Luis XVI, María Antonieta y sus tres hijos sorprende a sus carceleros. Solo piden libros. Nadie llora. La reina se pone de pie, al igual que el rey y los delfines, cada vez que alguien entra a la celda. «La familia real se dirige a mí como a un igual», informa el carcelero a su mujer que teje un chal y seguirá tejiéndolo sentada en primera fila ante el patíbulo de la Place de la Concorde, mientras la guillotina cae frente a sus ojos de *tricoteuse*.

También se hacen trizas los tratados, las alianzas, los títulos de casas reales, los testamentos y árboles genealógicos, las constancias nobiliarias. ¡Adiós princesas y baronesas! No hay méritos por herencia ni apellidos de abolengo, la Europa de los *noms à particule* está condenada al paredón. Ahora gobiernan los desposeídos.

Sobre los adoquines de París, camina una multitud de gente furiosa con el puño en alto para darle más fuerza a su grito: «Venimos a cortar cabezas en vez de árboles».

Los últimos años de la monarquía francesa terminan en ese templete de madera que hombres, mujeres y niños levantaron a toda prisa.

En lo alto, la cuchilla de la guillotina relumbra al sol.

Si degüellan a toda la nobleza, la canalla jacobina se apoderará de Francia y de Europa entera. ¿En qué horrible peligro están los reyes de Dinamarca, Suecia, Prusia y Austria?

¿Atacará el pueblo polaco a los nobles de la *szlachta* como lo hizo el infame pueblo francés? ¿Qué pasa con el mundo, por qué se rebajó al grado de olvidar su alto destino? ¿Dios, dónde estás? ¿Un verdugo encapuchado regirá nuestro futuro?

El 21 de enero de 1793, la cabeza del rey de Francia, Luis XVI rodará decapitada sobre el templete de La Concorde.

La violencia del cambio impresiona a los más liberales, «estamos yendo demasiado lejos», pero la mayoría felicita a gritos a los rebeldes.

Angustiado, Poniatowski espera mejores noticias de París. Durante ochenta años, entre 1702 y 1788, las dinastías en el poder insistieron en que actuaban en nombre de Dios. El clero cómplice se apoderó de inmensas tierras de labranza, graneros, castillos, ríos, lagos... y gracias a la apropiación de lo ajeno legitimó su poder.

En las calles de Varsovia, también se esparcen la furia y el miedo. La *szlachta* se pregunta si la hidra salió de las entrañas de la tierra. El cambio es tan inesperado que muchos creen que la raza humana regresó a la edad de piedra y su destino es desaparecer.

«Esto es peor que cualquier guerra», se estremece Catalina y se pregunta si Francia, con sus ideas igualitarias, fue una guía o una traidora que conduce al continente europeo al abismo con principios falaces y dobles acciones que ella jamás previó. «¡Qué error cometí al confiar en los filósofos!».

¿Será posible que los dueños de los *jardins potagers* de la dulce Francia cultivaran frutas, flores y lechugas envenenadas que ingirieron sus adorados filósofos? ¿Las mentes más esclarecidas de Europa con quienes ella, la emperatriz de todas las Rusias, se carteó en tantas ocasiones han enloquecido? ¿En qué mal momento se le ocurrió a ella, Catalina, mantener a los filósofos a costa del erario de San Petersburgo? ¿No fueron ellos quienes incendiaron Europa? ¿Dónde están ahora?

Francia, la hermana mayor, la iluminada, la que nombra las cosas de la Tierra, la que estableció las reglas, ¿ha perdido la cabeza?

Dos años antes, Stanisław había escrito a Felipe Mazzei, su embajador y agente secreto en París: «No quiero incendiarios en ninguna parte y menos aquí». Ahora, la Revolución amenaza a Varsovia, Moscú, Berlín, Viena y Estocolmo. Una antorcha de rabia arde en los ojos del herrero, del carnicero, del cochero y hasta en la palma antes implorante del pordiosero.

¡De la noche a la mañana, circunstancias absurdas y propósitos hirientes hacen que generaciones que antes se toleraban se rechacen! Los que viajaban en la misma berlina dejan de hablarse y las *femmes du monde*, sin guantes ni sombrero, ofrecen su mano al caballerango. Los predicadores congregan a hombres y mujeres, como lo hicieron antes los franceses en la plaza de La Concorde. En Varsovia, Stanisław padece el rechazo cada vez mayor de la *szlachta* y el de la emperatriz «disgustada por los sucesos de Polonia y por la revolución en el país de los filósofos».

Los gritos atraviesan el vidrio de la carroza real: «¡Traidor!». «El rey es el lacayo de la zarina!». «¡Vendido!». «¡Pobre diablo!». «¡Qué vergüenza obedecer a semejante fantoche!». También en la Cámara, un joven diputado se exalta: «¡Es inexplicable la pasividad del rey! ¿Qué esperamos para destituirlo?». Hasta los ancianos recluidos en un asilo fundado por el mismo Stanisław se unen al grito de los jóvenes. «Solo si lo destronamos nos libraremos de la emperatriz».

«¿Acabar con Rusia? ¿Cómo? ¿Con qué medios? ¿Con qué ejército? ¿Con qué aliados?», pregunta azorado Stanisław a su prima Elżbieta que esconde su rostro tras su pañuelo. ¡Cuántas veces ha oído Poniatowski que debe encabezar al ejército polaco, cruzar la frontera y vencer a los rusos!

«¡Insensatos! El deber de cualquier soberano es proteger la vida de sus súbditos».

Stanisław le comunica a Pepi que es muy posible que las cortes de Berlín y Viena le den la espalda.

Fuera de sí, la emperatriz anuncia que dividirá Polonia entre ella y el nuevo emperador Federico Guillermo de Prusia.

La Cámara polaca decide vender los bienes de la nación para confrontar a Rusia, pero muchos terratenientes se alían con los rusos.

Si su vecina Polonia no la sublevara, Catalina enviaría varios batallones rusos a Francia a combatir a esa gentuza que forzó las rejas de Versalles, pero el levantamiento de los polacos en la frontera le impide dispersar a su ejército. Las inclinaciones jacobinas del idiota de Stanisław le resultan intolerables. ¿Acaso cree que ella no se dio cuenta de su sorda oposición? No cabe duda: «¡Los ingenuos son un peligro para el género humano!».

En noviembre de 1789, el rey escribe de nuevo a Maurice Glayre: «Las tres cuartas partes de la Cámara quieren el bien. Me preguntará: ¿por qué el bien no se hace? La razón es que hace veinticinco años, la Cámara tenía menos seguidores y la multitud obedecía a los letrados. Ahora, los polacos saben leer —sin guía ni método, pero leen— y su elocuencia es brillante. Su participación es el resultado de nuestro esfuerzo por mejorar la enseñanza primaria y secundaria, pero tenemos que pagar el precio. Aún no logramos encauzar a quienes acaban de salir de la escuela, pero poco a poco los inclinaremos a trabajos productivos, útiles a la patria.

»En esta Cámara, los jóvenes exhiben la soberbia que proviene de su reciente aprendizaje de la democracia y creen que solo tienen que responder ante sí mismos, pero tengo la certeza de que cambiarán», explica Poniatowski a de Ségur.

Cualquier propuesta de alianza con Rusia insulta a los polacos, porque además de las ofensas acumuladas a lo largo de los años, el embajador Stackelberg exige que el rey entregue tres brigadas de caballería para unirse a Rusia en su combate contra Suecia.

«No estamos en contra de Suecia», protesta el rey, «pero una de las primeras medidas de la Cámara es convocar a oficiales polacos a formar una milicia para apoyar a Rusia».

Aunque Rusia es la que entra en guerra, utiliza a Polonia quiera o no para reforzarla.

La noche del 20 de diciembre de 1980, suena con insistencia el timbre de la Cerrada del Pedregal número 79, y Marta Lamas entra despavorida.

—Alaíde Foppa de-sa-pa-re-ció. —Sin aliento, repite—: Secuestraron a Alaíde Foppa.

Alaíde y mi gran amiga Margarita García Flores fundaron *Fem*, la primera revista feminista en México. La idea surgió durante un largo viaje en autobús. Como Margarita dirige la Gaceta de la UNAM, se facilitaron la distribución y la impresión, ya que la aman en la imprenta de la universidad. Además del amor que le tienen sus estudiantes, Margarita sabe cómo llegarle al público. Alaíde dirige un programa feminista en Radio

UNAM. Margarita recibe a sus estudiantes, en el décimo piso de la torre de Rectoría con una sonrisa única; es la imagen misma de la entrega a una causa.

Los números de *Fem* se venderán en la librería Gandhi.

Alaíde y Alfonso Solórzano —refugiados en México desde el golpe de Estado contra Jacobo Árbenz, en 1954— son padres de cinco hijos. Nadie creería que Alaíde tiene sesenta y siete años porque, cuando sonríe, irradia luz.

Siempre tiene prisa: su agenda incluye una cita en el salón de belleza, como mi mamá.

A su casa llega toda la izquierda de América Latina: Pablo Neruda, Miguel Ángel Asturias y su hijo Rodrigo, Arnaldo Orfila Reynal, Mario Monteforte Toledo, Demetrio Aguilera Malta, Pablo González Casanova y Natasha Henríquez Ureña, así como exiliados de Nicaragua y de El Salvador.

Solemos cenar con los Cardoza y Aragón, Tito Monterroso, Carlos Illescas, José Luis Balcárcel y Dominique Eluard, esposa del poeta que escribió la palabra *libertad* sobre el río Sena, quien ahora traduce al francés de *El libro vacío* de Josefina Vicens.

Descubro que, además de doctora en Filosofía de la Sorbona, Alaíde es crítica de arte. Cuando la embajada de Italia ofrece una cena a Alberto Moravia, Alaíde Foppa es la anfitriona. Además de coloquios y mesas redondas, Alaíde dirige el Instituto Italiano de Cultura. Escucharla preguntar «¿Crema o limón?» al servir el té en las reuniones de *Fem* me emociona. Sus ojos ríen a pesar de la persecución y el desarraigo y las cincuenta y ocho veces que ha cambiado de casa. Dos de sus cinco hijos, Mario, el mayor, y Juan Pablo, de veintisiete, morirán en una emboscada en Guatemala. Varias amenazas llegaron a su casa, pero ni siquiera el poeta Luis Cardoza y Aragón intuye que Alaíde podría correr peligro.

Una vida se hace a lo largo de años, un destino puede romperse en un instante. «Salgo a Guatemala a ver a mi madre», avisa Alaíde. Marta Lamas ofrece llevarla al aeropuerto y la oye decir: «Ahora ya no puede sucedernos nada».

El 19 de diciembre de 1980, día de su regreso a México, Alaíde desaparece en Guatemala.

Un lento silencio
viene desde lejos
y lentamente
me penetra.
Cuando me habite
del todo,
cuando callen
las otras voces
cuando yo sea solo
una isla silenciosa
tal vez escuche
la palabra esperada.

Poema de Alaíde Foppa

En los días que siguen a la desaparición de Alaíde, además de parar el tránsito frente a la embajada de Guatemala y marchar en el Paseo de la Reforma, acudimos a oficinas de gobierno. Empezamos con la antigua Secretaría de

Relaciones Exteriores frente a la escultura *El Caballito*, de Carlos IV, e hicimos antesala en todas las secretarías de Estado, excepto en la de Agricultura, para escuchar que los funcionarios lo sentían mucho pero: «Esto es cosa de Guatemala».

Marta sufrió tanto que varios años más tarde le pregunté:

—¿Recuerdas a los políticos que fuimos a ver?

Y me respondió:

—Ese año se borró de mi vida.

La adopción de la Constitución del 3 de mayo de 1791.

Capítulo 46
La Constitución

Gracias a los buenos oficios de los Lucchesini, el nuevo rey de Prusia, Federico Guillermo, propone a Stanisław August «la disminución de impuestos de todos sus productos, la formación de una infantería y otros beneficios "tanto en hombres como en dinero"».

El tratado es muy ventajoso, no cabe duda, el prestidigitador Lucchesini cumplió su promesa. ¡Habría que estar loco para rechazar tales ventajas! A pesar del entusiasmo de los polacos, el rey se niega.

«¿A quién se le ocurriría darle la espalda a semejante ofrecimiento sino a un anciano como Poniatowski?», protesta el joven Kollowrath frente a sus entusiastas compañeros.

«Separarnos de Rusia es lo peor que puede sucedernos», previene el rey. Para Stanisław, advertirles el peligro de darle la espalda a Rusia es un imperativo moral, pero Lucchesini tiene una capacidad de convencimiento inusual y la mayoría de sus oyentes prefiere las promesas del italiano embajador de Prusia a las humillaciones que acostumbra la zarina.

«¡Abajo Poniatowski!», el aullido furioso de Kollowrath atraviesa el senado. «¡Hay que elegir a otro rey!», grita Izabela, de pie al lado de Adam, quien mira cómo se distorsiona el rostro de su mujer.

Durante las sesiones, el rey insiste: «¡No hay mayor peligro que el que correremos, Rusia siempre ha sido nuestra aliada natural!». Sus arengas desatan un tumulto de rencores e injurias.

La Familia, los Czartoryski, cuyos lazos con Rusia los desacreditan frente a muchos polacos, salen del recinto en medio del rechazo de *starostas* y hombres de iglesia. Adam, furioso, acusa a Stanisław: «¡Todo es tu culpa; si nos insultan, es porque tú los pusiste en contra nuestra!». Nuncios, sacerdotes, mujeres y hasta ancianos se atropellan para obligar al rey a regresar a la Cámara.

Aunque le atemoriza la reacción de Catalina, el rey elige el 3 de mayo de 1791 para anunciar a los polacos la Nueva Constitución. La mayoría de los miembros de la vieja guardia la considera su salvación porque cultiva un odio a la Prusia que Los Patriotas ahora veneran.

«¡Quienes aman a Polonia síganme a la Catedral de San Juan para jurar sobre la Carta Magna!».

El sonido de cascos de caballos sobre el empedrado hace que muchos jóvenes y viejos abran su ventana y se asomen a la calle en la que los jinetes agitan sus banderas. ¡Cuánta alegría emana de ellos!

Doce mil nobles montan guardia frente al castillo de Wawel. Dentro, desde su estrado, el rey lee en voz alta las propuestas de Rusia, Prusia y Austria, quienes intentaron dividir a la patria en cinco principados; uno de ellos incluso estaba destinado a Potemkin, porque Catalina ha ido tan lejos como para ofrecerle el trono de Polonia.

Los Patriotas aprueban la Nueva Constitución entre aclamaciones. Hombres, mujeres y niños que no lograron entrar a la catedral aguardan en las escalinatas y en la calle. Adentro, cuatro ujieres levantan el trono del rey sobre sus hombros, lo suben al altar y, desde lo alto, Stanisław declara: «Juro, ante Dios, que no me arrepentiré. Pido que cualquiera que ame a su patria confíe en mí».

El obispo Piattoli se regocija: «¡Sin un solo golpe, sin una gota de sangre, logramos una nueva forma de gobernar!».

«De la mano de su rey, Polonia se encamina a la democracia», reconoce Adam Czartoryski. «La nuestra es la primera Constitución de Europa y la segunda en el mundo, después de la de Estados Unidos».

«¡La Constitución es un golpe de Estado en contra de Rusia!», se frota las manos el abate Piattoli.

Los Constituyentes lograron una obra única que nace de la buena voluntad polaca, del esfuerzo y del sacrificio individual. La Nueva Constitución es la forma más promisoria de gobierno a la que un país puede aspirar. Se cumple la voluntad de los mejores polacos, totalmente convencidos de la absoluta necesidad del cambio.

A ellos los seguían jóvenes estudiantes, incluso en contra de la mayoría de los adultos. Los Patriotas admiran a Tadeusz Kościuszko por su bravura y su experiencia, incluso sus enemigos rusos y prusianos reconocen su heroísmo.

Son días de gloria, la única que conocerá Poniatowski.

«La emperatriz considera que le hemos dado una puñalada por la espalda», informa Piattoli.

Tanto Rusia como Prusia pretenden asfixiar cualquier resurgimiento del nacionalismo polaco, aunque Europa es un volcán.

El rechazo a Rusia es inmenso, los opositores de Stanisław se unen a las manifestaciones callejeras: si Catalina apareciera, tendría que confrontar la rabia de una multitud encolerizada.

El oleaje del océano Atlántico que une a los continentes es cada vez más bravo, los faros ya no saben guiar a las fragatas europeas que pretenden apoderarse de los siete mares y vaciar sus mercancías en los puertos cuyas aduanas actúan con una voracidad ilimitada. Se adueñan de la tierra que pisan por primera vez y tragan pueblos enteros.

El rey se debate contra la soberbia de los jóvenes que, enceguecidos por el poder de Prusia, llegan a creer que es su aliada, su benefactora. Su gloria militar los deslumbra tanto que quisieran destacar como los soldados prusianos.

El militarismo ejerce el mismo poder que la religión.

«¡Abran los ojos! ¿Cómo pueden caer en la trampa del nuevo soberano de Prusia cuando su tío Fryderyk nos arruinó?», insiste Poniatowski.

Para el rey, creer en José II es caer en la misma trampa que antes le tendió Fryderyk el Grande, quien codició los puertos de Gdańsk y Toruń. ¿Cómo es posible olvidar las ofensas de Prusia solo por la influencia de los Lucchesini?

Casi nueve millones de hombres, mujeres y niños, en su mayoría campesinos, se someten a una nueva política encabezada por el emperador de Prusia.

Si alguien les hiciera ver que juntos son más fuertes, se alzarían en contra de sus tres vecinos, porque ahora cuentan con un arma legal: la Nueva Carta Magna, «la de una monarquía iluminada capaz de transformar la vida de sus súbditos».

La Constitución disminuye el poder de los magnates de cada parlamento local (*sejmiki*) y el ejército une a polacos y lituanos.

—Si eliminamos nuestras diferencias, seremos mucho más poderosos —asegura el rey jubiloso.

—¡Qué bueno que has reestructurado el gobierno! —Lo felicita Adam—. Aunque siguen pendientes la economía y el ejército.

El Gran Sejm también enorgullece a Elżbieta y a su cuñada Izabela. Las dos se han convertido en estatuas de sí mismas.

La Nueva Constitución se inicia con reverencia en el nombre de Dios y de la Santísima Trinidad; sus estatutos crecen en sabiduría a medida que se enuncian. Uno de sus principales autores, Stanisław August, por la gracia divina y la voluntad del pueblo, rey de Polonia y gran duque de Lituania, rebosa confianza en sí mismo.

Polonia sorprende a Europa con su nueva Constitución. ¿Cómo es posible que un documento tan avanzado haya salido de un pueblo sometido por una emperatriz que se empeña en divulgar su atraso y su incapacidad? «¡Pobrecita Polonia!», repiten los embajadores rusos en toda Europa. «*Sou comme un polonais*». «*Lent comme un polonais». «Impossible que les Polonais se mettent d'accord sur n'importe quel sujet».*

¿Quién es ese rey que cede su poder al pueblo? «Según las noticias, Polonia ha dado pasos inesperados hacia la libertad. Si es verdad lo que se dice, gran parte del honor recae en el rey, quien parece ser su principal promotor», declara George Washington el 20 de julio de 1791, ante la sorpresa de Inglaterra y de Prusia.

Más de veinte años antes, del otro lado del Atlántico, en 1776, la Declaración de Independencia de los Estados Unidos estremeció al Viejo Continente que hoy tira a la basura su peluca polveada y sus zapatos de satín que tanto dificultan su andar. La Revolución francesa desviste a la monarquía. No hay compasión; las imágenes son feroces.

Inventar un país en un continente desconocido incendia los ánimos; declararlo *independiente* y llamarlo *Estados Unidos* —porque todos los hombres son iguales— repercute en la mayoría de los europeos que sueñan con atravesar el Atlántico para hacerse de un trozo de paraíso. Los cadetes polacos también arden en deseos de embarcarse:

—¡Majestad, vamos a América! ¡Es la tierra prometida!

—¡En América nadie habla de coronas ni alfombras rojas! ¿Te imaginas que gran descanso? —comenta el estudiante Jan Kollowrath a Stanisław Petrykówski, otro estudiante de filosofía.

—En Europa, todo gobierno se basa en el linaje —replica el rey, quien acostumbra reunirse con ellos en su biblioteca. Por más que el jefe de ceremonia lo desapruebe, al rey le gustan los jóvenes.

—¡En América, los dueños de la tierra son sus propios reyes! —alega Petrykówski.

—También son rebeldes y temo su reacción. —Contemporiza Stanisław.

—Europa le lleva a América más de quinientos años de ventaja. Nosotros somos los civilizadores, los que hacen la ley —sentencia el apasionado Kollowrath—, defendemos el derecho de cada uno.

—No olviden que la ley nace en Grecia... Atenas es la cuna civilizatoria del mundo —alega Poniatowski.

Quienes no tenían bienes o grandes derechos políticos y se han enriquecido con el comercio son los primeros en buscar su gloria en el Nuevo Mundo. Los padres de Kollowrath reciben buenos ingresos de sus sembradíos de trigo, por eso enviaron a su hijo a la Universidad y por eso su brillantez le permite dialogar con el rey de Polonia. También Poniatowski desea el cambio pero, a diferencia del joven, cree en la formación que recibe un heredero al trono, que lo marca con un hierro candente como se marca a las yeguas finas.

—Otra vez lo de la *bonne naissance.* —Se enoja Kollowrath—. Cualquier ciudadano puede ser rey.

—Claro que no, el linaje es indispensable.

—Diderot dice que el hombre nace con tres cosas fundamentales: memoria, razón e imaginación. Y nadie se las puede quitar. La Declaración de los Derechos del Hombre y del Ciudadano, en 1789, transforma a Francia en guía del mundo, y la separación de poderes en Ejecutivo, Legislativo y Judicial beneficia a las naciones de la Tierra.

—Petrykówski, dar buenas órdenes se aprende desde la infancia...

Edmund Burke, tan preocupado por la belleza y «lo sublime», autor de ensayos sobre el origen de la creatividad del hombre y obsesionado por la suerte de su amigo Poniatowski, califica la Constitución polaca de «obra maestra de sabiduría política» y «una gloria de la humanidad». «La búsqueda de la libertad de los polacos va de la anarquía al orden, mientras que los franceses han ido del orden a la anarquía».

«Pocos hombres hacen entrega voluntariamente de su poder como el rey de Polonia», vuelve Edmund Burke a su entusiasmo. «Muchas grandes acciones y grandes palabras merecen ser reconocidas, pero ninguna tanto como el discurso y la conducta de Poniatowski. Esta nueva Constitución es obra de su mente y una lección compartida con otros pensadores polacos que debe aplicarse al mundo entero».

«Deberías haber visto el rostro de Stanisław August», escribe Scipione Piattoli a Felipe Mazzei, embajador de Polonia en París: «Oh, mi amigo, cuántas cosas habrías leído en ese rostro; la majestad del rey sustentada no solo en la teoría de la grandeza heredada, sino en el poder legítimo y en el deber. El rey personificó a la nación, pero también a un padre rodeado de sus compatriotas y de sus hijos y a la grandeza de un príncipe cuyo fin es hacer feliz a su pueblo por encima de mezquinas pasiones».

Por fin, Polonia puede respirar. En América, Thomas Jefferson declara a Poniatowski «el mejor ciudadano de su país». Thomas Paine también se entusiasma. André Chénier, poeta de la Revolución francesa, escribe: «Gracias a él, los polacos serán más felices que los franceses. Gracias a él, Polonia se encamina hacia su redención».

Desde Suiza, Maurice Glayre comunica a Poniatowski la admiración de Edward Gibbon, el filósofo que quiso ser francés y lo sabe todo de la decadencia del Imperio romano. Insiste en que se divulgue la declaración de Burke: «La humanidad tiene todas las razones para vanagloriarse de la Constitución de Polonia. Ni un solo hombre ha sufrido pérdida o degradación gracias a Poniatowski». Horace Walpole va aún más lejos y asegura que los franceses deberían sonrojarse ante Polonia. Todos son elogios, hasta Kościuszko, el polaco más reconocido en América, se solidariza con el rey.

En la misma iglesia en la que Poniatowski fue coronado, sus súbditos entonan un «*Te Deum*». Las campanas de Varsovia y varios cañonazos hacen que retiemble la plaza.

Por fin, el rey siente que Polonia lo ama.

¿Estará Konstancja mirándolo desde el cielo?

La nueva Constitución sigue beneficiando a los burgueses, pero abre la puerta a los pobres, los reconoce y los protege contra despojos y arrestos arbitrarios.

Dos años antes, en octubre de 1789, el rey escribió eufórico a Maurice Glayre: «El entusiasmo nacional, exaltado a un grado que nunca he visto, votó por unanimidad por un ejército polaco de cien mil hombres».

La perspectiva de una gran milicia estimula sobre todo a grupos de jovencitas quienes ofrecen pagar al ejército con sus ahorros. Stanisław confía a su querido Glayre: «El amor a la patria hace furor entre las mujeres». Una joven exclama: «No sucede nada más bello en Varsovia que encontrarse en la calle con un hombre uniformado».

La llamada *opinión pública* le da un respiro al rey y reconoce que, durante más de veinte años, entre la Primera Partición y este Gran Sejm, el talento de Poniatowski embelleció a Varsovia. Stanisław sacó fuerzas para construir y restaurar, montar bibliotecas y levantar teatros que complacen a la clase alta; se preocupó mejor que ningún otro soberano por crear hospitales e instituciones de beneficencia.

A pesar de su aceptación, el futuro sigue angustiándolo. El destino de su pueblo depende de la excelencia de la Constitución del 3 de mayo, pero también del día a día, de todos esos años por delante que le reservan quién sabe cuántas desgracias.

También para el partido de Los Patriotas, la Constitución es un orgullo; crece la admiración de los jóvenes por Prusia y en sus asambleas proclaman: «Nuestra aliada natural es Prusia, Rusia solo nos ha explotado».

«Cuando reflexiono a sangre fría en todo lo que sucedió ese día en la Cámara y repaso mis propias emociones», escribe a Glayre, «me pregunto cómo es posible que no haya yo vacilado un solo segundo. Usted me conoció sujeto a perplejidades y a la irresolución que proviene de sopesar todos los aspectos de un asunto y se preguntará cómo vencí tantos obstáculos. Solo encuentro una respuesta: Dios lo quiso [...]. Ahora se cumple el presentimiento de mis veinte años que me hizo decir: "Me creo destinado a hacerle un gran bien a mi patria, pero otro recogerá la semilla que sembré"».

A pesar de que Federico Guillermo, el nuevo y contradictorio emperador de Prusia, se une al coro de felicitaciones, en privado condena el «atrevimiento» de los polacos que reforman su gobierno: «Lo hacen bajo los auspicios y a la sombra de mi protección».

¿En qué consiste su protección?

Stanisław vive un verano luminoso. Las cortes extranjeras lo felicitan, Francia lo admira, *El Monitor* lo llama su *Rey filósofo* y asegura que logró salvar a su pueblo.

A pesar del rumor de desórdenes en regiones alejadas de Varsovia, la vida en el Palacio de Łazienki es casi normal.

El 4 de mayo de 1791, el rey envía un mensaje a la Asamblea General de París: «Polonia les debe su revolución, pero la nuestra es feliz y apacible».

Cuando él aparece en la sede de la Cámara, el 5 de mayo, lo estremece escuchar: «¡Larga vida al salvador de la nación!».

¿Cómo hacerles entender a Pepi, a Kościuszko y a los altos mandos del ejército que Polonia tiene solo un compromiso y es con Rusia?

«La emperatriz considera que has cometido un crimen con tu Constitución», informa Adam Czartoryski.

Defender las fronteras de Polonia, atreverse a desafiar a la zarina y gobernar «para todos» es un acto de irresponsabilidad; promover la igualdad de los ciudadanos ante la ley sin consultarla, un crimen; pensar que los pobres tienen que consumir lo que cosechan, la última de las necedades, porque las masas no son las dueñas de la tierra. Si nacieron abajo, su destino es vivir abajo.

«Los pobres son verdugos de sí mismos, carne de catástrofes, telón de fondo de todas las tragedias, a lo más, testigos inermes de su propia derrota», alega Elżbieta, su prima bienamada, al igual que otros nobles de la *szlachta*, cuya vida gira en torno a privilegios que jamás se agotan.

Furiosa por la nueva Constitución, pero aún más por el entusiasmo que el arribista Federico Guillermo suscitó entre los cadetes polacos, Catalina acusa de traición a Poniatowski. ¿Qué se ha creído ese malagradecido? ¿Olvida quién lo sentó en el trono en contra de la voluntad de la *szlachta*? ¿Ignora que lo impuso por encima de las cavilaciones de la piadosa María Teresa de Austria y el rechazo de Fryderyk el Grande? ¿Tienen conciencia los nobles polacos de lo que le deben a la zarina?

Un único augurio desconcertante es la Marcha negra, un grupo de encapuchados polacos que avanza por la calle principal de Varsovia rumbo al Castillo Real. Algunos se santiguan al verlos. El cochero del rey, Wojtek Orlowski, comenta ensombrecido: «Es un pésimo presagio».

También para Prusia, la Marcha negra es una mala señal. ¿Qué les pasa a esos polacos que no reaccionan ante el ofrecimiento del nuevo emperador de Prusia? Federico Guillermo, cuya propuesta supera en todo las humillantes imposiciones rusas. Poniatowski es tajante: declarar la guerra a Rusia es ir al matadero: Polonia no tiene con qué defenderse.

En su *Gaceta*, Stanisław lanza diariamente la misma advertencia: «¡Polacos, no confíen en Prusia ni corran a sus brazos, el nuevo rey Federico Guillermo solo quiere apropiarse de nuestras salidas al mar!».

—El rey exhibió demasiado su inclinación por los rusos y los diputados lo rechazan.

—No devolverá nada, lo perdido jamás vuelve a aparecer —reflexiona Stanisław ante sus ministros.

—Claro que sí, Majestad —insiste Lucchesini—, los tiempos cambian, los que antes fueron enemigos ahora son cómplices y la política da giros inesperados.

—Lucchesini, usted no me hará creer que ese sobrino de Fryderyk el Grande estaría dispuesto a romper su relación con Catalina —responde Stanisław.

La Marcha negra también estremece al italiano Lucchesini: «Estos cuervos de mal agüero rechazan el ofrecimiento de Prusia... No cabe duda, toda Europa cambia para mal». «¡Qué daño hizo la Ilustración con sus propuestas de igualdad que contaminan a los pueblos de Europa!».

Hoy por hoy, en Varsovia, los estudiantes saben que tienen a un cómplice en el rey que los saluda con un «¡Buenos días, futuro Miguel Ángel!», y se despide con una sonrisa que los alienta al grado de creer que cuando asegura: «Vivo para quienes más lo necesitan», la puerta se abrirá de inmediato.

Un mediodía, mientras Stanisław preside una conferencia con Littlepage, quien sustituye a Glayre, irrumpe un mensajero y anuncia a «una escuela» que demanda verlo. Con una graciosa reverencia, el rey se disculpa ante sus invitados:

—Sigan sin mí, por favor. —Y corre a atenderlos, a pesar de que Littlepage le dice:

—Majestad, a ellos puede hacerlos esperar. Su compromiso es con la nobleza.

El rey es capaz de seducir a audiencias, pero también de obedecer a sus impulsos, y Glayre le hizo ver hace años que no todos son buenos.

«Me consideran débil, voy a demostrarles lo contrario».

Gracias a Poniatowski, los campesinos viven mejor, la *szlachta* tiene menos privilegios, los niños van a la escuela y a la iglesia vestidos de blanco. Mayo es el mes de la Virgen María. En la tarde, los niños la florean y a ellos mismos les crecen flores en la cabeza. Los más pobres cumplen un plan de estudios que evalúan académicos e inspectores: «Aunque los polacos no cuentan con todos los adelantos técnicos de Francia o de Inglaterra, su esfuerzo educativo es ejemplar», escribe Charles Joseph de Ligne.

«Muchos de mis súbditos temen perder el apoyo de la emperatriz», escribe el rey a su querido Glayre. «La emperatriz no puede ser tan mezquina como para rechazar a los enseñantes en Polonia», responde Glayre. «Sí, porque a mayor conocimiento, mayor capacidad de protesta, mi querido Glayre. Los campesinos son la fuerza de la nación, mi gobierno depende de ellos y los hago crecer en sabiduría».

Todavía faltan años para que desaparezca la avaricia y la ambición de la *szlachta* y el rey los amonesta: «Hay dos gobiernos republicanos en este siglo: el inglés y el americano, que corrigió las fallas del primero. El nuevo gobierno de Polonia será superior a los dos porque tomará lo mejor de cada uno para añadirlo a nuestras propias circunstancias».

Manuel Buendía cae asesinado de cinco disparos a plena luz del día, a media cuadra de la avenida Insurgentes, cerca de su oficina, el 30 de mayo de 1984.

Lo veía yo cada dos o tres meses en casa de Iván Restrepo en una comida aleccionadora a la que asistía un secretario de Estado y, una vez al año, el presidente de la república. Más que platillos de alta cocina, los analistas sentaban a los políticos en el banquillo de los acusados. Margo Su y yo éramos las únicas mujeres en medio de hombres de la talla de Alejandro Gómez Arias —líder de la autonomía universitaria y novio de Frida Kahlo—, Francisco Martínez de la Vega, Carlos Monsiváis, Miguel Ángel Granados Chapa, Benjamín Wong, Héctor Aguilar Camín y, con frecuencia, un sonriente Gabriel García Márquez.

Esta reunión, que podía prolongarse hasta las siete de la noche, era una lección de política que agradecía como las enseñanzas matutinas de Monsiváis, consejero áulico de varios intelectuales.

Iván Restrepo me sentaba a la izquierda de Buendía. De saber que comía junto a un hombre armado habría pedido mi cambio, aunque también tuve la certeza de que, si se le ponchaba una llanta a mi vocho verde, el primero en acudir sería Buendía.

«Red privada», la columna dorsal de Buendía en *Excélsior*, señaló a los narcotraficantes, y sus cómplices políticos de muy alto nivel decidieron eliminarlo.

Aterrada, su viuda abandonó México con sus dos hijos. Creí que Buendía sería el último periodista asesinado, así como José Revueltas, el último escritor encarcelado, pero hoy crece el número de hombres y mujeres desaparecidos: Javier Valdés en Culiacán, Regina Martínez, corresponsal de *Proceso*. Imborrable el rostro y la gran sonrisa de Miroslava Breach, en Chihuahua, baleada frente a su hijo, cuya esquela aparece en *La Jornada*.

Ya sé, mi condición es otra. Fui y soy privilegiada; entré al periódico como si lo hiciera a «La catedral sumergida», de Debussy. Sin correr los riesgos de quienes cubren la página roja y se juegan la vida en cada esquina, escribí frente a una ruidosa Remington. Todavía hoy, cruzo presurosa la calle Bucareli, Insurgentes y la avenida Revolución y empujo una puerta de vidrio, la de *La Jornada*.

Una noche en la cocina, mamá le preguntó a Jan, mi hermano:

—¿Te importaría mucho morir?

—No mucho —le respondió.

Hago mía su respuesta, pero ¿qué chiste si yo ya viví ochenta y nueve años? He recibido amenazas, mentadas de madre, insultos telefónicos, cristalazos, rayones, críticas escritas a máquina, páginas cuajadas de injurias: «pinche momia», «qué bueno que ya te vas», «no sirves», «ya lárgate». Sí, lo sé, «son los gajes del oficio», decían Monsiváis y Pacheco, mis compañeros de *México en la Cultura*. Para mi absoluto desconcierto, Monsiváis murió el 19 de junio de 2010; José Emilio Pacheco, cuatro años más tarde, el 26 de enero de 2014. Soy la única que queda en nuestra defensa.

Cada vez que asisto a casa de Iván Restrepo, me golpea el recuerdo de Manuel Buendía y respiro hondo. Quisiera cambiar de asiento, cobijarme a la sombra del mayor de los comensales, Francisco Martínez de la Vega o a la de Alejandro Gómez Arias, responsable de la Autonomía Universitaria. Ni mi subjetividad ni mi angustia cuentan frente a los cinco balazos que Manuel Buendía recibió a las 6:45 de la tarde del 30 de mayo de 1984 al salir de su oficina. Cuentan los periodistas de provincia desaparecidos o asesinados por caciques y gobernadores que rechazan la crítica al grado de asesinar al que la hace. Cuentan los lectores que no tienen acceso a un periódico que los defienda. Cuenta la desaparición y la muerte de quienes se atreven a denunciar la participación de altos funcionarios en el narcotráfico. Cuenta que Manuel Buendía lo reveló en su columna en el diario *Excélsior* y que por eso lo mataron.

Buendía echaba a andar la conversación con una pregunta incisiva y me di cuenta de que era el único al que los poderosos temían. Con su ingenio, Monsiváis alivianaba las dos, tres y hasta cuatro horas del interrogatorio; saber hacer reír fue uno de sus dones. También Héctor Aguilar Camín reía con toda su juventud por delante y Benjamín Wong Castañeda resultó el más sabio.

«¿Y este maestro enojón?», pensé al ver a Buendía por primera vez. Hosco, el pelo crespo, usaba lentes negros. Con los años, habría de convertirse en el más afectuoso de los miembros del Ateneo de Angangueo. Tan es así que, a pesar de mi poca experiencia, me escogieron para que escribiera el prólogo de su libro *La CIA en México*, lo cual me valió el rechazo de la embajada de Estados Unidos, ese búnker que frena a los automovilistas y los obliga a avanzar con temor por la lateral del Paseo de la Reforma.

La derrota de Polonia frente a Rusia, Prusia y Austria.

Capítulo 47

La soledad del rey

Una atmósfera antirrusa se desata en las calles de Varsovia; Stanisław anhela que los jóvenes entiendan el maquiavelismo de Prusia, pero ellos ya solo escuchan a Federico Guillermo. Cuando el rey alega: «Los prusianos son peores que los rusos, imposible confiar en ellos», lo ignoran.

La emperatriz presume todos los beneficios rendidos a Poniatowski: los préstamos renovados durante treinta años, su infinita paciencia —que ahora los polacos pagan con su habitual inconsciencia y una ingratitud flagrante—. ¡Nunca antes en la historia de la humanidad, una nación había mordido la mano de su benefactora como esos cachorros polacos!

Catalina envía un memorándum a Stanisław: «Su Majestad polaca tomó la decisión de irritar y excitar a su nación en contra mía».

Van muchos años que a la zarina le encolerizan los reportes de sus embajadores en Polonia; cada uno le informa de traiciones, rechazos e incongruencias. El solo nombre de su pequeña vecina la saca de quicio. Poniatowski es desleal. A su indignación, se añade su rabia contra Francia. ¡Nada peor que esos *sans culottes*! «*C'est la canaille!*», repite asqueada.

El furor de Catalina llega a su punto más alto cuando adquiere la absoluta certeza de que dos años antes, el 15 de julio de 1789, el pusilánime, el débil rey Poniatowski se atrevió a firmar un tratado con el joven prusiano, ese recién llegado que nada parece saber de la fuerza de Rusia. ¡Solo faltaba esa traición!

Catalina amonesta al joven Federico Guillermo en su idioma: «¿Cómo te atreves? ¡Tonto, no sabes nada de nada! ¡Qué diría tu tío Fryderyk!». El prusiano, avergonzado, no solo niega que antes felicitó a Poniatowski, «su gran amigo», sino que rechaza haber puesto por las nubes la Constitución del 3 de mayo, totalmente en contra de Rusia.

Ante la furia de Catalina y la amenaza de guerra, Poniatowski recurre al novato emperador prusiano, su nuevo aliado, quien le dio tantas pruebas de amistad: «La dignidad de vuestra Majestad está íntimamente ligada a la independencia y al honor de mi nación, y espero que me dé a conocer sus sentimientos. En medio de mis inquietudes y mis penas, me consuela pensar que jamás hubo una causa más respetable ni mejor que la nuestra, ni he tenido el apoyo de un aliado más respetable y más leal, tanto a los ojos de nuestros contemporáneos como a los de la posteridad».

Federico no solo lo traiciona: se alía con la zarina.

Experta en diplomacia, tras bambalinas Catalina le ofrece a Federico Guillermo toda la Gran Polonia si permanece neutro en su guerra contra los turcos. A pesar de su preocupación, también se mantiene atenta a los debates de la nueva Cámara en Polonia. Espera ver confirmado el tratado de alianza ofensivo y defensivo entre Polonia y Rusia, pero el partido de Los Patriotas se opone diciendo que, para variar, Polonia tendrá que combatir en guerras que no son las suyas, guerras rusas en las que mueren ciudadanos polacos, cadetes polacos, caballos polacos, además del envío de víveres que les hacen falta a las familias polacas.

El joven novato, Federico Guillermo, se siente victorioso de antemano. Quizá logre hacerse de las dos ciudades claves de Polonia que Alemania siempre codició: Toruń y Gdańsk.

El cadete Bolesław Kollowrath tiene todos los atributos del líder. Inteligente, su ímpetu de adversario le recuerda al rey respuestas altaneras y ágiles que lo entusiasmaron en su tiempo. «Yo debí ser así», piensa Poniatowski, «pero el *good breeding* no lo permitió». Cada vez que Kollowrath toma la palabra, el rey intuye que ganará la partida. Oírlo lo deleita a tal grado que fomenta su impertinencia. «No soy tan ingenuo como para creer en sus buenas intenciones, Majestad. De lo que sí tengo total certeza es de que nos conviene aliarnos con Prusia».

A diferencia de Catalina, Poniatowski se inclina por algunos rasgos del jacobinismo y, finalmente, Los Patriotas le atraen más que los discursos de sus cortesanos. La patria es lo primero y, si frente a Dios todos los hombres son iguales, también tienen que serlo entre ellos. Una vez oyó que su padre reprendía a su cochero: «No le pegues así a tu caballo. ¿No te das cuenta de que también sufre?».

Si esto sucede entre un hombre y un animal, con más razón entre los parisinos, ahora levantados contra sus amos.

Cada vez que Los Patriotas rebeldes se alzan en la frontera con Bielorrusia y le asestan un golpe a los rusos, el rey se regocija en privado y se une al coro de jóvenes estudiantes: «Los polacos no amamos a Rusia y nunca los amaremos».

El rey comprende el enojo de Kollowrath. También él podría decirle a Catalina que disiente de quienes pretenden aliarse con Prusia, pero la emperatriz no se lo permite.

Alguna vez, la joven Catalina y él hablaron del lugar de Polonia entre tres terribles vecinos, y Catalina recordó que en su adolescencia tuvo a dos maestros a quienes detestaba. Los hubiera padecido hasta su partida a Rusia para casarse con Pedro Ulrico si su institutriz Babette no hubiera intervenido.

Stanisław, iluso, todavía cree posible convencer a la zarina si aceptara recibirlo, pero ya Catalina cerró la puerta. El rey puede escucharla reprochándole: «Rey de Polonia, mereces la lección de tu vida. ¿Cómo es posible que permitas que el novato Federico Guillermo se meta entre nosotros si es a mí a quien debes tu trono y tu fortuna?».

¡Desgraciados polacos, ahora conocerán su suerte! ¿Recordarán siquiera que Fryderyk II de Prusia calificó a Polonia de lacra en medio de naciones europeas? ¿No tendrán conciencia los ilusos y fantasiosos polacos de lo despreciables que son para sus dos naciones vecinas?

Durante años, Catalina se acostumbró —a través de Poniatowski— a que Polonia solo le diera las gracias.

En las peticiones de Stanisław —manuscritas en francés— aparecen con frecuencia frases de agradecimiento, pero el rey se cuidó de mencionar la Nueva Constitución adversa a Rusia, la cual salió de su pluma y letra. La zarina sabe que tras el protocolo epistolar, siempre ardió el despecho de su amante polaco. Años de rechazo y humillaciones convirtieron a Poniatowski en enemigo. En los artículos uno, dos y tres de la nueva Carta Magna arde su odio contra Rusia. La airada Polonia de Poniatowski ahora se yergue y dice *¡no!* a la tutela de Rusia.

«Voy a anular esa pésima Constitución y a darle una buena lección al condesito», convoca Catalina a sus ministros.

Si la zarina estalla de rabia contra la plebe francesa, su coraje contra Stanisław es infinitamente mayor.

«Staś, ¡te destruirá!», advierte su primo Adam Czartoryski.

El rey ha sido víctima continua de tres feroces vecinos y las pretensiones del nuevo emperador de Prusia, Federico Guillermo, confirman que no habrá cambio en la política prusiana a pesar de su engañosa amabilidad.

Catalina se pregunta en qué momento se lanzó Polonia a los brazos de Federico Guillermo, tan sonrosado como recién llegado al poder.

Stanisław casi puede escucharla ponderar furiosa ante su gabinete que él, quien le debe todo, es un traidor y que desde un principio lo intuyó, pero su generosidad la hizo acallar su conciencia. Poniatowski solo merece que su patria desaparezca de la Tierra. Polonia es tan prescindible como el propio amante polaco.

El rey, en cambio, insiste en la bondad y en el desprendimiento del género humano, sobre todo en el de la Zarina.

«Comprendo hasta cierto punto la Revolución francesa», asienta el rey ante sus ministros, «pero quiero que el derecho y la razón primen en Polonia. Mi revolución se hará sin sangre».

Varios años de agravios alimentan la furia de la emperatriz de Rusia y, el 23 de mayo de 1792, declara la guerra a Polonia e invade sus fronteras, en las que hasta ahora han vivido codo a codo polacos y rusos.

Una ola de patriotismo estalla entre jóvenes y viejos. Unos siguen al rey, otros lo acusan: «Stanisław es incapaz, Stanisław es cómplice». El rechazo inunda las calles de Varsovia. «¡Abajo la nobleza!». Los críticos más moderados pretenden instaurar la Constitución del 3 de mayo, otros se preguntan si de veras el rey tendrá las agallas de levantarse contra la emperatriz. Los ancianos se persignan. ¿Cómo es posible que sus hijos y sus nietos crean que pueden vencer a sus vecinos sin armas ni ejército ni dinero? Su heroísmo hará que los masacren.

El fornido e imponente general Alexander Bulgakov afirma frente a un cónclave de magnates que Rusia anulará la Nueva Constitución.

«General, ¿cómo puede el soberano de un país anular la Constitución de otro si no es invadiéndolo?», pregunta Kościuszko desde lo alto de su desprecio.

Stanisław observa orgulloso a su primo Adam y pocos minutos después, acompañado por él, sale al balcón imperial y exhorta a los polacos a permanecer unidos en torno a su Carta Magna. Propone levantar milicias en todas las ciudades. Algunos ancianos se preguntan si el rey seguirá el ejemplo de Francia. Un volante a su favor circula en las calles: «Como todos los defensores de una causa santa, nuestro rey ansía verter su sangre por la patria y no teme exponer su cabeza blanqueada por los años a los peligros de la guerra [...]. La dignidad de nuestra Majestad está íntimamente ligada a la independencia de la nación [...]. ¡Sigan tras la bandera de Polonia porque es la del honor!».

Mientras que el primado Michał Poniatowski ordena rezar en cada parroquia, el Straż Praw, Consejo de Ministros, exhorta a los fieles: «Únanse a su rey, su líder y su padre, recuerden que ustedes lo eligieron; es de su misma sangre y su reinado les dio su razón de vida. Incluso a su venerable edad, el rey se dispone a sufrir grandes peligros por nuestra patria».

Tadeusz Kościuszko supera en todo al joven príncipe Józef Poniatowski, quien ahora descubre que ser sobrino del rey es un inconveniente. La Cámara de Polonia decide que se vendan los bienes de la nación, pero varios miembros de la *szlachta* no solo rechazan la propuesta, sino que se alían con los rusos.

Los soldados aclaman la Constitución del 3 de mayo y vitorean a Kościuszko. Pepi baja la cabeza, el héroe no es él, él solo es miembro de la *szlachta*, aprovechó sus privilegios y olvidó a los demás: es solo un joven noble nacido en Viena. ¿Soldado de la patria por ser sobrino del rey? ¿Qué ha hecho por Polonia si se formó en Austria?

«¡Polacos! ¿Tienen conciencia de lo que nos cuesta la protección de Catalina y la amenaza de una segunda partición que nos borraría del planeta?», arenga Kościuszko en la plaza pública. Ningún Poniatowski ha recibido semejante ovación.

La patria es una causa santa.

«Todo es culpa del rey. Puso a Polonia bajo la égida de Catalina que la desangra», azuza el joven Kollowrath a sus compañeros: «El que no entregue su vida por nuestra bandera es un cobarde».

«El rey calla ante los Czartoryski que temen perder sus castillos y sus privilegios», dice Kiliński a sus compañeros.

Pablo Amor, padre de mamá, fue enterrado en un cementerio en Normandía sobre un risco frente al mar. En un viaje a Francia, mamá buscó su tumba en Varengeville (algo así como el cementerio marino de Valéry) pero a pesar de las horas que pasó en el camposanto nunca dio con ella. Leyó los nombres que todavía podían descifrarse en lápidas erosionadas. Los vientos salados y las ráfagas de lluvia destruyeron no solo los recuerdos, sino cruces y apellidos grabados en la piedra.

Mamá me describió el camposanto como la proa de un barco que avanza hacia el sol.

—En Varengeville —explicó—, las tumbas parecen haber caído del cielo y sobre las rocas crecen arbustos espinosos. Entre ellos, calcinadas por el sol, las lápidas aguardan su última destrucción. No encontré la de papá pero si tú llegas a ir alguna vez, Pomme, es posible que no encuentres más que un montón de piedras: tu abuelo.

—¡Ay, mamá, pareces Juan Rulfo!

—¿Llegarás a ir? —insistió.

Ya estuvo que no llegué. Pablo Amor murió joven. Mamá, la última de las tres hermanas Amor Yturbe, apenas lo conoció, guardó una fotografía suya y me la enseñó con reverencia: «Es mi padre», dijo, y prensó una flor tras el vidrio del portarretratos.

Mi abuela y mi madre se aficionaron a las violetas. Mamá permaneció en ese acantilado de Varengeville un buen rato. Escuchó las olas azotarse contra el risco y, finalmente, dejó su ramo sobre una lápida sin nombre.

Supongo que alguna vez en sueños conoceré ese cementerio y escucharé el sonido de las olas. Alberto Beltrán me envió, hace cincuenta o más años, una postal de la pirámide de Tulum aventándose al mar. La conservo porque Tulum ya no es ese misterioso barco convertido en roca que hiende el mar; la desacralizó el turismo, pero sigo ligándola a la muerte de Pablo Amor, mi abuelo materno.

Yo sí voy a morir aquí. Tengo la suerte de saber dónde está mi abuela, Elena Amor de Yturbe; dónde, mis padres y dónde, Jan, mi hermanito. Los cementerios son mis amigos. El de San Joaquín me aguarda tatemándose al sol. En el Judío están Leonora Carrington y Chiki Weisz. Ahí, también acompañé a Aline Davidoff, quien murió demasiado joven.

En la Ciudad de México, en los meses de abril, es fácil encontrar la de Jan y la de mis padres en el Francés de San Joaquín porque mamá sembró una jacaranda sobre cada una sin que cuidador alguno se lo impidiera. Son las únicas en ese cementerio. Verlas florecer en marzo es alcanzar la gloria eterna. «Allá, en ese zurco está Jan. En esa misma fila, mis papás. A tres pasos, mi abuela, Elena». Desaparecieron varias letras de la lápida de mi hermanito. El cuidador se excusó:

—Se meten en la noche y se roban la *o*, la *p*. La *i*, la *s*, la *w*, sus favoritas.

Quisiera hacer otras preguntas pero Martina interviene con su lógica cartesiana:

—Ya chole, ¿de que le sirve a usted saber qué letras se roban?

Los hermanos Emmanuel y Pablo Amor, educados en Stonyhurst, se casaron; Emmanuel, en segundas nupcias, con Carolina Schmidtlein, madre de mi providencial tía Carito. Pablo, casado con Elena Yturbe, vivió con sus tres hijas, Bichette, Lydia y Paulette en Inglaterra (por eso mamá hablaba bien inglés y amó a Katherine Mansfield y a Virginia Woolf). Años más tarde, habría yo de leer en el *Zapata*, de John Womack, que Emmanuel Amor trataba bien a sus peones. Según mamá, Emiliano Zapata fue el caballerango de Ignacio de la Torre, yerno de Porfirio Díaz. Nicho, el mocito que venía a bolear los zapatos de la familia Amor, habría exclamado:

—¡Zapata reventaba los ojos de los caballos!

—Mamá, eso es imposible.

—Es verdad, Pomme, Nicho lo vio.

Para ella y para la tía Bichette fui: *Pomme*, manzana. Curiosamente, a Guillermo de niño le decían *Manzanitas* porque sus mejillas se enrojecían no solo al correr sino al saludar. A los 75 años, Guillermo murió a las once de la noche del 26 de abril de 1988. Internado en el Instituto de Cardiología por una falla respiratoria, a los tres días, su médico y amigo, el doctor Ignacio Chávez Rivera, lo dio de alta: «Está mejor en su casa».

Guillermo solía decir: «Lo que sea, que suene», y a lo largo de los años repitió que quería una muerte rápida. Pidió que lo incineraran. Su televisión amaneció encendida. No sufrió. Mane, el hijo con quien más convivió, voló desde su Instituto Pierre y Marie Curie en París y llegó a tiempo para despedirlo. También su hermano Ignacio Haro vino desde Tijuana.

«Todavía necesitaba yo a papá», dijo Paula. Felipe lloró todas las lágrimas de las dos jacarandas de la Cerrada del Pedregal. Ahí siguen las jacarandas y las lágrimas que ahora disfrutan los nuevos dueños del número 79 de la cerrada.

Guillermo me heredó la absoluta certeza de que si ahora Mane tiene un doctorado de estado en Física, en Francia, y otro en Davis, California, es por su empeño.

—¿Qué vas a ser de grande? —le preguntó.

—Me gustaría hacer cine.

—¡N'ombre, eso se aprende en el baño!

Felipe, su segundo hijo, quedó huérfano de padre a sus casi 20 años. A Paula, Guillermo sigue haciéndole falta. Lo mismo habría de decirme Ximena, años más tarde, a propósito de su padre, el poeta Jaime García Terrés.

La mitad de las cenizas de Guillermo Haro quedaron en Tonantzintla, al lado de las de don Luis Enrique Erro, fundador del Observatorio, hoy INAOE (Instituto Nacional de Astrofísica, Óptica y Electrónica); la otra mitad, en la Rotonda de los Hombres Ilustres.

La ceremonia del viernes 29 de abril de 1988, en el jardín del Observatorio, frente a los volcanes, habría sido del gusto del estrellero. Quizá habría aceptado (él no era creyente) la misa que el pueblo entero de Tonantzintla mandó a decir en la capilla más bella del mundo. Los ángeles con sus manos cargadas de plátanos, piñas y manzanas bajaron de los muros y volaron a cobijarlo con sus alas.

En el atrio, dos violinistas de sombrero de paja, un trompetista y un guitarrista tocaron «La barca de oro», muchos perros de costillas picudas ladraron y el doctor en óptica, Alejandro Cornejo, lloró.

La reina de Francia, María Antonieta.

Capítulo 48

Targowica

Tres antiguos amigos del rey, Feliks Potocki, Seweryn Rzewuski y Franciszek Ksawery Branicki piden audiencia a la emperatriz de todas las Rusias, quien los cita el 14 de mayo de 1792 en la ciudad fronteriza de Targowica.

Tras oír a los traidores, la zarina da la orden de invadir Polonia.

No pasan ni dos días cuando noventa y siete mil soldados rusos al mando del general Alexander Bulgakov invaden Varsovia.

¡Ahora sí es la guerra!

Los Confederados de Targowica le envían a Pepi, el sobrino del rey, un mensaje imperativo el 7 de julio de 1792: «Únase a nosotros». Indignado, Pepi responde: «Como soldado que valora su honor y hombre honesto, soy incapaz de esconder mi desprecio por los infames y los traidores».

Stanisław tiene en contra no solo a los nobles aliados de la zarina, sino a Federico Guillermo, quién lo traicionó.

El 22 de julio de 1792, Catalina tilda de «trampa» y rechaza con dureza reunirse con el rey de Polonia. Si no se adhiere a la Confederación de Targowica, será destronado: «Presumo», concluye Catalina, «que Su Majestad no querrá llegar a ese extremo...».

Una Confederación en la Cámara polaca tan opuesta al reinado de Poniatowski como la de la pequeña ciudad de Targowica es para el rey de Polonia una puñalada en la espalda.

Adquirir la certeza de que sus familiares y seguidores son sus enemigos pone a Stanisław al borde del quebranto. Sabía que los aduladores traicionan, pero nunca pensó que serían sus amigos o sus seguidores en juntas y apariciones públicas.

«Polonia no merece que le claven un puñal en el corazón», pensaba mientras los rostros de Potocki, Branicki y Rzewuski se reían de él. «¿Dónde estás, Glayre? ¿Cómo es posible que nunca adiviné que preferían su bienestar al de nuestra nación?».

A raíz de la Confederación de los opositores del rey en Targowica, Poniatowski resucita un escrito que hizo con el apoyo de Glayre y lo envía a la emperatriz de todas las Rusias:

«Señora, mi hermana.

»No recurriré a rodeos ni a frases largas, no están en mi carácter ni en mi posición; me explicaré con franqueza porque es a usted a quien le escribo. Ojalá me lea con bondad y atención. Sea lo suficientemente buena como para recordar el mensaje que le entregué por escrito en su galera en Kaniów. Si mis esfuerzos no tuvieron resultado, Su Majestad Imperial sabe demasiado bien que no soy yo a quien hay que culpar. Cualquier discusión acerca de lo que ha seguido después sería aquí superflua y no remediaría nada. Por lo tanto, paso al momento presente y hablaré con claridad.

»Es su necesidad, Señora, ejercer su influencia en Polonia y mover sus tropas a través de nuestras tierras sin estorbo cada vez que quiere tratar con los turcos y con Europa. Nuestro deber es resguardarnos de las continuas revoluciones que cualquier interregno trae necesariamente consigo al permitir que nuestros vecinos intervengan forzándonos a guerrear en contra de uno y de otro. También nos hace falta una forma de gobierno más ordenada que la anterior.

»Ha llegado el momento y los medios de conciliarlo todo. Denos como mi sucesor a su nieto, el príncipe Constantino, haga que una alianza eterna reúna a los dos países, permita que un tratado de intercambio útil a ambos reinos se convierta en una alianza [...]

»Sé que puede pensar que el poder en sus manos es capaz de darle todo lo que usted demanda en su Declaración sin ningún compromiso. A eso, solo puedo responder que me es imposible creer que su corazón, que me precio conocer, preferiría tomar medidas de extrema dureza a las más benévolas que cumplirían con sus deseos y su gloria.

»Perdóneme, Señora, si no escribo grandes frases en esta carta ni tengo gran estilo. Me atrevo a pensar, incluso tristemente para mí, que mi sinceridad no la incomodará, aunque rechace mi petición.

»No deseo en este mundo sino afirmarme para siempre como el buen hermano, amigo y vecino de su Majestad Imperial, Stanisław August *rex*».

Sigilosa, Catalina reparte sonrisas (Judas no lo hizo mejor) y olvida que muchos polacos viven en la pobreza y merecerían justicia.

¡Qué dolorosa lección para Stanisław! Se dejó embaucar por jóvenes polacos en su alianza con los prusianos. La Cámara que tanto lo apoyaba lo hizo caer en la trampa. A pesar de su desconfianza de Prusia, cedió como es su costumbre. Ahora se repite: «¿Estaba yo ciego?». Federico Guillermo jamás fue su amigo. Las tropas prusianas en la frontera, antes sus aliadas, solo esperan una orden del *amigo* Federico Guillermo para invadir Polonia.

Solo Catalina puede impedirlo y devolverle su patria al rey, quien lamenta las eternas alianzas secretas entre jefes, las simpatías inmediatas y los acuerdos de última hora. «¿Por qué no logré hacerles entender a Los Patriotas, a Pepi, a Kósciuzko, a Kollowrath, a todos esos jóvenes encolerizados la urgencia del compromiso? ¿Cómo hacerles ver ahora mismo que es imposible vencer a Rusia?».

Hartos de Poniatowski y de la dominación rusa, los jóvenes piafan en espera de una orden que los lance a la batalla. Ahora, el enemigo es Rusia. Si Poniatowski no reacciona, ellos tomarán el mando para salvar a su patria.

Hombres, mujeres y estudiantes convierten Varsovia en zona de guerra. Cierran calles, levantan barricadas con adoquines. «¡Vamos a expulsar a los rusos!». «¡No nos importa morir!». «¡Dejarnos dominar por Rusia sería el fin de nuestra nación!».

«¡Me dispongo a acabar con Rusia!», grita Kollowrath.

Ir al levantamiento zapatista en la selva chiapaneca en 1994 les hace un bien enorme a Felipe y Paula. Ha muerto Guillermo y están en la edad de «Mamá, yo quiero...». Les digo que esperen a que ellos mismos puedan comprarse cualquiera de sus antojos. Su estancia en la selva los cambió. San Andrés Larráinzar, además de árboles, protegía a hombres, mujeres y adolescentes del EZLN (Ejército Zapatista de Liberación Nacional) comandado por el Sub, «¿De qué nos van a perdonar?», quien se levantó en armas el 1 de enero de 1994. Su ejército de hombres y mujeres, con el rostro cubierto con pasamontañas o paliacates, causa sensación en el mundo entero.

Paula y Maya Goded dormían en una tienda de campaña que habría de convertirse en la biblioteca Aguascalientes. Los libros salieron de San Sebastián en cajas de cartón. Un señor se presentó con un libro muy sobado, muy leído, que seguramente le importaba, y lo puso en mis manos. Se dio la media vuelta de inmediato, pero alcancé a ver la expresión en su rostro. Varios chavos entusiastas vinieron a empacarlos, hasta que Chabela, enojada, los corrió: «Esos muchachitos no saben hacer nada, se la pasan hablando por teléfono y abriendo el refrigerador». Chabela empacó sola TODOS los libros, así es que si el EZLN le debe algo a alguien, es a Isabel Castillo González, quien además los cargó hasta el camión.

Hermann Bellinghausen, mi muy querido y admirado compañero de *La Jornada*, se convirtió en el portavoz de la guerra en la selva lacandona. El periódico publicó puntualmente su crónica, además del sorpresivo diálogo entre el Subcomandante Marcos y Durito, el escarabajo. Imantada, mamá ya enferma, siguió el día a día del EZLN y Marcos la mandó saludar.

Al oír la expresión «de Guatemala a Guatepeor» la relacionaba con la desaparición de Alaide Foppa y ligaba a Chiapas yo con Guatemala. Para mí, la urdimbre de sus quesquemetl rojos era muy parecida a la vida y la muerte de los hijos de Alaide. Difícilmente podría haber distinguido a un chiapaneco de un guatemalteco.

Felipe y Paula regresaron flacos y aprendieron lo que es vivir con muy pocas ventajas. Una tarde, mientras Maya Goded y Paula acomodaban libros, un zapatista les avisó: «Acaban de matar una res, allá abajo». Corrieron, pero solo alcanzaron el caldo.

Felipe y Paula tomaron buenas fotos; Paula, la de una joven zapatista enmascarada, los ojos llenos de risa, con un moño prendido a su pasamontañas.

En nuestra primera caminata entre los árboles, el Sub llevaba una bolsa de plástico con medicinas: «Estas son para las mujeres cuando menstrúan». Me apené y Paula quizá un poco también. Era tanta su preocupación por las mujeres que pensé que a lo mejor era ginecólogo y recordé que hace años, en el Windsor School, cuando la seño Velásquez nos preguntó al final del sexto año de primaria qué queríamos ser de grandes, Alejandro Ochoa dijo que partero y lo corrió de la clase.

En sus horas de tregua, los zapatistas ponían un altavoz y un tocadiscos y bailaban cumbias con su rifle en la espalda, el cañón apuntando al cielo. Además de bailar, Paula trabó una relación muy estrecha con la comandante Ramona, en realidad Josefina. Rebautizada por el Sub, la nombró Comandante en Jefe de todo el Ejército Zapatista.

Ramona, sin defensas, chiquitita, solo hablaba tzotzil, pero Paula la entendía porque sus ojos lo decían todo.

Oschuc, Chanal, Las Margaritas, San Cristóbal de Las Casas, Ocosingo, Altamirano y otras poblaciones se unieron al EZLN. Entre las peticiones de las zapatistas, años después de la declaración de guerra, me gustó mucho que dijeran: «Queremos nosotras mirar a los ojos al hombre que queremos y escogerlo nosotras y no que nos cambien por un garrafón de alcohol. Queremos tener los hijos que queramos y podamos cuidar... También queremos manejar un coche como los hombres».

La comandante Ramona caminaba con pasitos de guarache. Estaba en su elemento; era su tierra, sus árboles, su gente, su infinita pobreza, sus quinientos años de abandono. ¿Por qué la expuso el Sub a tantas miradas si había vivido escondida en la selva?

En la casa de San Sebastián, viví al lado de una mujer a quien le gustaba sentarse al sol. (Octavio Paz escribió que la felicidad es una sillita al sol). Hubiera podido tomarla en mis brazos de tan indefensa. Nos entendimos a señas, la única vez que la vi contenta fue un domingo de mucho sol, en que se oían las campanas de San Sebastián y ella, sentada en una banca, enhebró cuentas de colores para hacer sus collares. Aprendió palabras en español y decía *gracias*, pero más decían sus ojos rasgados.

Chabela, alta, imponente, segura de sí misma, protestó: «¡Si esa es comandante, yo soy presidente de la República!».

Ramona y mi hija Paula se quisieron y la acompañó a su boda en Santa María Tonantzintla. Su huipil rojo y su pasamontañas hicieron que Antonio Saldívar exclamara: «¡Qué boda tan extraña! Por un lado, veo a la Comandante Ramona y por el otro al banquero Roberto Hernández».

Cuando el padre Carlos Mendoza preguntó: «¿Quién va a presentar a la novia?» Paula, de blanco, con Lucas en brazos respondió: «Mi hijo».

Lucas nació el 11 de febrero de 1998.

«Una boda y dos bautizos. Vengan a bailar bajo las estrellas».

La boda de Paula con Lorenzo y el bautizo de Lucas quedaron impresos en un papel rosa. El bautizo de Nicolás, el tercer hijo de Mane y Viviana, en uno azul, los angelitos de Santa María Tonantzintla volaron en un cielo de sandías y piñas en la iglesia más extraordinaria del planeta, a los pies de un Instituto de Astrofísica en el que los científicos aún no descubren cuándo se va a acabar el mundo.

Gracias a Guillermo Haro, quien construyó una escuela y una cancha de futbol, el pueblo quiso brindar por los novios con un jarrito de tequila que bebimos al son de una tambora.

Marcados por el zapatismo y por el doctor en Física, Manuel Fernández Guasti, mis hijos mantuvieron lazos con el Comité Clandestino Revolucionario Indígena.

En espera de su operación del riñón donado por su hermano, la comandante Ramona prefirió vivir con Paula en Santa Rosa Xochiac. Ir a verla era una proeza. El coche subía por una estrecha carretera a Tetelpan, San Bartolo Ameyalco, al Desierto de Los Leones, entre casuchas con sus varillas apuntando al cielo en espera de un improbable segundo piso.

La vista de la noche estrellada compensaba las varillas-pararrayos rematadas por un casco de refresco. Durante más de un año, Paula no tuvo ni luz ni agua.

Cuando en 2001, vinieron los zapatistas a la Ciudad de México, se reunieron en una carpa en Tlalpan a deliberar futuras estrategias. Sentada en una de las bancas, esperé con todos, hasta que uno de los miembros del presidium vino a decirme que no empezarían en mi presencia. La razón: mi apoyo a Andrés Manuel López Obrador. Manuel Fernández, solidario, salió conmigo. Tras una hora en la casa, el Sub me llamó por teléfono: «Nunca di esa orden». En ese momento, me di cuenta de que la política no solo es sentimiento: obedece a razones a las que no tengo acceso. Lo que sí guardé en el corazón fue el apoyo del doctor en Física Manuel Fernández.

El general Tadeusz Kosciuszko.

Capítulo 49

Guerra contra Rusia

«Los Lucchesini son muy populares entre los polacos de la *szlachta* y ya la esposa Charlotte sedujo a La Familia», parlotea el nuevo rey Federico Guillermo II.

El entusiasmo del emperador prusiano es parte de su inexperiencia, pero lo que sí es real es la ilusión de muchos polacos por una alianza con Prusia. ¿Prusia o Rusia? Los polacos que han vivido guerras consideran que Rusia es su aliada natural, muchos hablan ruso y todavía recuerdan los triunfos de Pedro el Grande, pero a los jóvenes les entusiasma el militarismo prusiano y admiran la disciplina de la vecina que ha llegado tan lejos.

En vez de condenar a Prusia, Rusia y Austria, la vieja Europa sanciona el desorden polaco y la sumisión de Poniatowski. ¿No ha tenido el rey suficiente tiempo para darse cuenta de que el poder de la Semíramis del Norte se extiende hasta el mar Negro? ¿Acaso no ve que su antigua amante acabará con él?

La bandera polaca ondea sobre un ejército de cuarenta mil hombres sin Estado Mayor y sin equipo, pero el rey cuenta con el Tratado que firmó el 29 de marzo de 1790 con Federico Guillermo de Prusia, a través de su ministro Lucchesini.

El rey de Prusia traiciona la alianza en la que ofrecía un contingente de dieciocho mil hombres en caso de invasión rusa.

«Sin él no hay esperanza», le comunica Poniatowski a la corte.

El italiano manipula al partido de Los Patriotas y Poniatowski, cual aguafiestas, previene a diputados y a jóvenes polacos: «Es lo mismo de siempre. Tenemos que desconfiar de Prusia; en cambio, creo en el apoyo de la zarina».

El rey intenta calmar al líder más ferviente de los estudiantes, Bolesław Kollowrath, pero este arenga a sus seguidores: «Madres de familia, estudiantes, campesinos, costureras, ¿no se dan cuenta de que el nuevo rey de Prusia los engaña? Su oferta es una trampa». «¡Traidor!» Los jóvenes olvidan que Stanisław los ha beneficiado. Si los estudiantes conocen a Rousseau es gracias al él, si discuten a Voltaire y a D'Alembert es porque se empeñó en traducirlos. Los jóvenes saben que Stanisław los apoya, pero en política es inevitable culpar a uno solo y Poniatowski es un blanco perfecto.

Poniatowski logra detener un año la firma del tratado con Prusia.

¿Cómo es posible que Polonia olvide las ofensas de una nación levantada en armas en su contra solo porque una pareja de italianos la ha seducido? ¿Así de imprevisibles y absurdas son las decisiones de los soberanos?

¿En un abrir y cerrar de ojos se juega el destino de toda una nación?

«Mi país es mi primer deber y no puedo separarme de mi nación», le escribe Stanisław a su corresponsal en Francia, Felipe Mazzei: «Hoy ya no soy el capitán del barco, me lleva la corriente y solo Dios sabe en dónde acabaré».

Pepi se indigna ante la inacción del rey.

—Ya no lo considero mi tío, Majestad, usted me avergüenza.

El rey intenta defenderse:

—Solo me faltaban estas sospechas injuriosas y estas críticas severas para devolverme toda la amargura y la crueldad de mi situación. Sí, señor, la desesperación se ha apoderado de mi alma. ¡Gran Dios! ¿Acaso es humanamente posible oponerse a los movimientos de un enemigo tan superior en número? Que estos señores que arden de valor en Varsovia vengan a tomar el mando de mis tropas, estaré totalmente de acuerdo en servir bajo sus órdenes en calidad de soldado raso. Quizá entonces juzguen mejor mi actuación y comprendan que no es el miedo o la prudencia los que me guían, sino Dios, quien es testigo de mis actos y de mi conciencia.

En Varsovia, hombres y mujeres enojados se levantan en armas. «¡Abajo el rey!». «¡Podemos vencer a la zarina!». «¡Rusia es nuestra enemiga!».

«¡Déjenlos que griten!», aconseja el iluso de Stanisław. «Sus insultos no me afectan. ¡Es más! Tengo la certeza de que algunos incluso me quieren».

¡Ay, Dios mío! En esos días, cuando un cortesano sugiere que repartir armas sería una buena manera de ganarse adeptos, se indigna: «¿Darle a un joven un fusil? ¿Tengo cara de criminal?».

Desde su juventud, el rey tiene claro que sus vecinos codician sus dos puertos: Toruń y Gdańsk —Danzig, para los prusianos—. Desde el primer día de su reinado, supo que también Finlandia, Suecia y Dinamarca los ambicionaban. Para cualquier país europeo una salida al mar significa el libre comercio de sus productos. «Ese rey nada sabe de política exterior», se regocijan los prusianos dispuestos a asaltar los dos puertos.

Consciente de tanta voracidad, Poniatowski volvió sus ojos a Varsovia y se dedicó a embellecer el Palacio de Łazienki, a construir escuelas y divulgar la obra del geólogo Stanisław Staszic, filósofo de las luces y miembro del Collège de France, para quien el concepto de *ciudadanía* en Polonia peligraba tanto como el de la independencia de la nación.

Staszic incitaba a sus oyentes: «Hijos de Sobieskis, Chodkiewicz, Zamoyskis, Bolesławs, ¿acaso es posible que perezcan con deshonor?». «¡Si los tres países vecinos han despojado a diez millones de polacos que cultivaban una tierra fértil y rica es porque lo permitimos!».

Cada país como cada hombre es responsable de su destino, apoyaba Zamoyski a Staszic: «En nuestro país, la desgracia nacional se debe al desprecio y a la imperfección de sus leyes».

Una buena ley salva hasta las situaciones más cómicas, como la de dos vecinas que se pelean por la autoría del mismo guiso. El fogoso abate Kołłątaj decide liberar a los judíos, rasurar sus barbas, modernizar a su comunidad e integrarlos al siglo XIX. El rey pretende concederles la ciudadanía y el derecho a entrar al ejército, pero «los viejos prejuicios» y «las cuestiones más urgentes» de los Confederados retrasan cualquier iniciativa. Cada vez que un diputado toma la palabra para hacer una propuesta democrática, lo callan. «Ahora no tenemos tiempo. ¡Es la primera vez que celebramos una asamblea nacional! No vamos a dedicarlo a un problema menor».

El 9 de noviembre, Stackelberg acude al *lever du roi* con una amenazante nota diplomática:

«Su Majestad, la emperatriz, al renunciar apesadumbrada a la amistad que le brinda a Su Majestad, el rey, no podría ver sino como una violación el menor cambio a la antigua Constitución de 1779».

Es una declaración de guerra.

«Ayer», escribe Stanisław a su sobrino Pepi, «senadores y delegados responsables del proyecto de Ley del Ejército insistieron en que yo lo llamara al servicio de la patria. Esta pública demanda me obliga a expresarle mi voluntad y mi deseo de verlo entre nosotros».

—Ustedes, jóvenes, ¿recuerdan el trato que Fryderyk II, el prusiano, le dio a Polonia durante su reinado? ¿Recuerdan cómo devaluó nuestra moneda y quiso acabar con nosotros llenando a Polonia de dinero falso? ¿Saben a qué precio compró nuestro ganado, nuestra sal, nuestro trigo, nuestras verduras?

—¡Todo menos seguir bajo el yugo ruso! —grita Kościuszko.

—Prefiero a los prusianos. —Lo apoya Bolesław Kollowrath de la Escuela de Cadetes—. Majestad, los rusos violan nuestras fronteras, utilizan a Ucrania y a Lituania como bases militares. ¿Ha olvidado que Ucrania y Lituania son nuestras?

Ante la amenaza de la zarina, Poniatowski le recuerda su promesa a Federico Guillermo de Prusia. «¡Menos mal que Polonia cuenta con el apoyo del nuevo soberano de Prusia!».

«En medio de mis inquietudes y mis penas, me consuela saber que jamás causa alguna tuvo aliado más respetable y leal a los ojos de nuestros contemporáneos y de la posteridad».

—Majestad, siéntese antes de leer la respuesta del rey de Prusia —advierte Lucchesini.

La carta enviada el 14 de junio de 1792 deja al rey sin habla.

«Cuando pude leer tranquilamente la nueva Constitución que se hizo sin consultarme, decidí no apoyarla».

«Tengo las agallas que le faltan a Poniatowski», presumió Federico Guillermo ante su gabinete. «Tengo la clave de cómo tomar Toruń y Gdańsk, los puertos que mi tío nunca logró conquistar».

Muchos polacos nacieron partidarios de Rusia porque sus padres y sus abuelos se acostumbraron a vivir con esa aliada natural. Otros, los menos, se inclinan por la milicia de Prusia y se desentienden de Poniatowski. «El rey es esclavo de la autócrata que expande su imperio y elimina a quien se le ponga en frente. El prusiano es joven y acaba de subir al trono», alega Kollowrath, aunque sus padres recuerden las ofensas y el desdén del fenecido rey Fryderyk II.

A diferencia del anguloso Fryderyk el Grande, el nuevo rey prusiano representa los valores que el mundo entero admira: la disciplina, la devoción y el conocimiento de las armas, la valentía; mientras que la emperatriz de Rusia actúa como una madrastra que humilla a ricos y a pobres.

Nadie acude. Ninguno se atreve a confrontar a las tres potencias que ahora exigen que la Cámara oficialice el desmembramiento de Polonia.

Para Stanisław, la guerra es la peor maldición, pero si se opone, se convertirá en un traidor o en un cobarde.

—¡No tenemos otra salida que la guerra! —acepta Poniatowski.

—El valor de un hombre se mide por su capacidad guerrera, Majestad —le recuerda Stackelberg—. Y los pueblos del mundo construyen su imperio gracias a sus victorias en el campo de batalla.

—Lo sé, para los países vecinos siempre ha sido fácil invadir nuestras fronteras.

Empuñar la espada es parte de la esencia prusiana. Desde muy joven, Fryderyk II supo que matar al enemigo es hacer patria. Prusia vive en pie de guerra, lista para repeler cualquier ataque.

A pesar de sus *chevaux légers*, para Polonia, la pérdida de una batalla significa la muerte. En cambio, el rey de Prusia cuenta con un ejército insuperable. Stanisław prefiere un clavecín a un cañón. Para el conde Poniatowski, padre de Stanisław, morir en defensa de la patria fue una razón de vida; en cambio, él considera que las batallas del espíritu son mejores.

«Polonia se parece a los parientes pobres de las grandes familias, siempre piden caridad y creen merecerla porque comparten el mismo nombre. El heroísmo no es exponerse a la muerte, el heroísmo es pagar lo que se le debe al buen vecino», alega la zarina blandiendo su cetro como una espada.

Ni un solo ruso, ni un solo prusiano, tiene conciencia de que daña a Polonia, al contrario, quieren poseerla, la creen suya por derecho divino.

Poniatowski y sus «polacos malagradecidos» sacan de quicio a la zarina. «Como la resistencia abierta de Polonia se presta ahora a maquinaciones secretas, he decidido recurrir a la vía de las armas», anuncia Catalina, quien demostró hasta dónde podía llegar su crueldad en su guerra contra los turcos.

Stanisław prevé que la emperatriz le hará pagar cara su «traición»; mordió la mano que le daba de comer. Inconsciente, actuó en contra suya y ahora se atreve a combatirla sin municiones al lado de Los Patriotas, esos locos capaces de lanzarse en caballo contra los cañones. Stanisław olvidó a la *szlachta*, traicionó a su estirpe, se descastó al someterse a vecinos que lo desprecian. ¡El único camino que le deja a la emperatriz es acabar con él!

Una de las primeras medidas que toma la Cámara polaca es convocar a oficiales del ejército. «Tienen que fortalecer sus regimientos. Necesitamos enlistar a más soldados. Llamen a la urgente defensa de la patria». No basta la valentía de los jinetes y su montura, se requieren escuadrones y armas. Polonia no tiene acceso a las más poderosas ni a los conocimientos militares del presente. Su retraso salta a la vista y su heroísmo resulta inútil.

Poniatowski se repite a sí mismo: «Ahora sí, Polonia se juega su destino».

Desde Viena, Pepi galopa con tanta fuerza como la sangre que hierve en sus venas y deja extenuado a Saturno. «Malditos rusos, ¿por qué no les declaramos la guerra antes?».

Pepi confronta a sesenta mil rusos bien pertrechados que vencieron a los turcos en una devastadora batalla. Catorce mil polacos concentrados en Ucrania y otros que esperan en el Gran Ducado de Lituania se disponen a morir.

En la madrugada, Pepi pasa revista a un ejército pobre, disparejo, mal equipado. Los ojos confiados de sus soldados se imprimen en los suyos. «¿Qué va a ser de nosotros?», parecen preguntar. Lo conmueven porque presentan su mejor cara. Fusil al hombro, esperan órdenes que los llevarán a la muerte.

El entusiasmo de Pepi flaquea. Cercado por un destacamento ruso en Lubar, se replegó abandonando varios cañones. En la noche, incapaz de dormir por el dolor de la nueva derrota, le envió a su tío un informe desesperado.

El 13 de julio, el emperador Federico Guillermo, a la cabeza de sus tropas, entra a Varsovia. Pepi, a las órdenes de su amigo, el general Mokronowski, marcha en contra suya. Su desprecio absoluto por el peligro le vale elogios en la *Gaceta libre de Varsovia*.

En el momento en que Rusia le declara la guerra, el rey nombra a Pepi comandante en jefe del ejército de la Corona Polaca.

—¿Kościuszko bajo mis órdenes por decisión del rey? —Se inquieta Pepi.

—Kościuszko es diputado, comandante de la infantería, y tú, su superior; por lo tanto, acatará tus órdenes —explica su amigo Wielhorski.

—¿Kościuszko a mis órdenes?

Kościuszko comanda una división estacionada en los alrededores de Kiev. Como estratega es insuperable.

Su genio militar destaca por la exactitud matemática con la que coloca sus cañones en la línea de fuego. Al ver a Pepi presumir un uniforme polaco recién confeccionado, pregunta: «¿Es polaco o es austriaco ese soldadito?».

Tan dispuesto a la admiración como su tío, Pepi adquiere como un mazazo en la cabeza la conciencia de que él representa a una aristocracia tan caduca como la de Versalles, baila valses y pertenece a la clase a la que la Revolución francesa decidió guillotinar. En cambio, Kościuszko es un hombre nuevo, sin título nobiliario ni tierras ni herencia ni gran prestancia ni fama de seductor ni Danubio azul. Heroico, compañero de armas de Washington, encarna a Los Patriotas que consideran al rey un títere en manos de Catalina. ¿Cómo respetar a un rey cuyo único mérito es haber sido amante de la zarina?

Dos hombres encabezan al ejército polaco: Józef Poniatowski con un espléndido atuendo y Tadeusz Kościuszko con un remolino de admiradores que insisten en estrechar su mano.

A principios de agosto, Pepi le confía a Kościuszko la guardia de la línea de defensa frente a Varsovia. Kościuszko se esfuerza por olvidar que el sobrino del rey es ahora su compañero de lucha. El joven Poniatowski, con sus aires de nobleza, se lleva mal con el espíritu del revolucionario.

Mientras Pepi se impacienta por salir al frente, el otro sobrino, desde Roma, el príncipe Stanisław le aconseja al rey capitular para prevenir mayores desastres y le promete alcanzarlo apenas pueda.

En Varsovia es imposible conseguir armas; en la frontera, los prusianos confiscan cualquier material bélico. Sajonia y Brandeburgo rechazan vender hasta cuchillos de mesa. Los obuses que el rey por fin consigue son de falso calibre. La mala suerte se encarniza en contra suya; noventa y siete mil soldados rusos entran a Polonia. El general Alexander Bulgakov alega que la invasión es «amistosa»: «Rusia no le ha declarado la guerra a Polonia, solo se dispone a prevenir desórdenes y motines».

El rey ordena a Kościuszko y a Pepi impedir el paso del ejército ruso que, con seguridad, entrará por dos frentes, el norte y el sudeste.

«Tenemos que levantar una milicia y seguir la estrategia americana», propone Kościuszko.

La presencia del héroe que ganó batallas para Washington es un aliciente. Tras graduarse en la Escuela de Cadetes en Varsovia, cuando Pepi apenas era un adolescente, Kościuszko atravesó el Atlántico y diseñó los fuertes de West Point. Gracias a su pericia, los colonos americanos derrotaron a Inglaterra tras dos años de combate y Thomas Jefferson ensalzó su bravura: «*I wish all my men could be as brave as this Polish hero*».

Nadie escucha a Pepi porque todas las miradas son para Kościuszko. El sobrinito del rey nacido en Austria jamás ha atravesado el océano. El mismo Pepi tiene la certeza de que los conocimientos militares de Kościuszko son superiores a los suyos; una nueva verdad lo atemoriza: la conciencia de que ser sobrino del rey no solo es una espada de doble filo, sino una tremenda desventaja.

—Me gustaría acercarme a Kościuszko para escuchar sus estrategias de batalla —le confiesa Pepi a su inseparable Wielhorski, cuyos ojos de perro fiel no le brindan consuelo alguno.

—Ni lo pienses, le disgusta hablar de sí mismo.

—¿Por qué permaneció tanto tiempo en América?

—Por falta de dinero. Un banquero le pagó su regreso a Polonia.

Esa misma noche, el rey envía un mensaje urgente a Catalina pidiéndole un armisticio, al que añade una frase de mal gusto: «Dígnese, señora, recordar que usted sacrificó mi felicidad por una corona».

Lo más inútil entre amantes es creer que puede hacerse fuego de cenizas.

«Frente al poderoso ejército ruso, las fuerzas unidas de Polonia y Lituania solo cuentan con sesenta y cinco mil hombres», escribe Pepi a su tío. «Mis regimientos no tienen uniformes ni cañones ni parque; no tengo caballos, las unidades están incompletas, muchos hombres están enfermos, los cofres están vacíos, nuestras armas son detestables, y a pesar de tantas fallas contamos con un decidido buen ánimo, pero solo suficiente para un día de acción.

»[…] De los sesenta y cinco mil hombres bajo las armas, solo cuarenta y cinco mil pueden salir a combate. Los demás están en servicios auxiliares».

Envía a la Cámara un reporte aún más desesperado: «Me falta parque. Hay batallones enteros sin tienda de campaña y sin equipo; el estado de los caballos, albardones, transportes y arcones es deplorable, los hospitales aguardan vacíos de instrumentos. Aunque comenzamos a coser uniformes, no pudimos seguir por falta de tela y muchos de mis hombres no tienen qué ponerse. Envíen telas, medicamentos, cubetas, jarras, vasos y platos de aluminio, cantimploras, todo es bueno, todo nos sirve».

Obligado a replegarse, Pepi reclama refuerzos. El ejército polaco pierde terreno día a día. Un soldado de pelo blanco lo mira a los ojos y da la media vuelta. Verlo alejarse con paso cansino es un pésimo augurio. «¿También a mí me va a matar?», pregunta un cabo porque Pepi castigó a otro soldado quien lo confrontó: «No puedo pelear desnudo y sin comer».

En el campamento corre la voz de que Pepi mató a un caporal amotinado: «Estamos en guerra, NO a los desertores», dice un cartel pegado a la lona de una tienda de campaña.

El 14 de junio de 1792, los rusos toman Wilno.

Soldado de nacimiento, desde sus veintinueve años Pepi intenta decirle a su tío, con la prepotencia de su juventud y su posición social, que lo agobia la responsabilidad sobre sus hombros: «Porque soy polaco la acepto, pero voy a mi muerte o a algo peor; me expongo al peligro de perder mi buen nombre».

A pesar de que el rey sabe que es imposible vencer a Rusia a menos que ocurra un milagro, le escribe a Maurice Glayre: «Prefiero la guerra a la esclavitud; sería más opresiva que la muerte».

A Pepi, el silbido de un proyectil lo obliga a tirarse sobre su caballo y, cuando está por levantarse, escucha el estallido de otras balas; todo el campo se cubre de ese tétrico sonido. El humo impide ver; son incontables los disparos y de seguro dan en el blanco porque Pepi no escucha ningún contraataque. A su lado varios hombres caen y un soldado con cara de niño corre hacia él: «Son muchos muertos».

«¿Sentirá Kościuszko el mismo miedo que yo?», se pregunta Pepi. Las balas silban. El estruendo de los cañones es ensordecedor. ¿Dónde estará emplazada la artillería rusa? De pronto, Pepi ve a uno de sus hombres correr entre los cañones polacos y lo oye gritar. Unos minutos más tarde se acerca al galope su fiel Wielhorski y alcanza a decirle: «Las cosas van mal».

Por fin, el tiroteo se debilita. «Deberíamos tener más cañones», se angustia Pepi porque el humo espeso le impide ver el campo de batalla.

En la noche, al dirigirse a su tienda, un artillero le pregunta: «¿Quiere que lo limpie, general?». Solo entonces se da cuenta de que su manga derecha está cubierta de sangre.

Pepi observa a sus hombres en torno a una hoguera que seguramente debió prender el cabo adolescente.

—Es para usted, mi general. —Sonríen unos ojos azules.

—¿Quién te dio tu fusil? ¿Cuántos años tienes?

—Veintiún años…

—No es verdad.

El chico rubio sacude su melena y Pepi, enojado, lo toma por los hombros.

—No tienes ni trece.

El general se vuelve bruscamente hacia sus hombres:

—¿Por qué permitieron que se enrolara esta criatura?

Nadie responde y Pepi insiste:

—¿Quién lo recibió? ¡Devuélvanlo a su casa!

—Mi general, usted tampoco representa la edad que tiene. —Se defiende el chico.

Pepi está a punto de darle una bofetada cuando algo en la mirada de sus hombres lo detiene.

Lo buscará más tarde, pero jamás volverá a verlo.

«Son mis amigos, son mis hermanos, son mis hombres», Pepi se cubre los ojos. «Seguramente en el campamento enemigo, otros viven lo mismo».

Entre tanto, desde su Consejo de Guerra en Varsovia, el rey le escribe a su sobrino: «Pepi, tienes que ganar una batalla». «¿Cómo? ¿Con quiénes? », se angustia Pepi. El rey es un inconsciente. ¿Serán sus años? «Tío, reacciona, mira cómo estamos, los hombres que recluté solo desean regresar a su casa».

En la noche del 23 de marzo de 1994, una imagen en la televisión nos abofetea. Sentada frente a la pantalla, de pronto la noticia me levanta como resorte, horrorizada. Un balazo derribó al candidato presidencial Luis Donaldo Colosio al salir, sin protección alguna, de un mitin en ese lugar pelón llamado Lomas Taurinas, Tijuana.

Fernando Solana Morales, secretario de Relaciones Exteriores en tiempos de José López Portillo, me había invitado a comer unos días antes a su casa de la calle Tíber y la alegría del candidato permeó toda la mesa. Por alguna razón, me sentó junto a Colosio y nos despedimos al mismo tiempo. Ya en la calle, frente al volante de su camioneta, volvió a decirme «adiós» con una sonrisa, nada pagada de sí misma. Pensé: «¡Qué bonito un presidente tan abierto y dispuesto a la entrega!». En la comida respondió con ojos brillantes de alegría, ninguna pregunta le pareció inútil u ofensiva. «¡Qué buena disposición hacia los demás!», le comenté a Solana.

Ese 23 de marzo de 1994 permanecí frente a la televisión hasta que acabó la esperanza: aparecía Talina

Fernández, corresponsal de Zabludovsky, quien repetía, el rostro descompuesto, su teléfono en la oreja, la información de su corresponsal en Tijuana. Alguna tarde, Guadalupe Loaeza me contó que tomó del brazo a Diana Laura al salir de su casa y «no sabes, era un huesito, un brazo flaquísimo».

Los días finales de marzo de 1994 se volvieron irreales. Ninguno podía hablar de otra cosa. Toda la tragedia se nos vino a los ojos. A partir de este crimen, nuestra vida cambió. Entre las pésimas noticias aparecía una frase del último discurso de Colosio: «Yo veo un México con hambre y con sed de justicia...». A Monsiváis y a mí nos llamaban a la Universidad de Tijuana a dar una conferencia, así como el poeta Enrique Cortazar nos requería en Ciudad Juárez. Íbamos encantados porque los estudiantes llenaban la sala con su esperanza de cambio. Ver a jóvenes atiborrando el auditorio nos hacía felices: de ellos subía una formidable ola de energía. Enrique Cortazar invitaba a José Luis Cuevas, a Carlos Fuentes, a Horacio Franco, y nos hacía reír al imitarlos. A la mañana siguiente, los estudiantes se presentaban en el hotel: «Los invitamos a desayunar». Sus rostros anhelaban todo. «Nunca me he sentido tan mexicana como en Tijuana», le dije a Monsi. La cercanía de estudiantes con Estados Unidos los hacía más patriotas, todavía puedo verlos y oír su entusiasmo. Festivos, curiosos, sus preguntas provocativas irradiaban inteligencia. A unos metros de Estados Unidos, los estudiantes eran los héroes de la mexicanidad.

El poeta Enrique Cortazar y Pedro Ochoa nos requerían por un sí y por un no: viajábamos Monsi, José Emilio, Federico Campbell, José Luis Cuevas, Horacio

Franco y en una mañana o una tarde libre nos llevaban «al otro lado», a San Diego, a comprar libros y discos que desbordaban la maleta de Monsiváis y reventaban la de José Emilio. Pedro Ochoa animaría a una piedra y Enrique Cortazar, despistado como todos los poetas, apuntaba feliz las buenas puntadas de mis compañeros de viaje.

Me quedé con la impresión de que el amor a México es más fuerte en la frontera que en ningún otro sitio y siempre regresé vigorizada. Aunque desde la ventanilla del avión, del lado gringo se tendían al sol todas igual de chulas las casas con jardín, el lado terroso y despelucado de México atraía más a los pasajeros que el orden y el alineamiento.

Ignacio Haro, el hermano menor de Guillermo, decidió mudarse a Tijuana con su mujer y dos de sus hijos. También Guillermo y yo tuvimos en Mexicali a dos grandes amigos, Lupe y Luis López Moctezuma, rector de la Universidad. Mexicali actúa como un bastión cultural en la frontera contra Estados Unidos. Por eso, mi horror resultó enorme ante la noticia del atentado a Colosio y, al lado de miles de mexicanos adoloridos, me pegué a la televisión como la miseria al mundo. La angustia que emanaba de la pantalla blanca (aunque nada era blanco) se grabó en mi memoria como lo peor que le ha sucedido a mi país.

Para México, Colosio, Diana Laura y sus dos hijitos, eran una perspectiva nueva, cálida, accesible, familiar. Octavio Paz se entusiasmó con la pareja. «Voy a verlos de nuevo». Su deseo se frustró como el de millones de mexicanos.

La batalla de Zieleńce.

Capítulo 50

La batalla de Zieleńce

El rey habrá de informar más tarde a Maurice Glayre: «Mi sobrino dio pruebas de valor, prudencia y habilidad, pero ¿qué podía hacer con veinte mil hombres en contra de sesenta mil? [...] La decisión de hacerse matar con todo y su ejército ofrecía un final militar, pero no salvaba la Constitución del 3 de mayo ni la sucesión al trono... Solo aceleraba una nueva partición de Polonia. Pedí un armisticio a la emperatriz. Aun no recibo respuesta...».

El rey pide al general invasor Alexander Bulgakov el cese de hostilidades durante unos días.

«Pepi es capaz de morir frente a sus hombres con tal de salvar su honor», Stanisław reúne a su Consejo de Guerra.

«Su vida me es tan necesaria como lo es para Polonia, tan necesaria como lo es para la patria», urge Stanisław a su sobrino. «Le ruego no caer en la desesperación. Recuerde, príncipe, que usted es el alma del ejército».

Pepi se encoleriza: «Me es muy difícil comunicarle noticias reconfortantes porque me doy cuenta de que no hay ni espíritu de obediencia ni espíritu de sacrificio en los batallones que me han sido confiados... La moral no puede ser peor. Los campesinos se niegan a compartir sus víveres. En cambio, los rusos lo tienen todo».

Pepi ama a los de a pie y la infantería lo sabe. Unos militares se inclinan por la caballería; otros, por quienes disparan los cañones, pero los soldados rasos son los favoritos del joven Poniatowski. Los observa con la esperanza de que logren salvarse. Algunos generales fijan toda su atención en la estrategia de guerra, ¿en dónde fallamos y por qué? Pepi admira a quienes empujan los cañones y le duele cuando Kościuszko, gran experto en colocarlos, ordena situarlos más alto o más a la derecha, contradiciéndolo. ¿Cómo prevenir a los soldados, cómo hacerlos avanzar en un terreno enlodado? Los artilleros obedecen. Cada uno se la juega solo en medio de los fogonazos que en la oscuridad son aún más amenazadores. La caballería podría salvarse, pero la infantería no tiene escapatoria. Al final del día, el cansancio es tan grande que Pedro Kiliński, confiesa a Jan Potocki: «Ya no sé ni a qué le tiro».

—Lo único que no aguantaría oír es el llanto de un herido —le dice Jan a una sombra a su lado.

—Vete acostumbrando porque vas a oír alaridos de dolor —responde Xavieri Wolski.

En la noche, cuando se enciende la fogata y los sobrevivientes se acercan, la vida se hace más tolerable. Dormir es imposible; los de a pie no piden nada, conocen a fondo el sufrimiento; pero a un aristócrata la incomodidad lo afrenta.

La derrota es tan evidente que una única certeza permea la atmósfera: «Estamos perdidos».

Ese mismo 18 de junio de 1792, sucede lo que ninguno imaginó. Pepi y sus hombres vencen al ejército ruso en la batalla de Zieleńce. Nadie entiende cómo los polacos lograron la rendición del enemigo.

En la noche, Pepi y sus hombres festejan la victoria, a pesar de los dos mil muertos y el gran número de prisioneros.

Kościuszko no dirigió esa batalla, pero cubrió los flancos y se defendió de cuatro columnas rusas que dispararon en la ribera oeste del Bug.

El grueso de las tropas, quince mil quinientos hombres y doce cañones al mando de Pepi, vencieron a once mil quinientos rusos y veinticuatro cañones. En su tienda de campaña, el joven Poniatowski recibe el abrazo de sus hombres. Hasta Kościuszko murmura: «Bien hecho».

El triunfo de Zieleńce devuelve una loca esperanza a la tropa. Todos festejan: «¡Con su pequeño ejército, Józef Poniatowski venció a los rusos!».

El rey asegura que para conmemorar la victoria de Zieleńce, instituirá la Orden *Virtuti Militari*, la más alta condecoración polaca, y que ya ha mandado a fraguar medallas de oro y de plata. Los primeros en recibirlas serán los generales Tadeusz Kościuszko y Józef Poniatowski.

Pepi le escribe a su tío una carta detallándole la victoria, cuando aparece un correo de Varsovia. Seguro el triunfo en Zieleńce lo entusiasmó. Abre el mensaje y lee ilusionado: «Es la primera batalla que los polacos ganan desde los tiempos del rey Jan Sobieski», pero a medida que avanza, su rostro se distorsiona: ¡Imposible! La orden perentoria del rey es de cese al fuego.

«En nombre de Dios, denme una respuesta como se las pido. Pepi, recuerda que se trata de mi honor y de mi vida y, sobre todo, de la vida de Polonia. Te conjuro, en nombre de la lealtad que siempre me juró el ejército y de la que me dieron tantas pruebas gloriosas: no me expongan ni expongan a la patria a una derrota infalible. Vivimos el mayor de los peligros. Mientras permanezcan en el servicio, puedo decir que Polonia existe... A partir del momento en que lo abandonen, Polonia será considerada un cadáver y no obtendré nada del enemigo. Me queda un rayo de esperanza, no me lo quiten».

La carta del rey trasluce tal angustia que Pepi desiste. Solo queda una salida honorable: renunciar al ejército.

A Pepi lo invade una rabia en contra de su tío que lo pone a temblar. ¡Cobarde! ¡Pusilánime!

—¡Vamos por él! —grita Zamoyski.

Kościuszko lee incrédulo que la orden del rey es de retirada.

—¡Miserable!

Józef Poniatowski, Kościuszko, Wielhorski y sus seguidores se miran estupefactos.

—Es incomprensible, a menos que Stanisław haya recibido una noticia que ignoramos. —Llora Wielhorski.

Resulta que el rey sabe que cien mil rusos y treinta mil prusianos cruzaron la frontera y avanzan sobre Varsovia.

No hay nada peor para un combatiente victorioso que la orden de cese al fuego, nada peor para Kościuszko, soldado por excelencia.

—Tenemos que secuestrar al rey y traerlo al campo de batalla —propone Pepi.

Kościuszko lo apoya.

—Nuestra única salida es obligarlo a venir y marchar al frente de su ejército...

«[...] nuestro ejército —libre de mancha o tara— tendría la felicidad de ver a Su Majestad encabezarlo; suba a su caballo, conmueva al país, arme a los campesinos, a los burgueses, a la *szlachta*, todos seguiremos tras Su Majestad; lo protegeremos a pecho abierto. Desde este momento, lo esperamos ansiosos en el campo de batalla».

«Nada peor podría sucederle a Polonia», responde el rey. «Lo que proponen es el fin de la nación. Van a su muerte. Ordeno suspender hostilidades. Sé lo que hago, prometo resolver el conflicto».

Pepi se encoleriza: «Si al inicio de esta campaña —mal preparada desde el punto de vista militar—, Su Majestad hace un llamado al país, encabeza a los nobles y sale a combatir montado en su caballo, si arma a los ciudadanos y recurre a los campesinos emancipados, al menos habríamos muerto con honor y Polonia recuperado su rango de gran potencia».

¿Qué puede darle a Polonia una batalla condenada a la derrota? ¿Acaso Stanisław no ha tragado a manos llenas las afrentas de la Confederación de Targowica?

«Claro que el rey Stanisław pensó unirse a su pueblo encolerizado, pero el heroísmo sería para el rey, nunca para Polonia», explica Onufry Kicki.

El rey confirma: «La autoestima de un rey tiene que ceder ante su deber y su deber es hacerle el mayor bien a su país, y si esto es imposible, hacerle el menor daño».

Varios de los altos mandos gritan de rabia.

La respuesta del rey es fulminante: «Dios no permita que persistan en lo que me piden. ¡Estoy perdido y lo que es peor, el país está perdido!».

«¡Cobarde, mi tío es un cobarde!».

Pepi envía al rey un mensaje lacrado: «El soldado no conoce sino una palabra, y el hombre honesto, una promesa. Palabra y promesa nos atan a esa causa que defendimos al precio de nuestra sangre y nuestra vida».

Pepi pide su dimisión y la de todos sus oficiales. Para él, la orden del rey de cese al fuego es la de un timorato, un cobarde.

En una trágica ceremonia, los cadetes de la Escuela Militar juran: «Primero muertos que permitir que entren los rusos».

«Combatir a ciento treinta mil enemigos acabaría con nosotros», aclara Wielhorski.

Tadesz Kościuszko galopa a Varsovia con la carta que el rey recibe como una puñalada.

«Kościuszko, lo acuso de influir en mi sobrino».

El rostro cerrado del héroe es el del desprecio. A su regreso, comunica a Pepi: «El rey se niega».

El 24 de julio de 1792, Pepi escribe a su tía Elżbieta Czartoryska: «Lo esperaba todo de él, menos una bajeza de esta calaña. En el frente, a pesar de condiciones difíciles y toda clase de carencias, nuestra moral se mantenía en alto. Es imposible describir la desesperación y la furia contra el rey aquí en el campo de batalla».

El rey le envía a Pepi «un resumen de razones convincentes», pero su decisión está tomada: «Cualquier sacrificio me sería fácil, pero este me resulta imposible. Deber, convicción, juramento, confianza pública, honor militar, todo me obliga a mantener mi resolución».

«Con lágrimas en los ojos», escribe Kościuszko. «Le dije al rey que habíamos ganado la estima universal por nuestro país, nuestro gobierno y nuestro rey, y que nunca haríamos nada en contra de nuestras convicciones y nuestro honor…».

El sobrino Pepi —igualmente imperioso— se niega a todo. Su tío le sugiere pedir un retiro temporal del ejército, pero él y Kościuszko lo repudian y no le queda otro remedio que aceptar la renuncia no solo de su sobrino, sino de un estratega como Kościuszko.

Esa noche, Kościuszko, Pepi y su fiel Wielhorski galopan al castillo de Puławy. Elżbieta, la prima adorada, fuera de sí, la rabia en todos sus movimientos, grita:

—¡Vamos por él! Yo misma quiero sentarlo en su caballo, fuetearlo y lanzarlo a la batalla. ¡Si se niega, lo llevaré a rastras!

—El rey no es un hombre de armas —aventura Wielhorski.

—¡O pelea hasta morir o lo matamos! —grita Elżbieta.

—Princesa, su primo es un hombre de edad —interviene de nuevo Wielhorski.

—¡Merece la horca! —grita aún más alto la prima adorada.

En los últimos años, Elżbieta se convirtió en la peor enemiga de Stanisław y ahora es fanática de Kościuszko, quien la visita en su castillo y la escucha como a una clarividente. Cada vez que Elżbieta abre la boca es para denostar a su primo y ensalzar a Kościuszko.

—¡Vamos a acabar con él! —ordena.

Los soldados polacos se enfurecen al recibir la orden de retirada. Renunciar al combate es lo peor que puede pasarle a un soldado.

«El solo nombre del rey Poniatowski es sinónimo de traición», declara la prima Elżbieta a los jóvenes que aparecen en su castillo de Puławy.

No sé qué tiene esta hija mía que apenas la veo me invade una felicidad que sube desde adentro como el «Himno a la alegría» que entonábamos en los *scouts*. Escucho su «mamá» o «ma» y tengo la certeza de que Paula abrirá puertas y ventanas, escombrará (¡qué bonita palabra!) y barrerá telarañas de mi cerebro obsesionado con cumplir hasta la más mínima tarea, quitará culpabilidades, aliviará mi corazón y logrará que cada cosa quede en su sitio. Paula responde a leyes solo suyas. Niña alerta, curiosa, llegó muy pronto a ser «persona». «Ma, la cosa es así», levanta su mano y súbitamente mi vida se amplía y veo con sus ojos lo que antes me enceguecía. Su «ma» deshace entuertos. Alguna tarde me espetó: «Ma, yo no quiero ser famosa como tú» y el *uppercut* aún me cimbra. ¿Los dejé solos con tal de aspirar al reconocimiento? ¿Gasté miles de horas frente a la máquina de escribir para publicar entrevistas y hacer crónicas de quienes quieren figurar? Surge en mi mente la imagen de las manitas de uñas duras como piedras de Martina siempre abiertas, las bellas manos de Guillermo, las manos sensibles de venas azules de mi madre, la mano fina y cansada de Arturo Rosenblueth, la mano pequeña del cardiólogo Ignacio Chávez y, entonces, mi agradecimiento tamiza la exclamación de mi hija.

Estoy a punto de asestarle una larga explicación que justifique tantas horas frente a la máquina cuando veo su carita ya ausente y me digo a mí misma: «A los hijos no hay que aburrirlos, lo peor es estorbarles».

Después de la muerte de Guillermo Haro, nuestra hija Paula y yo habremos de visitar su tumba en la Rotonda de los Hombres Ilustres, en el Panteón Civil de Dolores.

«¡Qué solitos están!», exclama Paula. Nadie acude. ¿Acaso no tuvieron familia los que alcanzaron la gloria? La solemnidad de la Rotonda aísla a sus muertos. En cambio, en la quinta sección, la más pobre, suenan varias guitarras y se escucha una voz: «¡Oye, Chucho, tráete las chelas!». Familias enteras convierten la tumba de su difunto en una mesa cantinera. Comen y brindan con caballitos de tequila sobre los huesos de su muerto. Calabaza en tacha como la hacía Genia, tamales, garnachas, tacos de chicharrón, todo lo que le gustaba en vida. Mientras tanto, los *ilustres* padecen su celebridad y no les queda sino cantar «ay, de mí, llorona, llorona, llorona de ayer y hoy, ayer maravilla fui, llorona, y ahora ni sombra soy».

Paula y yo floreamos lápidas desoladas, la más extraña, la de Amado Nervo, bajo una tienda de campaña de vidrio de colores. Diego Rivera acostado sobre una cama de piedra conserva su panza. Sobre la lápida de Rosario Castellanos coloco dos cempasúchiles.

El rey, pintado por Elizabeth Vigée Lebrun.

Capítulo 51

Segunda Partición de Polonia

«¿Y Polonia, Señor?», se indigna Pepi. «No encuentro palabras lo suficientemente fuertes para expresarle la desesperación que llena mi alma. Cuando supe por su carta que se adhería a la Confederación de Targowica pensé: "¡Dios mío!, ¿por qué he sobrevivido a día tan nefasto?". Usted, Señor, por lo menos debería haber recelado y escogido una muerte gloriosa en vez del deshonor».

Acostumbrado a años de confrontación con quienes lo desprecian, nada le duele tanto como el rechazo del sobrino al que ama como a un hijo. «No capitulo a la ligera o por cobardía», se justifica en una nueva carta. «Puedes tener la certeza de que no valoro ni mi posición ni mi vida, porque solo veo frente a mí las tareas más desoladoras, pero unirme a ustedes es buscar la muerte de Polonia [...]».

El ejército ruso se posesiona de Polonia con la orden de proteger a mujeres y niños, y entregarles a los combatientes un mensaje denigrante para el rey: «Los libramos de Poniatowski».

Al abandonar Polonia para regresar a Viena, Pepi todavía envía un mensaje que hiere profundamente a su tío.

«Mi vida ha sido más la de un soldado que la de un cortesano. [...] Oh, señor, ¿por qué no es usted un individuo privado? ¿Cuánta miseria habríamos evitado y cuánto alivio sentiría si pudiera disfrutar a su lado uno de esos momentos libres de toda preocupación e intriga para verlo a usted simplemente amado por quienes lo rodean?».

El rey responde: «Estas sospechas injuriosas y estas críticas severas me hacen presente toda la amargura y la crueldad de mi situación. Sí, señor, la desesperación se ha apoderado de mi alma. ¡Gran Dios! ¿Acaso es humanamente posible oponerse a las acciones de un enemigo tan superior en número? ¡Que ustedes, muchachos, que hierven de ardor tomen el mando! Yo serviré bajo sus órdenes en calidad de simple soldado. Quizás entonces distingan el miedo de la prudencia que guía mis pasos. Dios es testigo de mis actos y mi conciencia es mi único juez».

De todos los países que visité en la gira que la editorial Alfaguara organiza a sus premiados, en 2001, Bolivia me conmovió. Al llegar a La Paz, a tres mil seiscientos veinticinco metros de altura sobre el nivel del mar, anfitriones, libreros y universitarios se juntaron en el aeropuerto: «¡Usted nos cayó del cielo! Ningún escritor mexicano viene aquí, todos alegan que su corazón estallaría por la altura».

A la mañana siguiente de la presentación de *La piel del cielo* me llevan al lago Titicaca. El aire es como mil cuchillos, el cielo también corta las manos y la nariz. Las cholitas, con su bombín negro y sus mejillas quemadas por el frío que baja de los Andes, protestan contra su gobierno. En la carretera colocaron piedras para impedir el paso. «Déjenos, ábranse, traemos a una mexicana», explica el director de la editorial.

La antigua presencia de los incas, las chozas de techos de dos aguas, la niebla, el frío del lago Titicaca y su soledad altanera hace que las bolivianas y yo nos abracemos. Ay, mi México, ay, mi Bolivia, ay, mi Paraguay con su gente que mira hacia el mar en espera de qué, ay, mi Lima la horrible, como la llamó Sebastián Salazar Bondy. El encuentro a señas con las cholitas es el descenso a la América más profunda, la esencial, y la reviviré varias veces antes de mi muerte.

En La Paz, Bolivia, me sobra el oxígeno que a los visitantes les falta. Mamá murió el 22 marzo de 2001 a las cuatro de la tarde. Tres días antes pude avisarle:

—¡Mamá, me saqué el Alfaguara!

—¡Qué bueno! —respondió—. ¡Porque ahora ya no vas a escribir!

Mamá decía que uno es feliz a ratitos, como el chorrito de agua que se alza en la fuente de la canción de Cri-Crí.

En la gira del premio, apuñalada por su recuerdo, oigo su voz, me persiguen sus ojos de preocupación. «¡Qué mala cara tienes, Pommel! ¿Para qué haces tantas cosas? ¿Qué sentido tiene tantísimo esfuerzo?».

Mamá nunca pidió nada, solo esperó: el fin de la guerra, el regreso de papá, el nacimiento de Jan. Ahora, entre un avión y otro, rumbo a los países en los que Alfaguara vende libros (Cuba, no, Santo Domingo, no, El Salvador, apenitas) me culpo de no haber pasado más tiempo con ella y de haberme lanzado a tantas cosas. Recuerdo la canción de Juan Gabriel: «Pero ¿qué necesidad?».

Mamá.

Claro que tengo a Mane, a Felipe, a Paula, a Cristóbal, a mis diez nietos, a Thomas que ya salió de la universidad y a Inés que ya entró, a Pablo, a Carmen, a Rodrigo, a Andrés. Nicolás estudia y vive en Lille en un diminuto cuartito. A Lucas, a Cristóbal, a Luna, a mis sobrinos Pablo, Santiago, Diego y a Martina que frunce el ceño: «¿Qué va a comer?».

Dentro del avión, nuestros pies descansan sobre una delgada lámina que nos separa del vacío. Si de pronto se rompiera, saldríamos volando y giraríamos alrededor del sol.

Cuando le aseguro a Mane que la muerte en un vuelo de Aeroméxico es lo más deseable por higiénica, rápida y económica se enoja: «¡Qué egoísta eres! ¿Has pensado en los cuatrocientos sesenta y siete pasajeros que viajan contigo y en la azafata que en ese mismo momento te ofrece una Coca-cola con hielo?».

Recuerdo a la minera boliviana Domitila, la de «Si me permiten hablar», en la Tribuna del Año Internacional de la Mujer en México, en 1975. Domitila, madre de siete hijos, denunció la miseria de los mineros de Bolivia hasta que la interrumpió una delegada mexicana:

—Señora, hablemos de nosotras como mujeres. Olvide el sufrimiento de su pueblo. Por un momento, olvídese de las matanzas, ahora hablemos de usted y de mí, de nosotras como mujeres.

—Muy bien hablemos de las dos —respondió Domitila—. Pero si me permite, voy a empezar primero. Señora, hace una semana que yo la conozco. Cada mañana usted llega con un traje diferente; y, sin embargo, yo no. Cada día llega pintada y peinada como quien tiene tiempo de ir a una peluquería bien elegante y gastar buena plata en eso; y, sin embargo, yo no. Yo veo que tiene cada tarde un chofer esperándola a la puerta para llevarla en carro a su casa; y, sin embargo, yo no. Y para presentarse aquí como se presenta, estoy segura de que usted vive en una vivienda bien elegante, en un barrio también elegante, ¿no? Y nosotras, las mujeres de los mineros, tenemos solamente una pequeña vivienda prestada y cuando se muere nuestro esposo o se enferma o lo retiran de la empresa, tenemos noventa días para abandonarla y estamos en la calle.

»Ahora, señora, dígame: ¿tiene usted algo semejante a mi situación? ¿Tengo yo algo semejante a su situación? ¿De qué igualdad vamos a hablar entre nosotras si usted y yo no nos parecemos, si usted y yo somos tan diferentes? Nosotras no podemos en este momento ser iguales, aun como mujeres ¿no le parece?

La nobleza polaca en sus trajes tradicionales.

Capítulo 52

Insurrección de Kościuszko

Tras la Primera Partición, el 24 de julio de 1792, convencido de que cualquier resistencia es inútil, Stanisław aceptó el consejo del abate Kołłątaj:

—Si firma su adhesión a la Confederación de Targowica, salvará a su país de la Segunda Partición.

—Siento que me están dando una puñalada por la espalda —responde el rey.

Llamó a una votación interna de la propuesta hecha a los magnates polacos que se encontraron con la emperatriz Catalina en Targowica: siete a favor, cuatro en contra.

—La puñalada es un daño menor al lado de perder a su patria. Solo si se entrega a los rusos evitará la muerte de su nación —alega Kołłątaj.

Stanisław firma la Segunda Partición y el rechazo de su pueblo recae en su sobrino Pepi. La antigua aversión de los Potocki contra La Familia cobra una fuerza inusitada. Para sus compañeros, Pepi es solo sobrino del rey, ni siquiera polaco, nació y se formó en Austria, ese jovenzuelo es cómplice del rey que lleva a Polonia al abismo.

«La salud de nuestro pobre rey se altera todos los días», escribe Tremo a Maurice Glayre.

A los 60 años, Stanisław es casi un anciano. Sufre de artritis reumática y, desde el día de la firma, tiene dificultades para respirar.

—Majestad, no salga, es mejor que no lo vean.

Muchos polacos enfurecidos siguen acechándolo y poco falta para que se le echen encima: «¡Cobarde!», gritan. Rompen vidrios, puertas, rayan muros. «¡Traidor! ¡Mereces la horca, eres una vergüenza para la patria!». Piden su cabeza.

—Majestad, si sale, lo lincharán —advierte Onufry Kicki y une sus manos en una plegaria.

—¿Reza usted por mí, Kicki?

—Majestad, es ya lo único que nos queda a usted y a mí. Toda Varsovia lo detesta.

En la madrugada, a pesar de las advertencias, Stanisław se aventura fuera de su castillo para ir a misa.

¿Qué significa capitular? No basta con que el soberano reconozca su derrota. No basta su destitución y su vergüenza. Su derrota tiene que celebrarse, hacerse comedia, función de circo. Que todos vean al soberano caerse del trapecio, que los mozos de circo lo lleven a la pista a empujones y lo pateen en el aserrín para meterlo a la jaula de los leones, que el mundo entero lo observe tirarse al piso y tragar su vergüenza.

La conmoción es enorme y los magnates polacos, Feliks Potocki y el *hetman* Rzewuski, responsables de la Confederación de Targowica, exhiben un arrepentimiento espectacular. El primero se da de baja y el segundo se exilia.

El rey permanece en su puesto y escribe a Pepi: «Estoy obligado a pagar mis deudas y las suyas, tengo que asegurar mi existencia y la suya».

De las profundidades del pueblo, se levanta una ola de rabia ante el nuevo desmantelamiento de Polonia. Los insurrectos escogen a Kościuszko, quien encarnó al heroísmo polaco en el nuevo continente para comandarlos.

«A veces, la muerte es una bendición», alega un muchacho rubio, muy alto y de ojos azules, que todos llaman Jan.

Mil jinetes polacos salen de varios cuarteles a galope para unirse a Kościuszko.

Circula una carta de Catalina que nulifica las condecoraciones *Virtuti Militari* que el rey entregó a los batallones de Kościuszko y de Pepi tras la victoria de Zieleńce: «Todos recordaremos la gloriosa batalla de 1792». El gusto le dura poco al rey porque la zarina emite una orden: «Quienes se atrevan a usar su *Virtuti Militari* serán excluidos de la vida social y política de Polonia». El rey tiene que ordenarle a Pepi prescindir de su medalla y sobre todo no exhibirse en Viena porque corre el riesgo de ser fustigado por los rusos.

Nadie tiene la certeza de que Pepi obedecerá. Lo que sí deja muy claro es que la *Virtuti Militari* será la más preciada herencia de su hijo, cuando lo tenga, y que solo la muerte podrá quitársela.

En Viena, Pepi actúa como hijo de familia, y en la calle, desafía a quienes lo confrontan. Multiplica provocaciones. Con su flamante uniforme atraviesa a galope calles, avenidas y parques, y brinda con sus amigos en la vía pública. Enamora a una y a otra y sus bravatas desesperan al rey. «¿Hay escándalo? Ese debe ser el joven Poniatowski». Pepi ostenta un ruidoso patriotismo que molesta a la Corte Rusa y al llegar a los oídos de la Zarina provoca su enojo: «Por lo visto, las reacciones de los polacos son siempre imprevisibles, y no solo eso, demuestran ser malos perdedores».

Así como ofreció bailes y cenas sensacionales en su Palacio Daun Kinsky en Viena, Pepi se lanza ahora a dar fiestas en Bélgica. «¿Te das cuenta de que su forma de ser irrita incluso a los polacos?», comenta Izabela Czartoryska, la mujer de Adam.

En Bruselas, lo fulmina la noticia de la insurrección de Kościuszko. ¿Qué hace él en Bélgica en vez de estar en Varsovia? Culpa a su tío:

—¿Por qué me alejó del campo de batalla si ardo en deseos de combatir?

—De ser posible, Pepi, yo también me uniría a los insurrectos —responde el rey.

—Tío, ¿por qué no lo hizo cuando ganamos la batalla de Zieleńce?

—Creí que convencería a la zarina y evitaría la muerte de todos, ya di parte de mis servicios en oro y plata a los combatientes.

—Tío, Polonia no va a derrotar a Rusia con cucharas; en este mismo instante regreso a Varsovia. Su Majestad debió reaccionar antes y armar a los campesinos.

Feliks Potocki, promotor de la Confederación de Targowica, responsabiliza al joven general Poniatowski de cualquier ofensa contra la zarina y Pepi lo reta a duelo: «Escoja el lugar». Para no parecer cobarde, Potocki señala: San Petersburgo. Si Pepi viaja a Rusia, terminará muerto o en Siberia. No hay duelo, pero la zarina anuncia que incautará los bienes de ese Poniatowskito tan engreído.

En la noche del 23 de marzo de 1794, Cracovia entera aclama a Kościuszko: «¡Te queremos! ¡Estamos contigo!». La admiración por el héroe sube como la espuma. Los estudiantes y los cadetes lo vitorean; solo él puede salvarlos, él encabezará al ejército polaco, no es ningún lacayo de Rusia; en cambio el rey de Polonia es un paria, apesta, y su sobrino Pepi, un parásito.

A Kościuszko le es fácil movilizar a sus compatriotas a diferencia del rey, quien ya perdió toda capacidad de convocatoria por más que intente jugarse la vida por su nación.

—¿Estás bajo las órdenes del austriaco? —pregunta el ordenanza de Kościuszko al soldado Orlowski.

—El príncipe Józef Poniatowski no es austriaco —responde enojado el *aide-de-camp* de Pepi.

—Claro que lo es, allá nació.

Kościuszko cambia su chaqueta con insignias de general por la camisa campesina. Escucha misa en la iglesia de los capuchinos y se arrodilla al pie del altar en espera de que el cura bendiga su espada.

—¡Polacos, ciudadanos, hermanos —arenga a sus fieles el cura desde el púlpito—, elegimos a Tadeusz Kościuszko, jefe supremo de nuestra nación en armas! ¡Liberemos a Polonia de la bota del opresor, Kościuszko nos salvará!

El héroe levanta su espada frente a su propio rostro para luego ponerla sobre la Biblia y declarar en voz alta:

—¡Llamo a las armas al burgués, al judío, al estudiante; conformaremos el ejército que salve a Polonia!

A la salida de misa, los niños lo rodean para besarlo y como apenas le llegan a la rodilla, Kościuszko los alza en brazos: «¿Ya vieron mi nariz de trompeta?». Las madres le piden su bendición, los campesinos palmean sus hombros, una ancianita lo invita a entrar a su casa. «Gracias, ahora estoy enrolando a unos jóvenes que quieren ser soldados… pero después la visitaré». Brigadas de campesinos y obreros armados de guadañas, temibles por su indignación, se forman en la calle: «¡Contigo salvaremos a la patria!». Polonia entera se entrega al héroe como jamás se entregó al rey.

Tres sacerdotes celebran misa en la catedral de San Juan. El rey desciende de su tribuna para sentarse a lado de su pueblo.

—Majestad —ofrece el párroco—, puedo decir misa en palacio…

—Quiero estar con mi gente.

—Se expone más de la cuenta —ruega Kicki.

A pesar de las injurias, el rey aparece todos los días en la iglesia. Reza al igual que la anciana cuya protesta sube de los pasillos al altar. Antes, sus súbditos lo detenían en la calle para enseñarle a su recién nacido, ahora lo rechazan.

Stanisław oye misa solo, apestado, su cabeza blanca escondida entre las manos.

De pronto, unos pasos resuenan bajo la bóveda y se detienen a su lado. Kościuszko, vestido de campesino, se inclina ante él. Escuchan misa y tras la bendición final lo escolta hasta la salida de la iglesia.

En Varsovia, el 17 de abril de 1794, el gigantón Jan Kiliński, rabioso, dispara sobre decenas de rusos en la Plaza Saski y, ante la estatua del rey Segismundo, jura morir por su patria. «¡Ya saqué las armas guardadas en el sótano del castillo y las repartiré a quienes quieran luchar conmigo!».

En la plaza, hombres y mujeres levantan adoquines y palos, cargan cubetas de agua y repiten: «¡Únanse!». «¡Vamos a defender a la patria!». Varsovia, convertida en una bomba, explota; jóvenes, ancianos, mujeres y niños levantan un muro con costales rellenos de arena.

El 22 de abril de 1794, demasiado tarde, Stanisław anuncia que se adhiere a los insurrectos y abraza la causa de Kiliński y la de sus compañeros.

En el fragor de la batalla, el rey ordena a Kicki vestirlo con el uniforme blanco de gala de la Guardia Real y colgar de su cuello el gran cordón del Águila Blanca.

—Majestad, al salir corre usted un riesgo enorme —Se aterra Kicki.

Al ver la carroza real, los polacos detienen al cochero, asaltan al rey y amagan a los lacayos:

—¡Detengan al miserable, vamos a lincharlo!

—¿Pretendías huir, cobarde? —Se desgañita un viejo de pelo tan canoso como el del rey.

—¡El rey, el rey, llegó el rey! —gritan unas mujeres.

—¡Cobarde, canalla, solo falta que huyas! —Se les une un jorobado.

—Quiero quedarme con ustedes —insiste Stanisław.

El rey ya no es Dios, varios hombres con su pica se lanzan sobre él. «¡Cobarde!». Otros amenazan con volcar el carruaje, Stanisław abre la puerta y de pie les declara: «Estoy con ustedes».

Stanisław los desconcierta al descender de su carruaje, montar su caballo y avanzar con la cabeza descubierta entre quienes lo insultan. El rechazo lo abofetea, las injurias salen de bocas que antes lo vitorearon. De pronto un hombre empuña su fusil y lo apunta hacia él.

Montado al lado del rey, Kicki se convierte en un escudo humano: «¿Dios les autorizó matar a su soberano sin ninguna prueba en su contra?». Aunque parezca increíble, la defensa del campesino, Onufry Kicki apacigua la rabia de la turba.

Todos los insultos penetran su alma, pero el rey sigue de pie hasta llegar a la puerta del Castillo Real. Frente a ella se inclina con reverencia y la abre a dos batientes. Su gesto, por alguna razón incomprensible, hace que la muchedumbre deje de gritar y la voz de un niño hiende el aire:

—¡Es nuestro rey!

—¡Es el rey! —añade una mujer.

—Aquí voy a resguardarlos contra el enemigo.

A medianoche, otros hombres armados entran al jardín. Stanisław le ordena a Kicki:

—Deme mi bata, voy a hablar con ellos.

—¡Majestad, van a matarlo!

—Honorables conciudadanos, jamás he pensado abandonarlos. Cualquiera que sea la suerte de nuestro país, les doy mi solemne promesa de permanecer a su lado.

Confinados al patio trasero, Elżbieta Grabowska y sus hijos esperan.

El rey abraza a ancianos, mujeres y niños refugiados en patios y corredores. Una compañera de Kollowrath lo confronta:

—¿Por qué esperó tanto para tomar las armas? ¿No se dio cuenta del peligro?

—¡No se le habla así al rey! —se enoja Kicki.

Ante la posibilidad de una hambruna, familias enteras de jardineros, peluqueros y herreros se sientan a la mesa del rey.

El desprecio con el que Kościuszko recibe a Pepi todavía arde en sus mejillas. A pesar de los combates ganados en común, el héroe de Polonia sigue marginándolo. No es de los suyos.

—¿Qué busca usted prín-ci-pe? —pregunta mofándose. ¡Hable, no tengo tiempo de sobra!

—Servir como simple soldado —responde el joven enfundado en un traje de viaje de terciopelo negro.

—¿Ah, sí? ¡Aténgase a las órdenes que le haré llegar!

Pepi aguarda con los ojos bajos mientras Kościuszko lo observa con antipatía. Espera días interminables. Se entrena en el parque del castillo de Puławy... «No hay noticias, príncipe», repite cada mañana su *aide-de-camp*.

El joven Poniatowski nunca se ha sentido tan humillado.

Después de seis semanas, Kościuszko, de cuarenta y cuatro años, hijo del pueblo, cita en su cuartel al joven de veintiséis, parrandero, frívolo y muy bien trajeado. Displicente, le ofrece el mando de Lituania, pero Pepi pide que le den ese cargo a su amigo Michał Wielhorski, que lo acompaña en todo.

—¿Por qué?

—Quiero ser voluntario bajo las órdenes de Andrzej Mokronowski.

—Concedido.

Pepi acata las órdenes del encanecido Kościuszko cuyo porte carece de prestancia:

—Me importa mucho estar a su lado, general Kościuszko. Mokronowski y yo queremos aprender de usted.

Kościuszko lo responsabiliza de la defensa de Varsovia.

En septiembre de 1794, el rey escribe a Catalina:

«Señora, mi hermana, la suerte de Polonia está en sus manos; su poder y su sabiduría tomarán la última decisión. Cualquiera que esta sea, no me está permitido —mientras pueda hacerlo— descuidar mis deberes hacia mi nación e invocar para ella la generosidad de Su Majestad Imperial. Desde el punto de vista militar, estamos derrotados pero la nación aún existe. Dejará de existir si sus órdenes y la grandeza de su alma no vienen a socorrerla. Las armas impidieron que las semillas germinaran en nuestra tierra y ha sido imposible cultivarlas. Nos han quitado nuestro ganado, los graneros están vacíos y las casas de los campesinos, quemadas. Muchos han huido [...].

»Polonia parece ya un desierto; el año que entra padeceremos hambruna si nuestros vecinos continúan despojándonos de nuestro grano, nuestro ganado y nuestra tierra».

El 10 de octubre de 1794, los rusos derrotan a Kościuszko en la batalla de Maciejowice. Mueren centenares de polacos cuyos cadáveres son arrojados al Vístula. A Kościuszko lo hieren de un sablazo en la cabeza.

Stanisław apunta en su diario: «Hoy, las circunstancias son tales que mi deber me prohíbe toda participación en medidas que atraerían mayor desastre a Polonia. Conviene, por lo tanto, que renuncie a un empleo que ya no puedo cumplir dignamente». Es la segunda vez que el rey de Polonia capitula.

Horrorizado, el rey observa cómo los rusos incendian el barrio de Praga: «Escuchábamos con claridad gemidos y gritos de víctimas y verdugos. Una oscuridad profunda se añadía al horror de la escena. Sobre torbellinos de llamas de las que salía un humo blanco resaltaban las siluetas infernales de los cosacos quienes, al galope de su caballo, se excitaban a través de silbidos. A la mañana siguiente, no oímos llantos ni gritos ni el sonido de las armas ni relinchos. De vez en cuando, la caída de unas vigas hacía que las paredes se vinieran abajo y se hundiera el techo. Rompían el silencio de muerte que pesaba sobre Praga», escribe el rey.

«Señor, mi hermano», responde Catalina, «la suerte de Polonia, tal y como la pinta Su Majestad en su carta del 21 de noviembre, es el resultado de las ideas destructivas y de las instituciones sociales extranjeras que los polacos imitan, siguiendo el ejemplo del pueblo francés entregado a todas las desviaciones [...].

»No depende de mí prevenir las terribles consecuencias ni cerrar el abismo abierto a los pies de la nación polaca cavado por seductores que la llevaron al fracaso. Todas mis preocupaciones, todas las penas que tomé para salvarlos, han sido retribuidas con ingratitud, odio y traición.

»De todos los males que aquejan hoy a su pueblo, el más terrible es el de la próxima hambruna. Daré órdenes para, mientras pueda hacerlo, paliar esa peste temible. [...] Esta calamidad, unida al conocimiento que tengo de los peligros a los que Su Majestad ha sido expuesta en medio de una turba enloquecida, me hace desear que abandone sin demora la ciudad que merece todos los castigos. Diríjase a Grodno. ¡Salga usted! Su Majestad conoce mi carácter y sabe que soy incapaz de abusar de las ventajas que la bondad de la providencia y la justicia de mis asuntos me han enseñado a cumplir. Su Majestad, por lo tanto, puede esperar tranquilo lo que la razón de Estado y la seguridad pública decidirán sobre el futuro de Polonia.

»Con estos sentimientos soy, señor, mi hermano, la buena hermana de Su Majestad.

Catalina».

Tras la captura de Kościuszko herido, el rey de Polonia es la única autoridad a la vista. Se reúne con el general ruso, Aleksandr Suvórov, quien antes derrotó a los turcos. Stanisław ofrece su vida a través de Ignacy Potocki, quien también ofrece la suya con tal de salvar Varsovia.

Corre la voz —espantosa para el rey— de que su hermano, el primado Michał Poniatowski, se suicidó. ¿Cómo? ¿Cuándo? ¿En qué palacio? ¿Es posible que lo haya traicionado? ¿Dónde quedó su fe? ¿Dónde su entereza?

—Se envenenó —le informa Lewis Littlepage.

—¡No! ¡Imposible! ¡Mi hermano jamás haría algo así! ¡Lo asesinaron!

—Él mismo se quitó la vida —insiste su secretario particular.

Al Rey lo invade uno de los sentimientos más terribles que puede tener un hombre: su propia vergüenza.

Como desgracia final, el 22 de noviembre, *El Monitor* reseña la toma de Varsovia y pondera la bondad de los invasores.

Es altamente enorgullecedor que mi abuelo André Poniatowski haya sido amigo de Debussy y me pregunto quién en la familia habrá conservado las cartas que le escribió. Poder imaginar a Debussy en la rue Berton frente al piano Pleyel me llena de gusto. A veces, escucho una sola nota, como en «L'Après midí d'un Faune», otras suben por mi pecho acordes que son olas. «La mer» invade mis mañanas en Chimalistac. De niñas, mi hermana y yo decíamos: «Vamos a hacer el mar» y abríamos la llave del agua. Debussy logró «hacer el mar» en el teclado blanco y negro. Mamá dice que ama el *toucher* de papá, quien se sienta frente al piano con timidez porque siempre será un hombre inseguro.

En París, los musicólogos elogiaron el «Parsifal» de Wagner. Mi abuela Elena viajó al Festival de Bayreuth, en Alemania. César Franck ya era un autor consagrado y Chausson también. Organista de Ste Clothilde en París, frente al *square* de la rue Casimir Périer, a César Franck le fue mejor que a Debussy. La crítica aseguró: «Debussy compone sobre la punta de agujas». La pintora Marie Laurençin se unió a los poetas tachados de incomprensibles pero la rue Casimir Périer con su *zarque* frente a la iglesia, sigue siendo uno de los íconos de nuestra familia y en algunos sueños he visto a Mamá entrar al 3 Rue Casimir Périer y cerrarse tras ella la pesada puerta pintada de verde.

Papá también ha regresado en sueños con la timidez que hizo de él un pianista que siempre caminó al borde de ese abismo que todos tenemos dentro. Lo veo sentarse al piano, lo veo al lado de «Petites pattes», «Patitas» su ordenanza, ambos vestidos de kaki, ambos de pie fremte a la cámara y luego sentados en su jeep, riéndose. ¿Puede saberse algo de la guerra viendo los *snapshots* de un álbum muy gastado? ¿Qué significa ser héroe? Ninguno de los dos, ni papá ni «Patitas». supieron explicarlo.

Papá en la guerra tuvo a dos amigos combatientes norteamericanos, Jack Nile y Henry Hyde. Mi hermana conoció a Henry Hyde quien la invitó con Pablo Aspe a cenar en Nueva York. Años después habría yo de leer con mucha desazón que Henry Hyde, republicano de la Fifth Avenue, fue uno de los peores detractores de Clinton.

Stanisław Poniatowski en 1797.

Capítulo 53

Abdicación del rey

Mientras su sobrino Stanisław escribe desde Florencia, Italia, Pepi no piensa sino en la guerra...

«Me quedaré en el anonimato más espeso en alguna pequeña ciudad de Italia porque Roma es demasiado ruidosa. A cada momento aparecen polacos de buena o mala voluntad a asaltarme. Estaría tentado de salir a Sicilia para estar fuera de su alcance y utilizar con un poco de provecho ese año de exilio mientras todo se arregla. Me atrevo a pensar que Su Majestad se dignará aprobar este arreglo momentáneo y que a mi regreso de Nápoles, al que salgo dentro de ocho o diez días, encontraré sus órdenes. No le anoto nada extraordinario de aquí de Roma salvo la lista del anticuario Volpato que le ofrece un bellísimo jarrón y un Tiziano más bello aún. Vi algunos lienzos extraordinarios en casa del banquero Cioja por los que pide mil doscientos escudos. Y un Rubens que representa a Las tres gracias y un silene de quien usted posee ya una estampa grabada por Folino.

»Hemos tenido algunos días de calor, pero desde hace tres días un viento del norte los atempera. Raczynski salió y estamos esperándolo para el día de San Pedro. Me pongo a sus pies».

Hasta aquí Stanisław, el mayor de sus sobrinos.

Tras treinta y un años de reinado, en Grodno, ante Repnin y otros dignatarios rusos, Stanisław firma el acta de su abdicación el 25 de noviembre de 1795.

Después de la ceremonia, Stanisław se encierra con Elżbieta Grabowska, sus hijos y otros familiares que intentan consolarlo.

«Treinta años de trabajo queriendo hacer el bien, treinta años en los que tuve que luchar contra todo tipo de infortunios me han llevado al punto de ya no esperar servirle a mi patria de un modo verdaderamente útil.

»Las circunstancias hoy son tales que mi deber me prohíbe toda participación personal en las medidas que atraerían el desastre de Polonia. Por lo tanto, lo único factible, lo único digno, es mi partida».

Una voz joven sube desde la calle y rompe el silencio: «¿Están enterrando a Poniatowski?».

A través de su embajador Stackelberg, Catalina hace público su enojo: el rey de Polonia escoge el peor momento para abdicar. Exige «a ese hombre inoportuno» permanecer en su puesto hasta nueva orden. A pesar de la emperatriz, por primera vez en su vida, Stanisław desobedece.

Abdicar es la degradación última, el envilecimiento, la condena a muerte. Equivale a decir: «No supe proteger a los míos, no logré lo propuesto, no sirvo».

«Para evitar cualquier tipo de desorden, tengo prevenidos dos batallones de granaderos y cuatro cañones.

Espero que la sesión no se levante sin que firme usted la partición de Polonia», comunica Stackelberg.

Oficiales rusos y centinelas resguardan cada salida de. El rey, muy pálido, se niega y dicta un mensaje: «Su Majestad no iniciará la sesión si los rusos no evacuan la sala».

A las dos de la mañana se hace un terrible silencio y el rey exhausto adquiere la certeza de que ya nada puede salvarse. Los diputados, codo a codo, se han convertido en un muro de contención ante las exigencias rusas; el rey inmóvil se quedó sin respiración. La violencia que se le hace a Polonia se concentra como una bomba en esa sola habitación. Un diputado Jósef Ankwiez, cómplice de Catalina, declara que el silencio significa consentimiento y a las tres de la mañana designa a los firmantes de la partición. En ese momento, «Los Patriotas» gritan que su consentimiento les ha sido arrancado a la fuerza. Si las cortes europeas volvieran la vista sobre Polonia y vieran cómo Rusia, Austria y Prusia se ensañan contra la nación que alguna vez llamaron hermana, intervendrían pero el único que protesta es Luis XVIII y Catalina, cínica, responde: «Señor, mi hermano, parece que no está satisfecho con nuestro almuerzo a costa de Polonia. ¡Qué quiere usted! ¡Este pastel real era tan apetitoso! Seguro conoce el proverbio: estómago hambriento no tiene oídos. Permítame darle a conocer otro dicho: uno toma su bien donde lo encuentra. Sé que la parte del león no se conforma con la caridad cristiana ni con la moral, pero a un príncipe esclarecido como usted tengo que responderle que en política las virtudes teologales no privan».

Prisionero en su patria, Stanisław se pregunta qué sentido tiene seguir viviendo. Elżbieta Grabowska intenta una respuesta: «Ahora, vivirás para ti, para mí y para nuestros hijos».

Los rusos se apropian de sus dos palacios: Łazienki y Ujazdów.

El séquito del que fue rey de Polonia se reduce a su chef Tremo, su médico Boeckler y a Onufry Kicki, su ayuda de cámara.

—¿Y mi perro Kiepek?

—Aquí está, Majestad, a sus pies.

Su derrota invade todos sus actos, todos sus pensamientos. Poniatowski repasa obsesivamente cada uno de los momentos clave y se pregunta en dónde falló, por qué no fue más lúcido. Es tan grande su aflicción que invade cada minuto de su día. En su mente recompone los acontecimientos para darles un mejor final: «No expuse a los polacos», repite a sabiendas de que se engaña.

Desde las siete de la mañana, hora en que Tremo le sirve su *bouillon de légumes*, empieza a torturarse; revive la condena de Ignacy Potocki, quien previó que los rusos convertirían las calles de Varsovia en una carnicería.

Las tropas del rey de Prusia, Federico Guillermo, aliado de la zarina, rodearon la ciudad de Wola, que tardó más de quince días en hasta que la única forma de parar la sangre fue la súplica de Stanisław a la zarina.

Soldados prusianos y rusos ocuparon Cracovia y Wilno, Kościuszko intentó detener a las columnas rusas camino a Varsovia. «¡Polacos, vamos a derrotar al enemigo!», gritó una mujer de cabello blanco y rostro todavía muy joven. Segundos más tarde, un tiro la derribó.

A partir de su vergonzoso fracaso, Stanisław guarda silencio; solo responde con dos o tres monosílabos indispensables. Atraviesa su palacio con los ojos fijos en el piso para evitar cualquier mirada.

En Grodno, Repnin vuelve a ser su carcelero, intercepta su correo y lo observa como ave de presa, listo para caerle encima a la menor provocación.

Stanisław, enajenado, se refugia en el martinismo, una doctrina espiritualista cuyos adeptos aceptan todos los sufrimientos con tal de salvar su alma.

—Polonia es mártir y yo soy la causa de su desgracia —murmura.

—Majestad, flagelarse no va a servirle de nada, mejor lea a los griegos —responde Kicki con su buen sentido.

«Todo ha terminado, Polonia ya no existe. Solo nos quedan la culpa, remordimientos inútiles, recuerdos lamentables que nos desgarran y desesperan. ¿Cuál será la suerte de nuestro pobre rey?», escribe el cocinero Tremo a Maurice Glayre.

La derrota se agolpa en las sienes de Poniatowski, escuece sus músculos, toma posesión de sus reflejos, su cuerpo es el de un náufrago y el sudor frío de la vergüenza atraviesa su piel y le impide conciliar el sueño.

En el castillo, los centinelas apostados en lo alto y en las rejas vigilan las puertas y el movimiento de la calle. Dentro del castillo, tener que pedir permiso para todo y esperar la aquiescencia de subalternos y desconocidos altera a La Familia y abofetea a Stanisław. «Los nervios del rey hacen peligrar su salud», le informa el médico Boeckler y le recomienda salir de Grodno lo más pronto posible. «Lo que lo mata es la incertidumbre.

Ha estado varias veces a punto de desmayarse», informa Elżbieta Grabowska, quien ya no solo atiende a sus hijos sino a ese rey lamentable.

Stanisław pide una prórroga a sus acreedores. Kollowrath y Petrykówski confirman lo evidente: los jóvenes polacos ya no quieren verlo y les resultaría inaudito reunirse con él. «¿Han venido los dos jóvenes patriotas?», inquiere el exrey. Su ausencia es una condena más. ¿Hay noticias de San Petersburgo? «La emperatriz tiene asuntos más urgentes que atender», aclara Repnin. «Le aconsejo no presionarla».

Urge que la zarina condone sus deudas.

—Stanisław quiso actuar en favor de su país, pero un rey impuesto nunca deja de ser un traidor, aunque su propia naturaleza, su formación y su cultura hicieron de él un negociador que supo ganar tiempo —insiste el joven Petrykówski, quien todavía lo defiende en público.

—Ahora dirás que Polonia sobrevivió gracias a él —dice con enojo Kollowrath—, cuando demostró su falta de carácter en todas las circunstancias.

—Quiso salvar lo que aún podía salvarse. —Lo defiende Petrykówski—. Antes de Stanisław, Polonia vivía en la mugre y en la pobreza; con él, aprendimos a leer.

También Agnieszka Żurek lo defiende:

—Gracias a él, Europa admira nuestra cultura.

Cada vez que un joven denuesta al rey, Agnieszka aboga por él:

—Siempre quiso ayudar.

—¿Bailando? —pregunta Irenka Wojna.

—Fue un hombre justo. Impulsó la educación, fundó academias y, lo mejor de todo, escribió la Constitución del 3 de mayo.

Encerrada en su castillo, la prima Elżbieta ignora a Stanisław, a pesar de que sabe que él la espera. Corre el rumor de que ha perdido la cabeza, alguien la atisbó en lo alto de su terraza: los cabellos desatados y los brazos envueltos en velos desafiando al viento. Algunos afirman que llora a gritos desde que los rusos tomaron Varsovia.

«¡Imposible! ¡Ningún aristócrata llora a gritos! Lo primero que le enseña su tutor es a llorar *comme il faut*».

Adam tampoco aparece.

Jamás toca a la puerta un sacerdote con algún buen consejo cuando antes curas y monjas pululaban en espera de ser recibidos. Nadie logra arrancarle al rey una palabra salvo un «gracias» opaco, pronunciado en voz muy baja. El rey mira sus manos y no las reconoce. Los únicos rostros que parecen retenerlo son los de su sobrina Teresa, hermana de Pepi, quien le lee en voz alta después de cenar. «¿Qué hice? ¿Qué fui? ¿Qué soy? ¿Quién soy?». El rey desearía que todos supieran que agradece su compañía, pero no logra pronunciar palabra.

—Hay que recuperar castillos y tierras —insiste su sobrina Teresa, cuyo carácter lo sorprende—. Te toca escribirle a Francia, a Inglaterra, todavía eres el dueño de mucho, no sueltes nada.

—No es en mí en quien pienso, es en los polacos.

Por más que intenta impedir el reparto de tierras, ya noventa y seis propiedades han pasado a manos de los rusos desde la toma de Varsovia.

«Que los militares no se ensañen contra los insurrectos que ya padecieron la Primera y la Segunda partición de Polonia», exigió el rey a Repnin. «No tengo un solo złoty, estoy en bancarrota, Rusia se apropió de mis tierras».

Stanisław todavía intenta la liberación de Kuźma y su cómplice preso en Kamienec desde 1773.

—Majestad —protesta Kicki—, al diablo con Kuźma, usted está viviendo un infierno mucho peor.

El exrey antepone el bienestar de los demás al suyo. ¿Es una manera de resarcir su fracaso? Intenta rehabilitar a cada perdedor, justifica denostaciones e insultos, pretende recuperar los bienes de los nobles de la *szlachta* que lo desprecian.

—Quiero perdonar a quien me ofendió.

Atiende a sus acusadores. Más que el suyo, lo angustia el futuro de súbditos y sirvientes. ¿Cómo van a salvarse si ya ni país tienen? Que le tiendan la mano es un consuelo inmerecido. A todos les da la razón. Escribe cartas para recomendar a traidores y a desleales, envía sumas de dinero que a él le hacen falta y encuentra tiempo para escribirle a George Washington pidiéndole apoyo para Lewis Littlepage, su último secretario, ahora sin empleo.

«Me lo han quitado todo». «No tengo con qué vivir». «Intervenga por mí». «Pida que me devuelvan». «Dígale a la emperatriz». «Interceda por nosotros...». son ruegos que se repiten desde el amanecer y continúan hasta altas horas de la noche porque el antes rey ha decretado que quiere estar a la disposición de su gente.

Zubov es ahora el dueño del castillo de Puławy.

La Grabowska ofrece: «¿Quieres que te lea a Rousseau?».

—Al rey le enferma la idea de salir de su patria —dice Teresa.

—La abandonó desde el instante en que subió al trono de Polonia. —Ataca Repnin.

—Quizá podríamos ir a Carlsbad en primavera; sus aguas te harían mucho bien. —Aventura su amante, quien vive el momento sin entender su alcance.

—O viajar a Florencia, si la emperatriz lo permite. —La apoya Wojtek, uno de sus hijos.

Las palabras salen de la garganta del rey, roncas, torpes, malheridas, dirigidas a Repnin:

—Deseo permanecer en mi patria.

—¡Imposible! ¿No se ha enterado aún que muchos polacos piden su cabeza? —Por primera vez hay compasión en los ojos del ruso, quien sugiere—: En el mejor de los casos, quizá la emperatriz accedería a enviarlo a Florencia, porque sabe del gusto de Su Majestad por las bellas artes, aunque tengo dudas al respecto.

El viejo rey de Polonia le ordena a Bacciarelli hacer un inventario de cuadros, libros y archivos mientras los ministros rusos y austriacos se reparten castillos y tierras. Los doscientos mil volúmenes de Andrejz y Stanisław Zaluski, la mayor biblioteca pública de Polonia, salen a San Petersburgo a bordo de varios carruajes por orden de la emperatriz.

—¡Qué horror! Ya nada le pertenece a Polonia. —Llora la sobrina Teresa Tyszkiewicz. Mujer alta, enérgica a pesar de su ojo de vidrio, es fácil reconocer su paso en el palacio. Si la condesa Grabowska no se atreve ni a tocar a la puerta, su sobrina lo confronta:

—¡Tío, mientras tú escribes cartas, tus dos vecinos están repartiéndose Polonia!

—Siempre lo han hecho —contesta Stanisław.

Antes de la comida, a la una de la tarde, Poniatowski da unos pasos en la terraza del castillo y pide un vaso de agua que bebe hasta la última gota. «Hay que llegar al fondo de todo», sonríe y Repnin le devuelve la sonrisa.

Hace el esfuerzo de conversar con el comensal a su derecha y con el de su izquierda. Al atardecer dicta sus memorias. Cena solo y a las diez se retira con el temor de pasar una noche en blanco.

Escucho, siempre escucho. «Eso ya me lo dijeron», pienso, pero vuelvo a escuchar. En la mesa, en la escuela, en misa, en el mitin, en la calle, en la noche cuando no puedo dormir, escucho. Escucho la respiración de mis dos hijos pequeños como escuché la de Mane, quien hace su doctorado en Física en París y vive en un cuarto de servicio en lo alto de un edificio de la calle de la Boétie. Lava sus trastes en la misma regadera en la que se baña. Cuando me preocupo responde: «¡Ay, mamá, así viven todos los estudiantes!».

En las horas que anteceden a la madrugada, examino mi vida y me atormento. «¿Cómo no vi antes que Paula necesitaba más de mí?». «¿Cómo no le exigí más a Felipe?». También con mis nietos me pregunto hasta qué grado cumplo la tarea. Son diez nietos, Guillermo Haro los amaría, sobre todo a las niñas: Inés, Carmen y Luna, y vigilaría la carrera de Cristóbal, su nieto más apasionado. Discutiría política con Thomas, caminaría en silencio al lado de Andrés, abrazaría la alta belleza de Nicolás y la de Pablo y compartiría su pasión por el tiempo. Quizá se volvería relojero con tal de entender el mecanismo que nos regala más horas de vida. Lucas habría sido su nieto bienamado por ser el hijo mayor de

Paula; Pablo Haro, el de Felipe, su interlocutor, porque todo lo toma con filosofía. El futuro de cada uno sería motivo de preocupación, pero ¡ah, cuánto habría enriquecido su vida de estrellero!

«¡Ay, abue, estás fuera de onda, eso era en tus tiempos!», protesta Luna. Los veo crecer y creo que, de tanto escuchar, he aprendido a transmitir con cuidado las palabras que me regalan. También he consignado lo que vi, aunque en la cinta *Rashomon* de Akira Kurosawa, en los cincuenta, descubrí que los testigos ven lo que quieren y que cada memoria conserva una versión distinta. He aprendido que todas las memorias tienen su razón y su sinrazón y pocas reconocen: «Me equivoqué».

Atornillo los ojos en el rostro frente a mí, en las manos de uñas cortas, de uñas mordidas, de uñas de piedra como la del lavadero acanalado, uñas pintadas que me revelan oficios, ambiciones, deseos y angustias.

Cuando mis hijos eran pequeños, los tomaba de la mano para atravesar la calle. Ahora mis nietos me dicen: «Abue, no te vayas a tropezar». Camino en el parque de la Bombilla, pienso que ahí, de un solo tiro, León Toral hizo volar la cuchara que Álvaro Obregón se llevaba a la boca. «A cada quien su muerte», dice Martina. Retengo, enjuicio y sigo preguntando. Cuando leí *Robinson Crusoe*, mamá me hizo ver cómo Robinson, único sobreviviente del naufragio, recogió trozos de madera en la playa y armó una mesa para cenar en su isla desierta. A la luz de la luna, extendió un mantel encima del baúl rescatado, a su servilleta le dio forma de cucurucho, puso los cubiertos y las tres copas: una para el vino blanco, otra para el tinto y en la tercera sirvió el agua dulce recogida gota a gota en noches anteriores. En la flauta de cristal habría de verter el *champagne* Pol Roger. Cuando todo estuvo listo, se sentó frente a la mesa, extendió una servilleta sobre sus rodillas, vertió el vino, brindó con la noche iluminada y conversó con las cinco olas que venían a morir en la arena y decían todas lo mismo.

—Mamá, ¿por qué tanta ceremonia si estaba solo? —protesté.

—Para honrarse a sí mismo... La cena de Robinson Crusoe fue un acto civilizatorio.

Tras varios años de orfandad materna, me preparo un té en la cocina. Saco una bolsita de Lipton y abro la llave del agua caliente para llenar el pocillo. Estoy a punto de llevármelo a la boca cuando resuena la voz: «Así no te enseñé».

Entonces cumplo con el ritual. Sí, mamá, voy a echarle agua hirviendo a la tetera. Vaciaré esa agua y dejaré caer en su fondo humedecido las hojas de té, luego verteré de nuevo el agua hirviente y cuando se pinte de oro, prepararé, como tú, una charola con un mantel bordado, un platito cubierto de rodajas de limón, una azucarera, una servilleta con la corona de los Poniatowski, una jarrita de leche o de crema. Por ti, tomaré la tetera y la levantaré como una diosa civilizatoria. Después, la asentaré con cuidado en la charola que ya conoces y al servirme recordaré que una tarde en la rue Casimir Périer, protesté: «Mamá, estamos solas, ni que fuéramos japonesas...».

Desde que moriste, mamá, vivo en Japón.

Corona de 2 zloty con efige de Stanisław Poniatowski.

Capítulo 54

Tercera repartición de Polonia

A las siete de la mañana del 23 de noviembre de 1793, la sesión de la Cámara se inicia con miles de soldados rusos en torno al Castillo Nuevo en Grodno. Los invasores apuntan sus cañones listos para disparar. No solo es una de las reuniones más terribles, sino la última. Los diputados aprueban un decreto de alianza eterna con Rusia y devuelven a Polonia a su protectorado. Eliminan de un plumazo la Constitución del 3 de mayo, restablecen el Consejo Permanente (Rada Nieustajaca), el trono por elección y aceptan la reducción del ejército y la cesión de territorios incautados.

En su decreto de partición, Rusia se apropia de Minsk, Volhynia y Podolia (en conjunto, doscientos cincuenta mil kilómetros cuadrados), Prusia se posesiona de la Wielkopolska (Gran Polonia) con Poznań, Gniezno y Kalisz, y dos ciudades clave: Gdańsk y Toruń (en total, cincienta y siete mil kilómetros cuadrados). Sin salida al mar, Polonia pierde la tercera parte de su territorio y deja de tener vida económica y política.

Los niños no juegan en los parques, no hay gritos, ni siquiera lágrimas. Muchas mujeres se dejan caer en las bancas, como si ya no pudieran volver a levantarse. El desánimo es una peste que ha invadido lo poco que queda de Varsovia. En la Primera Partición, los polacos seguían en su diario trajín, pero ahora la derrota aniquila a todos. ¿Qué hace un hombre a quien le dicen que su país ya no es suyo porque sus vecinos se lo arrebataron? Acuclillados en la acera, como si fueran pordioseros, se interrogan:

—¿Qué somos tú y yo ahora?

—Somos polacos.

—Pero perdimos nuestros dos puertos.

—Los vamos a recuperar.

—¿Con qué? ¿Cómo? Todo es culpa de ese rey amante de la rusa.

Un ambiente de desolación cubre a Polonia, que contiene riquezas incalculables. Platon Zubov, el último amante de la emperatriz de Rusia, la felicita:

—Debería tomar en cuenta, Majestad, que Voltaire aplaude la Partición de Polonia.

—Sí, he ganado el apoyo de toda Europa.

«Es usted demasiado clarividente para ignorar mi situación y demasiado generosa para no condescender a suavizarla», le escribe Stanisław a Catalina.

El 24 de octubre de 1795, el que fue rey de Polonia firma el Tratado de la Tercera Partición frente a Austria, Prusia y Rusia.

En enero de 1796, los soldados austriacos, rusos y alemanes confiscan el tesoro del castillo de Wawel y se lo llevan a Viena. También evacuan Cracovia y se apoderan de un enorme botín de pinturas, espejos, muebles y bustos de mármol que suben a ciento setenta carretas cuyo peso hace avanzar a los caballos con una lentitud desesperante. Verlos alejarse trabajosamente hace aún más difícil su pérdida.

—Tengo órdenes de entregar libros y vajillas a Su Majestad, la emperatriz Catalina, para que escoja cuáles pasarán al Tesoro Nacional y cuáles a su uso privado —explica Repnin a Teresa Tyszkiewicz.

—No necesita insistir en esa noticia frente al rey, ya vive con un puñal clavado en el corazón...

A Poniatowski, el Palacio de Grodno le recuerda el suicidio de su amigo Hanbury Williams. Ninguna sonrisa vuelve a iluminar su rostro. Cada mañana, a las ocho, bebe su taza de *bouillon* que Tremo pone entre sus manos.

(Curiosamente, la tradición del caldo de verduras subsistirá durante trescientos años. Hasta el año de su muerte, en 2004, mamá ofrecerá un *bouillon de légumes* como el supremo remedio a los males del cuerpo y del alma).

Stanisław guarda silencio, pero escucha la voz de su sobrina defender sus bienes ante acreedores y notarios en los pasillos de su palacio. Después de un interminable inventario, los tesoros de la Corona, envueltos en paños de terciopelo, parten a Rusia. Lo mismo sucede con los incunables y primeras ediciones.

El rey pregunta si están bien empacados y de pronto se lleva la mano derecha a los ojos y llora: «¡Se llevan mi vida entera!».

Al enterarse, Catalina no se inmuta; para ella, Stanisław se ganó su desgracia a pulso.

Federico Guillermo de Prusia escoge los diamantes de la corona polaca y los pone a salvo en Berlín. Catalina destina los libros incautados a su biblioteca personal en San Petersburgo, y ordena descolgar todas las pinturas del Palacio de Łazienki: «Con estas telas, pienso agrandar mi colección de L'Hermitage».

El 5 de enero de 1796, el rey parte de Varsovia a Grodno. Antes, manda decir una misa solemne con tres sacerdotes y le hace un gran gesto de despedida a la Virgen negra de Częstochowa. Sin volver la cabeza ni ver a los feligreses, sube a su carruaje con su médico Boeckler. Los soldados rusos le presentan armas y algunos polacos lo despiden con un: «¡Larga vida al rey!». Varios ancianos lloran.

«Tío, haremos una escala en casa de Izabella, tu hermana», le advierte su sobrina Teresa, que también sube al carruaje con Ana, su hija.

Ver de nuevo a su hermana Izabela Branicka en el camino a Białystok es un sorpresivo consuelo. Izabela lo espera de pie para ser la primera en abrazarlo. ¿Cuánto tiempo lleva en medio de la borrasca de nieve? Sus sesenta y cinco años han derretido rencores y reproches y Stanisław olvida la razón por la que se separó de ella.

Al entrar al vestíbulo de columnas de mármol, Stanisław reconoce muebles, espejos y retratos de familia. De golpe, toda su infancia regresa y Konstancja, su madre, lo llama desde lo alto de la escalera para hacer su tarea. Afuera, la nieve cubre jardines trazados a la francesa; en el Jardín D'hiver hibernan naranjos y limoneros. Aunque reconciliarse con su hermana Izabela lo tranquiliza, su mayor consuelo es la larga fila de campesinos de Białystok que quieren saludarlo.

«¡Son polacos y no me odian!», se repite agradecido al estrechar cada mano.

Luisa también acude al castillo de Białystok con su familia. Por primera vez, el exrey, antes de sentarse a la mesa, presenta a sus hijos —ahora menos ilegítimos, puesto que él, su progenitor, ha caído en desgracia.

—Siéntate al piano, Michał, toca y canta para tu padre y tus tías. —Pide Elżbieta después de la cena.

—¡Qué buena voz! No sabía que tocabas con ese virtuosismo —el exrey felicita a su hijo.

Apenas coloca la cabeza sobre la almohada, el exrey siente una tristeza atroz. No toma en cuenta el apoyo de Elżbieta Grabowska ni el talento y la apostura de sus hijos, en lo único que puede pensar es en su exilio.

A la mañana siguiente el otrora rey y su comitiva suben a sus respectivas carrozas. Súbitas borrascas acosan a los viajeros, la nieve se ensaña contra ellos, los caballos apenas si avanzan. Para Stanisław lo peor es ver por la ventanilla... «Esta nieve todavía cae sobre tierra polaca».

Al entrar al Castillo de Grodno, el 12 de enero de 1795, su verdugo Repnin ordena que una guardia armada dispare cien tiros.

«¿Qué le pasa, Repnin? ¿A qué viene este estruendoso recibimiento?».

Al cerrarse las puertas de hierro, Stanisław pierde su última esperanza. El coronel William Gardiner, *chargé d'affaires* de Inglaterra, se despide con un largo abrazo.

—Los perderé a todos uno a uno. —Llora Stanisław.

—Volveremos a vernos —asegura Gardiner, aunque sabe que miente.

Curiosamente, después de torturarlo durante años, Nikolai Repnin insiste en darle trato de soberano. «Majestad, por aquí». «Majestad, por acá». «Excelencia». «Alteza». «Su Señoría». Jamás lo ha abordado con la frente tan baja, la espalda tan encorvada, las manos dobladas sobre el vientre, la mirada obsequiosa del subalterno.

Súbitamente comprensivo, Repnin repite la última frase del amante polaco: «Soy testigo de la más completa catástrofe de mi patria a la que le entregué todas mis facultades».

«Repnin, detesto su compasión».

«Le sugerí al rey pensar en su propio futuro», escribe Repnin a la emperatriz. «Vi en él una pequeña llamarada de esperanza en cuanto al destino de Polonia».

La zarina no responde.

El 26 de enero de 1797, Rusia, Prusia y Austria firman un compromiso común: pagar las deudas del antiguo rey de Polonia (cuarenta millones de złotys) y concederle una pensión anual de doscientos mil ducados.

La llegada de la primavera le recuerda al antiguo rey que Rusia y Prusia no han saldado sus deudas ni sabe qué le espera. «Majestad, Onufry Kicki no va a acompañarlo», advierte Repnin.

La ausencia de Onufry Kicki lastima a Stanisław en lo más íntimo, ya no tiene en quién creer incondicionalmente, ya no tiene quién comparta su intimidad y le presente su ropa interior o le pregunte: «¿Qué más se le ofrece?». O le lleve a la cama una bebida caliente en la que hace girar una cuchara. Onufry Kicki siempre ha dormido tras de su puerta en un canapé y sabe acudir al menor movimiento como si lo adivinara. Dejarlo atrás es una pérdida inmensa. La noche anterior a su partida,

Repnin le impide despedirse, pero a la media noche, aparece en la recámara y ambos se abrazan llorando.

Después de la comida, Repnin ofrece a su prisionero jugar una partida de *whist*.

—Lo que más me pesa es el encarcelamiento en Rusia de Kościuszko y de otros jefes —comenta Stanisław a Repnin—, pero por lo menos mi sobrino está a salvo.

—Más le vale al soldado Poniatowski comportarse, porque tengo noticias de su pésima conducta en Varsovia —replica Repnin.

—¿Qué culpas tiene mi sobrino? —pregunta irritado Stanisław.

—Me sorprende que la zarina aún no ordene su detención.

Stanisław, bruscamente rejuvenecido, se pone de pie:

—Comparto los ideales de Los Patriotas.

—Majestad, todos conocemos sus preferencias, aunque haya tardado tanto en manifestarlas —responde irónico Repnin—. La emperatriz y yo supimos desde el primer momento que usted se reunía con los rebeldes.

—Hoy haría lo mismo.

—Majestad, nada puede sin una orden de la emperatriz. Sus oficiales tienen que purgar en la cárcel su desafío y usted pagará su traición con el exilio.

Algunos polacos han huido a Francia, pero Stanisław teme por la vida de su adorado Pepi, quien se exhibe en Varsovia con el pelo cortado a la jacobina, su uniforme de gala del ejército polaco y un viejo abrigo militar sobre los hombros. Al lado de sus oficiales dispuestos a la querella, desafía a los invasores. Repnin detesta a esos «jóvenes idiotas» que se pavonean en la vía pública y rechazan a gritos su derrota.

—La manera de peinarse de su sobrino es insoportable.

—¿Cuál debería ser su peinado? —Respinga Stanisław.

—El suyo, el mío, no el de los franceses.

«Mi querido Pepi», escribe el antiguo rey, «no hay nada más desagradable para mí que sentirme obligado a causarte alguna pena… pero la emperatriz te observa y sabe que recibes regularmente a quince o más opositores…».

La rebeldía de Pepi es tan evidente que Catalina ordena su expulsión de Varsovia. El joven se refugia en Viena y solo frecuenta a enemigos de Rusia.

—Su sobrino Józef debería tratar a quienes tienen experiencia en políticas de sobrevivencia —comenta Repnin—. Prefiero por mucho a su sobrino Stanisław…

—Mi favorito es Pepi.

—Lo sé… Ese muchacho se expone a la primera bala mientras que el hijo de su hermano Kazimierz le da sentido a su vida.

La última Partición borra a Polonia de la faz de la tierra.

—A partir de este momento el término *Reino de Polonia* se suprimire para siempre de todos los tratados —anuncia Repnin.

—Sí, pero los verdaderos polacos seguimos vivos —Se rebela la sobrina Teresa con el rostro enrojecido por la cólera.

La emperatriz Catalina se apropia de la superficie más grande de todas, las tierras al este de los ríos Bug y Niemen, un total de ciento veinte mil kilómetros cuadrados. También toma Grodno, Minsk y Wilno, capital de Lituania. Austria toma Lublin y Małopolska, así como Cracovia y el mayor número de pequeñas poblaciones. A Prusia le toca parte de Mazovia, cuya capital es Varsovia, Podlasia y parte de Lituania. En total, más de veintitrés mil kilómetros cuadrados que, de ahora en adelante, se llamarán Nueva Silesia.

«Finalmente, las minas de carbón de Silesia nos pertenecen», Federico Guillermo frota sus manos regordetas.

Aleksandr Suvórov se posesiona del castillo de Kazimierz Poniatowski y cuando el exrey solicita recoger algunos objetos personales, Suvórov se disculpa ante él:

—Me da vergüenza darle la bienvenida en su propia casa, pero al menos vea lo bien que la cuido.

—*Les russes sont très corrects* —argumenta Kazimierz.

El sobrino Stanisław escribe desde Florencia que regresará a verlo lo más pronto posible. A él, príncipe Poniatowski, sus tierras y su castillo le han sido incautados por Platon Zubov, por ahora amante de Catalina, quien además se solaza en Puławy el Palacio Czartoryski.

Los partidos de *whist* con su carcelero Repnin se le hacen al exrey cada vez más desagradables, pero no puede evitarlos porque, por alguna razón absurda, piensa que si le gana, ganará a Polonia.

En una de sus misivas desde Italia, el hermoso Stanisław Ciołek Poniatowski, hijo de Kazimierz, ofrece acompañarlo en su destierro. Sus propiedades en Rusia le han sido confiscadas; mientras no las recupere y su tío siga vivo, le conviene tener buenas relaciones con Rusia. Hace pocos años, Catalina manifestó su deseo de casarlo con su nieta, la hija de Pablo I, Alexandra Pávlovna, pero en su último viaje a San Petersburgo, el codiciado príncipe polaco alegó frente a la emperatriz: «Majestad, lo mío es la soltería; sería yo un pésimo marido. Hace tiempo que vivo en Florencia y no pienso regresar».

Cada mañana, tras una laboriosa *toilette*, el exrey de Polonia lee su correo, que él mismo contesta.

«Majestad, no pierda esa disciplina», aconseja Repnin, súbitamente interesado en la salud del hombre a quien combatió a muerte.

En Grodno, el silencio de Stanisław oprime a todos. Lágrimas, desvelos, angustias, lamentos, baúles y cajas de libros lo esperan en cada rincón del castillo. Se golpea contra la esquina de mesas y consolas, la puerta machuca sus dedos y el rey chupa su índice como lo haría un niño. «¡Qué bueno que todavía tengo sangre!», se dice a sí mismo. Todos los males se agolpan en su contra. «¡Majestad, cuidado!». Sus servidores lo previenen: «Mejor que Su Majestad no vea esto» y ocultan el busto de mármol de Alejandro el Grande, así como el retrato que Nattier hizo de Madame Geoffrin. Lampi, Bacciarelli, Mengt y Per Kraft desaparecen de un día a otro.

«Quiero ver mis pertenencias».

El exrey se preocupa por quienes lo llamaron débil, crédulo, iluso, traidor, ingenuo. Su inmensa tristeza salta a la vista y sus escasos visitantes comentan: «¡Qué gran vergüenza la derrota de este rey!».

«¿Qué pasará con mis compatriotas?».

Lo consume el recuerdo de los muertos.

Su séquito, al verlo avergonzado de sí mismo, humillado al grado de nunca levantar la voz, también se avergüenza.

—Quiero recompensar a cada familia —le ruega a Repnin, quien le responde:

—¡El que vive una pesadilla es usted; piense en sí mismo!

Poniatowski nunca pregunta: «¿Qué va a ser de mí?». Ya ni pide *El Monitor*. De lo que sí tiene la certeza es de que Pepi, su adorado sobrino, lo condena.

Con permiso expreso de la zarina, y bajo la vigilancia de Repnin, La Familia lo visita y Stanisław recibe a su primo Adam Czartoryski acompañado por sus dos hijos que presumen su pelo cortado a la jacobina.

—Permanecerán conmigo hasta que les crezca de nuevo —ordena Poniatowski, escandalizado.

—Tuviste varias oportunidades de salvar a tu reino —le reprocha Adam y enumera con lujo de detalles las circunstancias que su primo dejó pasar.

—¿Para qué quiero verdugos si tus hijos y tú son críticos insuperables? —lo interrumpe Stanisław.

—¿Cuál crees que sea la decisión de Catalina en cuanto a tu futuro? —inquiere Adam.

—¿Cuál te imaginas tú, querido primo?

—Cualquiera que este sea, puedes contar conmigo.

Las cortes de Rusia, Austria y Prusia tardan un año en decidir el destino de Poniatowski.

Nadie responde a una cláusula que plantea el pago de sus deudas. ¿Cómo y con qué vivirá Stanisław? ¿A qué se dedica un rey sin corona? Muchos de sus súbditos dependen de él y permanecen a la espera.

«Majestad, usted es nuestro padre».

Desde Inglaterra, el duque de Portland, marqués de Titchfield, ofrece su fortuna y asegura que «siempre estará a disposición del conde Poniatowski».

En mayo de 1796, tras siete largos meses, Catalina se digna a enviarle al amante polaco un mensaje irrisorio: «Tiene que confiar en la Divina Providencia».

A pesar de su angustia, Stanisław dicta sus memorias a Nikolaj Wolski, quien lo taladra a preguntas. «¿Me estás condenando? Solo me haces sufrir».

El exregente nunca olvida la infinita cortesía que le enseñó su madre. Mostrar su desesperación sería de pésimo gusto y rara vez se deja ir, ni siquiera con Elżbieta Grabowska.

En su entorno, nadie levanta la voz, y sus allegados evitan comentar la desgracia de Polonia. Cada mañana, el aguarda noticias de Pepi, cuyo silencio se agiganta a medida que pasan los días.

«No te escribirá, tío. Soy su hermana, lo conozco», lo previene Teresa.

Más que el frío, a Stanisław lo corroe la certeza de que la felicidad lo abandonó para siempre. Si los polacos vivieron a la defensiva durante años entre tres enemigos, ahora tendrán que emigrar si quieren seguir vivos.

Ya se lo advirtió Repnin: «Polonia va a desaparecer de la faz de la tierra».

En julio, se presenta su hermano Kazimierz, rebosante de palabras de aliento, propuestas a futuro y exigencias de cortesanas, condesas y marquesas, antes sus favoritas.

Aunque Repnin solo permite a Kazimierz quedarse tres días, al destronado rey lo entristecen cada uno de sus frívolos comentarios.

«La desgracia no te ha hecho cambiar , Kaz», y le señala la puerta.

Trembecki intenta distraerlo con un poema sobre su perrito Kiepek, pero su decaimiento contagia hasta a su mascota, que se esconde bajo una silla.

Repnin le escribe a la emperatriz: «Ver ahora a Poniatowski me despierta un profundo sentido de la insignificancia de las cosas terrestres y de la fuerza del Todopoderoso. Sería difícil encontrar a otro hombre que conoció tanta felicidad y padece ahora tanta miseria».

«Creo en el carácter sagrado de la realeza», le responde Catalina, «y haré todo por honrar mi fe, pero solo puedo hacerlo en Rusia».

Por fin, Repnin agitado y con las mejillas enrojecidas, informa a Stanisław que tiene permiso de salir de Grodno, pero no para viajar a Florencia, sino a San Petersburgo.

«¿Rusia?», se aterra Stanisław. «¡Eso significa prisión perpetua!».

¿Italia? ¿Grecia? Ni soñarlo. ¿En qué momento concibió el pobre iluso semejante esperanza? Catalina no puede permitirle viajar a cortes europeas que podrían juzgarla.

De pie, en la soledad de la casa porque los domingos sale Martina, prendo la luz y saco un volumen del librero. Me siento contenta, fijo la vista sobre las letras y no las reconozco. Abro una página, quiero leer y no puedo. Busco las capitulares, regreso al inicio, distingo el título. Me tranquilizo y vuelvo a las letras pequeñas: no las entiendo, nada puedo leer, nada. Espero. Intento de nuevo. Nada, no veo. Entonces, me atraviesa un rayo, el del pánico. La certeza de que no veo hace que el espanto se adueñe de la habitación. Dentro de la caja del pecho, mi corazón intenta salir y se golpea contra costillas, esternón o cualquier clavícula que lo impida. Sus latidos son cada vez más furiosos. No veo, Mane; no veo, Felipe; no veo, Paula; no veo, Martina; no veo, mamá; no veo, Mimí; no veo, Ximena; no veo, Marta; no veo, Consa; no veo, Julia; no veo, Paloma. ¿A quién llamo? No veo.

Salgo a la plaza de Chimalistac. La noche se asoma negra y amenazadora, pero me angustia menos que esas letras imposibles de distinguir. Doy vueltas a la plaza, el busto de bronce de Federico Gamboa me ignora, la cruz frente a San Sebastián también. ¿Y si me arrodillo y rezo y lloro y rezo y lloro otra vez? Y si grito, ¿vendrá alguien en mi auxilio? Dentro de poco se encenderá mágicamente el farol de la calle y recordaré a los serenos que antes avisaban y escuché en una película alguna vez: «Son las diez de la noche y todo sereno». También lloro porque ya no hay serenos como en los buenos tiempos. «¡No me pasa nada, esto es una idiotez!». Regreso a la casa: abro el libro, pero no, nada nuevo, nada cambia, solo confirmo que no veo. Repaso los dos días en Tequisquiapan en los que fui feliz, cierro los ojos, vuelvo a intentar.

Ahora me invade el terror. Ya un oftalmólogo me había prevenido que después de una hora frente a la pantalla, me levantara a dar mis vueltas y volviera a los diez o a los doce minutos. Nunca obedecí.

Obsesionada, llegué al aislamiento casi total. Me lo dicen los domingos en que nadie llama. La computadora y yo renunciamos a cualquier antojo, me obligo, todo lo hago a fuerzas y por lo tanto mal. La sopa se enfría y le echo sal al postre.

El aprendizaje, el consuelo, el sentido de mi vida descansa en este fajo de hojas blancas que esperan. «Papel ecológico para uso diario, ideal para fotocopiadores, tamaño carta. Contenido 500 hojas, 100% reciclado, 89% de blancura, 75 gramos».

En la película de Agnés Varda, *Cléo de cinq à sept*, un médico le anuncia a Cléo que tiene un cáncer avanzado y que su vida está por acabarse. Al salir de la consulta, Cléo se sienta en la banca de alguna plaza: «¿A quién llamo?». No encuentra a quién.

Creo recordar que un desconocido escoge sentarse en la misma banca y es a él a quien le confía que va a morir.

No poder leer porque perdí la vista del ojo izquierdo y el derecho está fallando es algo parecido a lo que le sucede a Cléo. Hijos, nietos, amigas, amigos, compañeros de trabajo, Martina, Conrado, me observan compadecidos. Marta Lamas me lleva al médico. La inyección directamente en el ojo no duele, la anestesia es total y me sorprende tener que desnudarme para entrar al quirófano si lo que interesa es el ojo. Ya en la plancha, canto bajito: «*Et maintenant que vais-je faire de tout ce temps que sera ma vie?*».

Ataúdes de Catalina II y Pedro III.

Capítulo 55

Noticias de una muerte

Stanisław confronta el rostro rechazante del conde Oginski, quien le reprocha por centésima vez no haberse lanzado contra Rusia:

—Eres un cobarde, tenías que salir a combate.

—¿Con qué? ¿Con quiénes?

—Habríamos hallado una solución. Sostengo que eres un cobarde…

—Dios es testigo de la pureza de mis intenciones.

—¿A quién diablos le importa tu pureza? Al encabezar a tu ejército habrías lavado tu culpa y nuestra deshonra. ¿Cómo pudiste acceder a la Confederación de Targowica? Al negarte habrías puesto a polacos, a rusos y a prusianos frente a la única disyuntiva que nos favorecía, la de nuestro honor. ¿Quién se habría atrevido a abrir la boca después de oírte?

—¿Diciendo qué?

Ahora que Oginski, rojo de cólera dispuesto a golpearlo, lo denuesta, Stanisław intenta recuperar los días en que su corona no fue de espinas y murmura una fecha, el 3 de mayo de 1791, día de la emisión de la nueva Constitución: «Ese día creí que, a través de mí, la Providencia cumpliría los deseos de mis compatriotas... Gozaba yo de la confianza de mi nación y tenía la certeza de merecerla. [...] ¿Por qué no morí después de esa fecha memorable? Habría visto a mi patria y a los polacos felices y concluido mi gestión con honor. He vivido demasiado».

Cuando logra calmarse, confiesa: «Temo la desesperación de nuestro ejército. Conozco el carácter de mi sobrino Pepi, aprovechará la primera oportunidad para volver al campo de batalla».

A la hora de comer, el general Stanisław Besborodko, corpulento y autoritario, carcelero del rey, recibe un correo urgente de Moscú y abandona la mesa. Regresa impávido a sentarse, toma de nuevo sus cubiertos y, al terminar el último bocado, limpiarse los labios con parsimonia y servirse una nueva copa de vino, se dirige a Poniatowski:

—Tenemos que hablar.

A puerta cerrada, deja caer sin la menor emoción:

—La emperatriz murió hace dos días.

Poniatowski no siente nada.

El 17 de noviembre de 1796, Catalina cayó de la *chaise percée,* sus mucamas la encontraron tendida en el piso frente a la cubeta en la que acostumbraba desahogarse.

Más que la muerte de Catalina, a Stanisław lo golpea el temor por su futuro. «¿Qué hará conmigo el nuevo zar?».

¡Imposible preverlo!

En el entorno cercano de Poniatowski, nadie llora a la zarina. Madrastra, se apropió de Polonia y los ancianos rememoran: «Pedro el Grande nos respetó, su sucesora, la emperatriz Isabel Petrovna, su hija, jamás atentó contra nosotros ni mandó degollar al zarevich Iván, solo Catalina invadió Polonia después de imponerle a un pusilánime».

En Moscú, Stanisław recuerda los primeros años de su amor por Figchen, repasa la imagen más entrañable: observarla leer. Figchen se pone de pie, solo abandona su escritorio con la tarea terminada. Ambos amaron a Voltaire, aprendieron de memoria frases de D'Alembert y de Rousseau. Ya mayor, Catalina habría de comprar a precio de oro la admiración del *philosophe*, quien nunca se tomó el trabajo de contestar las misivas de Poniatowski. «¿Invitarme a mí? ¿Qué se cree ese reyecito?», exclamó Voltaire. La zarina consiguió que Diderot fuera preceptor de su hijo Pablo, engrandeció bibliotecas y museos y logró que las mujeres de su clase recibieran la misma educación que los hijos de los aristócratas, pero ¿qué hizo Poniatowski por Polonia sino sacarla a bailar? La zarina supo ser una gran estadista; Poniatowski, tan fino, solo brilló en su reflejo.

¿Qué hizo el amante polaco? Solo lo que ella le permitió.

1797 es el año en el que Polonia desaparece de la faz de la tierra. ¿En qué país del mundo ha sucedido semejante tragedia? El exrey no puede ni convertir esa sentencia en palabras. «Tú, Stanisław Poniatowski, eres el único monarca que ha permitido que le arrebaten su patria».

Quince millones de polacos huyen al exilio.

«Ya no tenemos casa».

«Tú, rey de los polacos, no has sabido ni protegerte a ti mismo».

—Majestad, el zar lo espera con impaciencia en Moscú.

—Repnin, no me lo repita... Déjeme solo...

«Siento tanta tristeza, es tan insoportable abandonar mi patria y a quienes amo que no sé cómo voy a sobrevivir», escribe Stanisław en su diario.

Antes de su partida, el exrey recogió las peticiones de cientos de terratenientes polacos despojados de tierras y prebendas. «Tú tendrás que esperar tu turno», responde a su hermano Kazimierz en bancarrota, quien busca resarcirse antes que otros.

Lo que más lo hiere no es su destitución, sino que un protocolo secreto acordó borrar el nombre de Polonia de cualquier documento.

Polonia ya no pertenece a Europa.

—¿Además de eliminarnos, vamos a desaparecer del atlas? —inquiere aterrado.

—¿No se ha dado cuenta, Majestad, de que Polonia ya no existe? —Ironiza Repnin.

—¿Polonia ya no es parte de la Historia? —Poniatowski vuelve el rostro hacia la pared.

¡Qué gran vergüenza!

—Majestad, vámonos, nada tiene que hacer aquí. —Lo toma del brazo en un movimiento inesperado el imprevisible Kazimierz.

De adolescente, Stanisław enfermó con frecuencia. Su destitución a los sesenta y cinco años es el fin de su vida. Ningún soberano forjó su propia desgracia como él. Ninguno llevó paso a paso a su país al abismo. Ahora, Europa le da la espalda y huye de él como de una peste. La incapacidad jamás se perdona: al idiota se le confina, a un funcionario inepto se le destituye. ¿Qué se hace en el caso del pobre rey de Polonia?

El nuevo emperador Pablo I —opuesto en todo a su madre— hasta parece compadecer a Poniatowski.

¿Qué trata de resarcir el ruso? ¿Restriega el rostro de Poniatowski contra la tierra rusa?

«Me doy cuenta de que debería yo sentir agradecimiento por su actitud, pero no lo siento», aclara el exrey.

La escolta de Stanisław consta de trece carruajes en los que viajan sus familiares, los Mniszech, su sobrina Teresa Tyszkiewicz y su hija Anna, el poeta Stanisław Trembecki y el médico Boeckler. Veinte carrozas con criados, chambelanes, oficiales, mozos y pinches siguen al rey destronado.

El cortejo sale de Grodno el 17 de febrero de 1797.

Durante el trayecto, a pesar de su sentimiento de desgracia, Stanisław se da cuenta de que las ramas de los árboles son ahora tubos de cristal.

«¡La naturaleza hace bien las cosas, voy a extrañar esta imagen!».

El deshielo enloda el camino, se rompen los ejes de un carruaje y de otro, el de Poniatowski también sufre daños. Él y toda su comitiva tienen que esperar su reparación. Para Stanisław, los dramas cotidianos del viaje no son nada al lado de la certeza de que no regresará a Polonia.

«Si aquí se acaba todo, se lo agradeceré a la Divina Providencia», se obsesiona, aunque lo reconforten algunas frases: «Majestad, ¡solo un milagro habría evitado el desastre!». «Majestad, saber que su pueblo lo llora es un consuelo». «Majestad, hizo lo que pudo, no le quedaba otra salida».

En Wilno, Lituania, la universidad que fundó lo invita al salón principal, el de las columnas griegas y su discurso recibe una ovación: «Estudiantes, les entrego mi corazón, hagan con él lo que deseen». Cientos de jóvenes, entre ellos algunos miembros de la *szlachta*, lo vitorean. En Riga, el ruso Repnin le abre en grande las puertas de su palacio.

—Mi casa es su casa, Majestad.

—Repnin, no me compadezca.

En Mitawa y Narva, Stanisław exhausto, atiende delegaciones de dignatarios rusos. El zar ordena recibirlo con honores, incluso llega más lejos al anunciar que interrumpiría el duelo por la muerte de Catalina para que Poniatowski entre a Rusia entre fanfarrias.

A medida que penetra en tierra rusa, Catalina se le aparece, pero no como emperatriz, sino como Figchen, la alemancita voluntariosa que demandaba: «Hazme el amor».

Tras quince días de viaje, Stanisław August hace una entrada espectacular en San Petersburgo en una carroza enviada por el zar. Lo escoltan los dos hijos de Pablo I, Alejandro y Constantino, y los dos hijos de su primo Adam Czartoryski, sus sobrinos, montados en caballos blancos espléndidamente enjaezados.

Desde el peldaño más alto de la escalinata del Palacio de Mármol, el mismo zar Pablo I desciende hacia él con los brazos abiertos y lo invita a pasar a *su* casa. Pequeño, flaco, feo, la nariz le cuelga encima de los labios y los dientes demasiado largos brillan amarillos. Sonríe como si fuera a comérselo.

«Le ruego, Majestad, que me pida a mí todo lo que necesite y no se dirija a oficial alguno. Desde ahora, considéreme su *aide-de-camp*».

Sin darse cuenta de que da un paso en falso, Stanisław le tiende a Pablo I el grueso fajo de demandas que sus compatriotas le entregaron en el momento de salir de Polonia.

—Majestad Imperial, estas son las peticiones de los polacos despojados por la emperatriz.

Pablo I pasa el paquete a una ordenanza e invita al exrey de Polonia a cenar y a acompañarlo unos días más tarde en Pávlovsk, una de sus casas de campo.

Los numerosos polacos que viven en San Petersburgo aparecen en la terraza del Palacio de Mármol, Stanisław siente ganas de rechazarlos; envueltos en abrigos de piel y bufandas de seda, cubiertos con gorros de visón y de astrakán, no sufrieron como los defensores de Varsovia y de Cracovia. En su fuero interno, los desprecia. Instalados en Rusia, ninguno de ellos corrió la suerte de su pueblo; en el fondo, no son distintos de sus enemigos.

Kościuszko, Zakrzewski y Kiliński, recién liberados, también aparecen en la terraza del palacio y Poniatowski los abraza con tristeza.

«¿Tenemos algo que decirnos?», pregunta.

Imprevisible como su padre, Pedro Ulrico, el zar ofrece mil campesinos al héroe Kościuszko y otros mil a Ignacy Potocki sin saber si los desean y sin que la amnistía ruso-polaca se haya proclamado. Kościuszko se niega a recibir cualquier prebenda. El zar anuncia que ofrecerá al «glorioso príncipe Józef Poniatowski» las tierras de Zymzmory, de Uszpole y Wielona.

Tras tantos días de viaje, Stanisław merecería un descanso, pero el zar no lo suelta. «¿Soy su trofeo? ¿Qué quiere de mí?», se pregunta harto de tanta amabilidad.

Las atenciones del zar resultan abrumadoras; insiste en aclararle que su sobrino, el príncipe Stanisław Poniatowski, hijo de Kazimierz, pavimentó en su último viaje a San Petersburgo el camino de la perfecta amistad que siente por el rey destronado.

«Lo único que desea el emperador Pablo I es el bienestar de su amigo Stanisław Poniatowski», explica Repnin.

Pablo I insiste en llamarlo *Majestad Imperial*, su caravana y su nariz tocan el piso, su mirada es de veneración, pero al abrazarlo, Poniatowski sospecha que solo intenta vengarse de su madre. La celebridad de Catalina todavía habita cientos de cabezas, entre otras, la de su hijo.

«¿Tanta amabilidad no presagia una tormenta?», se pregunta Poniatowski.

Sentado en una tribuna junto a Pablo I, Stanisław asiste al homenaje que le brindan a «su hijo». En la noche, en un *souper* con muy pocos elegidos, Poniatowski el filósofo lo observa empuñar un violín y tocar con los ojos cerrados una zarabanda y de pronto le viene a la mente el recuerdo del gran duque Pedro Ulrico. ¿Se parece Pablo a él? Sí, mucho. Súbitamente siente compasión por el emperador Pedro II, que solo reinó unos meses y murió de tan fea manera. Ahora lo preocupa Pablo I, ese hijo que Catalina nunca abrazó porque la emperatriz, su suegra, se lo llevó.

Treinta años más tarde, en el banquete para el pueblo, sobre los adoquines de la plaza del Kremlin iluminado, el maestro de ceremonias sienta al rey destronado entre el zar y la emperatriz Sofía Dorotea de Württemberg, nacida en Prusia y esposa de Pablo I.

Que el zar le rinda pleitesía en todo momento y lo mantenga siempre a su derecha cansa a Poniatowski, porque el privilegio lo obliga a permanecer de pie. Cuando pide sentarse, un ordenanza le explica: «Majestad, el protocolo imperial no lo permite».

Varios ilustres invitados recordaron, ante la emperatriz Sofía Dorotea, que el polaco es un bailarín insuperable; a Poniatowski no le queda más remedio que invitarla a la primera mazurka. En consecuencia, el 22 de abril de 1798, Stanisław abre el baile de honor en el Kremlin con la esposa de Pablo I.

A la noche siguiente, en plena mudanza, se siente obligado a requerir la presencia de la pareja imperial a cenar en su nuevo palacio, lo que pone a temblar a Tremo y a su servidumbre.

A los tres días, Repnin anuncia que el mismo zar Pablo I ordenó la liberación de los prisioneros polacos y suspendió la toma de tierras de la familia del rey. El general sueco Hans Axel von Fersen recibió la orden de liberar a cualquier hombre, mujer o animal ligado a Polonia y, ante todo, a los Poniatowski y a los Czartoryski. Así las cosas, a la hermana del exrey, Izabela, casada con Branicki, le asombra que, en medio de reverencias, los rusos le devuelvan su castillo de Białystok.

La adorada prima Elżbieta se instaló definitivamente en París, como tantos polacos adinerados e instruidos, y Poniatowski nunca volverá a verla. Su cuñada y competidora, Izabela Lubomirska, la mujer de Adam cuyo ardor patriótico impresionó a toda la nobleza de Polonia, permanece en pie de guerra en Varsovia al grito de: «Ningún ruso va a profanar mi patria». Acecha desde un torreón, fusil en mano, la aparición de los enemigos y son innumerables Los Patriotas que celebran su heroísmo.

«Izabela Czartoryska es nuestra reina» es el lema de miles de seguidores.

En Moscú, el emperador ruso ha ido tan lejos como para invitar también a Pepi a su Coronación y se dirige por escrito al joven derrotado con un respetuoso: «Excelso príncipe Józef Poniatowski». Espera darle personalmente la bienvenida y desde hoy le confiere el título de teniente general del ejército ruso. «El príncipe Józef Poniatowski», asevera con su hermosa caligrafía, «contará con su propio regimiento de mil quinientos coraceros».

Rechazar al zar afectaría la situación no solo de muchos polacos en Polonia, sino también de los que viven en Rusia y, sobre todo, de los miembros de La Familia. Stanisław tiene la certeza de que su sobrino no aceptará jamás la invitación del emperador.

Tampoco él, su tío, volverá a verlo ni podrá decirle como acostumbra: «Pepi, eres la persona que más amo sobre la Tierra».

«¿Acaso es capaz de infligirme un dolor mortal? ¿Acaso Pepi tiene el corazón tan duro?», le pregunta a Teresa Tyszkiewicz, su hermana, quien confirma que Pepi nunca pisará tierra rusa.

«Abandóneme, señor, olvídeme, desconózcame, quizá un día mis manos sabrán aliviarlo porque serán más puras, pero no puedo ser parte de su séquito; usted es el responsable de nuestra derrota», escribió Pepi.

Me he acostumbrado tanto a escribir sobre otros que ahora soy una página en blanco. En las Guides de France, Marie-Louise Signoret y los sacerdotes que venían a predicar la cuaresma aconsejaban reemplazar el *je* por el *nous*. Según ellos, teníamos que sepultar nuestro *yo* y entregarnos a la causa de nuestros hermanos.

Así conocí a los *prêtes ouvriers* y a una colonia en Francia llamada Emmaus.

En el periodismo, es ley dar crédito a *El Universal*, a *Excélsior*, a *El Día* —diario que los estudiantes de 1968 escogieron para sus desplegados—. El reportero de carne y hueso desaparece tras el artículo en *Excélsior* o *El Universal*. ¡Qué lección de humildad!

«¿Ya subieron a los muertos?», inquiría el jefe de redacción. «Los muertos» eran esquelas pagadas (de cuarto de plana, media plana, a veces, plana entera) que *entraban* al último momento. Las entrevistas y crónicas perdían su espacio y si el difunto era un personaje, cubría varias planas y a veces hasta la totalidad del periódico.

De joven, tuve amigas adictas a hablar de sí mismas, por lo que adquirí la costumbre de preguntar «¿y entonces?» para que no cesara el flujo de palabras inmortales.

Cuando la escritora colombiana Albalucía Ángel Marulanda, autora de *Estaba la pájara pinta sentada en el verde limón*, vino a México a entrevistar a escritoras, contó que durante más de un año vivió sin pronunciar una palabra. «¿Cómo es posible no hablar durante trescientos sesenta y cinco días?» pregunté. «Recurrí al monólogo interior». Años más tarde, otra amiga poeta, Ámbar Past, quien levantó su casa en un árbol en San Cristobal, Chiapas, enmudeció: «Nunca he sido tan feliz», escribió. Mamá, al final de su vida, dejó de hablar. Ahora cultivo esa posibilidad y rechazo programas de radio y televisión porque he vivido rodeada de palabras, cubierta de cabeza a pies con palabras; oí palabras, tragué palabras, hasta dormida me persiguieron diálogos, frases tan largas como las de Marcel Proust, páginas atiborradas, largas líneas en cuadernos rayados y libretas de apuntes, incomprensibles por saturación.

De niño, Mane, mi hijo mayor, escribió un cuento en el que abría un libro del que se caían todas las palabras. ¿Alguien las recogió? ¿A alguien le sirvieron? ¿Tuvimos que barrerlas fuera de nuestra vida? Un psicoanalista nos habría iluminado, pero nunca lo vimos y aquí sigo en medio de un océano de palabras.

Bajo la férula de Guillermo, Mane escogió dedicarse a la Física, seguramente sus tres hijos y Viviana lo salvaron, y solo yo quedé entre líneas, envuelta en un sudario de letritas. ¿Me han hecho feliz? ¿Hice a alguien feliz con ellas?

El rey Stanisław August Poniatowski en San Petersburgo.

Capítulo 56

Exilio en Rusia

Sin darle tiempo de respirar, el emperador Pablo I invita al rey a cenar y, desde la cabecera de la mesa, le dispara:

—Usted es mi padre.

—¡Dios mío! Me encantaría responderle que sí —exclama Stanisław alarmado—, pero no lo soy.

—¡Claro que lo es! Me parezco a usted en todo; por eso me emociona tanto su presencia. —El zar saca su pañuelo y se limpia los ojos.

—Excelencia, no quiero desengañarlo, pero ni siquiera las fechas coinciden. Cuando usted nació, yo no conocía Rusia. Por lo tanto, no tuve el gusto de serle presentado a la emperatriz, su madre.

—Pudo venir a escondidas a Oranienbaum.

—¡Imposible! Usted, Majestad Imperial, tenía tres meses de nacido cuando vi por primera vez a Catalina.

—Y usted, padre mío, ¿cuántos años tenía?

—Veintitrés años.

—¿Y mi madre?

—Veintiséis.

—¡No importa! En Moscú, en San Petersburgo, la corte entera comenta que nos parecemos como dos gotas de agua; me siento polaco hasta la médula, soy su hijo, lo sé, me lo dice mi corazón, la nobleza de su sangre anega mis venas, lo reconocen mis entrañas, mi sexo, sus rasgos faciales son los míos.

Stanisław ahora lo comprende todo. La recepción, los arcos de triunfo, los niños vestidos de gala con sus ramos rojos y blancos. De ahí el esplendoroso recibimiento, la duración de abrazos demasiado apretados, las caravanas, el Palacio de Mármol, la voracidad en la mirada del ruso y la insistencia en glorificarlo frente a toda Rusia.

Durante años, en la corte de San Petersburgo y en la de Versalles, Stanisław oyó decir que tal o cual era hija del obispo equis o del soberano zeta y que tal otro en realidad era descendiente de los Borbones, los Stuart, los Hanover o los Lichstensein y que la tartamuda era hermana no reconocida de un Estuardo o un Hohenzollern. Para los miembros de la nobleza, el origen oscuro de algún pariente los volvía cómplices de un secreto a voces que solo aumentaba el prestigio paterno o materno.

En las cortes europeas, ser la favorita del rey con la complacencia del marido es la certeza de un ascenso, el engrandecimiento de una fortuna tan mullida como el colchón imperial. A través de los siglos, una joven de familia, de preferencia bonita, crece como un bien invaluable porque engrosa la fortuna.

En Varsovia, los nobles de la *szlachta* insistieron en decir que el hijo recién nacido de Izbella Flemming, la mujer de Adam Czartoryski, era de Nikolai Repnin, entonces embajador de Rusia en Polonia. Los dimes y diretes solo contribuyeron a la celebridad de Repnin.

El mismo Poniatowski concibió hijos con la condesa Grabowska. ¿Reconocerlos? ¿Darles su apellido? ¡Jamás! La ilegitimidad persiguió a varios hombres de talento. Quizá por eso mismo destacaron por encima de sus hermanos.

En ese mes de julio, Stanisław acompaña a la familia imperial a Monplaisir, en Oranienbaum, y lo alojan en la recámara en la que lo sedujo Sofía Anhalt Zerbst, entonces Fichgen. Después de treinta años, una Catalina joven, fuerte, de labios rojos, viene a su encuentro. Sonríe y lo llama a su lado, se sienta frente a él, lo abraza y, con un vigor inesperado, lo atrae al lecho. Lo monta y lo devora, sus pechos son dos peras, va y viene encima de su cuerpo. ¿Lo besa o lo quema? Sus carcajadas resuenan en toda Rusia. A las mujeres que ríen en el momento de hacer el amor se les escapa el estremecimiento de la muerte pequeña.

El polaco amanece exhausto de tanto luchar consigo mismo en una noche que lo regresa a sus veintitrés años.

«¿Durmió bien, Majestad?», pregunta la joven emperatriz Sofía Dorotea. «Espero que sí, porque lo elegí para abrir el baile conmigo en el Salón de los Espejos».

Stanisław asiste como alfil de ajedrez en el tablero del séquito imperial, aunque nunca tiene la oportunidad de hacer jaque al ruso. Acude a funciones de ópera, cenas y desfiles. A pesar del buen trato, lo asedia la certeza de no tener país. ¿Sobre qué mapa de Europa bailará? Presiente que su fin se acerca y le reza a la Virgen de Częstochowa, a quien por momentos confunde con Catalina: «Hazme de tal modo que yo pueda gustarte, hazme merecedor de una muerte fácil y tranquila, dame un espacio en una eternidad serena después de mi expiación. Si deseas enviarme más sufrimiento, estoy dispuesto a recibirlo, pero ojalá no quieras añadir más derrotas y humillaciones a todas las que he recibido. Perdóname y perdona a mi patria si te ha ofendido y hazla resurgir de sus cenizas. Quiero merecer tu bondad y tu justicia».

En San Petersburgo, el pasado asalta a Stasiu: Sophie en traje de montar, Sophie enojada, Sophie llorando agradecida después del orgasmo, Sophie con sus cabellos desatados sobre los hombros murmurándole en francés: «Dios lo guarde para mí porque así valdré más».

«Estoy enloqueciendo», dice el destronado rey mientras aprieta su cabeza entre sus manos como si pudiera exprimirla.

Su caballerosidad innata le impide negarse y Pablo I lo avasalla. Insiste en su amor filial y lo avergüenza hablándole mal de Catalina. La misma pasión que tuvo la emperatriz para dominar al mundo la tiene Pablo I para denostar a su madre y machacar: «Yo soy su hijo». Cada vez que el amante polaco, ahora exregente de Polonia, lo desmiente, el emperador le asesta un «soy su hijo», ronco de excitación. Poniatowski adquiere la certeza de que el exilio será la prolongación del infierno que Catalina inauguró al sentarlo en el trono.

Para suavizar la atmósfera de derrota que lo invade, Poniatowski acostumbra caminar en el jardín en torno al Palacio de Mármol y buscar la sombra de los árboles y, como también ama el arte, visita tiendas de antigüedades y librerías de San Petersburgo.

Gracias a los primeros copos de nieve logra encerrarse en su palacio. Elżbieta Grabowska llegó de Varsovia en agosto y habita una mansión cercana; las dos hermanas del exrey, Luisa, Madame de Cracovia, e Izabela, Madame de Poldovia, arriban con sus títulos y sus manías; aparecen a la hora de comer y fastidian a Tremo con sus dietas, el recuento tedioso de sus achaques. La corte rusa se apresura a rendirles pleitesía y a ofrecerles recepciones, aunque ninguna tenga el encanto de su hermano.

Envejecido, Stanisław busca compensar a Elżbieta Grabowska por tanta vida compartida. Después de todo, su *maîtresse* le ha sido tan leal como su perrito Kiepek.

En su juventud, su madre quiso casarlo con una Ossolińska, más tarde, el mismo Glayre buscó a la princesa D'Orléans; la princesa de Portugal le concedió su mano y cuando Teresa de Austria se dispuso a viajar a Polonia, el enojo de Catalina llegó a tal grado que el rey no volvió a intentar enlace alguno.

La Grabowska le dio hijos que ni siquiera llegaron a ser tema de conversación. Otros amores duraron un año, meses o semanas, pero Poniatowski regresó a los brazos de la más complaciente de sus amantes.

¿Serían las hemorroides de Pedro Ulrico las que lo desangraron o lo mató la emperatriz? ¿A quién amó realmente Catalina? ¿Qué buscaba ella en el cuerpo del otro? Potemkin exigió ser rey de Polonia ¿solo para humillar al amante polaco o porque una condesa polaca —a la sazón, su amante— le rogaba devolverle sus tierras?

¡Qué tortura la vida de la corte! Antes, Stanisław tenía el don de descubrir en cada ser humano la historia de su vida, pero perdió esa facultad y hoy la voz del otro cae como la lluvia que solo requiere de monosílabos para continuar.

En mala hora, el exrey se detiene a meditar en su pasado. De permanecer en Rusia, ¿habría sido cómplice de Catalina? ¡Claro que sí! Sí, sí, lo más probable es que sí. ¿O Gregorio Orlov lo habría reemplazado y él estaría confinado al salón de la princesa Dáshkova en el que ambos disertarían acerca de Diderot, D'Alembert y la fascinación del salón de Madame Geoffrin? ¿No aprendemos los seres humanos a conformarnos desde el nacimiento, sobre todo si nuestras sábanas tienen un monograma?

Afuera, las calles se tapizan de blanco y el emperador de todas las Rusias ofrece en la plaza Kitay Górod un banquete al que asisten cien mil moscovitas. En mesas colocadas en la explanada frente al Kremlin, hombres, mujeres, ancianos, niños y hasta perros famélicos devoran arenques, pepinos, empanadas de carne y beben el vodka que los anonada con su abundancia. De pronto, en medio de ese baño de pueblo, a Stanisław —quien fue requerido por Pablo I— se le ocurre preguntar al invitado sentado a su derecha si alguna vez pensó en darle las gracias a la emperatriz, él responde, con la boca llena: «¿Quién es?». El polaco filosofa: «Si eso le pasa a la zarina, ¿qué será de mí?».

El príncipe Félix Yusúpov lo abruma con sus atenciones y se convierte en su guía. Amigo de Catalina, de Luis XVI, de María Antonieta y ahora de Luis XVIII y dueño de una inmensidad de tierras, lo invita a la presentación de «Didon», de Desmarets, pero al llegar al Teatro Imperial de San Petersburgo, lo previene: «El zar me pidió que lo condujera a su palco».

El sobrino Stanisław, hijo de Kazimierz y compañero de exilio, se retrae al grado de que el emperador deja de invitarlo. El joven evita recepciones y banquetes para encerrarse con sus libros. El exrey lamenta:

—Preferiría quedarme en la biblioteca contigo, pero no me lo permiten.

—No te creo, tío, estás acostumbrado a causar sensación donde quiera que vayas…

—¿Cómo puedes decirme algo así después de lo que me ha pasado?

—Tío, necesitas a «tu público».

Al ver la expresión en el rostro del viejo, lo interroga:

—¿Dejarías de asistir hoy a la recepción a la que te invitó el emperador?

—No puedo.

—Ya lo ves, tu celebridad es tu prisión.

Naturalmente frívolo, Poniatowski recupera el gusto por la vida gracias a Yusúpov: «¡Majestad, su capacidad de goce se mantiene tan incólume como su encanto personal!». Yusúpov, dueño de fábricas de porcelana, de espejos y de telas suntuosas lleva la galantería tan lejos como para ofrecerle una vajilla para mil invitados con su escudo de familia y sus iniciales en letras doradas.

El príncipe Yusúpov hace su estancia más tolerable al avisarle que una compañía teatral italiana se sentiría honrada de presentarse en el Palacio de Mármol cada vez que el rey de Polonia lo requiriera.

Stanisław no encuentra su *chevalière*. «He enflacado. Debió caerse al lavarme las manos», justifica sin tristeza. Aunque Yusúpov le ha devuelto el gusto por los privilegios, ya nada es igual.

En su diario, Stanisław escribe: «Cuido mi salud lo mejor que puedo y en realidad no estoy mal, pero me cansan tantas cenas oficiales. Son pocas las noches en que puedo estar solo, con la singular compañía de Kiepek».

El 9 de mayo de 1798 despide a su sobrino Stanisław, quien regresa a Florencia:

—No te entristezcas, tío, verás que Pepi, tu favorito, vendrá a visitarte.

—Nunca vendrá. Ni siquiera quiere usar la Orden de Malta.

—Pepi te ama como a un padre.

—Sí, pero su odio contra Rusia es más grande que su amor por mí.

Lo que antes le habría causado la máxima alegría se le cae de las manos porque el sabelotodo —al fin hijo de Kazimierz— se encarga de regresarlo a la realidad.

Poniatowski se abstiene de confiarle que todas las noches piensa en su patria. Si ahora la Divina Providencia le concediera un deseo, imploraría de rodillas volver a Polonia. Recuerda las horas que pasó despidiéndose al borde del Vístula y la horrible angustia de la partida.

En Rusia, respira mal y en la madrugada, cuando Tremo abre su ventana y lo despierta con un «buenos días, Majestad», Stanisław tiene que insistirle: «Tremo, no me lo haga más difícil si no voy a dirigirme a usted como *Excelencia*».

Élisabeth Vigée Lebrun, retratista de María Antonieta y expulsada de Francia por apoyar la revolución de los plebeyos, solicita una audiencia porque desea «ardientemente» retratarlo.

La buena noticia de que llegaron sus libros y sus pinturas lo tranquiliza. Con ellos, recuerda las ideas que lo consolaron durante años. Relee *Julia*, de Rousseau y *Las cartas persas*, de Montesquieu, con su perrito Kiepek a sus pies.

Con la curiosidad de costumbre, visita museos, camina al borde del Neva y habla en ruso con quienes lo saludan. El pueblo le sonríe, las mujeres le tienden su rostro de mejillas sonrosadas por el frío y lo rejuvenecen. Recuerda las enseñanzas de Hanbury Williams, visita a anticuarios que lo reconocen, las bibliotecas siguen siendo un imán y pasa largas mañanas entre libros, acude a la universidad y algunos jovencitos lo aplauden.

El 19 de mayo, acompañado por su sobrina Teresa Tyszkiewicz y Michał Grabowski, su hijo mayor, recibe a sus majestades imperiales, Pablo I y Sofía Dorotea. Él mismo se levanta a servirle a la emperatriz un *borsch* rojísimo, salido del talento de Tremo.

La celebridad de la sopa zumba en tantos oídos que el embajador de Austria, Luis Cobentzel y el ministro de Inglaterra, lord Withworth, ruegan que el *rey* los invite a ellos a probar la misma sopa.

En julio, los tres poderes divididos entre Austria, Rusia y Prusia se niegan a pagar las deudas del rey de Polonia. «Tendrán que pagarlas a fuerza», lo tranquiliza Tremo.

Conversar con Élisabeth Vigée Lebrun, a quien llama *ma bonne amie*, es un gusto. «Quiero pintarlo cubierto de terciopelo rojo y de armiño, con una mano sobre la cadera. Majestad, no me mire con tanta tristeza».

Entre sus visitas, el rey destronado recibe la de Kościuszko, quien viaja a Francia para zarpar de vuelta a América desde Le Havre. Lo acompaña el segundo héroe de la insurrección de Varsovia, el zapatero Jan Kiliński. Stanisław le regala uno de sus caballos.

«Lo atesoraré», asegura Kiliński.

Al atardecer aparece Stackelberg. Resulta que, para el desconcierto y hasta la indignación del séquito de Stanisław, el emperador Pablo I lo escogió como chambelán del polaco.

Incapaz de negarle la entrada, Stanisław lo saluda con desencanto.

—Majestad, gracias por recibirme.

—Si antes no supe rechazarlo, ¿qué caso tiene hacerlo ahora?

La actitud de Stackelberg es hasta compasiva e insiste en llamarlo *Majestad*.

A pesar del maltrato de años, Stanisław también le abre su puerta al príncipe Nikolai Repnin, quien después de observarlo, pregunta si se siente bien.

Cuando el invierno congela el río Neva, Tremo sirve al viejo rey de Polonia los primeros ostiones de la temporada y, en la noche, en su biblioteca, el prisionero dicta sus memorias a su sobrina Teresa Tyszkiewicz.

El 26 de septiembre de 2014, una nueva tragedia asola a México y ataca de nuevo a los jóvenes de mi país. Desaparecen cuarenta y tres estudiantes de la Escuela Normal Rural Isidro Burgos de Ayotzinapa, Guerrero. De esa normal salieron dos líderes sociales: Lucio Cabañas y Genaro Vásquez Rojas. El veintiocho, por una casualidad, el padre Alejandro Solalinde me pide que lo acompañe a ver al procurador de la república, Jesús Murillo Karam. Solalinde es un personaje singular que se ha preocupado por el tráfico de personas, armas y hasta órganos en Centroamérica. Los migrantes lo ven como a su salvador. De esa entrevista con el procurador, ambos salimos tristes y cabizbajos. Además de los cuarenta y tres desaparecidos hay tres asesinados, David Solís Gallardo, Julio César Mondragón, Julio César Ramírez Nava y dos heridos de gravedad: Aldo Gutiérrez Solano y Edgar Andrés Vargas, sometido a numerosas operaciones para reconstruir su rostro, Abel García Hernández, Abelardo Vázquez Penitén, Adán Abrajan De la Cruz, Antonio Santana Maestro, Alexander Mora Venancio, Benjamín Ascencio Bautista, Bernardo Flores Alcaraz, Carlos Iván Ramírez Villarreal, Carlos Lorenzo Hernández Muñoz, César Manuel González Hernández, Cristián Alfonso Rodríguez Telumbre, Cristián Tomás Colón Garnica, Cutberto Ortiz Ramos, Dorian González Parral, Emiliano Gaspar de la Cruz, Everardo Rodríguez Bello, Felipe Arnulfo Rosas, Giovanni Galíndez Guerrero, Israel Caballero Sánchez, Israel Jacinto Lugardo, Jesús Giovanni Rodríguez, Jhosivanni Guerrero De la Cruz, Jonás Trujillo González, Jorge Álvarez Nava, Jorge Anibal Cruz Mendoza, Jorge Antonio Tizapa Leguideño, Jorge Luis González Parral, José Ángel Campos Cantor, José Ángel Navarrete González, José Eduardo Bartolo Tlatempa, José Luis Luna Torres, Julio César López Patoltzin, Leonel Castro Abarca, Luis Ángel Abarca, Luis Ángel Francisco Arzola, Magdaleno Rubén Lauro Villegas, Marcial Pablo Baranda, Marco

Antonio Gómez Molina, Martín Sánchez García, Mauricio Ortega Valerio, Miguel Ángel Hernández Martínez, Miguel Ángel Mendoza Zacarías, Saúl Bruno García.

La madre de Julio César Mondragón Fontes concluyó: «Nosotros los pobres no le importamos a los que imparten justicia. No les importa Julio César ni los cuarenta y tres estudiantes ni todas las familias que sufrimos. Como no tenemos recursos, no existimos».

Aunque muchos se indignaron, el acto más significativo y hermoso fue el del pintor oaxaqueño Francisco Toledo, que en el zócalo de la capital de Oaxaca echó a volar cuarenta y tres papalotes con el rostro y el nombre de los cuarenta y tres estudiantes. En la Feria del Libro de Guadalajara de diciembre 2014, David Huerta inició un conteo que se repetía cuatro o cinco veces al día, del uno al cuarenta y tres. Todos leímos su poema:

> Esto es el país de las fosas
> Señoras y señores
> Este es el país de los aullidos
> Este es el país de los niños en llamas
> Este es el país de las mujeres martirizadas
> Este es el país que ayer apenas existía
> Y ahora no se sabe dónde quedó.

Después de Tlatelolco, creí que el gobierno de México nunca más atacaría a los jóvenes. Imposible imaginar que cuarenta y seis años más tarde en Ayotzinapa volvería a matarlos.

Muerte de Stanisław August Poniatowski.

Capítulo 57

Muerte del rey

Desde su último encuentro con Pablo I, el rostro de Stanisław resplandece. En la puerta del Palacio de Mármol, el emperador de Rusia le aseguró que él le devolvería su patria. «No he pensado ni un solo momento en seguir la política de mi madre y prometo, Majestad, devolverle su patria».

Al día siguiente, Poniatowski anuncia en la mesa del desayuno: «Por fin la mala suerte dejó de perseguirnos. ¡Muy pronto regresaremos a Polonia y caminaremos por las calles de nuestra adorada Varsovia! ¡Vamos a brindar, levanten su copa porque pronto les confirmaré la noticia que cambiará la vida de Polonia y la nuestra».

Alza su vaso de agua frente a su familia. Su sonrisa de oreja a oreja sorprende a todos. Hace meses que no sonreía.

Stanisław vuelve a ser rey. Imagina el puerto de Groningen cubierto de buques polacos de gran calado con su montaña de trigo y salvado, listos para zarpar, y el muelle atestado de estibadores que los despiden entre «Vivas» y aplausos.

Poniatowski escucha a niños cantar su alabanza, los pescadores a la orilla de las playas del mar Báltico vienen hacia él con los brazos abiertos. Emergen del agua con redes llenas de pescados... Desde la cubierta de un carguero, los marineros se despiden de él porque parten a Rotterdam. En sueños, su amado Pepi corre hacia él: «¡Tío, tío!», y al estrecharlo contra su pecho, el rey borra todos los fracasos, las ofensas y las desilusiones.

Según el zar, el ejército polaco recuperará su aureola, Pepi jamás volverá a darle la espalda y a él, al rey Poniatowski, lo absolverá la historia.

Sus parientes e invitados lo escuchan reír. En la mesa toma la palabra y su encanto crece al grado de que su familia comenta que ha rejuvenecido diez años. La alegría de su voz permea otras voces, la conversación es un fuego de artificio; el rey sin trono pide que Tremo cocine un *soufflé au Grand Marnier* que se inflará tanto como su ánimo festivo.

Ante el terror que desató la Revolución francesa, los monarcas cuestionan las grandes verdades y los palatinos de la Confederación de Targowica se disponen a perdonar ofensas. ¿Cómo pudieron llegar tan lejos Rusia, Austria y Prusia? Stanisław se ilusiona con la repentina bondad de sus tres vecinos, antes sus peores enemigos, pidiéndole perdón porque imagina que Europa entera se dispone a exigirles un *mea culpa*. Si no cumplen con esta acción civilizada, el repudio será universal. «La conducta de las tres naciones ofende a los pueblos más esclarecidos del mundo», aseguró el príncipe Charles de Ligne.

Antes de dormir, Stanisław se acuna en el recuerdo de su madre: «¿Sabes por qué sé que tu destino es distinto al de tus hermanos?», dice Konstancja llevando una mano a su corazón como si le doliera. «El día de tu nacimiento, 17 de enero de 1732, llegó a Puławy, en medio de una borrasca, un astrólogo judío de barbas blancas que ofreció hacer el horóscopo de toda la familia. Le dimos de comer y cuando te vio recién nacido en mis brazos, levantó su mano derecha: "Te saludo, rey de los polacos. Te saludo hoy, mientras ignoras la elevación a la que estás destinado y las desgracias que tendrás que vivir".

»Me atemorizaron sus palabras, te devolví a tu cuna, pero nunca olvidé la predicción del viajero que cayó en nuestra casa. Hoy puedo confesarte que la viví como tu legado y tu maleficio».

Exaltado a morir, Stanisław aguarda el cumplimiento de la promesa de Pablo I. Insomne, atisba por la ventana cada día más temprano la llegada de un mensajero del zar. «Seguramente hoy, el emperador de todas las Rusias anunciará la liberación de Polonia». Pasan días, semanas, meses y nada sucede. Lo peor es que tampoco da señales de vida la emperatriz Sofía Dorotea, quien solía rogarle que le diera el brazo para abrir el baile con mazurkas y zarabandas.

—¿Ha llegado una invitación de la princesa de Württemberg?

—No, Majestad.

—¿Ni un requerimiento de la corte de Pablo I?

—Tampoco.

Ni un saludo. Ni un mensaje de la cancillería ni una invitación de algún príncipe de la corte del emperador Pablo I.

El 10 de febrero de 1798, un envejecido rey de Polonia invita a cenar a lord Charles Whitworth, embajador de Inglaterra, al marqués Charles de Rivière, recién llegado de Francia, al duque de Enghien y a Élisabeth Louise Vigée-Lebrun, retratista de María Antonieta, *la reine de France*, y de toda la nobleza europea.

Desde el primer platillo, Stanisław elogia a su sobrino Pepi y Whitworth lo secunda al asegurar que la cultura del joven príncipe le permite hablar alemán, francés e inglés al igual que polaco.

—Claro, nació en Viena —responde Charles de Rivière—, y en Viena convergen no solo todos los valses, sino todas las culturas.

Rivière abunda en su disertación acerca de la valentía de Józef Poniatowski en el campo de batalla y aclara que, en cambio, a él nunca le atrajeron las armas:

—Jamás se me ocurriría buscar un *fusil de chasse* de determinado calibre.

Sonriente, la pintora francesa, Louise Vigée Lebrun, coincide con él:

—Mi arma es un pincel.

—¿La usa para desfigurar a alguno de sus modelos? —pregunta Charles de Rivière.

—No, mi pincel revela lo que nadie antes ha captado.

Desde la cabecera de la mesa, el rey sin trono recuerda la mirada de un Rembrandt ya viejo en su último autorretrato:

—Daría todo por tener esa imagen en un muro de mi palacio, lo colgaría al lado del retrato que se pintó cuando aún no había sufrido.

—¿Escogería al Rembrandt joven, Majestad?

—No, Louise, escogería al viejo…

—¿Por qué?

—¡Ah, *si jeunesse savait et si vieillesse pouvait*!

Como de costumbre, los invitados elogian a Tremo.

—Cada día se supera, Rusia le sienta muy bien a Tremo.

—Desde luego mejor que a mí. —Sonríe Stanisław.

En el momento de la despedida, mientras los invitados recogen sus abrigos, Charles de Rivière comenta que la conversación del rey ejerció la seducción de siempre, pero Madame Vigée Lebrun lo contradice:

—Tengo la desgracia de ser buena fisionomista. El rey no va a durar.

Al llegar a su casa, la pintora apunta en su diario: «Cuando salí del palacio, reflexioné en el cambio singular en nuestro querido príncipe; vi la mirada de su ojo izquierdo tan sin brillo que sentí miedo».

En la mañana del 11 de febrero, Stanisław se levanta, como siempre, a las ocho, y Tremo le ofrece su *bouillon* en la mesita del *petit déjeuner*. Tras dos o tres sorbos, el rey se pone de pie, abandona la mesa y dice en voz alta, como si solo se hablara a sí mismo: «Adiós, vida, creo que llegó el fin». Para él, su muerte es un hecho natural e irrebatible. Su frente se cubre de sudor. Da unos cuantos pasos para regresar al lecho que abandonó hace unos minutos y, frente a los ojos de Tremo, paralizado por el temor, apenas logra tirarse a la mitad del lecho.

Tremo llama al doctor Boeckler, quien ayuda al rey a meterse a la cama.

—Gracias, Jan —alcanza a decir, y segundos después murmura—: Tráiganme un sacerdote.

—Monseñor, va a recuperarse.

—Lla-men-a-un-sacerdote…

—Excelencia, aquí todos son ortodoxos.

—Lo ne-ce-si-to.

Su voz es ya un suspiro.

Cuando Stanisław inicia su acto de contrición siguiendo las palabras del sacerdote, su rostro se distorsiona. El doctor Boeckler levanta las sábanas y descubre sus piernas a punto de reventar de tan inflamadas:

—Voy a aplicarle unas ventosas.

—Lo indicado es una sangría —sugiere tímidamente un joven médico que acompaña a Boeckler.

En el siglo XVIII, las sangrías están a la orden del día.

Tremo, pálido como su rey, no se separa de la cama.

—Chef, regrese usted a su cocina —ordena Boeckler.

—Mi lugar está aquí.

—Se lo pido porque sería conveniente avisarle al emperador —insiste Boeckler.

—¿Desde la cocina? —Se enoja Tremo.

—¿A quién más sino al emperador de Rusia? —responde el médico.

A las dos horas, aparece con su monóculo el escocés John Rogerson, médico de Pedro Ulrico II y de Catalina, y recomienda una lavativa:

—Eso mismo le hicimos a la emperatriz.

—¿Y se recuperó?

—No.

El médico ruso enviado por el emperador hace otra gran entrada y todos se repliegan.

Los criados esperan en la antecámara. Cada palabra en voz baja pone a todos en alerta. A través de una puerta entreabierta es fácil ver a una mujer que llora y enjuga sus lágrimas con su delantal.

Después de medio día, un sacerdote unge el rostro, el pecho, los brazos, las manos y los pies de Poniatowski con los santos óleos mientras Tremo, al pie de la cama, se suena ruidosamente.

«El zar viene en camino», avisa un mensajero del Kremlin.

Sirvientes y cocheros, galopines y mandaderos propagan la noticia y los miles de polacos en San Petersburgo acuden al Palacio de Mármol. Esperan en la terraza hasta que aparece el zar con sus dos hijos, Alejandro y Constantino.

Los invitados a la cena de la noche anterior: Charles Rivière, Charles Whitworth y el duque de Enghien repiten en voz baja:

—Anoche cenamos con él y llevó la conversación con el brillo de costumbre.

—Lo vimos muy bien hasta que Madame Vigée Lebrun nos previno.

A las ocho de la noche, Stanisław recibe la última absolución. Abre los ojos y el zar, de pie al lado de su cama, le toma la mano. El moribundo ya no responde. Cae su mano, caen sus párpados.

La espera se hace más tensa.

A las dos de la mañana del 12 de febrero de 1798, los estertores de la muerte levantan el pecho de Poniatowski con un ronco silbido que atemoriza a los hijos del zar, a pesar de escucharlo desde otra habitación.

El pecho se levanta y desciende, resopla, se apaga unos segundos, vuelve a levantarse como un fuelle, todos observan ese tórax esforzado preguntándose si volverá a inflarse o si será su última exhalación.

Al amanecer, cesa el terrible sonido.

Solo entonces, Tremo, bañado en lágrimas, tiene la fuerza de avisarle a Elżbieta Grabowska, a quien el emperador de Rusia nunca ha visto.

—No debió prometerle que le devolvería su patria —lo confronta la Grabowska, quien se mantuvo detrás de la puerta—. Usted fomentó su esperanza, aceleró su corazón y le asestó un golpe mortal.

La expresión en el rostro de la polaca y sus hijos intimida al zar. El mayor repite enojado el reclamo de su madre y clama en voz alta:

—Nuestro padre murió de Polonia.

—Es verdad, el rey murió de Polonia —lo secunda su hermano.

—Hasta el último momento, nuestro padre fue víctima de la mentira —murmura el tercero de los hijos.

El emperador de todas las Rusias sale a la puerta del Palacio de Mármol y anuncia a quienes esperan en las escalinatas que el rey de Polonia tendrá el funeral que merece.

Esa misma noche, el doctor Boeckler escribe a Bacciarelli: «Nuestro soberano murió de muerte natural». También él llora de remordimientos; lo traicionó en múltiples ocasiones. Agente secreto de Rusia, el médico alemán se enriqueció al informar a la corte de San Petersburgo el día a día de su soberano.

Varias agencias europeas, sobre todo la polaca, acusan a la corte rusa. Ante las sospechas de Europa,

Pablo I ordena una autopsia y el doctor Boeckler confirma: «Nuestro buen amo murió de una apoplejía nerviosa, consecuencia de su situación, sus deudas, su exilio y su inmensa tristeza».

El zar le rinde a *su padre* sorpresivos y desmedidos honores.

Sus exequias resultan tan suntuosas como las de Catalina II. Ordena embalsamar el cuerpo y vestirlo con el uniforme de la Guardia Nacional de Polonia, prende sobre su pecho algunas condecoraciones y expone el cadáver de Poniatowski envuelto en capas de armiño. Su bella cabeza reposa sobre una almohada bordada con hilo de oro.

La última imagen de ese rostro, ahora sí en paz, le devuelve su dignidad al que fue rey de Polonia.

El ministro sueco Lars von Engeström escribe una página, que años más tarde habría de recoger el historiador Adam Zamoyski: «El rey de Polonia tiene la cabeza más hermosa que he visto, pero una expresión de extrema tristeza disminuye la belleza de su rostro. No se ve feliz y su pelo comienza a encanecer. Tiene hombros y pecho muy anchos, es alto con piernas relativamente cortas. Su constitución es espléndida, pero su modo de vida y sus problemas lo han disminuido. Cuando lo conocí, enfermaba con frecuencia y muchos temían por su vida… Poseía cualidades necesarias para sostener su alta posición con dignidad; hablaba con maestría polaco, latín, alemán, italiano, francés, inglés y ruso. Su conversación siempre suscitó la admiración de extranjeros porque se mantuvo al día de las novedades literarias y artísticas. Como maestro de ceremonias, el rey de Polonia habría dado un brillo infinito a las cortes más destacadas. Tenía corresponsales en muchos países y les pagaba muy generosamente. Fue, ciertamente, uno de los príncipes mejor informados de Europa».

Un batallón de sirvientes revisten el Palacio de Mármol con paños negros. Dejan caer desde las azoteas hasta el piso rollos de tela negra que cubren ventanas y puertas, de tal modo que convierten el palacio en un ataúd.

El zar honra el cuerpo del rey durante cuatro días bajo un dosel coronado con el Águila Blanca polaca. Varios cadetes de la Guardia Nacional se mantienen alertas solo para reponer las velas. Es tanta la luz que el Palacio de Mármol parece una antorcha.

—El carbón es la máxima riqueza de Polonia. —Recuerda un doliente.

—Sí, pero el que ahora nos alumbra es ruso —aclara un joven.

A los pies del catafalco, el emperador ordena colocar un trono que seis rubios custodios escoltan día y noche. Una vitrina exhibe las condecoraciones del rey: dos polacas, dos rusas y el Águila Negra prusiana.

Centinelas cubiertos con armaduras de plata vigilan a más de treinta mil personas que pretenden rendirle tributo al que fue rey de Polonia.

«¿Por qué le hacen este homenaje si defendió tan mal a su patria?», pregunta Piotr Żurek.

Por fin, el cuerpo del rey parte en hombros a la iglesia de Santa Catalina.

«¿Es así la costumbre en Rusia?», inquieren los hijos de Elżbieta Grabowska al enterarse de que Pablo I ordenó cuatro largos días de duelo.

Entre los dolientes, llora Pepi, quien llegó de Viena en el último momento, y forma parte del cortejo. «No alcancé a ver a mí tío con vida», repite como poseso.

Aunque Pepi evita a toda costa el encuentro, el zar decidió escoltar personalmente la carroza con la punta de su espada hacia abajo en señal de luto: «Acompáñeme, príncipe».

El 8 de marzo, el arzobispo Litta celebra la misa del funeral dentro del rito ortodoxo ruso, y el arzobispo de Rennes, traído de Francia, oficia la gran misa solemne de difuntos que acostumbra darle la Iglesia Católica a la realeza.

Tras la ceremonia, el cuerpo de Stanisław Poniatowski pasa a un segundo ataúd de bronce dorado.

Todo ha terminado.

Elżbieta Grabowska se mantiene atrás, pero el emperador requiere su presencia, así como la de Luisa e Izabela, sus hermanas, y la de su joven sobrina, Teresa Tyszkiewicz, quien no suelta a Anna, la niña a quien el rey leía cuentos de hadas.

El primero en ponerse de pie frente a Pepi es el emperador de Rusia.

—Lo mandé a llamar para consultarlo, príncipe Poniatowski y general del ejército Polaco. Deseo que apruebe usted la inscripción que ordené grabar en la lápida:

Stanislaus II Augustus
Rex Poloniae, Magnus Dux Lithuaniae
insigne documentum utriusque fortunae,
prosperam sapienter, diversam fortiter
tulit.
Obiit Petropoli VII kal. Feb. MDCCXCVIII

Natus Annos LXVI
Paulus I Autocrator
et Imperator totius Russiae
Amico et hospiti posuit.

«Stanisław August, rey de Polonia, gran duque de Lituania. Ilustre ejemplo de la veleidad de la Fortuna, aceptó lo bueno con sabiduría y aguantó lo malo con valentía. Murió en San Petersburgo el 12 de febrero de 1798, a la edad de sesenta y seis años. Pablo I, autócrata y emperador de todas las Rusias a su amigo y huésped».

Pepi regresa a Varsovia en cuanto termina el funeral.

A medida que pasa el tiempo y la nieve se derrite, Pablo I olvida al que creyó *su padre*.

Sobre la inmensa extensión de adoquines del Kremlin, de vez en cuando aparece una mujer que gira en los brazos de un hombre en medio de una ventisca hasta volverse indistinguible, flor, mariposa, copo de nieve, ala de paloma, hojita de papel.

—¿Con cuántos hombres bailó mi madre? —pregunta el emperador Pablo I a Stackelberg.

—Imposible saberlo, Majestad. Su madre lo hizo durante más de un cuarto de siglo.

Tres trineos cruzan la plaza helada y sobre el río Neva giran los patinadores.

Inés, mi nieta, actriz de diecisiete años, me informa que va a Nueva York a una audición.

—¿Viajas sola?

—Sí. Apenas son dos días, voy y vengo, abue. La prueba es en la mañana y en la tarde puedo comprarte vitaminas.

—¿Dónde vas a quedarte?

—Con una amiga de mi mamá.

No insisto. Se hospedará en cualquier lado.

Cruzo los dedos en los bolsillos de mis *pants*.

Esa misma tarde, el jurado le comunica a Inés que no fue aceptada.

Inesuca, como le digo, camina varias calles y se mete en una *drugstore*, donde le gana la tristeza. Más tarde habrá de enseñarme la foto que tomó con su celular, su carita lavada por el llanto. «Abue, no pasé». Su prueba consistía en decir en inglés, el mismo texto de Shakespeare que exigen a cientos de aspirantes. «Dilo despacio, Inés, para que resalte cada una de las palabras».

Inés habla bien. Su voz de cantante es muy pura. Su inglés es perfecto. ¿Oirá Shakespeare desde su tumba en Stratford-upon-Avon a los miles de Romeos y Julietas que año tras año sufren las de caín al decir los parlamentos que él escribió en 1597?

En la foto que se tomó en la farmacia, Inés lleva una gorra de lana metida hasta las cejas que la hace más niña aún, sus lágrimas traspasan la imagen. En sus ojos están su niñez, su adolescencia y lo que todavía le falta. Inés, sentada sola en un café, retrata su derrota.

La imagen permanece indeleble, troquelada como medalla sobre mi pecho, ¡ay, mi niña valiente!, mi niña sola a los pies de los rascacielos, mi niña, quien aún no sabe que ha recibido la mejor lección de su vida.

Inés es confiada, tiene mucho de ángel de Tonantzintla dispuesto a la dádiva, a la risa, a las alas que se abren. Canta a todas horas. Su voz es la de un arroyo.

Inés, traga años, podría tener trece, a lo más. Pequeñísima, cientos de pisos de cemento se le vienen encima.

—¿Te compraste algo?

—Sí, unos *leggings*.

—¿Qué es eso?

—¡Ay, abue, unas medias de hacer ejercicio que llegan a la cintura!

Imposible preguntarle al vecino si no ha visto a una niña escondida entre chamarras e impermeables, una niña que no tiene a quién decirle: «Vine a Nueva York a hacer un examen», una niña que en este preciso momento podría gritar a la mitad de la acera: «Me llamo Inés. Tengo dieciséis años. No conozco a nadie. Quiero ser actriz».

No hemos vuelto a hablar de la audición en Nueva York.

Hoy, entre risas, mis nietas Inés, Luna y Carmen giran tomadas de mis manos. «¡Ay, abuela, no te nos vayas a caer!». Subimos al quiosco de la plaza de Tequisquiapan frente a la iglesia. Sus manos son fuertes; las mías, de papel de china. Prudentes, bailamos despacio, para no volar del quiosco al cielo. Las tres son *rockeras*, trapecistas, luciérnagas. Les hablo de su antepasado muerto hace trescientos años: Stanisław II, rey de Polonia. «¿Quién es?». Tampoco saben que su tatarabuela Elena Yturbe de Amor recogía perros callejeros como lo hace Sofía, mi hermana. El pasado se lo lleva el viento, así como se llevará esta imagen de tres niñas risueñas haciendo bailar a una mujer de pelo blanco a quien ayudaron a subir a un quiosco. «Sube, abue, sube».

Así es la vida, me conformo y pregunto, al igual que Marlene Dietrich cantó durante la Segunda Guerra Mundial frente a miles de uniformados: «¿Dónde se han ido todas las flores, dónde se han ido todos los soldados?».

Espero que Jan, Johnny, Paulette, Guillermo, Carito, Bichette Alejandro y Jesusa Palancares, allá arriba, donde quiera que estén, tengan la respuesta.

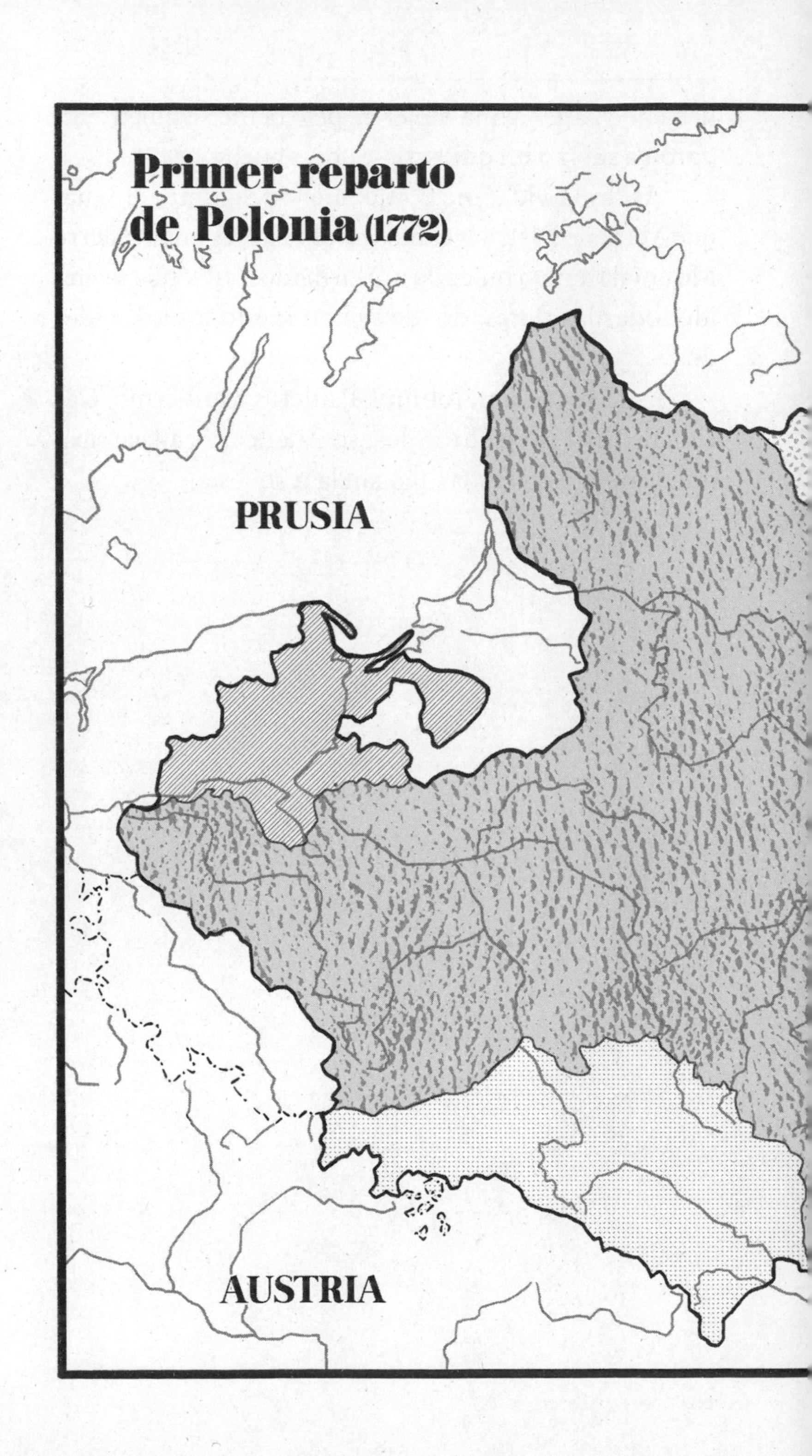
Primer reparto de Polonia (1772)
PRUSIA
AUSTRIA

IMPERIO RUSO
Polonia
Rusia
Prusia
Austria

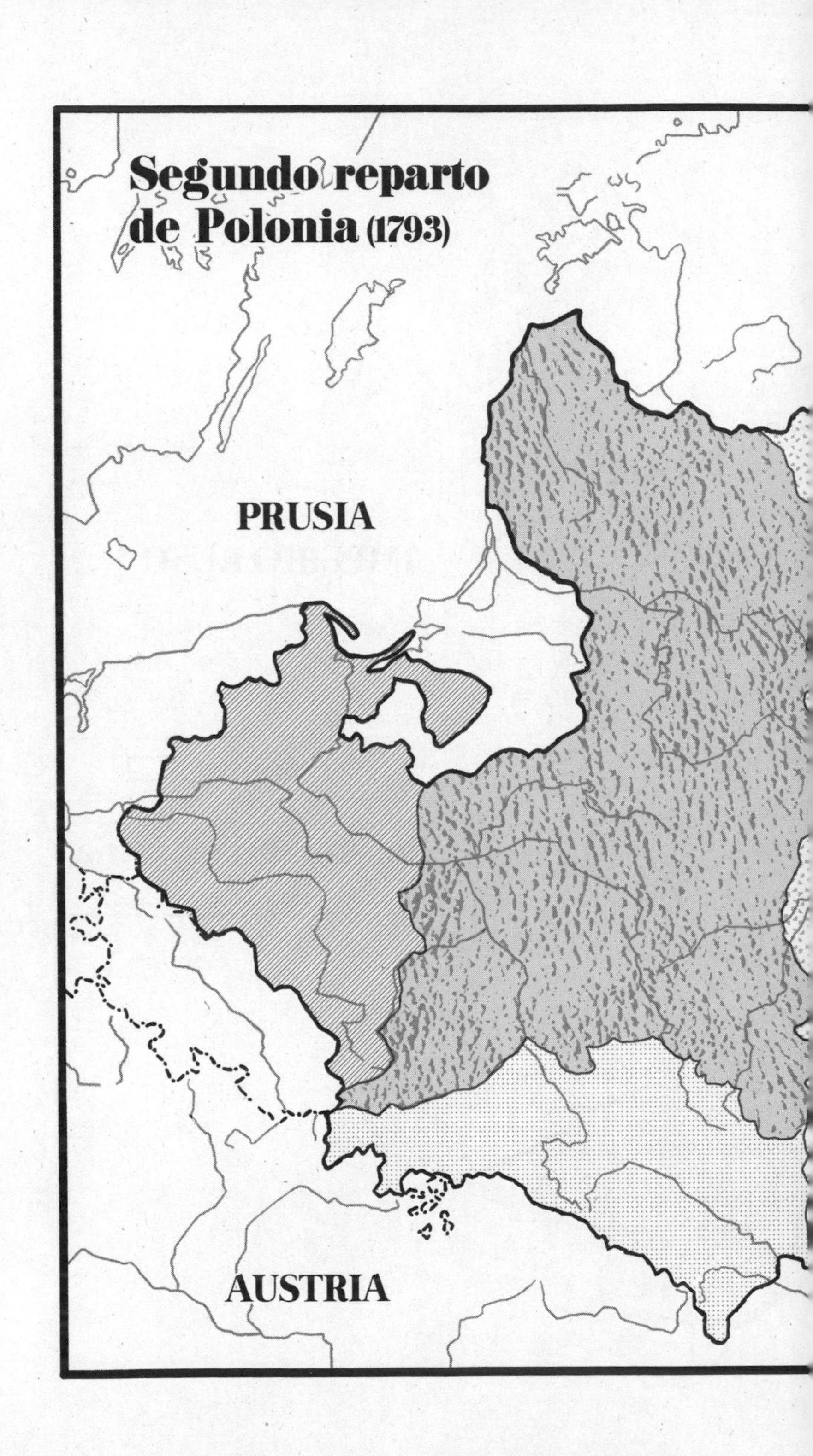

Segundo reparto de Polonia (1793)
PRUSIA
AUSTRIA

IMPERIO RUSO
Polonia
Rusia
Prusia
Austria

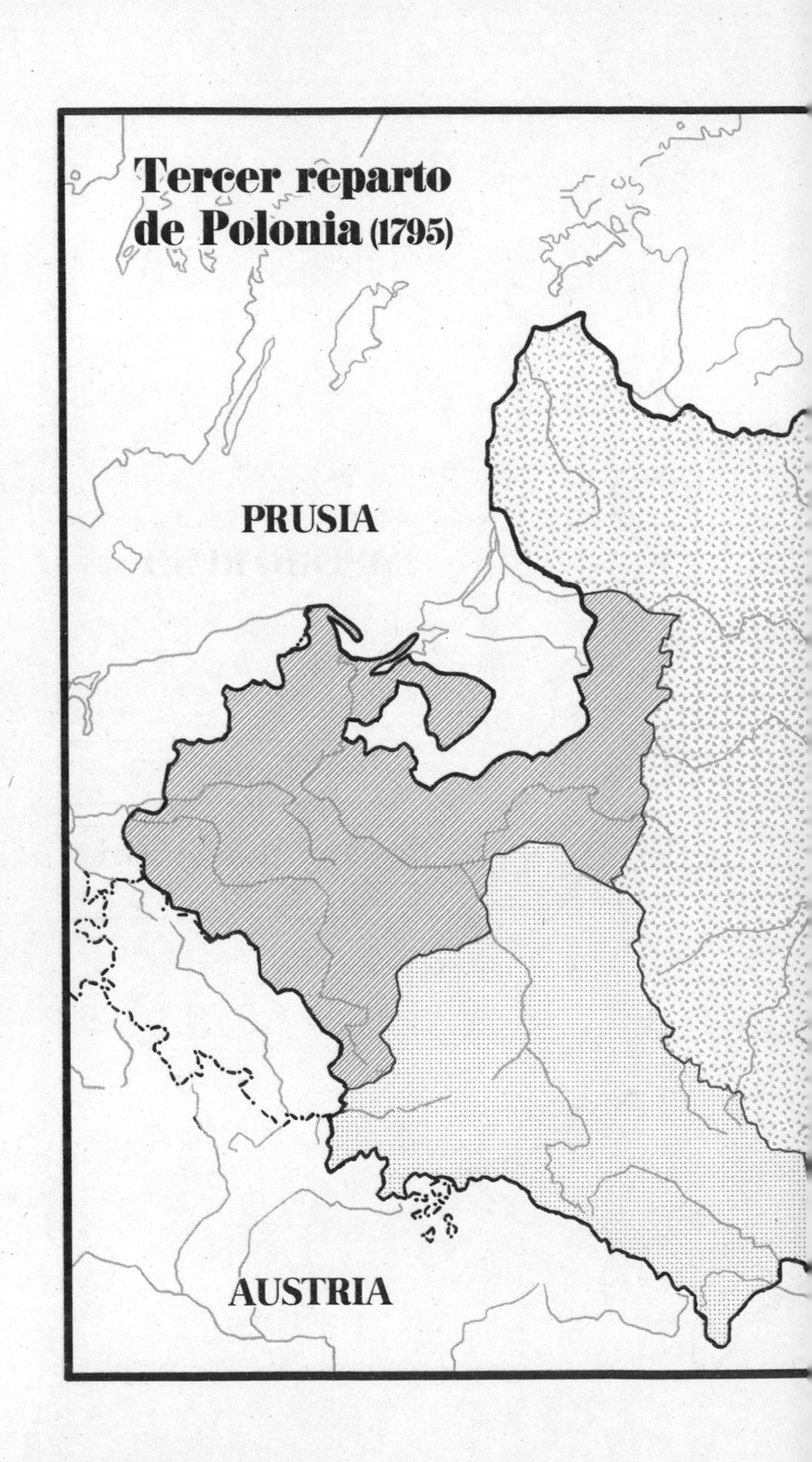
Tercer reparto
de Polonia (1795)
PRUSIA
AUSTRIA

IMPERIO RUSO
Rusia
Prusia
Austria

Agradecimientos

De nuevo como en el libro 1 de *El amante polaco*, agradezco la paciencia y eficacia sabatina de Rodrigo Ávila Bermúdez y a Paloma de Vivanco el «ya me urge leerlo» en sus llamadas telefónicas. Desde Salamanca, la escritora Charo Alonso jamás dejó de animarme con la voz de su inteligencia.

También agradezco nuevamente a mi hijo mayor Mane; a Carmen Medina, Lukasz Czarnecki, Martina García, Yunuhen González, Andrés Haro, Rubén Henríquez, Pedro Iturralde, Beth Jörgensen, David Kershenobich, Antonio Lazcano Araujo, Magda Libura, Conrado Martínez de la Cruz, Alfonso Morales, Sylvia Navarrete Bouzard, Antonio Saborit, Maciek Wisniewski y Marcin Zurek.